ro
ro
ro

Rebecca Thornton arbeitet als Journalistin und leitet eine Online-Werbeagentur. Sie war u. a. als Redakteurin für eine Kunst- und Kulturzeitschrift in Jordanien tätig und erstattete Bericht aus dem Kosovo, aus London und dem Mittleren Osten. «The Girls» ist ihr Debütroman. Die Autorin lebt mit ihrem Mann und zwei Söhnen in London.

REBECCA THORNTON

THE

FREUNDINNEN.
Unzertrennlich. Bis zu jener Nacht …

GIRLS

ROMAN

Aus dem Englischen von
Tobias Schumacher-Hernández

Rowohlt Taschenbuch Verlag

Die Originalausgabe erschien 2015 unter dem Titel
«The Exclusives» bei Bonnier, London.

Deutsche Erstausgabe | Veröffentlicht im Rowohlt Taschenbuch Verlag, Reinbek bei Hamburg, September 2016 | Redaktion Inka Marter | Umschlaggestaltung any.way, Barbara Hanke / Cordula Schmidt | Umschlagabbildungen Miguel Sobreira / Arcangel; Interfoto / TV-Yesterday | Satz Garamond PostScript, bei Dörlemann Satz, Lemförde | Druck und Bindung CPI books GmbH, Leck, Germany | ISBN 978 3 499 27232 5

FÜR MEINE ELTERN.
IN LIEBE UND DANKBARKEIT.

JORDANIEN, 2014

Alles veränderte sich, als ich das Abzeichen bekam. Ich hatte es nur vier Monate lang, aber ich trug es die ganze Zeit, direkt über meiner linken Brust. Blutrot, mit goldener Schrift: *Schulsprecherin.*

Vier Monate, mehr brauchte es nicht. Vier Monate mit diesem blöden Abzeichen. Und jetzt, so viele Jahre später, stelle ich mir vor, wie ich meinen Kollegen bei einer Tasse Kaffee erzähle, was mit Freya passiert ist, während der Staub der archäologischen Ausgrabung unsere Lungen kitzelt.

Du warst einfach jung, würden sie vielleicht sagen und dabei lachen. *Jung, naiv und dumm.*

Jung ja. Dumm nicht.

Aber ich würde in ihr Lachen einstimmen und sagen *Ja, ja, das war ich.* Als könnten Worte den Schmerz lindern, der in meiner Brust gärt. Ich würde es ihnen trotzdem nicht erzählen können. Natürlich nicht.

In der vergangenen Nacht hat sich Freya gemeldet, nach achtzehn Jahren ohne Kontakt.

Sie kommt nach Amman. «Geschäftlich», wie sie schreibt. Die E-Mail kam, als ich gerade zu Bett gehen wollte, abgekämpft und erschöpft von der Ausgrabung. Mein Computer machte Ping, und da war ihr Name, in kalter, schwarzer Schrift: *Freya Rogers.* Ich wollte die Mail sofort löschen, aber meine Hände klebten wie zementiert an meiner Brust. *Was will sie von mir?* Zwei Minuten später klingelte mein Handy, ein grüner Lichtschein auf meinem Bett. *Mein Gott, das ist sie auch*, dachte ich. Natürlich war sie es nicht. Fast niemand hatte meine Nummer, aber plötzlich war Freya überall. In den gelb gestrichenen Wänden, dem Spiegel mit dem abgenutzten Holzrahmen, sogar in dem Gelächter, das von unten heraufwehte. Ich ging ins Badezimmer, bevor ich die Mail öffnete, betrachtete mein Spiegelbild, von ganz nah, aber alles, was ich sehen konnte, war Freya. Ihre Schönheit. *Ich komme zurück*, hatte sie einmal gesagt. «Nein», antwortete ich dem Spiegel. «Nein, tust du nicht.»

Zurück im Zimmer, brachte ich den Mut auf zu lesen, was sie geschrieben hatte. Die Mail zu sehen war komisch. Ich war ihre kleine, ungelenke Handschrift gewohnt, die zum Ende der Zeile immer schräger wurde. Früher war sie Freya Seymour, und ich denke daran, was sie noch alles war: sommersprossig, blond, mit Beinen und Haaren, die durch den ganzen Raum wirbelten, und einem Lächeln, das einem das Herz hüpfen ließ. Ich musste die E-Mail fünf- oder sechsmal lesen, und selbst dann konnte ich mir keinen Reim darauf machen. Ich konnte immer noch keinen Atemzug tun, mein Kopf war taub vor Angst.

Josephine,
ich hoffe, es geht dir gut. Ich bin nicht sicher, ob das immer noch deine E-Mail-Adresse ist. Ich habe von Verity gehört, dass du zurzeit in Amman lebst. Sie hat deinen Namen in der Times gelesen, und ich werde in ein paar Monaten nach Jordanien kommen, um ehrenamtlich eine Schulung zu geben. So viel Zeit ist vergangen, und ich hoffe, dass du mich treffen magst. Ich weiß, das kommt jetzt aus heiterem Himmel, aber

ich hoffe, du sagst ja, trotz allem, was passiert ist. Ich muss dich wirklich sehen. Ich weiß, dass deine Ausgrabung ein Jahr dauert, also lass mich wissen, ob du im September da bist.

Freya Rogers, geb. Seymour

Freya *muss* mich sehen? Und hat es für nötig befunden, mit ihrem Ehenamen zu unterzeichnen? Bestimmt will sie mir zeigen, dass sie sich weiterentwickelt hat, dass sie nicht mehr das Mädchen von damals ist.

Und selbst jetzt, einen Tag später, während die Sonnenstrahlen meine Haut austrocknen und meine Kollegen um mich herum graben, wiederhole ich in Gedanken ihre Worte. Verity. Verity Greenslade: ehemalige stellvertretende Schulsprecherin. Ich denke immer noch gern, dass alles ihre Schuld war, aber natürlich stimmt das nicht. Und dann kapiere ich, dass die beiden immer noch Freundinnen sind, und die Sonne macht mich fertig, und ich muss mich hinlegen. Ich knülle einen staubigen Arbeitskittel zusammen, lege ihn unter meinen Kopf und strecke mich auf einem großen Felsen aus. *Freya – was würde ich zu dir sagen? Und was willst du von mir?* Ich streiche meinen Overall glatt, ziehe die Handschuhe aus und lege sie neben mich. Meine Hände sind kalt und trocken, und ich fühle mich, als würden meine Eingeweide verrotten. Der Schatten eines Kollegen fällt auf mich.

«Bist du okay?»

Ich schaue blinzelnd nach oben. Es ist Jeremy, unser Praktikant. «Klar», antworte ich. «Mir geht's großartig. Ich will mich nur eine Minute abkühlen.» Ich schließe die Augen, damit er weggeht, und er zieht ab. Hinter meinen Lidern entsteht ein perfektes Bild. Ich sehe Wendell Abbey bis auf den letzten, dunklen Stein. Ich sehe diesen abstoßenden Wasserspeier mit dem aufgerissenen Maul, der an der Ecke der Schulkapelle hockt – Freya und ich haben immer so getan, als würden wir ihn küssen. Und ich sehe den lockeren Stein, hinter dem wir uns codierte Nachrichten hinterließen. Zettel, mit denen wir uns gegenseitig in einen abgelegenen Teil des Waldes dirigierten, wo die andere wartete, eine Zigarette in der Hand.

Ich atme erleichtert aus. Die Erinnerungen sind nicht immer so. In der Regel kommen sie, wenn ich sie am wenigsten erwarte, und strömen ungehindert aus meinem Unterbewusstsein. Wenn ich zum Frühstück eine Orange schäle, erscheint Freyas Gesicht. «Hier», sagt sie dann in ihrer Schulsportkleidung. «Letztes Orangenstück. Nimm. Ich habe es für dich aufgehoben.» Und manchmal ist da nur ein Gefühl von ihr: eine unterschwellige Unruhe. Aber es gibt eine bestimmte Erinnerung, die immer wiederkommt. Auf die ich mich beinahe verlassen kann. Das Funkeln einer Münze. Die kleine spanische Pesomünze, die sie auf den Schnürsenkel ihres Stiefels zog. «Das sind meine Glücksbringer», sagte sie. «Die Münze und du.» Das Bild ihrer Armeestiefel ist auch sehr klar. Sie trug sie immer, wenn wir ausgingen. Die abgewetzten Kappen, die kleinen leuchtenden Perlen; ihre Waden verschwanden fast in den Schuhen. Und dann, ohne Vorwarnung, verändert sich das Bild. Ich sehe sie vor mir bis ins kleinste Detail, der Mund verzerrt, die Augen gerötet. Sie kommt auf mich zu. Ich kann … mich nicht mehr an alles erinnern. Nur an den Teil, als Freya herausfand, was ich getan hatte. Ihr Gesicht. Mein Gott.

Ich stehe auf, kann nicht länger liegen bleiben – meine Gedanken brauchen Bewegung. Wie kann sie es *wagen*? Nach so langer Zeit, gerade wenn ich am anderen Ende der Welt bin. Ich hebe meinen Spaten auf, halte den Griff so fest, dass meine Finger taub werden. Ich lasse ihn fallen und hebe stattdessen einen Stein auf, der zwischen zwei Felsen liegt. Ich drücke fest zu. Ich fühle gar nichts, aber als ich aufblicke, ist da Jeremy und schaut auf den heißen Sand zu meinen Füßen. Drei Tropfen Blut versickern im Boden.

«Josephine?»

«Was? Was willst du?», blaffe ich ihn an.

Er weicht zurück. Ich muss aussehen, als würde ich ihm den Stein gleich an den Kopf werfen. Ich fange an zu lachen, ein böses Lachen, aber Jeremy sagt nichts. Er geht zum Erste-Hilfe-Koffer, der seit einem Zwischenfall mit einem Dosenöffner neben dem großen weißen Van im Sand liegt.

«Warte, ich mach das.»

Widerstandslos lasse ich zu, dass er meine Hand nimmt.

«Der Schnitt ist klein, aber ziemlich tief. Was hast du gemacht?», fragt er.

«Nichts. Es ist nichts.»

Nichts. Ist das so? Und als sich das scharfe angenehme Brennen des Desinfektionsmittels in der Wunde ausbreitet, frage ich mich, was Freya jetzt von mir denken würde – und welche Erinnerungen sie an mich hat. Denkt sie an die Wochenenden, die wir im Haus ihrer Eltern verbracht haben, an den Geruch von Schokolade bei unseren mitternächtlichen Fressorgien in unserem Versteck? Oder an den Urlaub in Cornwall, als sie mir geholfen hat, meinen ersten lockeren Milchzahn mit einem roten Faden von ihrem Lieblingsstrickpulli herauszureißen? Oder erinnert sie sich nur an die Dinge ganz zum Schluss? Die zerstörte Hoffnung, den Verrat und …

Die Sonne ist so heiß, aber ich fange an zu zittern. Ich teile dem Team mit, dass ich heute früher gehe. Sie sehen besorgt aus. «Mir geht's gut», sage ich und tippe auf meine Uhr. «Ich muss noch den Papierkram fertig machen, ihr wisst schon.» Keiner sagt etwas.

Schließlich weist Jeremy die Truppe an, weiterzugraben.

«Bis später», sage ich. «Wir können zusammen was trinken gehen.»

Mia, die Teamassistentin, blinzelt mich an, die Hand hält sie sich wie ein Basecap über die Augen. Schnell hebe ich meine verwaschene pinkfarbene Tasche auf, stopfe die Überreste meines Mittagessens hinein – ein halbgegessenes Stück Fladenbrot mit einer schwitzigen Scheibe Käse – und verschwinde.

Ich bahne mir einen Weg durch den Staub zurück zur Hauptstraße. Man geht eine halbe Stunde, und ich kann mich kaum auf den Beinen halten, aber irgendwie schaffe ich es, während ich gedanklich Varianten einer E-Mail an Freya formuliere. *Hi, Freya, das ist eine gute Idee. Wäre toll, dich zu sehen* ... Nein, das könnte ich niemals schreiben ... *Freya, es tut mir leid, ich bin sehr beschäftigt und kann mir momentan überhaupt nicht freinehmen* ... Das trifft es schon eher, das ist, was sie von mir erwarten würde. Also sollte ich uns vielleicht – nur vielleicht – beide überraschen. Ich frage mich, was ich ihr sagen würde, wenn ich sie wiedersähe, wie sich mein Leben verändern würde, wenn ich sie wieder hineinließe. Ob wir gemeinsam einen Sinn in alldem erkennen könnten: den bruchstückhaften Erinnerungen, den dunklen Nischen meines Unterbewusstseins. Oder ob ein Wiedersehen alles zerstören würde, was ich mir erarbeitet habe. Alles, was ich ohne sie aus meinem Leben gemacht habe, über viele Jahre geschaffen und erreicht habe. Vielleicht könnten wir Buße tun? Vergebung erlangen? Ich weiß es nicht. Aber wenn ich an Vergebung denke, weiß ich, dass ich sie nicht einfach ignorieren kann und was ich ihr schreiben muss.

Ich laufe los und nehme ein Taxi zu meinem Hotel. «Duwar Al Khamis. Fünfte Straße», sage ich und werfe dem Fahrer zwei Scheine hin. Ich muss an meinen Computer und ihr schreiben, was Sache ist. Damit ihr Gesicht nicht ständig durch meinen Kopf geistert. Und kurz darauf, mit von brennendem Schweiß verfilztem Haar, dem schwachen Ruf eines Muezzins im Ohr und einem kalten türkischen Kaffee an meiner Seite, tippe ich meine Antwort.

1996

Es ist Herbst, der Beginn des letzten Schuljahrs in Wendell Abbey. Ein paar von uns stehen draußen und warten darauf, dass es losgeht. Das gotische Gebäude erhebt sich gegen den grauen Himmel, und die Schwere von bald einsetzendem Regen liegt in der Luft. Ich bin froh über die eintönige Umgebung, als ob nichts von mir erwartet würde. Aber natürlich stimmt das nicht. Ich stehe etwas abseits von den anderen Mädchen, die alle erfüllt sind von den Verheißungen des anstehenden Schuljahrs. Ich schaue auf das hohe, schwarz glänzende Eisentor. Viele Leute hupen, wenn sie aus der Stadt kommend am Internat vorbeifahren und Richtung Autobahn beschleunigen. «Geiler Fummel!», rufen sie und machen obszöne Gesten. Während wir warten, kurbelt ein Junge in einem vorbeifahrenden Auto die Scheibe runter und streckt seine wackelnde Zunge durch zwei gespreizte Finger. Ich winke energisch zurück. Der Junge guckt erschrocken und verschwindet wieder im Wagen. Jemand tippt mir leicht auf die Schulter, und ich drehe mich um. Sie ist es, natürlich.

«Hi, Freya. Alles klar?», sage ich.

«Bei *mir* ist alles klar, aber wie geht's dir? Nervös?»

«Nee, nicht wirklich. Ich bin okay», sage ich.

«Gut. Bin froh. Solange Verity nicht … du weißt schon.»

«Ich weiß», antworte ich. «Das könnte ich echt nicht ertragen.»

«Ich auch nicht. Mach dir keine Sorgen. Es wird nicht passieren. Und selbst wenn …», sagt Freya. *Selbst wenn*. Ich denke an meine Mutter: das vorne hochtoupierte Haar, sodass sie ein paar Zentimeter größer wirkt als ihre 1,65. Ihr erhobenes Kinn, wenn sie denkt, dass man sie ungerecht behandelt, und die müde hängenden Augenlider. Und der ganze Rest. *Lass diese Gedanken nicht zu. Es wird nicht passieren. Wird es nicht.*

Freya deutet auf einen Schweißtropfen auf meiner Stirn. «Ich weiß, dass alles gut wird», sagt sie. Eine Glocke ertönt, die Sonne kommt heraus, und wir gehen hinein. Über die Frage, wo ich bei der Schulversammlung sitzen sollte, habe ich mir seit einer Woche den Kopf zerbrochen. Die Aula ist riesig. Sie bietet den knapp sechshundert Schülerinnen locker Platz, Reihen um Reihen blau gepolsterter Plastikstühle, eingerahmt von glänzenden, hellen Holzbänken. Wenn ich zu nah an der Bühne sitze, wo sich die Lehrer versammeln, wirke ich erwartungsvoll, bemüht. Sitze ich zu weit hinten, riskiere ich, über einen absichtlich herausgestreckten Fuß zu stolpern. Freya löst mein Problem, wie so oft. Sie packt meinen Arm und schiebt mich in die dritte Reihe von vorn, nah am Mittelgang.

«Hier.» Sie reicht mir ein verblichenes grünes Gesangbuch.

«Danke.» Ich schlage Seite siebenunddreißig auf. Das Klavier setzt ein, Mr. Tredegar spielt. Wir singen «Alle Dinge dieser Welt». Als die letzte Note mit einem Triller verklingt, erhebt sich Mrs. Allen, die Rektorin.

«Guten Tag. Bitte setzt euch.» Sie klatscht fest in die Hände, und das Geräusch hallt durch den Raum und lässt alle verstummen. «Da heute keine Andacht in der Kapelle stattfindet, wollen wir das Vaterunser sprechen.» Wir senken die Köpfe, und ich kann Verity ganz in der Nähe hören, laut und schroff, als würde sie jemanden ausschimpfen.

«… denn dein ist das Reich und die Kraft und die Herrlichkeit in Ewigkeit. Amen.»

«Amen», sprechen wir nach. Ich berühre meine Stirn, Brustbein, linke Schulter, rechte Schulter, mehr eine Gewohnheit als Ausdruck des Glaubens.

«Willkommen zurück. Ich hoffe, ihr alle hattet einen wunderbaren Sommer. Gut. Ich möchte, dass ihr die Neuen an der Schule willkommen heißt, die aus Großbritannien und die aus dem Ausland.» Es folgt träger Applaus; selbst die Lehrer können keine Begeisterung vortäuschen.

«Ich danke euch. Ende nächster Woche wird es eine Feier für die Neuen geben. Die Einzelheiten erfahrt ihr von euren Hausvorsteherinnen. Und nun … kommen wir zu den Bekanntmachungen. Zuallererst möchte ich im Namen der gesamten Schule meinen Dank aussprechen an die zehn ausscheidenden Vertrauensschülerinnen sowie an die Schulsprecherin und ihre Stellvertreterin für die unglaublich harte Arbeit, die sie im vergangenen Jahr geleistet haben. Sie haben unermüdlich daran gearbeitet, die Schule zusammenzuhalten, und ich möchte euch um einen kräftigen Applaus bitten.» Wir klatschen pflichtschuldig, aber wir wollen alle, dass Mrs. Allen endlich zum Punkt kommt. «Ich werde die Namen der neuen Vertrauensschülerinnen in wenigen Minuten verlesen. Aber vorher habe ich noch ein paar Dinge zu sagen.»

Die üblichen Mitteilungen werden verlesen. Wie viel jede von uns für wohltätige Zwecke eingesammelt hat (*Yes!* Ich habe gewonnen, mein Quiz zur Allgemeinbildung hat 1043 Pfund eingebracht), Neuigkeiten zu geplanten Tanzveranstaltungen mit Jungsschulen, Sarah Maynard wird Kapitänin der Schulmannschaft, was für eine Überraschung. Freya und ich kichern, als Sarah mit gesenktem Kopf zur Bühne geht. «Sie ist so nervig», sagt Freya und klatscht extra laut, um den Sarkasmus zu unterstreichen.

«Als letzten Punkt, bevor wir zu den wichtigen Bekanntmachungen kommen, habe ich noch ein paar Neuigkeiten. Es geht um das diesjährige Anne-Dunne-Stipendium. Wie ihr sicher alle wisst, hat Anne Dunne unsere Schule gegründet. Sie hat dieses Stipendium ins Leben gerufen, um das Beste aus unseren Schülerinnen herauszuholen. Es gibt kein Geld, aber die Auserwählte wird automatisch an Miss Dunnes früherem College aufgenommen, Somerville, an der Universität Oxford. Solange sie die erforderlichen akademischen Leistungen vorweisen kann, wie sich von selbst versteht. Wie ihr wisst, war Miss Dunne eine große Verfechterin der Frauenbildung, und Oxford ist hocherfreut, teilzunehmen.»

Ich muss mich nicht umschauen, um zu merken, dass alle mich anstarren, als wäre es schon beschlossene Sache, dass ich es bekomme. Sally Aylsford hat sich zu mir umgedreht und nickt mir komisch und aufmunternd zu. Ich spüre, wie Freya mich aus den Augenwinkeln anschaut.

«Wir haben entschieden, das Stipendium dieses Jahr auf unsere Schwesterschulen auszuweiten – St. Catherine's, St. Margaret's und Lady Goring's. Jede Schule wird ihre drei besten Schülerinnen nominieren, und sie werden ein Bewerbungsgespräch und ein oder zwei Prüfungen zur Allgemeinbildung absolvieren.»

Auf andere Schulen ausweiten? Wieso?, denke ich. Sally starrt mich noch immer an, und ich zwinge mich, den Blickkontakt zu meiden. Ich überschlage schnell in Gedanken, inwieweit das meine Aussichten auf das Stipendium verringern könnte.

Und dann ziehe ich in Betracht, dass ich möglicherweise gar nicht nominiert werde. Ich muss lächeln bei dem Gedanken, und Sally richtet sich kerzengerade auf, lächelt zurück und genießt die falsch interpretierte Komplizenschaft.

«Die endgültige Entscheidung, wen wir für das Stipendium nominieren, treffen wir in ein paar Wochen. Noch ist nichts entschieden, also strengt euch bis dahin an. Und nun … der Moment, auf den ihr alle gewartet habt.» Mrs. Allen räuspert sich. «Ich werde jetzt die Namen der Vertrauensschülerinnen für dieses Jahr verlesen. Bitte kommt nach vorne auf die Bühne, und Mrs. Bevell wird euch eure Abzeichen und Urkunden überreichen.» Freya sieht mich an. «Die Vertrauensschülerin für Clifford House ist … Mrs. Bevell, würden Sie mir bitte die Liste reichen?» Mrs. Bevell hält sich die Hände an die Wangen. «Oh, Entschuldigung, hier, bitte.»

«Für Clifford House: Emma Jameson.» Die gesamte Schule dreht durch, als Emma aufsteht und auf die Bühne geht. Emma gehört zu den beliebten Mädchen. Die weiteren Namen werden verlesen, und als Freyas Name kommt, stehe ich mit fast der ganzen Schule auf. «Siehst du?», forme ich mit den Lippen. Sie verschränkt die Hände ineinander und grinst.

«Und Josephine Grey, die zur Vertrauensschülerin gekürt wird aufgrund ihrer Gesamtleistungen.» Mrs. Allen winkt mich zu sich. «Komm und stell dich zu den anderen.» Ich gehe den Gang entlang und auf die Bühne, halte den Kopf sehr gerade. Alle klatschen, und meine Füße fühlen sich ganz leicht an.

«Vielen Dank», sage ich. Mrs. Allen drückt meine Hand. Die anderen klopfen mir auf die Schulter, und ich sehe, dass

Verity mich anstarrt. Ihre Lippen sind ganz weiß, so fest presst sie den Mund zusammen.

«Gut gemacht, gute Arbeit», sagen die anderen auf der Bühne.

Freya lächelt und stellt sich auf die Zehenspitzen. «Meinst du, wir können gleich eine rauchen gehen?», flüstert sie mir zu. Ich hebe warnend die Augenbrauen und ignoriere sie dann.

«Kommen wir nun zur Schulsprecherin und ihrer Stellvertreterin», sagt Mrs. Allen. Die Luft um mich herum schwillt an, und wieder fühle ich alle Blicke auf mir. Ich recke das Kinn nach oben und drücke den Rücken durch. Ich starre auf einen kleinen Punkt an der Decke über Mrs. Allens Kopf.

«Wir sind zu einer Entscheidung gekommen. Es war nicht einfach, das könnt ihr mir glauben. Unsere Wahl gründet sich auf akademische Leistungen, Integrität, eine verantwortungsvolle Persönlichkeit», Mrs. Allen lässt ihren Blick durch den Raum schweifen und nimmt ihre Brille ab, «und, vor allem anderen, die Fähigkeit zu führen. Wir haben 582 Schülerinnen hier in Wendell Abbey, dazu über 50 Lehrer, und von den beiden, die wir auserkoren haben, wird erwartet, dass sie moralische und akademische Vorbilder sind für jede einzelne von euch.» Freya hampelt neben mir herum. «Und so ist also die stellvertretende Schulsprecherin in diesem Jahr …» Sie macht eine Pause. «Es ist …»

Die ganze Schule guckt abwechselnd zu mir und Verity. Mrs. Allen ist damit beschäftigt, das Abzeichen herauszuholen. «Entschuldigung … Also: Die stellvertretende Schulsprecherin in diesem Jahr ist … eine herausragende Führungspersönlichkeit, die eine phantastische Einstellung gezeigt hat, sowohl privat wie auch in der Schule. Sie wird ein starkes Vorbild sein …» Plötzlich kommt mir in den Sinn, dass sie möglicherweise über mich redet – sie hat keine sportlichen Leistungen erwähnt, die Veritys großer Trumpf sind. Ich wische mir die Hände am Rock ab und zwinge mich zu lächeln. «Wenn du nun bitte hochkommen möchtest, um dein Abzeichen entgegenzunehmen, Applaus bitte für … Wendells neue stellvertretende Schulsprecherin, Verity Greenslade.» Innerlich schüttelt es mich vor Erleichterung, und ganz langsam atme ich aus. Äußerlich bleibe ich ruhig, klatsche sacht. Verity kommt hinauf, um Mrs. Allens Hand zu schütteln. Sie dreht sich zum Publikum und reckt eine geballte Faust in die Luft. Dann sieht sie zu mir herüber, und ihre Augen lodern vor Wut.

«Vielen Dank, Verity. Ich bin mir sicher, dass du einen phantastischen Job machen wirst.» Mrs. Allen nimmt einen Umschlag von Mrs. Bevell entgegen und öffnet ihn. Das Abzeichen.

«Gut, gut. Weiter zur großen Bekanntgabe. Die Schulsprecherin. Ich weiß, auf diesen Moment habt ihr alle gewartet.» Im Saal wird es still, und Freya stupst mich an, reckt den Daumen auf der Höhe ihres Rocks. «Verity wird dir niemals vergeben», flüstert sie. Das ist wahr. Wenn ich Schulsprecherin werde, wird sie es mir wahrscheinlich nicht verzeihen. Seit Veritys ältere Schwester Dominique Schulsprecherin wurde und vor drei Jahren nach Oxford gegangen ist, ist Verity wild entschlossen, es ihr nachzumachen.

«Unsere neue Schulsprecherin wurde einstimmig vom Kollegium gewählt. Sie ist eine der erfolgreichsten Schülerinnen, wenn nicht *die* erfolgreichste, seit ich hier unterrichte. Wir sind wirklich stolz auf sie. Sie ist wahrhaft eine Bereicherung für Wendell Abbey, und ich bin hocherfreut, sie zu eurer neuen Schulsprecherin zu küren. Wenn ihr nun bitte einen Riesenapplaus anstimmen würdet für», Mrs. Allen zeigt ein kleines Lächeln, «die wunderbare ... Josephine Grey.»

Fünf Schritte nach vorn. Mrs. Allen pinnt das Abzeichen an meinen Schulpullover, die Lippen konzentriert zusammengepresst. Ich höre das Tosen in meinem Rücken, jenseits der Bühne. Das Gejohle und der Jubel lassen mein Blut rauschen, und Mrs. Allen tätschelt meine Schulter. «Gut gemacht. Ich wusste, dass du es schaffst», flüstert sie. Alle Lehrer haben sich von ihren Plätzen erhoben.

«Danke, Mrs. Allen. Vielen, vielen Dank.»

Es ist okay, denke ich. Ich fühle mich, als würde ich gleich vor Erleichterung zusammenklappen. *Ich bin Schulsprecherin. Es ist alles gut.* Ich bin schon einmal Schulsprecherin gewesen, in Mayfield, der kleinen Grundschule am Ende unserer Straße. Meine Mutter war dabei gewesen, als mein Name am Tag des Sportfests verlesen wurde. Alle anderen Mütter waren tadellos gekleidet, und sie, in ihren löchrigen Strumpfhosen, hatte nach Ammoniak und Gott weiß was gerochen und dafür gesorgt, dass alle anderen Abstand hielten. Meine Mutter, mit ihrer trägen, matten Stimme, die mir nicht gratulierte. Nur vor sich hin starrte, bis mein Vater sie wegführte und mir sagte, er würde mich später abholen.

«Schulsprecherin – gut gemacht. Weiter so. Mach weiter so», hatte er geflüstert. Und das habe ich getan. Selbst in den schwierigen Jahren habe ich weitergemacht. Ich musste. Und jetzt nur noch das Anne-Dunne-Stipendium. Anne Dunne, Oxford, und alles ist perfekt.

Mrs. Allen drückt meine Schulter. «Josephine, wir fühlen uns wirklich geehrt, dass du unsere Sprecherin bist. Ich weiß, du wirst mich nicht enttäuschen. Eine der besten Schülerinnen, die wir jemals hatten. Sehr, sehr gut gemacht.» Ich schließe kurz meine Augen und setze mich dann auf den Stuhl neben sie, links von mir sitzt Verity. Sie beugt sich zu mir rüber und flüstert: «Bravo, Josephine. Schätze, wir werden beide auch für das Stipendium nominiert? Erst der Kampf um das Abzeichen und jetzt ein Kampf um Anne Dunne?» Sie reibt die Hände aneinander und stößt den Atem aus, als würde gleich das Rennen starten. Ich kümmere mich nicht um sie.

Mrs. Allen sucht ihre Unterlagen zusammen und dankt den Schülerinnen und dem Kollegium für ihr Kommen. Zeit, es meinen Eltern zu sagen. Mein Vater arbeitet für den Premierminister, er ist seine rechte Hand, und es ist meist schwer, ihn zu erreichen. Ich benutze das öffentliche Telefon im Hauptgebäude und hinterlasse ihm eine Nachricht bei Sally, seiner Sekretärin. Sie nuschelt ein kurzes «Gut gemacht» und legt auf. Meine Mutter ist unaufmerksam am Telefon. «Gut, gut.» Sie atmet schwer, als wäre sie zum Apparat gelaufen. Ich weiß, dass es nicht mehr als zehn Schritte gewesen sein können. Sie legt auf, als ich gerade von dem Moment erzähle, in dem mein Name aufgerufen wurde. Ein leise klopfendes Geräusch am anderen Ende der Leitung, und dann ist es still. Ich weiß nicht, was ich erwartet hatte, und trotzdem fühlt es sich an wie ein Schlag gegen die Kehle. Ich lege den Hörer auf, und Freya steht vor mir. «Bist du okay?»

«Klar. Hab nur meine Mutter angerufen.»

«Oh», sagt sie. «Bist du … Ich mein, war es …?»

«Mir geht's gut. Ja. Es war gut», antworte ich. Freya kaut auf ihrer Unterlippe herum, und ich habe keine Kraft, mich weiter über das Thema auszulassen oder ihr zu versichern, dass es mir gutgeht.

«Also, nur weil ich die Einzige bin, die Bescheid weiß», sagt sie, «heißt es nicht, dass du mich damit belastest. Du kannst jederzeit mit mir drüber sprechen. Ja?»

Wieder einmal hat sie genau das Richtige gesagt. Ich lasse mich von ihr mitschleifen, und wir beschließen, rauszugehen. Sie wird rauchen, und ich werde ihr dabei Gesellschaft leisten. Wir tragen uns im Schulbuch aus. «16:30 Uhr, 7. September 1996, Schulsprecherin-Feier. Draußen für eine Stunde, Freya Seymour und Josephine Grey (Schulsprecherin! Juhuuu!)», schreibt Freya. «Dieses verdammte Ding liest eh keiner», sagt sie.

«Lieber auf Nummer sicher gehen», erwidere ich, obwohl ich mich jetzt schon unverwundbar fühle mit meinem neuen Abzeichen. Wir zwängen uns durch das Schultor, die Metallstangen drücken hart gegen die Brust. Wir gehen durch die Fußgängerunterführung, die von der Stadt wegführt, und kommen zu einem Parkhaus in einiger Entfernung von der Schule. Es ist heruntergekommen und stinkt nach Pisse. Wir hocken uns neben einen Notausgang.

«Hey, Frey, ich kann nicht mehr in der Schule rauchen. Du weißt das, oder?»

«Ich weiß», antwortet sie. «Ich sollte auch nicht, aber ich schätze, ich habe nicht so viel zu verlieren.»

«Hmm», sage ich und denke an Oxford.

«Oh, und was ist mit dem Stipendium? Bist du aufgeregt?», fragt Freya.

«Warum sollte ich aufgeregt sein?», antworte ich.

Freya weicht einen Schritt zurück und runzelt die Stirn.

«Na ja, weil du's bestimmt kriegen wirst. Deshalb. Und dann musst du dich wegen Oxford gar nicht mehr anstrengen.»

Meine Eingeweide ziehen sich zusammen. «Glaubst du?», sage ich in einem möglichst neutralen Tonfall.

«Du etwa nicht?» Freya lacht. Ich antworte nicht, und sie entlässt einen dicken Rauchschwall in die Luft. Sie hält mir ihre Zigarette hin. Ich nehme sie nicht.

«Mein Gott. Halt sie für eine Minute. Muss mir nur den Schuh zubinden.» Als sie sich herunterbeugt, nehme ich einen Zug, und Freya guckt zufrieden von ihrem Schuh hoch. «Ein freies Wochenende für den Abschlussjahrgang. Wollen wir Samstagabend ausgehen?», schlägt sie vor. «Und feiern? Ich schätze, es wird die letzte Gelegenheit sein. Bevor wir richtig lernen müssen und so.»

«Ja. Okay. Wir können feiern. Oder die Tatsache bedauern, dass wir bis zum Ende des Jahres keine freie Zeit mehr haben werden. Wo gehen wir hin?»

«Wie wär's mit diesem Club? Du weißt schon, wo wir letztes Mal waren.»

«The Fridge?»

«Ja, genau. Gehen wir dahin?»

«Okay, super. Nur wir beide, wie immer? Wäre schön noch etwas Zeit mit dir zu verbringen, bevor wir unter Büchern begraben sind.»

«Klar, nur wir beide.» Freya bietet mir noch mal ihre Zigarette an.

«Nein. Komm jetzt, lass uns gehen.» Ich setze mich in Bewegung. Wir gehen zurück zur Schule, nehmen den langen Weg über die Lacrossefelder und am Wald entlang. Wir haben unsere Schulpullis ausgezogen, damit niemand den Rauch riechen kann, und als wir ankommen, ist uns kalt, und unsere Kleidung ist feucht. Wir gehen zu meinem Schlafsaal, wo wir unsere Uniformen gegen normale Klamotten tauschen. Freya leiht sich ein paar von meinen Sachen, und am Ende tragen wir beide lange Röcke, Doc Martens und weiße T-Shirts. Wir können nicht ungestört sprechen. Ein Mädchen, wahrscheinlich eine Neue, weint auf dem Bett neben meinem. Ihr Koffer ist immer noch voll, obwohl ihre Pinnwand schon zugehängt ist mit Familienfotos und Postern von Männern mit langen Haaren und Gitarren.

«Alles klar?», ruft Freya ihr zu.

«Alles gut. Es ist nur … meine Eltern sind gerade weggefahren.»

«Ah», sagt Freya. «Es wird besser, keine Angst. Versprochen. Guck uns an, wir sind immer noch hier.» Sie lacht, nicht unfreundlich, und zieht die oberste Schublade meines Nachtschränkchens auf. Sie nimmt mein Acqua Di Giò heraus und besprüht uns beide. «Nur damit du auch gut riechst.» Sie schaut sich um. Noch zwei Spritzer, dann ist sie zufrieden. «So. Das wird reichen.»

Mrs. Kitts, unsere Hausvorsteherin, klopft an die Tür und kommt rein, ohne eine Antwort abzuwarten. Ich stopfe unsere Pullis unters Bett und öffne das Fenster.

«Puh. Warm hier drin», sagt Freya kichernd. *Halt die Klappe, Freya*, denke ich.

«Ja, es ist ziemlich stickig, oder? Ah, Josephine. Unsere neue Schulsprecherin», sagt Mrs. Kitts und faltet ihre Hände wie zum Gebet. «Und unsere wunderbare Vertrauensschülerin ist auch da. Beide aus diesem Haus. Ich bin sehr stolz, eure Hausvorsteherin zu sein.» Sie sieht Freya mit glänzenden

Augen an. Ich bin immer wieder überrascht, wie viel dünner Mrs. Kitts aus der Nähe aussieht. Ihr Schlüsselbein sticht unter ihrer cremefarbenen Seidenbluse hervor.

«Gut, Mädchen, gleich findet eine Hausversammlung statt. Extra für euch beide. Glückwunsch», sagt sie und nickt mir zu. «Und Eleanor? Wenn du reden möchtest oder traurig bist, dann komm zu mir oder einem der Mädchen. Wurde dir schon eine Hauspatin zugeteilt?»

Eleanor putzt sich die Nase. «Ja. Ich treffe sie später, damit sie mir alles zeigen kann.»

«Wunderbar», sagt Mrs. Kitts.

«Okay. Soll ich die Glocke in etwa einer halben Stunde läuten?», frage ich und gucke auf meine Uhr.

«Das wäre perfekt. Freya, kommst du mit, dann können wir deinen Immatrikulationsantrag durchgehen.» Mrs. Kitts streckt eine Hand aus und zieht sie dann wieder zurück. Freya sieht mich an, und ich nicke ihr zu, dass sie ruhig gehen soll. Ich sage nichts mehr, als sie beide den Raum verlassen. Ich sitze auf meinem Bett und nehme die vergangenen Stunden in mich auf, erlebe noch einmal den Moment, als Mrs. Allen meinen Namen vorliest. *Josephine Grey. Schulsprecherin. Josephine Grey.* Die Worte kreisen in meinem Kopf.

Nach der Hausversammlung ruft mich Mrs. Kitts zu sich, um mir mitzuteilen, dass Mrs. Allen mich vor dem Abendessen sprechen will. «Nur, um dir noch einmal zu gratulieren und anstehende Termine zu besprechen», sagt sie. «Nur du und Verity.»

Ich renne zur Dusche, schrubbe alle denkbaren Rückstände von Rauch ab und ziehe mich noch mal um. Es sind zehn Minuten vom Haus zu Mrs. Allens Büro, und ich laufe so schnell ich kann über die taunasse Wiese und den Hof der Kapelle. Verity wartet bereits im Vorzimmer und wirkt ganz ruhig. Sie hält es nicht mal für nötig, mich anzusehen, als ich mich auf die Holzbank neben der Standuhr setze. Mrs. Allen öffnet nach ein paar Minuten die Tür und bittet uns hinein.

«Josephine, wo möchtest du sitzen?», fragt Verity. Sie macht beinahe einen Knicks, während sie Mrs. Allen anlächelt.

«Ich sitze hier», sage ich und lasse mich in einen großen pinkfarbenen Polsterstuhl sinken. Sie zieht sich einen Holzstuhl heran.

«Gut gemacht. Das habt ihr beide wirklich ganz toll gemacht. Wie fühlt ihr euch?»

«Ich fühle mich großartig. Danke, Mrs. Allen. Und Josephine, noch mal herzlichen Glückwunsch, du siehst aus, als würdest du dich auch großartig fühlen!» Verity beugt sich herüber und rubbelt über meinen Arm.

«Ich fühle mich gut. Danke. Danke, dass Sie Ihr Vertrauen in uns setzen», sage ich.

«Nun, ihr habt es beide verdient. Gut. Noch ein paar Dinge, bevor ihr zum Abendessen geht. Die diesjährige Schulzeitung. Josephine. Du wirst die Herausgeberin sein, so ist es Tradition. Verity, möchtest du dich beteiligen?»

Verity nickt und macht eine große Show daraus, ihr Notizbuch hervorzuholen und in schwungvoller Schrift die Worte *Die Lupe* zu notieren.

«Das Budget fällt in diesem Jahr etwas höher aus», sagt Mrs. Allen. «Ich gehe die Kosten in den nächsten Tagen mit dir durch, Josephine. Wir bringen *Die Lupe* wie üblich rechtzeitig zu den Weihnachtsferien heraus, und wie du weißt, ist dieses Trimester besonders vollgepackt, daher wäre es gut, die Sache anzugehen, bevor du mit anderen Dingen überhäuft wirst. Ist das in Ordnung für dich?»

«Ja. Danke», sage ich.

«Ist eigentlich schon entschieden, wer für das Stipendium nominiert wird?», fragt Verity. *Ich*, denke ich.

«Nein», sagt Mrs. Allen bestimmt.

«Natürlich. Entschuldigung, tut mir leid. Habe mich nur gefragt.» Verity blickt wieder in ihr Notizbuch.

«In Ordnung, ihr Lieben, ich glaube, das war alles. Noch mal herzlichen Glückwunsch. Jetzt habt ihr erst einmal euer freies Wochenende. Ich schlage vor, ihr macht eine wohlverdiente Pause, bevor es richtig losgeht.»

«Danke, Mrs. Allen», sagt Verity. «Gut. Es ist sechs Uhr. Jo, vielleicht ein bisschen früh, aber wollen wir zusammen zum Abendessen gehen?» Verity hält mir ihren Arm hin, damit ich mich einhake.

«Danke, Mrs. Allen», sage ich. «Das ist eine reizende Idee, Verity.»

Mrs. Allen öffnet die schwere Eichentür, und Verity und ich verlassen ihr Büro, gehen ohne ein Wort über den leeren Korridor und halten nur kurz am Schwarzen Brett. Es gibt nichts Neues, abgesehen von Fotos der neuen Mädchen, reihenweise hoffnungsvoll leuchtende Gesichter.

Und dann, als wir endlich in den Speisesaal kommen, gehen wir getrennter Wege, ohne uns noch einmal umzudrehen.

Als das Wochenende bevorsteht, bin ich völlig erledigt. Am Ende des Schultags bin ich auf dem Fußboden neben meinem Schreibtisch eingeschlafen, inmitten von Stapeln von Schulbüchern voll mit Hunderten Post-its, die überall hervorsprießen wie gelbe Zähne. Und dann wird es mir wieder bewusst. Ich bin Schulsprecherin! Und während ich auf das Abzeichen hinabsehe, das verheißungsvoll im Licht glitzert, freue ich mich darauf, wie Freya und ich das feiern werden. Nur wir beide. Unsere letzte unbeschwerte Nacht. Es muss wild werden. Schließlich ist es unsere letzte Nacht in Freiheit, bevor meine Zukunft beginnt.

2014

Es ist neun Tage her, dass ich Freya geantwortet habe. Die ersten zwei Tage habe ich allein verbracht, kaum in der Lage, mit jemandem zu sprechen, dankbar, dass Wochenende war. Die anderen waren weggefahren, sonnten sich auf der Dachterrasse eines Fünf-Sterne-Hotels, während ich in der flirrenden Hitze zurückblieb. Ich machte weiter mit der Arbeit, legte nur ab und zu eine Pause ein, um mir eine Flasche warmes Wasser über den Kopf zu schütten und eine Handvoll Erdnüsse zu essen – meine einzige Nahrung seit Freyas Mail.

Bevor ich die Antwort abschicken konnte, hatte ich stundenlang zusammengekrümmt auf dem Bett gesessen, den Text verfasst, verworfen und neu formuliert. Eine Woge der Erinnerung hatte mich ergriffen, während ich tippte: Mrs. Allens Brille, die auf dem Ansatz ihres Busens ruhte, während sie die Bekanntmachungen verlas, und wie es sich anfühlte, als ich erfuhr, dass ich Schulsprecherin war; das plötzliche Gefühl der Stärke, das mir dieses kleine rote Abzeichen verlieh. Es ließ mich größer werden, ich streckte mich hinauf zur cremefarbenen Decke der Aula. Kleine Details tauchten ungewollt auf – der Rock, den Freya in dieser schicksalhaften Nacht trug, Jeansstoff mit kleinen Schädeln und gekreuzten Knochen am Bündchen, das Resultat einer stundenlangen Verschönerungsaktion mit Hilfe einer Bastelschere und etwas Klebe. Ich fand ihn am nächsten Tag zusammengeknüllt im Abfalleimer und behielt ihn. Nie habe ich einer Menschenseele davon erzählt.

Liebe Freya, hatte ich geschrieben (einfach nur «Freya» hätte zu passiv-aggressiv geklungen, «Hi, Freya» zu gekünstelt). *Ich hoffe, es geht dir gut. Die Zeit ist so schnell vergangen. Danke für deine Mail. Es tut mir leid, ich kann dich nicht treffen. Ich habe im Moment extrem viel Arbeit, und ich werde wahrscheinlich bald wieder von hier weggehen, und ich weiß noch nicht, wo ich dann sein werde. Ich wünsche dir alles erdenklich Gute.*

Ich hatte über drei Stunden überlegt, wie ich enden sollte, bis sich mein Kopf anfühlte, als hätte jemand dagegengetreten.

Liebe Grüße
J.

Abschicken. Gesendet.

Und seitdem: nichts. Ich habe mich gezwungen, nicht permanent auf Aktualisieren zu klicken, und fragte mich, ob sie ein Spiel mit mir trieb. *Miststück*, denke ich, dann verfluche ich mich dafür, dass ich mich überhaupt darauf eingelassen habe. *Du hast es so gewollt*, sage ich mir selbst. Während der Arbeit lege ich dauernd mein Werkzeug weg, um mein Handy zu checken. Aktualisiere meine E-Mails. Alle kriegen es mit, und ich höre, wie Mia Jeremy fragt, ob mit mir alles in Ordnung ist. «Mir geht's gut», rufe ich dazwischen.

Neun Tage, und ich habe mein Zimmer nur verlassen, um zur Arbeit und zweimal kurz zum Supermarkt zu gehen und den Vorrat für meine Lunchpakete aufzustocken. Am zehnten Abend stehen meine Kollegen vor der Tür.

«Kommst du mit, was trinken?», fragen sie und blinzeln nervös.

«Nein, lieber nicht. Aber danke trotzdem.»
«Sicher?»
Ich nicke, und seitdem hat mich keiner mehr behelligt. Entgegen meinen guten Vorsätzen checke ich meine E-Mails. Toby schreibt mir, dass er mich auf dem Rückweg aus dem Irak besuchen wird.

Josephine, Josephine. Ich schaue in Amman vorbei, vor allem, um dich zu sehen, aber auch für eine Story über syrische Flüchtlinge. Gehst du mit mir essen? Ich habe ein paar interessante Geschichten auf Lager. Es haben sich noch andere Dinge ergeben, es wäre also gut, sich mal zu unterhalten. Komme übermorgen an. Könnte um sieben bei dir sein, frühestens. Herzlichst, T.

Toby hat immer interessante Geschichten auf Lager. Ich bin eine begeisterte Abnehmerin seiner Storys aus den Kriegsgebieten; Blut, Eingeweide, Gefechte, er hat schon alles gesehen, und aus irgendeinem Grund kommt er immer wieder zu mir zurück, der langweiligen Josephine, die seit zehn Jahren nur in Staub und Dreck wühlt. Ich frage mich, ob er mich wie sonst auch ablenken kann, und ich bin gespannt, was die anderen Dinge sind, über die er mit mir sprechen will – Toby ist immer für eine Überraschung gut.

T., liebend gern. Ich warte bei einem Whisky-Soda in der Bar vom Hotel Mamounia, wenn du ankommst. Flakwesten sind nicht erlaubt. J.

Abschicken.

Aktualisieren.

Keine Nachricht von Freya. Hör auf nachzugucken, sage ich mir selbst. Und frage mich wieder, ob das alles nur ein dämliches Spielchen ist. Ob sie das nur tut, um mich zu quälen.

Ich genehmige mir ein Ginger Beer aus der Minibar. Anschließend nehme ich mir aus der Reihe der kleinen Flaschen einen Wodka. Ich gieße ihn in einen Plastikbecher, und im Handumdrehen ist er weg. Beherzt gönne ich mir noch einen. Es folgt ein Glas kalter Weißwein, dann setze ich mich hin und starre auf meinen Laptop. Ich will sie gar nicht wiedersehen. Aber warum hat sie nicht zurückgeschrieben? Ich sollte froh sein. Aber sie wird doch nicht so einfach aufgegeben haben, oder? Bevor ich darüber nachdenken kann, fliegen meine Finger über die Tastatur in einer Mischung aus Panik und Trotz.

> Freya, ich hoffe, meine Mail hat dich erreicht. Die Verbindung ist hier manchmal wackelig, besonders wenn ich draußen bei einer Grabung bin. Ich hoffe, du verstehst, dass wir uns nicht treffen können. Ich hoffe sehr, dass es dir gutgeht. Josephine.

Abschicken. Hektisch drücke ich auf Abbrechen. Zu spät. Die Nachricht ist weg. Ich bin erleichtert, dass ich es habe geschehen lassen. Es nicht mehr in der Hand zu haben fühlt sich gut an. Aber dann setzt die Panik richtig ein, und ich fange an zu zittern. *Fuck*, denke ich. *Was habe ich getan?* Ich fühle mich wie an dem Abend, als ich Toby kennengelernt, ihn ausgefragt und ihm dann in dieser Bar mit dem klebrigen Fußboden meine Londoner Telefonnummer auf den Handrücken gekritzelt habe. «Es ist okay, sich verletzlich zu fühlen», murmle ich. *Nein*, denke ich. *Ist es nicht.*

Es klopft an der Tür. Jeremy. Er ist zwanzig, frisch von der Schule und scheint nicht viel Aufhebens zu machen um sein gutes Aussehen.

«Wollte nur gucken, ob's dir gutgeht. Wir haben seit einer Ewigkeit nichts von dir gehört.» Er lächelt mich an.

«Mir geht's großartig.»

«Gut. Was machst du?» Er kommt ins Zimmer, und ich klappe meinen Laptop zu.

«Nichts, ich surfe nur herum.» Verzweifelt versuche ich die E-Mail zu vergessen, die ich gerade abgeschickt habe.

«Komm, lass uns runtergehen und was trinken.» Ich will schon den Kopf schütteln, aber Jeremy hebt die Hände. «Keine Widerrede. Die Entscheidung ist gefallen. Du warst lange genug allein hier oben.»

Geschlagen lasse ich die Schultern sinken. «Okay», sage ich, bevor ich weiter darüber nachdenken kann, schnappe mir mein verkratztes Lederportemonnaie und den Seidenschal, den ich auf einem Markt in der Stadt gekauft habe, und wir verlassen das Zimmer. Es gibt kein Netz an der Bar, und ich gehe dreimal an diesem Abend hoch in mein Zimmer, um die Mails zu checken. Nichts. Jeremy stellt mir einen Tequila nach dem anderen hin, und ich kippe sie alle herunter. Meine Kollegen haben mich höchstens mal einen Schluck Wein trinken sehen und feuern mich an. Anfangs lacht Jeremy noch, dann sieht er besorgt aus. «Josephine», sagt er, «ich denke, wir bringen dich besser ins Bett.»

«Wenigstens einer kümmert sich!», rufe ich. Jeremy schleift mich zur Treppe, und ich höre, wie Mia uns hinterherpfeift.

Ich drehe mich zu ihr um. «Machst du das bei jedem, mit dem du zum ersten Mal was trinken gehst?», frage ich sie.

«Nein, ich war nur überrascht, dich mal draußen zu sehen, und wollte …»

Ich stütze mich auf dem dunklen Holztisch ab. Mia legt ihre Hand neben meinen Arm.

«*Was* wolltest du?» Obwohl ich betrunken bin, nehme ich den scharfen Tonfall in meiner Stimme wahr.

«Nichts, nichts. Wir wollten uns nur amüsieren, das ist alles.» Sie weicht einen Schritt zurück.

«Komm schon», sagt Jeremy. Er schaut zu Mia. «Du gehst auch bald schlafen, okay?»

Als ich aufwache, ist es fünf Uhr morgens, und mir ist schlecht. Meine Hand klopft auf die andere Betthälfte. Leer. *Gott sei Dank*. Toby und ich haben keine Regeln aufgestellt, aber über einen Praktikanten, der fünfzehn Jahre jünger ist als ich, könnte er sich ärgern. Ich erinnere mich an fast nichts, abgesehen von Mias Gesichtsausdruck, als Jeremy mich hochgebracht hat. Hier und da ein paar aufblitzende Momente – Mia und Jack, die auf der Terrasse tanzen, während ich eine Shisha mit Apfelgeschmack rauche und Rotwein trinke. Rotwein? Nach dem weißen und Tequila? *Warum?*, denke ich und stehe auf, um mich zu übergeben. Das einzig Gute ist, dass ich einen ganzen Tag lang zu fertig bin, um an Freya zu denken. Ich verspüre ein generelles Unwohlsein, aber es ist fast beruhigend. Ein Mittel gegen die deutliche Vorstellung ihres Gesichts, das mich seit ihrer E-Mail fast ununterbrochen verhöhnt.

«War lustig gestern Nacht.» Mia zwinkert mir zu, als sie zu spät zur Arbeit kommt. Ich habe darauf geachtet, vor allen anderen dort zu sein. Ich antworte nicht. Mache einfach weiter mit arbeiten. Schwitzen und arbeiten.

Am nächsten Tag, an dem Toby kommt, habe ich immer noch einen Kater. Ich danke der Sonne, dass sie meine Wangen rosiger erscheinen lässt, und natürlich dem Duty-Free-Shop für die Mascara. Ich tupfe etwa drei Jahre alten Concealer unter meine Augen, drücke die trockenen Klümpchen in die Haut. Ich sehe damit so verhärmt aus, dass ich ihn wieder abreibe. Freya hat noch immer nicht geantwortet. Ich nehme mir vor, den Abend mit Toby zu genießen. Ich lasse mein Handy auf dem Zimmer und hoffe, dass sich Toby daran erinnert, wo wir uns treffen wollen. Heimlich schleiche ich die Treppe hinunter und fühle eine merkwürdige Kombination aus Frische und Erschöpfung. Ich trage die Sachen, die er am liebsten an mir mag: meine blassblauen Jeans, Flip-Flops und ein weißes, tailliertes T-Shirt.

«Ich liebe dich in diesem Outfit», hatte er bei unserem letzten Treffen gesagt. «Schlicht. Es bringt deine Schönheit zur Geltung.»

Ich hatte geprustet, als er das sagte. Es war das einzige Mal, dass ich von ihm das «Wort mit L» gehört habe. Ich habe einen winzigen Hauch Jasminduft aufgelegt und das Haar zu einem Pferdeschwanz zusammengebunden. Vor ein paar Monaten habe ich mir einen Pony geschnitten, und die Überreste hängen mir immer noch in die Augen. Ich setze mich an einen Tisch auf der Terrasse und bestelle zwei Whisky, einen doppelten für ihn und einen einfachen für mich. Keine Ahnung, warum – ich hasse Whisky. Ich nehme einen kleinen Schluck. Es ist Viertel vor acht, als ich mich frage, ob ich mich an der Rezeption erkundigen sollte, ob seine Maschine pünktlich ist.

Ich gebe ihm noch fünfzehn Minuten. Dann ist es acht Uhr, und ich signalisiere dem Kellner, dass er mir mehr Nüsse bringen soll. Er macht eine kleine Verbeugung, als ich auf die Schale deute. Jeremy, Jack und Mia sitzen drinnen an einem Tisch und trinken anscheinend Margaritas. Jeremy guckt die ganze Zeit herüber, und ich tue so, als würde ich das Pärchen am Nachbartisch beobachten. Halb neun. Schließlich kommt Jeremy heraus.

«Ich weiß, dass du auf jemanden wartest, aber willst du dich nicht zu uns setzen?» Seine Daumen sind in seine Jeans eingehakt. «Na, was ist?»

Ich lächle wenig überzeugend. «Vielen Dank, aber ich bleibe hier. Ich genieße die frische Luft. Trotzdem danke. Wir kommen vielleicht später dazu. Wann auch immer er da ist.» Dieser Wink sollte reichen. Er hebt eine Augenbraue.

«Alles klar. Also, wir sind gleich da drüben, wenn du Lust hast.» Er geht wieder rein.

Scheiß drauf. Ich trinke auch Tobys Whisky. Das Glas ist halb leer, als ich ihn sehe. Er trägt schwere, schwarze, dreckverkrustete Stiefel. Seine Jeans schlägt Falten am Bund, wo er den Gürtel fest zugezogen und das schwarze T-Shirt hineingesteckt hat. Sein Presseausweis baumelt noch um seinen Hals, sein Gesicht ist ausdruckslos und das braune Haar verstrubbelt. Er trägt die schwarze Reisetasche, in der die immer gleichen paar Dinge sind: ein Laptop, Boxershorts, die einfache grüne Zahnbürste, die er immer benutzt, ein Exemplar von «Der große Gatsby» und sein Talisman – ein kleiner Teddybär, den er von einem irakischen Waisenkind bekommen hat.

«Das war ja klar», sage ich immer und lache, wenn ich ihn

heraushole, obwohl ich mich jedes Mal über seinen vertrauten Anblick freue. Und obwohl er zu spät ist, will ich ihm das erzählen, aber als er sich hinsetzt, sieht er besorgt aus. Sein unrasierter Look ist schon jenseits des Klischees eines Kriegsreporters, und er hat graue Flecken im Gesicht. «Whisky.» Er zeigt auf mein Glas und formt ein «noch einen» mit den Lippen in Richtung Bedienung, die hinter der Bar herumwuselt.

«J. Es tut mir so leid.»

«Ist schon okay. Es macht nichts. Ich wusste, du würdest kommen.» Ich überspiele meine Anspannung mit einem gekünstelten Lachen.

«Nein. Wirklich. Es tut mir leid.» Sein Kinn ruht in seinen Händen, und er rubbelt an einem unsichtbaren Fleck auf seiner linken Wange.

Mein Magen fühlt sich an, als würde er sich mit Helium füllen. «Was ist passiert?»

«Ich bin in Schwierigkeiten.»

«Schwierigkeiten? Was meinst du?» Bilder von Kalaschnikows, Bomben, Enthauptungen, diversen Bedrohungsszenarien flitzen durch meinen Kopf. Meine Muskeln spannen sich an. Die Angst produziert standardmäßig die Vorstellung von Freyas Gesicht.

«Ich werde Vater.»

Absurderweise ist mein erster Gedanke, aufzuspringen und ihn zu beglückwünschen.

«Du wirst Vater?», wiederhole ich.

«Ja. Es tut mir leid, J ... Wirklich, es tut mir leid. Sie heißt Anna. Ich habe sie letztes Jahr in Syrien kennengelernt. Wir haben zusammen im Irak gearbeitet. Sie ist Fotografin.»

Ich schnaube unwillkürlich.

«Ich weiß, ich weiß. Typisch.» Er kippt seinen Whisky herunter und legt seine Hand auf meine.

«Bevormunde mich nicht, Arschloch», sage ich in heiterem Tonfall. Ich nehme Momente der Stille an Mias und Jeremys Tisch wahr, in denen sie an ihren Drinks vorbei interessierte Blicke herüberwerfen.

«Nein. Es tut mir wirklich leid. Du und ich ... es ist eine komische Art von Beziehung ...»

«Ja, ja, ich weiß. Wir sind nicht *zusammen* zusammen.»

«Ich weiß, aber das macht es nicht besser. Ich hätte es dir sagen müssen. Du verdienst jemand Besseres als mich.»

Warum passiert das unmittelbar, nachdem Freya sich gemeldet hat? Hat sie eine Welle von schrägen Ereignissen losgetreten? Mach dich nicht lächerlich, sage ich mir. Sie hat nicht diese Macht über mich. *Oh doch, die hat sie.* Oder eher die Erinnerung an sie. Und dann denke ich an meine Mutter, das Geräusch ihres Feuerzeugs, die Verlorenheit ihres Blicks.

«Was hättest du mir sagen müssen? Dass du eine andere vögelst? Nicht nötig, mein Lieber.» Ich versuche meine Wut zu unterdrücken. Ich möchte ihm meinen Drink an den Kopf knallen und ihm die Augen auskratzen. Ich habe das Gefühl, keine Luft mehr zu kriegen.

Toby rutscht näher an mich heran, betrachtet mein Gesicht, meine Augen, als hätte er mich vorher nicht gesehen. «Josephine? Josephine, bist du okay? Du zitterst.» Er beugt sich zu mir, nimmt meine Hände. Er streicht über das Pflaster auf meiner Hand. «Was ist passiert?»

«Mir ist kalt. Und das ist nichts. Nur ein Schnitt. Versuch nicht abzulenken», warne ich ihn.

«Sorry.»

«Wie alt?»

«Fünfundzwanzig.»

Ich stelle sie mir vor, jung, lässig und braungebrannt. Sie hat bestimmt Modelmaße, braucht kein Make-up oder faltenreduzierende Feuchtigkeitscreme. Ich denke daran, wie viel Zeit ich in der sengenden Sonne verbringe. Und dann, plötzlich, aus dem Nichts heraus, wünsche ich mir nichts mehr, als mit Freya zu sprechen. *Sie wüsste, was zu tun wäre*, denke ich. *Reiß dich zusammen, Josephine. Reiß dich zusammen. Sonst könntest du …*

«Wie war es sonst so? Gibt es noch andere interessante Neuigkeiten?», sage ich.

«J … bist du okay? Du wirkst … Du siehst dünn aus. Richtig dünn. Ist irgendwas passiert?»

«Nein, Unsinn, was sollte denn passiert sein?» Ich nehme seine Hand und stelle mir vor, ein kleines Cocktailschirmchen hineinzustechen. «Mach dir keine Sorgen. Wir haben uns nie versprochen, treu zu sein. Wir haben uns nie als Paar bezeichnet. Also ist alles gut.»

«Okay.» Es freut mich, dass er verletzt aussieht.

«Also los, erzähl mir von deinem letzten Auftrag.»

«Hm … Bist du sicher?»

«Ich bin sicher.»

Und in den nächsten drei Stunden redet er, bis eine mitternächtliche Brise aufkommt und ich über die aufgestellten Härchen auf meinen Armen reibe. Ich will nach dem Baby fragen. Ich will wissen, ob Toby Teil seines Lebens sein wird. Ich will wissen, ob er das kleine Wesen in seinen Armen halten wird und es an seinem Finger nuckeln lässt, ob er seine Windeln wechseln und es lieben und betrachten wird, wie seine kleine

Brust sich hebt und senkt. Aber ich tue es nicht. Stattdessen frage ich nach Kalaschnikows und Bomben und Enthauptungen und denke dabei an Freya. Ich wünschte, ich könnte Toby einweihen und ihn fragen, was ich tun soll. Wünschte, er könnte mir helfen. Aber ich weiß, wenn wir heute Nacht zu Bett gehen, werden wir über das reden, worüber wir immer reden: nämlich gar nichts. Ausziehen, Gesicht waschen, Zähneputzen. Er wird eine Bemerkung über mein Schlafshirt machen, und ich werde lächeln, und seine Hände werden über meinen Körper gleiten, und er wird mich mit diesem wissenden Blick ansehen, der mir ein beruhigendes, aber auch ein bisschen mulmiges Gefühl gibt, und ich lasse zu, dass er mich umdreht, und er wird für gute fünf Minuten loslegen, und ich werde ein bisschen seufzen und stöhnen, und es wird genau so sein wie immer, nur dass sich die Leere dieses Mal noch bodenloser anfühlen wird. Unübertrefflich bodenlos.

1996

Ihr seid vollzählig, nehme ich an? Habt eine schöne Zeit», sagt Mrs. Kitts. Wir stehen in einer Reihe und schütteln ihre Hand, bevor wir übers Wochenende nach Hause fahren.

«Danke», antworte ich. «Ich werde versuchen, mich etwas auszuruhen.»

Mrs. Kitts zwinkert. «Koste deine Privilegien aus. Nimmst du den Zug?», fragt sie.

«Nein, ich bin zum Abendessen bei Freya, ihr Dad holt uns ab.» Freya steht neben mir, die Tasche fürs Wochenende in der Hand. Wir sehen zu, wie die Eltern der anderen kommen und ihren aufgeregten Nachwuchs abholen. Die Mutter von Kate Green kommt ganz glamourös hereingeschwebt und begrüßt ihre Tochter, als wären sie jahrelang getrennt gewesen. Freya sieht besorgt aus, bemüht, meine Gefühle zu schonen. «Lächerlich. Total übertrieben», sagt sie und drückt meine Hand. Ich lache, weiß aber nichts darauf zu antworten.

Rollo kommt zwei Stunden später, nachdem alle anderen weg sind. Er schiebt es auf die Arbeit, aber ich habe noch nie erlebt, dass er pünktlich war – Freya übrigens auch nicht. Als wir nach einer Stunde endlich in London ankommen, ist es schon Zeit fürs Abendessen.

«Ich zaubere euch ein Festmahl», sagt er. «Für euch beide, die Schulsprecherin und die Vertrauensschülerin. Leon? Hast du auch etwas zu feiern?»

«Nein, Dad.» Leon, Freyas Bruder, sitzt auf dem Sofa und

liest eine Zeitschrift mit einem Bikini-Mädchen auf dem Cover.

«Was gibt es sonst Neues?», fragt Rollo.

«Josephine wird bald auch ein Stipendium bekommen, nicht wahr, J?, antwortet Freya.

«Wirklich, Josephine?», sagt Rollo. «Davon hast du ja gar nichts erzählt.»

Ich starre sie wütend an. Sie weiß genau, wie sehr ich es hasse, über diese Dinge zu sprechen – als wäre der Druck nicht ohnehin schon groß genug. «Da gibt es nichts zu erzählen. Nur dass das Anne-Dunne-Stipendium bald vergeben wird. Was ist mit dir, Freya? Möchtest du dich nicht auch darum bemühen?»

Ich versuche den warnenden Unterton in meiner Stimme zu dämpfen. Es funktioniert nicht, und Rollo sieht auf und runzelt die Stirn.

«Ja, Schatz, was ist mit dir? Warum hat Mrs. Allen dich nicht nominiert? Was hast du verkehrt gemacht? Diese Frau. Ständig übersieht sie dich. Soll ich die Schule anrufen?»

«Also … nein … Ich habe nur … die Namen wurden noch gar nicht bekannt gegeben.» Freya sieht mich verwirrt an, ich soll ihr helfen. Den Gefallen tue ich ihr nicht. Hoffentlich hört sie jetzt endlich auf, über das scheiß Stipendium zu reden.

«Essen ist fertig», sagt Rollo, und wir nehmen unsere Plätze am Tisch ein.

«Möchtest du Brot?», fragt mich Leon.

«Danke.» Ich nehme zwei Scheiben und reiche den Korb an Rollo, der abwinkt.

«Ich versuche abzunehmen», sagt er und trinkt einen Schluck Rotwein. «Du bist also Schulsprecherin, hm? Hast du es schon deinem Vater erzählt? Und deiner Mutter? Sie kommt bald raus, nicht wahr?», fragt Rollo. Es wird still am Tisch, und ich weiß nicht, was ich darauf antworten soll.

«Ich habe es ihm erzählt», sage ich. «Er schien sich zu freuen. Und meine Mutter ... ihr geht es gut. Sie kommt bald nach Hause? Woher weißt du das? Hat *er* es dir gesagt?» Ich bekomme mit, dass Rollo Freya einen Blick zuwirft. Sie zuckt mit den Schultern.

«Dein Vater –»

«Mir hat er es nämlich nicht gesagt», sage ich.

«Dad, reich mir mal das Brot», unterbricht Freya die Stille.

«Es gibt keins mehr. Sorry. Apropos, wo wir gerade vom Teufel sprechen: Wie geht es deinem Vater?», fährt er fort.

«Dad», ermahnt Freya ihn.

«Es tut mir leid, aber darf ich mich nicht nach meinem ältesten Freund erkundigen? Ständig verpassen wir uns.»

«Doch, natürlich», sage ich. «Es geht ihm gut. Er arbeitet viel. Gestern Abend ist er nach Südafrika geflogen.» Rollo scheint etwas sagen zu wollen, aber lässt es bleiben und stopft sich eine Handvoll Chips in den Mund.

«Möchtest du, dass wir nach deiner Mutter sehen?», fragt er mich, als er fertig ist mit Kauen. «Leon, du wirst hier sein, oder? Ich bin auf der Paris News Conference.»

Freyas Bruder streicht sich das Haar zurück und nickt. «Natürlich. Was immer du willst. Ist sie ... ist sie immer noch ...?»

«Nein», sage ich lauter als beabsichtigt. «Nein ... ich meine ... ja, sie ist immer noch dort, und nein, bitte besuch sie nicht. Sie kommt schon klar.» Rollo beugt sich zu mir, zieht die Serviette aus seinem Kragen und drückt meine Schulter. Ich möchte seine Hand abschütteln.

«Übrigens, wir gehen morgen aus, Dad.» Freya wirft mir diesen Blick zu – der sagt: Es ist alles okay, ich bin bei dir –, und ich lächle kurz. «Nur ich und Josephine. Stimmt's, J? Wir wollen feiern. Ach ja, und morgen übernachten wir dann bei Josephine.»

Rollo sieht von seiner Suppe auf.

«Amy ist da, keine Angst», sage ich, auch wenn unsere langjährige Haushälterin neunzig Prozent ihrer Zeit außerhalb des Hauses zubringt.

«Und wo geht ihr hin?», fragt Rollo und sieht mich durchdringend an.

«Wir gehen ins Kino und danach ... in einen Pub?» Ich gucke Freya an. Sie zuckt kurz mit den Augenbrauen, was ich als Zeichen deute, dass ich das Richtige sage.

«Genau, Dad», pflichtet sie mir bei. «Wir gehen nur in den Pub. Du kannst uns nicht aufhalten. Von Rechts wegen dürfen wir das. Zumindest fast.» Freya grinst mich an. Er hat es geschluckt.

«Ihr könnt in den Pub gehen. Es macht mir nichts aus. Nur ...»

«Ist gut, Dad, wir wissen Bescheid», erwidert Freya, wickelt ihr Haar zu einem Knoten auf und befestigt ihn mit einem blauen Haargummi oben auf dem Kopf. «Kannst du mir etwas Geld geben?»

«Sicher. Wie viel brauchst du? Genug für das Taxi danach zu J. Brauchst du auch Geld, J? Hat dein Vater dir etwas dagelassen?»

«Ich habe Geld, danke. Er hat mir extra mehr gegeben, weil er übers Wochenende weg ist. Hey, willst du morgen Abend mitkommen?», frage ich Leon, der sich mit den Fingern durch die Haare fährt. Ich habe ein schlechtes Gewissen, dass ich ihn frage – eigentlich wollten nur Freya und ich gehen, und ich überlege schon, wie ich mich später rechtfertigen soll –, aber als ich Freya ansehe, lächelt sie.

«Danke, aber ich fahre morgen zu einem Spiel nach Manchester. Sonst gern.»

Ich fühle mich überrumpelt, also setze ich schnell ein Lächeln auf. «Toll, gegen wen spielt ihr?»

«So eine Luschenmannschaft. West Ham.»

«Oh. Okay.»

«Also. Möchte irgendwer Eiscreme?» Rollo lehnt sich in seinem Stuhl zurück und öffnet den Gefrierschrank hinter sich.

«Dad. Tomatensuppe und Eis? Ich dachte, es gäbe ein Festmahl», sagt Freya.

«Na ja, ihr habt ja noch einen weiteren Sonderurlaub in diesem Trimester. Oh, und danach noch einen, also habe ich noch zwei Gelegenheiten, etwas Besonderes aus dem Hut zu zaubern, nicht wahr?» Am Tisch wird es still. «Tut mir leid, Leute. Mit eurer Mutter kann ich es wohl nicht aufnehmen.» Ich kann sehen, wie Rollo schlucken muss. «Also, Eiscreme?»

«Gern», sage ich und schiebe meine Schale zu ihm hinüber. Bei uns zu Hause gibt es nie Eis – mein Vater lässt Amy nur Grundnahrungsmittel einkaufen –, also stürze ich mich dankbar darauf.

«Gut. Wie wäre es mit einem Film?» Rollo reibt sich die Hände und greift nach dem Eis.

«Dad.» Freya wirft ihre Arme in die Luft. «Nicht noch mehr. Komm schon», sagt sie und zeigt auf seinen Bauch. «Ich meine, was würde Mum dazu sagen?»

«Sie hätte gelacht. Dass du es nicht mal hinbekommst, ohne ihre Hilfe ein Essen zu kochen», sage ich und sehe Freya an. Für einen Moment denke ich, dass ich etwas Falsches gesagt habe. Aber nach ein paar Sekunden sagt Rollo: «Sie fände es wahnsinnig komisch. Ich mein, guckt mich doch an!» Rollo greift in seinen Bauchspeck. Freya fängt an zu lachen, und Leon fällt ein.

«Danke, J», sagt Rollo. «Du findest immer die richtigen Worte. Ich meine, du weißt, wie es ist.»

«Nicht ganz», erwidere ich, «aber irgendwie schon.»

Freya ergreift meine Hand. Wir marschieren gemeinsam ins Wohnzimmer, und Freya holt den Sitzsack hervor, auf dem ihre Labradorhündin Molly ständig gelegen hat, bevor sie starb. Er ist immer noch voll mit ihren Haaren, von denen ich stets niesen muss.

«J?» Sie zeigt auf den Sack.

«Nein», antworte ich und deute auf meine Nase.

«Ah, stimmt. Klar.» Sie legt sich drauf, und Rollo, Leon und ich setzen uns auf das cremefarbene Sofa. Rollo legt seine Füße auf dem Sitzsack ab, und Leon und ich sitzen zusammengequetscht auf der anderen Seite des Sofas. Meine Arme habe ich fest vor der Brust verschränkt, aus Angst, ihm zu nahe zu kommen. *Leon.* Er hat es mir nie übelgenommen, dass ich ständig bei ihnen bin. Hat nie gefragt, warum ich da bin. Hat mich vor all den Jahren akzeptiert, als es mit meiner Mutter richtig bergab ging. Am liebsten würde ich mich an ihn kuscheln, weiß aber nicht, ob ich das will, weil ich ihn liebe oder weil er für all das in Freyas Familie steht, was ich in meiner nicht habe. Ich hatte immer einen Bruder gewollt, so sehr, dass es wehtat. Als ich sechs war, hat sich mein Vater mit mir an den großen Kamin im Wohnzimmer gesetzt, meine warme Hand lag in seiner. «Liebling, du weißt … deine Mutter», sagte er. «Der Zeitpunkt … ist nicht gerade ideal. Sie verlässt uns. Es tut mir leid.»

«Warm genug?», fragt Rollo. Ich nicke. Hier ist es nie zu kalt. Alles fühlt sich immer warm an, die weichen weißen Sofas, der helle beige Teppich, die reichgeschnitzten indischen Tischchen, selbst die Marmorarbeitsplatte in der Küche, auf der bei jedem Besuch mehr herumsteht. Immer noch säumen die gerahmten Fotocollagen die Wände: Bilder aus der Zeit, als Freya und ich uns kennenlernten, bis wir etwa vierzehn waren und ihre Mutter starb. Da gibt es dieses eine Foto, das ich sehr liebe: Es wurde an dem Tag aufgenommen, als Freya und ich uns zum ersten Mal begegneten. Wir waren beide vier Jahre alt und hassten uns vom ersten Augenblick an. Ich hatte gedroht, ihr die Zöpfe abzuschneiden, und heimlich an meinen eigenen kurzen Haaren gezogen, damit sie schneller wuchsen. «Es hat keinen Sinn», hatte mein Vater einmal zu Rollo beim Essen gesagt. «Man kann sie nicht zwingen, miteinander auszukommen.» Aber als es mit unseren beiden Müttern schwierig wurde, änderte sich alles, und wir wurden quasi über Nacht Freundinnen. Und da war Leon. Ich fühle ihn an meiner Seite, während im Hintergrund *Indiana Jones* läuft. Jeden Atemzug, die Wärme seines Armes neben meinem. Ich kann mich nicht auf den Film konzentrieren. Ich zähle seine Atemzüge und denke an das Stipendium und unsere große Partynacht morgen und was ich anziehen werde und überlege, ob wir früh losgehen sollten, um die Schlange vorm Club zu vermeiden, und ob ich meine Hausaufgaben im Zug machen kann.

«Okay, Zeit fürs Bett.» Der Film ist zu Ende, und Rollo

wuchtet sich aus dem Sofa und geht raus, ohne sich noch einmal umzudrehen.

«Nacht», rufen wir im Chor.

«Ich geh auch», sagt Freya und rollt sich vom Sitzsack. Leon und ich bleiben zurück und zappen herum. Es läuft *The Word*. Sie vergleichen einen unbeschnittenen mit einem beschnittenen Penis, es ist zu peinlich, selbst um umzuschalten, und mein Kopf fühlt sich ganz leicht an.

«Ich geh dann auch ins Bett», sagt Leon. Er verstrubbelt mein Haar übertrieben kumpelhaft und lässt mich auf dem Sofa zurück.

Ich sehe mir die Nachrichten an und noch einen Film, bis es drei ist und meine Gedanken in den Schlaf abdriften. Fünf Stunden später wache ich von einem lauten Husten auf.

«Hast du es nicht mehr in dein Zimmer geschafft?» Rollo setzt sich auf meine Füße. Ich bin kurz davor aufzuschreien, aber kann es zurückhalten.

«Nein, sorry.»

Weil meine Eltern so oft nicht da sind, habe ich bei Freya ein eigenes Zimmer. Es war früher der Ankleideraum ihrer Mutter und ist hell und gelb gestrichen. Ich liebe es. Es ist vollgestopft mit meinen Büchern, Freyas alten Klamotten und Kästchen mit dem Schmuck ihrer Mutter, den sie nicht wegtun wollten: feine goldene Ketten, dicke bunte Armreifen und Ohrringe mit Federn, die an einem großen weißen Ankleidespiegel hängen. Es riecht immer noch nach abgestandenem Parfüm, und es liegt Staub in den Ecken, aber es ist mein Reich. Mein Zimmer zu Hause ist ungefähr viermal so groß, aber hier habe ich das Gefühl von Sicherheit. Ich will nicht zurück in mein kaltes Zuhause.

«Pancakes?» Er tätschelt mein Knie, und ich lächle ihn an. «Ein Mädchen nach meinem Geschmack», sagt er und lacht.

Doch als Rollo mir mein Frühstück bringt, bin ich wegen der bevorstehenden Nacht zu aufgeregt, und bringe keinen Bissen herunter.

2014

Die Ausgrabung läuft nach Plan. Wenn wir im Zeitrahmen bleiben, bekommen wir mehr Gelder, also treibe ich das Team an. Wir stehen mit der Dämmerung auf, wenn es kühl ist und alles grau, und arbeiten vor uns hin, während die flamingopinke Sonne über unsere Köpfe wandert, um im Tal unter uns zu versinken.

Wir haben Sandwiches dabei, eingewickelt in Wachspapier und matschig von der Hitze. Ich habe nicht viel gegessen, seit Toby wieder fort ist. Er ist zwei Nächte geblieben und dann nach London geflogen.

«Muss meine Story schreiben», hat er gesagt und auf seine Brusttasche geklopft, wo normalerweise sein Diktiergerät drinsteckt.

«Internet?», frage ich.

Er hat nichts mehr zum Baby gesagt, und wir haben über die üblichen Themen geredet, aber ich spürte seine Schuldgefühle in jeder zuvorkommenden Geste: wenn er mir den Stuhl heranzog, die Tür aufhielt und mein Glas nachfüllte. Und die ganze Zeit war da diese «schwebende Hand» hinter meinem Rücken. Eine schuldbewusste Hand, die sich nie überwinden konnte, mich zu berühren.

Als ich ihn zum Flughafen brachte, tätschelte er meinen Kopf, als wäre ich sein treues Haustier.

«Hören wir bald voneinander?», fragte ich. Ich wollte hundert andere Dinge sagen, aber stattdessen grinste ich so beharrlich, dass meine Augen schmerzten.

«Klar», erwiderte er. Und jetzt, während ich auf dem schwammartigen Schinkensandwich herumkaue, das ich mitgenommen habe, weiß ich noch immer nicht, ob er es ernst gemeint hat.

«Du siehst müde aus», bemerkt Jeremy, als ich das Brotpapier zusammenknülle.

«Ich bin okay», sage ich und schirme meine Augen ab.

«Bist du sicher? Du wirst immer dünner. Wie wäre es mit einem Drink heute Abend? Wir müssen es ja nicht so übertreiben wie beim letzten Mal.»

«Ich muss noch arbeiten. Aber danke.»

«Du weißt schon, dass ich nicht aufhöre zu fragen?» Ich muss an Toby denken.

«Na schön. Lass mich mein Zeug zu Ende machen, und dann gucke ich mal, wonach mir ist.»

«Gut.»

«Und jetzt zurück an die Arbeit.» Ich gebe ihm einen Spaten. Wir schuften hart, und am Ende des Tages lechze ich nach einer Dusche. Ich bin schweißdurchtränkt und halte meine Arme unten, damit Jeremy die nassen Flecken unter meinen Achseln nicht sehen kann. Ich frage mich, warum es mich kümmert. Trotz meiner früheren Proteste landen wir wieder in der Hotelbar, verdrücken gesalzene Erdnüsse und trinken eiskaltes Bier aus beschlagenen Gläsern. Wir sind nur zu zweit, und ich habe mich frisch gemacht und Make-up aufgelegt – Mia hat eine Bemerkung darüber fallengelassen, als wir uns in der Lobby begegneten. Ich fühlte mich unsicher und fasste mir an die Wangen.

«Nein, nein, du siehst wirklich toll aus», sagte sie. «Es ist nur, wir werfen uns hier selten in Schale.» Ich habe ein schlechtes Gewissen, dass ich sie nicht gefragt habe, ob sie mitkommen will.

Jeremy und ich quatschen bis Mitternacht. Er lacht und dreht sich eine Zigarette, und plötzlich fühle ich mich schmerzlich an Leon erinnert, wie er fachmännisch den Tabak im Blättchen rollt, das milde marokkanische Haschisch daraufkrümelt und vorsichtig in den Tabak drückt. Leon, der immer noch mit mir sprach, als es mit Freya in die Brüche ging, und der sagte, ich solle mir keine Sorgen machen und dass es zwar aussichtslos, hoffnungslos scheine, aber dass es schon wieder in Ordnung käme. Und als Jeremy sein silbernes Feuerzeug entzündet, ist mir nach Weinen zumute.

«Du siehst traurig aus», sagt er.

«Mir geht's gut. Ich ... denke nur nach.» Ich wende mich ab, hoffe, er hält den Mund.

«Was ist los?» Er beugt sich herüber und umfasst mein Kinn, und ich bin so sauer auf ihn, fühle mich so bedrängt, dass ich seine Hand wegschiebe und auf den Tisch drücke.

«Hui», sagt er, und ich werde noch wütender. Ich will ihm sagen, dass er aufhören soll, so verdammt nett zu sein, und mal Rückgrat zeigen soll und ... Herrgott noch mal.

«Es tut mir leid», sage ich. «Ich habe nur gerade eine schwierige Zeit. Toby.»

«Toby?» Er hebt seine sandfarbenen Augenbrauen, und wieder bin ich unerklärlicherweise verärgert.

«Toby. Er hat jemanden geschwängert.»

Sein Mund formt ein «O» und verharrt in dieser Position. Ich nicke, und obwohl ich seit der Schule nicht mehr geraucht habe, strecke ich meine Hand nach seiner Zigarette aus.

«Er ist ziemlich armselig. Würde sich niemals binden. Die Arme, die er geschwängert hat, wird nicht wissen, wie ihr geschieht.» Noch während ich die Worte ausspreche, weiß ich, wie entsetzlich unwahr sie sind, aber ich mache weiter. «Er ist ein emotionales Wrack. Sicher wird er das Kind für alle Zeiten traumatisieren. Hoffen wir, dass es nicht seinen Charakter bekommt. Oder seine Nase.»

«Ich fand, dass er ziemlich gut aussieht.» Jeremy drückt seine Zigarette aus und dreht sich eine neue. Ich ziehe eine Grimasse.

«So siehst du verdammt hässlich aus.» Er lacht. Ich bin so erleichtert und dankbar, dass er nichts Nettes gesagt hat, dass ich ihm gegen den Arm boxe und auch anfange zu lachen. Tatsächlich fühle ich mich dadurch so viel besser, dass ich in Erwägung ziehe, ihn zu küssen. Er macht später dann aber keinen Versuch. Worauf ich mich unbeholfen seinem Gesicht nähere, aber er umarmt mich nur und geht auf sein Zimmer.

«Idiot», sage ich laut, aber zumindest lächle ich dabei.

Am nächsten Tag steht Jeremy mit einer großen Pizzaschachtel vor meiner Tür. «Hier», sagt er. «Du musst nicht mit mir zusammen essen oder so, aber du siehst aus, als würdest du dich bald auflösen.» Normalerweise würde ich mich über so einen Kommentar freuen, aber mittlerweile mache ich mir selbst Sorgen, weil ich so wenig gegessen habe seit Freyas Mail. Jeder Bissen macht mich krank. Kauen ist anstrengend, und jedes Mal, wenn ich schlucke, bleibt mir das Essen irgendwo in der Brust stecken. «Danke», sage ich und nehme ihm die Schachtel ab. Er tritt einen Schritt zurück und hebt geschlagen die Hände. «Alles klar. Ich hab's verstanden. Entweder du hast Hunger, oder du willst nicht reden», sagt er und lacht. Ich mache ihm die Tür vor der Nase zu und setze mich wieder vor den Computer. Seit fünfzehn Tagen warte ich auf Freyas Antwort.

1996

In drei Stunden beginnt unsere große Nacht. Ich habe nicht zu Mittag gegessen und passe gerade so in den schwarzen Rock, den ich letzten Monat gekauft habe. *Yes, Yes, Yes.* Wir haben uns von Rollo verabschiedet, nachdem Freya ihre Pancakes gegessen hatte, und sind mit dem Bus zu mir nach Hause gefahren. Auf dem Kaminsims im Flur steht eine große Vase mit Lilien – Amy versucht das Haus hübsch zu machen. Dann bemerke ich, dass sie eine Notiz unter die große Glasvase gelegt hat: *Meine Mutter ist krank – musste zu ihr. Die Blumen sind frisch und die Betten gemacht. A*

«Freya, sieht so aus, als wären wir heute Nacht allein. Super. Amy hat sich verpisst. Wir haben das Haus für uns.»

Amy ist seit elf Jahren bei uns und tut mittlerweile, was sie will. Meinem Vater würde es nicht auffallen, wenn sie nicht da wäre, solange jeden Morgen sein Bett gemacht wird. Freya wackelt mit dem Hintern, und ich mache mit und komme mir sofort idiotisch vor. «Du kleiner Trottel», lacht sie.

«Deep Forest oder Massive Attack?», fragt sie.

«Hmmm. Massive Attack.»

Freya fummelt an der großen Stereoanlage im Nachbarzimmer herum und kommt wieder zurück.

«Ach und übrigens: Wie sehe ich aus?», fragt sie und posiert in ihrem kurzen Jeansrock. Sie trägt ihre schweren Armeestiefel raffiniert offen, mit aufgezogenen Leuchtperlen, und einen grünen Parka mit fellbesetzter Kapuze.

«Du siehst wahnsinnig gut aus, wie immer.»

Sie grinst mich an.

«Du auch. Deine Beine sehen lang aus in dem Rock.» Sie trägt pinkfarbenes Lipgloss auf und reicht es mir. Ich schüttle den Kopf und zeige auf das farblose in meiner Hand.

«Und mein Make-up?», frage ich. Eigentlich will ich nur, dass sie sagt, dass ich gut aussehe.

«Gut.» Sie tuscht sich die Wimpern und zieht einen Schmollmund. «Hier, nimm etwas mehr Mascara.» Sie reicht sie mir. «Du musst alles rausholen aus deinen Augen. Andere würden töten für so ein Grün. Und deine Haare, die sind zu platt. Warte.» Sie rubbelt mit ihren Fingern über meine Kopfhaut. «So. Jetzt ist es besser.» Sie tritt einen Schritt zurück und nickt. «Schön.»

«Meinst du, Fred und Guy sind wieder da?», frage ich.

«Keine Ahnung. Aber ich weiß, dass der heiße Typ kommt, auf den du letztes Mal abgefahren bist.» Freya spitzt ihre Lippen und fährt sich mit den Händen über den Körper.

Ich muss lachen. «Ach, halt die Klappe.»

«Ich bin sicher, er mag dich auch. Er hat nach dir gefragt, als du Drinks holen warst. Der steht auf dich. Ganz offensichtlich.»

Ich will sie fragen, warum er das tun sollte, aber halte mich zurück. Ich bin überzeugt, dass ich ihrer Antwort nicht gerecht werden würde. «Was ist mit dir?», frage ich stattdessen. «Was ist, wenn Guy da ist? Würdest du …?»

«Ich und Guy? Nee. Zu unreif.»

«Unreif? Freya, er ist zwanzig! Und neulich schienst du ziemlich von ihm angetan.»

«Ich weiß. Es ist nur … Ich hab deswegen ein blödes Gefühl. Egal, ich bin mit denen fertig. Mit ihm, meine ich.» Freya schließt lächelnd die Augen und schlingt die Arme um sich, als wäre sie im Traum eines anderen versunken.

«Willst du was essen?», fragt sie plötzlich.

«Nee. Ich kann nie etwas essen, bevor wir ausgehen, das weißt du doch.»

«Kippe?»

«Lecker, ja, das wird reichen.» Wir zünden uns beide eine an, und Freya rollt anschließend einen Joint.

«Willst du?», fragt sie. «Ist gutes Zeug. Ich hab's von dem Typen auf dem Serpent's Summer Rave. Erinnerst du dich noch? Mr. Rainbow, der Typ mit den orangenen Hosen.»

«Hmm. Dunkel. Danke, für mich nicht.»

«Komm schon, J. Es ist nur 'ne Tüte, es wird dich nicht umbringen. Sie werden keinen Drogentest machen.»

«Ist klar. Es ist nur ... Du weißt schon ...»

«Weil du Schulsprecherin bist?» Freya stößt den Rauch aus und produziert kleine Ringe. Sie strömen aus ihrem Mund wie Zuckerkringel.

«Na ja. Schon. Wenn ich jetzt kiffe, will ich nachher andere Sachen. Ich muss einfach einen klaren Kopf behalten. Vielleicht rauche ich später was davon.» Ich zeige auf den Joint in Freyas Hand. «Wie auch immer. Ich bin nur ... meine Mutter ... du weißt schon.»

«Oh.» Freya hält einen Moment inne, fürchtet, sie könnte mich verärgert haben. «Was ist mit ihr? Sie wird es nicht erfahren, du Dummkopf.»

«Nein, das ist es nicht. Es ist ... ich habe nur gelesen, dass es ... Ich habe letzten Sonntag etwas in der Zeitung gelesen, das ist alles.»

«Was hast du gelesen? Wovon redest du?»

«Nichts.» Lahm winke ich ab.

«Okay. Also das Zeug … die Typen sind okay. Ich meine, es ist gut. Also wenn du was davon rauchst, wird es dir gutgehen. Egal. Passt du dann auf mich auf? Ich glaube, das ist echt gutes Zeug.» Freya kichert und tätschelt ihren BH.

«Ja. Ich passe auf dich auf. Ich werde später was trinken. Und ein paar Zigaretten rauchen. Aber sonst nichts.» Ich fühle mich schuldig, dass ich so tue, als ob ich nur nüchtern bleibe, um auf sie aufpassen zu können, aber ich sehe keine andere Lösung. So ein Risiko kann ich nicht länger eingehen.

Eine Stunde später liegen wir ausgestreckt wie Seesterne auf dem herrlich kühlen Marmorboden in der Eingangshalle meines Elternhauses und warten auf unser Taxi. Ich rauche eine Zigarette nach der anderen. Freya isst Chips und dreht noch einen Joint.

«Ich kann mich nicht rühren», kichert sie und bewegt ihre Arme und Beine auf dem Boden auf und ab. Es läutet an der Tür, und ich sehe Freya an.

«Bitte!»

«Du Arsch.» Sie rafft sich auf. «Du faule Kröte. Von keinem anderen würdest du das verlangen.» Sie schaut in den Flurspiegel, entblößt ihre wunderschönen weißen Zähne, betrachtet sich von allen Seiten und öffnet schließlich die Tür.

«Taxi?», sagt ein hagerer, hakennasiger Mann und klammert sich an seine Autoschlüssel. Wir fangen beide grundlos an zu lachen.

«Noch eine Sekunde», sage ich. «Schnell, Freya, du hast lange genug in den Spiegel geguckt.»

Das Taxi saust durch die Pfützen, die Regentropfen auf

den Scheiben lassen die Lichter und die Leute und die Schaufenster verschwimmen.

«Oh shit. Hast du deinen Ausweis?», fällt mir plötzlich ein, und ich durchwühle hektisch meine Handtasche.

«Jupp.»

«Gott sei Dank», sage ich und trage noch eine Schicht Lipgloss auf. «Anstellen und dann nicht reinkommen, das geht gar nicht – erinnerst du dich an das Mal mit diesen Franzosen? Als du nicht mal sprechen konntest?»

Freya lacht. «Wir haben uns zum Glück nur um ein Jahr vertan.» Okay, los, üben wir. Du bist 1979 geboren, und dein Geburtstag ist der zwanzigste August.»

«Nein, du Hohlbirne.» Ich schnippe ihr gegen den Kopf. «Das ist mein echter Geburtstag.»

«Oh, Mist. Klar. Okay, warte, du bist 1978 geboren, und dein Geburtstag ist der elfte Januar. Richtig?»

«Exakt so ist es. Jetzt zu dir.» Der Taxifahrer beobachtet Freya im Rückspiegel.

«Psst», kichert sie und starrt Richtung Fahrersitz. «Der verpetzt uns bei den Türstehern, dass wir minderjährig sind. Vielleicht rufen die dann unsere Eltern an.»

«Mach dich nicht lächerlich», sage ich. «Er guckt dir einfach unter den Rock.» Sie beugt sich vor und zieht den Rock herunter.

«Jetzt reiß dich zusammen. Wir sind fast da.»

«Okay, warte, wann bin ich geboren?»

«Freya, komm schon! Du darfst das nicht versauen – es ist unser letzter Abend, denk dran. Ich werde ihn nicht damit verbringen, durch die Straßen zu laufen und einen anderen Laden zu suchen, weil wir hier nicht reinkommen. Okay?»

«Keine Sorge», sagt sie, hakt sich bei mir ein und drückt sanft meinen Arm. «Es wird super. Kein Stress. Heute Nacht ...» Sie kurbelt das Fenster herunter und schreit so laut sie kann: «Josephine und Freya sind die allerbesten Freundinnen ... Heute Nacht wird die allergeilste Nacht ... Diese Nacht werden wir niemals, niemals, *nie* vergessen.» Sie dreht sich zu mir um. «Capito?»

«Capito», antworte ich.

2014

Ich habe mir drei Tage freigenommen, um mit Jeremy und Mia ans Tote Meer zu fahren. Das letzte Mal, dass ich eine Auszeit hatte, war, als ich nach Frankreich zur Beerdigung meiner Großtante gefahren bin. Das ist zwei Jahre her. Ich hatte kurz daran gedacht, auch Toby zu fragen, dann aber entschieden, dass es zu viel des Guten gewesen wäre, obwohl das mit uns schon seit einem Jahr so hin und her geht. Nach unserem Treffen fühlte ich mich auf der Arbeit so erschöpft und einsam wie nie. All diese sonnigen Tage voller falscher Hoffnungen hatten mir klargemacht, dass es nach Freya nie wieder jemanden gegeben hatte, mit dem ich länger am Stück Zeit verbringen wollte. Und wahrscheinlich auch niemand mit mir.

Aber als Jeremy mich fragte, ob ich mitkommen wollte, war ich selbst überrascht, dass ich keinen Moment zögerte. Als ich zusagte, traf es mich beinahe wie ein Schock: die schiere Erleichterung, nicht in Amman zu sein, wo Freya mich vermutete. Obwohl sie in ihrer Mail schrieb, erst in ein paar Monaten zu kommen, hatte ich insgeheim schreckliche Angst davor, sie könnte unangemeldet auftauchen. Jeremy hatte nicht gestutzt, als ich zusagte, nur gelächelt und gemeint, ich solle mein Gepäck vor die Tür stellen, er würde es runtertragen.

Wie brechen am Donnerstagabend auf, dem Beginn des jordanischen Wochenendes, und fahren über staubige, rosafarbene Straßen Richtung Totes Meer. Ich sitze vorne neben Jeremy. Mia hat sich auf der Rückbank ausgestreckt und will, dass wir ihr helfen, eine SMS an ihren Ex zu formulieren.

«Was für ein Volltrottel», sagt sie und hämmert Buchstaben in ihr Telefon. «Hört euch das an ...» Sie liest uns noch eine Nachricht von ihm vor. Ich hole mein Handy hervor.

«Ich wette, das kann ich toppen», lache ich und lese eine SMS von Toby vor. *Alles gut hier. Bin auf dem Weg in das wilde Afghanistan auf der Suche nach ein paar Storys. Halte dich auf dem Laufenden. Herzlichst, T.* Ich mein, was soll das? Er hält sich für so eine Art Kriegs-Dandy.» Ich schnaube abfällig. Mia lacht, und Jeremy zündet sich eine Zigarette an. Ich habe das Gefühl, gerade so viel über Toby gesprochen zu haben, dass es aussieht, als wäre er mir egal. Aber als Mia gar nicht mehr aufhört zu lachen und ihn Minuten später sarkastisch «Kriegs-Dandy» nennt, frage ich mich, ob sie mich durchschaut haben. Ich lache mit, aber der Gedanke, dass Toby, die einzige Person, die ich nach Freya in mein Leben gelassen habe, mich so einfach abserviert, schnürt mir die Kehle zu. Hat Freya sich auch so gefühlt?

«Mia, kann ich eine Zigarette haben?» Sie gibt mir ohne aufzusehen die Packung und ein grünes Feuerzeug. Ich nehme mir eine und zünde sie an, sauge den Rauch ein, und er schmerzt in meinen Lungen.

Als wir ankommen, holen wir ein paar Bier für den Abend, außerdem Zatar-Brot und Grillkäse. Wir wohnen in einer kleinen Wohnung, die uns einer der privaten Investoren, die unsere Ausgrabung finanzieren, zur Verfügung gestellt hat. Sie liegt direkt am Meer, in der Nähe vom Mövenpick-Hotel. Es ist ruhig und sauber, und wir sitzen draußen, schnuppern die salzige Luft, und ab und zu bläst eine Böe den Geruch der Kanalisation in unsere Richtung.

Ich zünde mir eine Zigarette an. Meine dritte, seit mir

Jeremy neulich eine gedreht hat. Ich fühle mich jung, auch wenn ich weiß, dass jeder Zug die Falten in meinem Gesicht stärker hervortreten lässt. Wir reden bis drei Uhr früh. Mia hat ihren Ex vergessen und ich Toby. Die beiden fragen mich über mein Leben aus, meine Schulzeit. «Du bist so eine Geheimniskrämerin», lacht Mia, ausgelassen vom Alkohol. «Komm schon, erzähl uns was von dir.» Ich bin mir sicher, dass sie fragen, damit sie es den anderen vom Team berichten können, die schon immer versucht haben, etwas über mich in Erfahrung zu bringen. Niemand scheint akzeptieren zu können, dass ich für mich bleiben möchte. Aus gutem Grund. Aber dann sehe ich sie an, wie sie darauf warten, dass ich rede … so offen, so gespannt, so nett, und ich lasse meine verschränkten Arme sinken und beschließe, mich zu entspannen.

Ich hatte Freya ihnen gegenüber nur einmal kurz erwähnt. Ich probiere es noch einmal, schaue, wie es klingt, wenn ich ihren Namen ausspreche, wie er sich in meiner Kehle anfühlt.

«Da gibt es nicht viel zu erzählen, wirklich», sage ich. «Ich bin auf ein strenges Internat gegangen. Wir hatten keinerlei Freiheiten, und ich hatte eine beste Freundin, Freya. Wir waren … unsere Familien kannten sich, und ich habe viel Zeit bei ihr verbracht, weil mein Vater ständig gearbeitet hat.» Ich halte inne, um sie anzuschauen, um zu sehen, ob ich zu viel preisgegeben habe, aber keiner von beiden zeigt eine Regung.

«Erzähl weiter», sagt Mia.

«Na ja, da gibt es eigentlich nicht viel mehr.» Ich zucke mit den Schultern. «Dann habe ich meinen Abschluss an der Uni gemacht, und den Rest kennt ihr ja. Ziemlich langweilig. Und nun sitze ich hier mit euch.»

«Hm, da muss es noch mehr geben. Du hast uns ein bisschen von Toby erzählt … Was ist mit deiner Familie? Eltern? Geschwister? Was hat dein Vater gearbeitet?» Mia nimmt einen großen Schluck Bier und wirft ihre glühende Kippe quer durch den Garten.

«Besser, du gehst und drückst sie aus», sage ich und merke, dass ich rechthaberisch klinge. «Ich habe Angst vor Feuer.» Mia steht auf und redet weiter, während sie uns den Rücken zukehrt.

«Leben sie noch? Kommt ihr miteinander aus?» Jeremy beugt sich vor und stützt die Ellbogen auf den Knien ab.

«Keine Geschwister. Mein Vater ist immer noch sehr beschäftigt. Er arbeitet für den Premierminister. Er ist ziemlich lebendig. Meine Mutter ist … Ja, also sie lebt auch noch …» Seit der Schule hat niemand mehr nach meiner Familie gefragt. Ich habe nie zugelassen, dass es so persönlich wird, und wenn es mal in die Richtung ging, habe ich es immer geschafft, das Gespräch wieder auf unverfänglichere Themen zu lenken. «Warum interessiert euch das so?» Ich lache kurz und schrill.

«Na ja, wir arbeiten zusammen», erwidert Jeremy. «Leben praktisch seit sieben Monaten zusammen. Bei einer Ausgrabung weiß jeder alles über jeden – mit Ausnahme von dir. Geheimnisvoll.»

Ist es das, was ich bin? «Also», fährt er unbeeindruckt fort, und das Herz rutscht mir in die Hose. «Was macht dein Vater für den Premierminister? Und wie hat er deine Mum kennengelernt? Er hat bestimmt einiges zu erzählen.» Mia kommt mit der ausgedrückten Kippe zurück. Sie legt sie auf dem Tisch ab und zündet sich eine neue an. «Hier», sagt sie und hält mir eine hin. Sie erwischt mich dabei, wie ich die Kippe auf dem Tisch angucke. «Keine Sorge, die ist aus», sagt sie. Ich erwidere nichts. Stattdessen zünde ich meine Zigarette an und denke an meine Mutter, daran, wie elegant sie mir vorkam, als ich klein war, mit ihrer schwarzen Zigarettenspitze und den kirschroten Fingernägeln. Und dann, später, die zahllosen halbleeren Zigarettenschachteln, die aus ihrer abgenutzten Hermès-Tasche quollen. Sie trug sie ständig über der Schulter, wie einen Talisman, der sie beschützte. Sie nahm immer nur einen oder zwei Züge, bevor sie die Zigarette nachlässig mit ihrem Fuß zerdrückte.

«Mein Vater», sage ich schließlich, «ja … er ist eine ziemlich große Nummer. Mittlerweile ist er Staatssekretär.» Falls Jeremy oder Mia beeindruckt sind, lassen sie es sich nicht anmerken, also erzähle ich weiter: «Über meine Mutter gibt es nicht viel zu sagen, fürchte ich. Sie haben sich auf einer Party kennengelernt, als sie ungefähr achtzehn war. Sie kam aus einer richtigen Adelsfamilie, mein Vater dachte wohl, er würde eine gute Partie machen. Sie war wunderschön und begleitete ihn zu all seinen eleganten Geschäftsessen. Sie hat verschiedene Dinge ausprobiert, versucht, eigene Geschäftsideen umzusetzen, aber dann wurde ich geboren, und sie musste mehr Zeit zu Hause verbringen …» *Nur nicht mit mir*, will ich hinzufügen.

«Ah», sagt Mia, als würde das alles erklären. Obwohl eine beruhigende Stille folgt, spüre ich einen Anflug von Verärgerung. Ich lasse mich in meinen Stuhl zurücksinken, ich will nicht weiter darüber reden, und schließlich kapieren sie, dass ich fertig bin. Mia registriert die angespannte Stimmung und wechselt das Thema. Sie erzählt, dass sie auch auf eine sehr strenge Schule gegangen ist.

«Es war aufreibend», sagt sie lachend. «Man musste immer

die Beste sein. Es liegt ziemlich sicher daran, dass es eine reine Mädchenschule war, oder? Jeremy? Bei dir war es okay, du warst auf einer gemischten Schule, oder?» Jeremy nickt, und beide sehen mich an.

«Meine Schule», sage ich, «ja, die war sehr, sehr streng. Warst du auch auf einem Internat, Mia?» Mir ist es unangenehm, über meine Schulzeit zu sprechen, und ich hoffe, dass Mia mehr von sich erzählt.

«Nein. Ich wollte unbedingt, aber wenn ich dich jetzt höre, bin ich froh. Ich hatte so eine Enid-Blyton-Vorstellung vom Internat», erzählt sie. Ich erwidere, dass es schön wäre, wenn es wirklich so gewesen wär.

«Wir hatten aber auch dieses Konkurrenzding», fährt sie fort. «Es spielte überall mit rein. Ob es um Jungs ging, Gewicht, schulische Leistungen. Und wenn man mal etwas nicht schaffte? Dann gnade uns Gott. Ich hatte Glück, ich konnte nach Hause gehen und mich in meinem Zimmer verkriechen. Ich denke mal, du konntest das im Internat nicht so einfach, oder? Es muss ja sein, als stünde man permanent im Rampenlicht.» Mia hat sich jetzt in Fahrt geredet und ist total gefesselt von ihren Gedanken, sie redet immer schneller. «Also, du kannst dich doch gleich erschießen, wenn du eine Prüfung verhauen oder irgendwas falsch gemacht hast. Ich mein, was war, wenn du mit jemandem Streit hattest und dich zurückziehen wolltest?» Ich will, dass sie aufhört, weil ich nicht weiß, was ich darauf antworten soll, und ich denke an das große schmiedeeiserne Schultor – das mir Schutz vor meinem Leben zu Hause bot und uns gleichzeitig allesamt einschloss. Ich denke darüber nach, was Mia gerade gesagt hat, und an mein Versagen bei Freya. Auch Mia ist ganz vertieft in ihre

Gedanken, und die Unterhaltung versandet. Jeremy schlägt vor, Scharade zu spielen. Eigentlich hasse ich das, aber es lenkt vom Thema ab, also versuche ich reinzukommen. Wir essen Brot und trinken ein Bier nach dem anderen, lehnen uns vor, um miteinander anzustoßen, und mir wird klar, dass ich beinahe Spaß habe. Wir gehen zu Bett, und Jeremy hat schon die Koffer auf unsere Betten gelegt. Mia und ich teilen uns ein Zimmer, und er schläft auf dem Ausziehsofa im vorderen Raum. «Dann kann ich die Einbrecher in die Flucht schlagen», sagt er lachend, als er reinkommt, um uns Gute Nacht zu sagen.

«Hey, mach mir keine Angst.» Mia stürzt ein weiteres Bier hinunter und löst ihre langen Beine aus dem Schneidersitz. «Ich geh jetzt auch ins Bett.» Sie trägt keinen BH und schüttelt ihre kastanienbraunen Locken. Ich werfe Jeremy einen kurzen Blick zu, aber er schaut zu meiner Erleichterung nicht hin.

«Ich auch», sage ich, und Jeremy sieht mich an.

«Brauchst du noch irgendwas?»

«Mir geht's gut. Danke.»

Seit der Schule habe ich mit niemandem mehr ein Zimmer geteilt. Mal abgesehen von Liebhabern. Mia schnarcht leise und bewegt sich im Schlaf. Ich finde es komischerweise beruhigend. Ich kann Jeremy hören, wie er auf seinem Handy herumtippt, und ich frage mich, wem er schreibt. Am nächsten Morgen gehen wir hinunter ans Tote Meer, wo wir türkischen Kaffee trinken und uns stundenlang auf dem Wasser treiben lassen.

Der Rest des Urlaubs verläuft ruhig, und als er zu Ende geht, realisiere ich, dass ich nach dem ersten Abend nur noch ab und zu an Freya gedacht habe. Selbst in der Dunkelheit des Schlafzimmers habe ich nicht ihr Gesicht heraufbeschworen. Ihr Haar. Als es Zeit ist, zurück in die Stadt zu fahren, spüre ich eine Leere in mir. Jeremy wuchtet unser Gepäck in den Wagen, und schweigend fahren wir durch die Wüste und die kleinen Dörfer, die Häuser am Straßenrand sind beschienen vom Mondlicht. Wir erreichen unser Hotel und stehen an der Rezeption. Der Alltag senkt sich wieder auf uns herab, in Erwartung der bevorstehenden Anstrengungen lassen wir die Schultern hängen.

«Bis morgen?» Jeremy sieht mich an.

«Klar.»

«Um wie viel Uhr?»

Mir wird bewusst, dass ich noch immer sein Boss bin, trotzdem bin ich nicht sicher, ob er sich einen Spaß erlaubt.

«Deine übliche Zeit», erwidere ich und merke, es klingt wie ein Seitenhieb darauf, dass er immer zwanzig Minuten nach den anderen eintrifft. «Ich meine, einfach wie üblich», füge ich hinzu, in einem unbeholfenen Versuch, nett zu sein. Jeremy lächelt und boxt mir gegen die Schulter, bevor er sich wieder daran erinnert, dass ich sein Boss bin, und entschuldigend einen Schritt zurückweicht. Alles fühlt sich falsch an. Ich weiß, dass ich es nur schlimmer machen würde, also winke ich Mia zum Abschied, die mich angrinst.

«Wir sehen uns dann morgen.» Ich drehe mich um und suche den Schlüssel. In meinem Zimmer schalte ich die Klimaanlage aus, die über meinem Kopf röhrt. Und auch wenn ich weiß, dass ich es nicht tun sollte, auch wenn ich mich davon zu überzeugen versuche, es einfach sein zu lassen, kann ich mich nicht zurückhalten. Ich bereite mich darauf vor, gleich die üblichen Spam-Mails zu sehen. Ich rede mir ein, nichts zu erwarten, während es Ewigkeiten dauert, bis sich mein Postfach öffnet. Als es endlich so weit ist, durchfährt mich ein grausamer Ruck. Die ganze Zeit habe ich auf Freyas Antwort gewartet, und nun ist sie da, aber ich habe zu große Angst, um sie zu öffnen. Mein Herz pocht in meiner Brust, und meine Kehle wird trocken. *Das ist, was du wolltest*, sage ich mir selbst.

> Josephine. Ich hatte deine E-Mail bekommen. Es ist schade, dass du mich nicht treffen willst, aber es ist wirklich wichtig, dass ich mit dir spreche. Ich bin bereit, zu dir zu kommen, wo immer du bist ... Ich bin auf dem Laufenden, was die Ausgrabung angeht, und hoffe, dass alles nach Plan verläuft. Wie gesagt, ich bin geschäftlich da, aber ich kann mir Zeit nehmen, damit wir uns in Ruhe unterhalten können.

Das ist alles. Erst bin ich enttäuscht. Vor allem wegen der Kürze der Nachricht – sie hat nicht mal unterschrieben –, aber auch, weil sie mich Josephine nennt und nicht J. Als die Enttäuschung nachlässt, fühle ich mich total überrumpelt. Ja, ich hatte erwartet, dass sie antwortet – aber eher auf freundschaftliche Weise, vielleicht, dass sie Verständnis hat und hofft, es geht mir gut. Aber das? Die Freya, die ich kannte, war nie so bestimmt, so forsch. Und weil ich sie nicht treffen will, habe ich keine Kraft, zurückzuschreiben. Ihr Ton bestärkt mich nur in meiner Entscheidung. Dass ich niemals tun werde, was sie von mir verlangt.

Und sie ist auf dem Laufenden, was die Ausgrabung betrifft. *Wie das?* Sofort google ich mich selbst und stoße auf drei neue Artikel – zwei in der *Times* und einen im *Telegraph*.

Ich habe Freya schon oft gegoogelt und nie irgendetwas gefunden, egal, wie intensiv ich gesucht habe. Jahrelang habe ich es jeden Tag versucht, erst in letzter Zeit nicht mehr so oft. Und seit ihrer E-Mail war ich zu ängstlich, um im Internet nach ihr zu suchen, falls sie das irgendwie herausfand. Rational betrachtet ist der Gedanke natürlich lächerlich. Aber so weit hat sie mich gebracht. Ich denke an meine Mutter, die anfing zu zittern, wenn ihr irgendjemand zu nahe kam. Um mich abzulenken, gebe ich Freyas Namen in die Suchmaschine ein und tippe zu hart auf die Tastatur.

Ich kann immer noch nichts über sie finden, weder unter ihrem Mädchennamen noch unter dem Namen ihres Mannes. Nichts. Wie kann es sein, dass sie keine Spuren hinterlässt? Ich gucke bei Facebook, indem ich mich in Tobys Account einlogge, aber da ist sie nicht. Auch nicht bei Twitter oder LinkedIn. Ich suche nach anderen Namen aus der Vergangenheit und finde Sally Aylsford bei Facebook, mit einer Flasche Bier in der einen Hand und einem glitzernden Diamantring am Finger der anderen, die sie sich vors Gesicht hält. *Er hat mich endlich gefragt!*, steht unter dem Bild. Ich scrolle mich durch die Seiten ihrer Freunde, um irgendeinen Hinweis auf Freya zu finden, Fotos, Kommentare, aber sie taucht nirgends auf. Verity – bist du zumindest da? Ich tippe ihren Namen ein und finde wieder nichts. Ich werde langsam paranoid und frage mich, warum beide so unauffindbar sind. *Versteckst du dich vor mir?* Selbst meine Gedanken fühlen sich total verrückt an, und mir wird klar, dass es an der Zeit ist, damit aufzuhören, ein für alle Mal. Ich bin immer noch wütend, dass

Freya selbst jetzt noch glaubt, mir vorschreiben zu können, was ich tun soll. Will sie mir beweisen, dass sie sich verändert hat? Dass es zwischen uns jetzt anders läuft? Früher hat sie mir erzählt, sie wäre gern wie ich, wünschte, ihr wäre egal, was andere Leute über sie denken. Und nun scheint sie das beweisen zu wollen mit ihrer lächerlichen kleinen E-Mail. Als wären wir immer noch die gleichen wie in Wendell Abbey, und alles, was zwischen uns steht, wäre nur ein schrecklicher Traum. Ich schalte eine Abwesenheitsnotiz: *Diese E-Mail-Adresse existiert nicht mehr.* Ich spüre eine Mischung aus Wehmut und Erleichterung. Freya und ich haben den Account zusammen eingerichtet als Teil eines IT-Projektes, als das Internat einen Internetzugang bekam. Dieser Abschnitt meines Lebens ist vorbei. Abgeschlossen.

Anschließend lege ich einen neuen Account an: Earthseaproject@googlemail.com, eine Anspielung auf meine Lieblingsbücher von Ursula Le Guin. Ich importiere ein paar meiner wichtigsten Kontakte – meinen Vater, seine Sekretärin, Amy, Toby und ein paar meiner alten Bekanntschaften von älteren Ausgrabungen, die mir in den Sinn kommen. Ich frage mich, wer vor zehn Jahren auf meiner Liste gestanden hätte. Mit Sicherheit nicht viel mehr.

Liebe Freunde, tippe ich, nachdem ich alle ins Adressfeld kopiert habe, *meine alte E-Mail-Adresse ist nicht mehr aktiv. Bitte schreibt mir hier. Ich wäre unglaublich dankbar, wenn ihr diese Adresse nicht weitergeben würdet, falls jemand danach fragt.*

Ich höre auf zu tippen und frage mich, ob das verrückt klingt, dann denke ich: Ist mir egal – der Gedanke, Freya könnte herausfinden, wo ich bin, ist schlimmer.

Danach schreibe ich all meinen Kollegen von meinem Arbeitsaccount aus und teile ihnen mit, dass er nicht mehr länger in Gebrauch ist und ich ihnen in den nächsten Tagen meine neuen Kontaktdaten schicken werde. Als Nächstes maile ich Amy und bitte sie, sich darum zu kümmern, dass ich eine neue englische Mobilnummer bekomme. *Du hast alle meine Daten*, schreibe ich ihr. *Bitte regel das soweit möglich, und wenn ich irgendwas unterschreiben soll, schick mir einfach eine Mail oder ruf auf meiner jordanischen Nummer an. Danke, Amy, J.*

Ich fühle mich direkt viel, viel besser und will gerade meinen Laptop zuklappen, als ich höre, dass ich eine Mail bekommen habe. Sie ist von Anne, der Pflegerin meiner Mutter. Sie schreibt:

Hallo, meine liebe Josephine,

seit ein paar Tagen versuche ich dich mobil zu erreichen. Ruf mich bitte an, deine Mutter ist sehr krank. Es tut mir so leid. Ich weiß, du magst nicht gestört werden, wenn du im Ausland bist, aber ich habe mit den Ärzten gesprochen und sie sind sich einig, dass du herkommen solltest. Um dich zu verabschieden. Es tut mir so leid, dass ich dir das per Computer schreiben muss. Und nicht zumindest auf die Mailbox sprechen kann. Sie hat am Ende einen Weg gefunden, sie war dieses Mal entschlossen, es zu tun. Noch einmal: Es tut mir so leid, dir diesen Schock zu bereiten.

Gott segne dich.
Anne

Ich warte darauf, dass die Trauer mich überrollt oder etwas in der Art, aber nichts passiert. Alles, was mir in den Sinn kommt, ist die Stimme meiner Mutter, die mir sagt, sie will mir die Haare schneiden. Die banalste Sache der Welt, ich verstehe das nicht. Die Stimme wiederholt ihren Text immer und immer wieder. Ich war klein, sechs oder so, und sie legte ihre kalte, blässliche Hand um meinen Nacken, während sie in der anderen eine stumpfe Schere hielt. Während ich mir die Erinnerungen vor Augen führe und in eine Reihenfolge zu bringen versuche, fallen mir ganz unbedeutende Details in meinem Zimmer auf. Wie laut die Klimaanlage ist. Dass der braune Vorhang rechts an der Wand einen komischen Fleck hat. Die Deckenleuchte hängt nicht ganz in der Mitte des Raums. Albern. Und dann fange ich an zu zittern. Ich versuche mein Telefon einzuschalten, aber der Akku ist leer. Jeremy, denke ich. Sein Zimmer liegt am anderen Ende des Hotels, also laufe ich zur Rezeption und lasse ihn anrufen.

«Ist bei dir alles in Ordnung?» Er erscheint drei Minuten später in Flip-Flops und nichts als einem Handtuch um die Hüften.

«Ich …»

«Du was?» Er guckt amüsiert, dann besorgt.

«Meine Mutter.»

«Deine Mutter?» Er legt die Stirn in Falten.

«Sie ist sehr krank. Bin nicht sicher, was es ist.» Es entsteht eine kurze Stille. Er fragt sich sicher, warum ich ihn habe rufen lassen, und ich erkenne mich kaum wieder, all meine Zielstrebigkeit ist fort, der Schock setzt ein, und ich rede sehr, sehr schnell und brauche ein Glas Wasser.

«Sorry, ich … ich habe nur … Ich wusste nicht, was ich sonst tun sollte. Du hast nicht zufällig Wasser dabei?»

«Nein. Es muss dir nicht leidtun. Gib mir die Kreditkarte der Firma oder sag mir, wo sie ist. Ich buche dir einen Flug – nach London, oder?»

Ich nicke. «Das wäre toll. Vielen Dank, Jeremy. Normalerweise mache ich solche Sachen selbst, aber mein Telefon …» Ich halte ihm mein Handy hin, um ihm das schwarze Display zu zeigen.

«Sei nicht albern, du musst mir nichts erklären. Komm her.» Er zieht mich zur Seite und bestellt mir eine heiße Schokolade an der Hotelbar. «Du wartest hier», sagt er und drückt meine Schulter. Ich setze mich auf einen Hocker und frage mich, ob meine Mutter weiß, wie es um sie steht. Ob mein Vater bei ihr ist. Ob sie Angst hat. Sie wirkte nie ängstlich, in der ganzen Zeit, selbst als sie zum ersten Mal fortging. Sie hatte sich nur zu uns umgedreht, uns angefaucht und meinen Vater angespuckt und ihn den Teufel genannt und in den Himmel gezeigt, hatte mit ihren Fingern in die Wolken gestochen, in denen sie Dinge sah, die ich mir kaum vorzustellen vermochte. Und dann höre ich die Stimme meines Vaters – «Du siehst genauso aus wie sie» –, und mein Mund wird wieder trocken. Ich habe es geschafft, all die Jahre bei Verstand zu bleiben. Während der Schule, nach der Schule. Fleißig, erfolgreich und geistig gesund. Und ich frage mich, ob es jetzt so weit ist … ob ich an der Reihe bin, wenn meine Mutter stirbt. Und dann packt mich die Angst richtig.

Eine halbe Stunde später ist Jeremy zurück, mit einem Ausdruck, meinem Portemonnaie und meinem Reisepass, der im Hoteltresor lag.

«Josephine, bist du okay? Du siehst furchtbar aus. Ich mein, das ist kein Wunder, wenn man bedenkt, was du gerade erfahren hast, aber …»

Ich deute auf den Pass. «Danke.»

«Kein Ding.» Er sieht noch immer besorgt aus. «Dein Flug geht in fünf Stunden. Tut mir leid, ich konnte keinen früheren bekommen. Hier ist dein Pass, und hier sind zweihundert Dinar drin.» Er reicht mir das Portemonnaie.

«Danke. Wirklich.» Ich wünschte, ich könnte weinen, wie es normale Leute tun würden, aber stattdessen fühle ich mich total abgekoppelt. Alles, woran ich denken kann, ist, ob es im Flugzeug kalt ist und ich mir lieber Sneaker anziehen soll. Und dann wird mir klar, dass ich in London ohne weiteres Freya über den Weg laufen könnte. Der Gedanke holt mich wieder zurück. Macht mir Angst. Ich presse die Lippen aufeinander, um das Zittern zu unterdrücken. Und dann frage ich mich, was ich eigentlich für ein Mensch bin, dass ich in einer solchen Situation an Freya denke.

«In Ordnung», zwinge ich mich zu sagen. «Ich schreibe dir, wenn ich in London bin. Könntest du mich informieren, wie es in den nächsten Tagen läuft? Du und Mia habt das Sagen. Ich werde den Chefs Bescheid geben. Mark ist ein netter Typ, er wird einverstanden sein, solange er weiß, dass ihr euch kümmert. Schreib einfach immer nur kurz, was am Tag so los war, dann gebe ich dir Anweisungen durch.»

«Mach dir keine Sorgen. Wir haben die Zeitpläne für die nächsten drei Wochen doch schon auf dem letzten Teamtreffen festgelegt, wir liegen gut im Rennen. Also geh einfach hoch, dusch schnell, und dann treffen wir uns in fünfzehn Minuten vor deinem Zimmer und nehmen ein Taxi.»

«Wir?»

«Ja. Ich begleite dich zum Flughafen.» Ich bin gleichzeitig sauer, dass er denkt, ich wäre nicht in der Lage, allein dorthin zu kommen, und insgeheim froh, dass er sich die Mühe macht.

«Danke», sage ich leise, «ich weiß das zu schätzen.»

1996. DER MORGEN DANACH …

Ich habe nicht gut geschlafen. Bin von einem Traum in den nächsten geglitten, dazwischen blitzten Bilder vom Club auf. Obwohl ich mir geschworen hatte, die Finger davonzulassen, wirken die Drogen noch nach. Ich hatte gar nicht viel genommen, ich wollte ja die Kontrolle behalten, aber sie müssen stark gewesen sein, oder vielleicht war ich auch deutlich betrunkener, als ich dachte. Ich fühle meinen Herzschlag irgendwo tief in der Kehle, das Echo strahlt aus bis in den Kopf.

Als ich meine Augen öffne, merke ich, dass irgendetwas nicht stimmt, auch wenn Freya tief schläft. Es ist nicht nur das allmähliche Runterkommen. Ich spüre etwas Schreckliches, eine Veränderung. Ich bin irgendwie von der Leine, mein Geist schwebt ziellos durchs Universum, während mein zuckender, ruheloser Körper zurückbleibt. Ich erinnere mich bruchstückhaft an das, was gerade mal vor ein paar Stunden passiert ist, und fange an zu zittern. Normalität, denke ich. Das ist es, was ich jetzt brauche, also gehe ich in die Küche und ziehe den Schulpullover an, der neben meinem Mantel im Flur hängt. Das Schulsprecherin-Abzeichen verfängt sich in meinem Zopf, und das Haargummi geht ab. Ich fluche, und dann fühle ich die große Beule an meinem Hinterkopf. Die Stelle brennt, und als ich sie vorsichtig berühre, fühle ich verkrustetes Blut. Wo kommt das her? Ich drücke darauf herum, und als ich meine Finger ansehe, sind sie rot. Ich taste meinen restlichen Kopf ab und betrachte dann meine Arme, Beine und Füße. Mein Atem beschleunigt sich, aber eine innere Stimme befiehlt mir, mich zusammenzureißen. *Was tut eine Schulsprecherin in so einer Situation?*, frage ich mich. *Ich bin Schulsprecherin, also muss ich das Heft in die Hand nehmen.*

Ich mache mich daran, jede einzelne Oberfläche im Haus zu reinigen: das Innere der Schränke, den Kühlschrank, den Ofen, die Regale. Die Küche ist zwar sauber – Amy führt ein strenges Regiment –, aber die mechanischen Handgriffe haben etwas Befriedigendes. Jedes Mal, wenn ich eine Pause mache, schleichen sich komische Erinnerungen in meinen Kopf. Sind sie wahr? Ich versuche sie zu verscheuchen, aber es funktioniert nicht. Ich putze weiter, und während ich die Oberflächen wieder und wieder schrubbe und meine Gedanken zu verdrängen suche, muss ich an Freya denken: Freya, die immer so offenherzig ist, immer ausspricht, was sie denkt, ein offenes Buch in jeder Hinsicht, unfähig, ihre Gefühle zu verbergen. Mein Verstand will die Erinnerungen an die vergangene Nacht hervorholen, aber da ist nichts Fassbares. Nur ein Flattern in meinem Bauch und die aufkeimende Angst, dass etwas Furchtbares passiert ist. Falls Freya sich erinnern sollte, dann wird sie es erzählen, denke ich. *Freya wird alles erzählen.* Die Drogen, der Alkohol. Sie wird es alles herausposaunen.

Im ersten Moment bedrückt mich der Gedanke nicht sonderlich, aber dann denke ich daran, dass die Schulleitung es herausfinden könnte. Und mein Vater, meine Mutter, Rollo, Leon. Ich denke an die Konsequenzen, wenn das passieren sollte. Wir würden ohne Zweifel von der Schule fliegen. Kein Abzeichen, kein Studium, keine Zukunft, kein Gar nichts. Und das Schlimmste von allem: Wenn das geschieht, wenn die perfekte Fassade, die ich erschaffen habe, erst mal bröckelt, dann wird alles zusammenbrechen. Ich sehe mich selbst, viele Jahre später, und ich werde genau wie meine Mutter sein – sie war die perfekte Ehefrau, bevor alles in sich zusammenfiel; das absolute Grauen in ihrer Miene angesichts der Dinge, die sie gesehen, gehört hat, der Medikamentencocktail und ihre eingefallenen Augen, wenn die Arznei mit ihrer Seele verschmolz – und dann weiß ich, was meine Aufgabe ist, meine vorrangige Aufgabe, noch vor der Schule, vor dem Stipendium, vor allem anderen: Ich muss Freya dazu bringen, ihre Klappe zu halten, damit alles so bleibt, wie es war. Sie ist Vertrauensschülerin, und ich bin auf dem besten Weg, nach Oxford zu gehen.

Die Küche sieht nun perfekt aus. Ich gehe noch einmal über alle Oberflächen mit einem frischen gelben Schwammtuch, das ich unter der Spüle finde. Wenn alles perfekt ist, funkelnd und sauber, dann kann auch sonst nichts schiefgehen. Das ist das wahre Gesicht der Welt.

Es dauert noch eine volle Stunde, bis Freya herunterkommt. Sie hat ihr Haar gebürstet und trägt eine von Mutters grauen Strickjacken, die ihr bis fast zu den Knien reicht. Sie hat Mascara, Concealer und Rouge aufgelegt, aber es reicht nicht, um die kleinen Schrammen an Wangen und Kinn zu verdecken. Ihre Nase ist blutverkrustet. Ihre Beine zittern, und sie geht gebeugt. Sie sieht so zerbrechlich aus. Ihr Hals ist immer noch dreckig, voller schwarzer Streifen. Sie sieht zu mir auf und öffnet die Arme, wartet darauf, dass ich zu ihr komme.

«Du siehst gut aus. Ich mache Frühstück, streng genommen ist zwar nicht mehr Morgen, aber die erste Mahlzeit ist die erste Mahlzeit.» Das sage ich, ohne mich vom Herd wegzubewegen. Ich bin ganz ruhig, auch wenn mir das Fett vom Speck auf die Wange spritzt.

«J?», sagt sie unsicher. Ihre Augen füllen sich mit Tränen.

«Okay, lass uns essen. Wie viele Eier willst du?» Ich koche und tische auf, ohne auf eine Antwort zu warten. Der weiße, gallertartige Schwabbel auf meinem Teller löst in mir eine leichte Übelkeit aus, aber ich zwinge mir alles mit großen Bissen rein. Freya steht noch immer an derselben Stelle und sieht mir beim Essen zu.

«Letzte Nacht», sage ich, als die Stille zwischen uns immer drückender wird. «Was im Club passiert ist … Versuch einfach, es zu vergessen, okay?»

Ich schüttle die Ketchupflasche, aber es kommt nichts heraus. Ich will sie auf den Boden schmeißen und mich in die Scherben legen. Stattdessen stochere ich in aller Ruhe mit meinem Messer im Flaschenhals herum. Ketchup tröpfelt auf den Teller, zusammen mit etwas Blut, das den ganzen Weg von meinem Hals den Arm hinabgelaufen ist. Ich bemerke, dass Freya es sieht, und wische es schnell weg.

«Josephine.» Sie sagt etwas, aber ihre Zähne klappern, und ich kann sie nicht verstehen. Mit dem schmutzigen Hals sieht sie aus wie eine Obdachlose, und ihre Haare könnten mal gewaschen werden.

«Kein Aber … Versuch einfach, es zu vergessen.» Der Ketchup löst sich in einem Schwall und spritzt über meinen ganzen Teller. «Denk dran, ich bin Schulsprecherin, und du bist Vertrauensschülerin. Bald sind die Aufnahmeprüfungen für Oxford, und wir müssen dranbleiben.» Ich bin mir sicher, dass das wirkt. Ich weiß, wie wichtig Oxford für Freya ist. Seit ich sie kenne, ist sie besessen davon, weil ihre Mutter auch dort studiert hat. Doch dann sinkt sie auf die Knie und hält ihre Hände in die Höhe, als würde sie beten. «Bitte», sagt sie.

«Bitte.» Sie rollt sich auf dem Boden zusammen, sodass ich ihr Gesicht nicht sehen kann, während ich ruhig weiteresse. *Wenigstens kommen Amy und mein Vater nicht so bald zurück*, denke ich.

«Wie Mrs. Allen immer sagt», ich beobachte sie, versuche zu erkennen, ob sie überhaupt noch atmet, «immer nach vorn schauen, auch wenn es mal schwierig ist. Also mach einfach weiter, als wäre nichts geschehen, ja? Wenn sie herausfinden, wie wir drauf waren, was wir getan haben, fliegen wir sofort von der Schule. Ich weiß nicht, wie es bei dir ist, aber ich habe nur 'ne halbe Pille genommen. Was war das überhaupt für Zeug?» Für einen Moment denke ich, ich verliere die Beherrschung. *Halt dich zurück, Josephine. Bleib ganz ruhig.* Ich atme tief durch. «Es ist den Ärger nicht wert, den wir kriegen würden.»

«Aber ...» Sie hebt den Kopf und wird dann wieder still. Ihr Blick geht starr in eine Ferne jenseits der Küche.

«Hör auf, darüber nachzudenken», befehle ich ihr.

«Aber J, ich muss dir etwas sagen ...»

«Lass es einfach. Ich will kein Wort mehr hören. Verstanden?»

Sie legt den Kopf wieder ab, und keiner von uns sagt etwas. Die «Morgen danach» verbringen wir normalerweise damit, jedes Detail des Abends zu analysieren. Flirts (wer hatte den heißesten Typen am Start), die Musik (war sie zu krass?), die Leute (waren die üblichen Verdächtigen da?). Wir trinken Cola light und lachen uns kaputt, aber dieses Mal sind wir still, gefangen in der Tretmühle unserer quälenden Gedanken.

«Aber ...» Freya sieht zu mir auf, verzweifelt, und ihre Beine machen kleine zuckende Bewegungen, obwohl der Rest ihres Körpers still ist. Ich rede mir ein, dass es die Nachwirkungen des Alkohols und der Pillen sind, nichts weiter.

«Kein Aber. Willst du mir ernsthaft erzählen, dass du kaputtmachen willst, was wir bisher erreicht haben? Alles, worauf wir hingearbeitet haben? Wir können nicht einfach alles vor die Hunde gehen lassen. Wofür? Wegen einer Nacht? *Eine Nacht*, Freya? Jahre harter Arbeit? Und du warst diejenige, die mich dazu gedrängt hat. Erinnerst du dich? Ich wollte gar nichts nehmen. Und wenn irgendjemand das mit den Pillen herausfindet ... Also, bitte, hör verflucht noch mal, auf darüber nachzudenken.» Ich spreche weiter, weiß aber selbst kaum, was ich sage. Meine Gedanken wandern ständig zu diesen starrenden Augen.

«Denk an unser Schulmotto. Erinnerst du dich daran? *Per asperrimos ad parnassum.*» Ich merke, dass ich wie Verity klinge, aber es ist zu spät. Freya schluchzt, und gleichzeitig strömen Tränen über ihr Gesicht und ihre Beine verkrampfen sich und zucken wieder. Langsam schließe ich die Augen und öffne sie wieder, als wäre sie ein schwieriges Kleinkind, das im Supermarkt einen Anfall bekommt. «Komm schon», sage ich.

Per asperrimos ad parnassum. Durch große Schwierigkeiten hindurch zu den Höhen des Erfolgs. Schulsprecherin. Ich habe die Verantwortung, zu führen und ein Vorbild zu sein. Die Dinge zu regeln. Schulsprecherin. Es ist meine Pflicht, Mut zu zeigen und erfolgreich zu sein.

Bumm. Duff. Bumm. Duff.

Ich vertreibe die Clubgeräusche aus meinem Kopf, aber sie kommen zurück, noch lauter und beharrlicher. Ich lasse es für den Moment zu, dann nehme ich die Teller und trage sie zum Mülleimer. Mein Kopf fühlt sich an, als hätte man ihn links und rechts gegen eine Wand gerammt. Alkohol. Eine halbe Pille. Und dann erinnere ich mich an die Beule an meinem Hinterkopf. Ich versuche es mit einer anderen Taktik. Ich tue Teller und Besteck in den großen, silbernen Geschirrspüler und gehe zu ihr. Sie liegt immer noch auf dem Boden. «Es ist okay.» Ich lege mich neben sie und streiche ihr übers Haar. Es fühlt sich struppig an, und dann bemerke ich kleine Dreckklümpchen und andere Dinge, die zwischen den Strähnen hängen. «Es ist okay. Mach dir keine Sorgen. Es ist in Ordnung.» Freya sieht zu mir auf, eine Hand liegt auf ihrem Bauch. Sie hat aufgehört zu weinen.

«Wirklich? Denkst du das wirklich? Ich mein …» Freya sucht meinen Blick, aber ich kann nicht sagen, ob sie wirklich darauf anspringt.

«Ja, natürlich. Natürlich.» Ich weiß selbst nicht, wie es mir gelingt, so ruhig zu klingen, wenn ich daran denke, wie es in meinem Kopf aussieht. «Es wird alles gut», sage ich.

Sie steht auf. «Das heißt also, wir können es jemandem sagen? Ich weiß nicht, wie ich sonst weitermachen soll. Ich kann es nicht. Ich kann es einfach nicht.»

Ich beiße mir von innen auf die Wange, um mich davon abzuhalten, sie anzuschreien. Mir fällt es schwer, die Geduld zu behalten.

«Nein, nein, Frey. Wir können es niemandem sagen. Vertrau mir dieses eine Mal. Es geht nicht. Die würden uns bestimmt in eine Entzugsklinik oder so was schicken.»

Ihr Blick fokussiert sich endlich, und es scheint, als würde sie mir zuhören. «Wirklich?», sagt sie ungläubig.

«Ja. Wirklich. Also denk dran. Kein Wort.»

Sie wird ganz still und nachdenklich, und ich glaube, dass

es allmählich bei ihr ankommt. Ich spüre eine Welle der Erleichterung.

«Okay», sagt sie dann. *Komm schon, Freya. Halt jetzt zu mir.* Aber sie fängt wieder an. «Was ist mit … Ich mein, wenn? Gestern Nacht? Wir sollten bestimmt …» Sie wühlt in der Küchenschublade herum, in der wir unsere Telefonbücher aufbewahren. Sie wirft die Gelben Seiten auf die Arbeitsplatte und fängt an, darin herumzublättern. «Hier», sagt sie. Ich sehe sie an und will, dass sie aufhört.

«Ist gut.» Ich packe das Buch und lege es zurück in die Schublade. «Ich weiß nicht, woran du denkst. Aber es ist gut. Ehrlich. Okay?»

«Aber … ich brauche deine Hilfe. Wirst du mir helfen? Ich mein … auch praktisch.» Ich habe keine Ahnung, wovon sie spricht. Sie deutet auf ihren Bauch, und ich denke, ich weiß, worauf sie hinauswill. Und ich frage mich, wie ich so dumm sein konnte, dass ich nicht selbst daran gedacht habe. Ich sage ihr, sie soll bleiben, wo sie ist. Ich gehe nach oben, weil ich mich daran erinnere, etwas in Amys Zimmer gesehen zu haben, und ich erkläre Freya, wie es wirkt, und sie fragt, ob es auch das Richtige sei, und ich sage Ja, natürlich, und sie sagt Danke. Sie scheint zu akzeptieren, was ich gesagt habe, und dann, als ich denke, sie hätte sich endlich zusammengerissen, verkrampft sich ihr Gesicht, und sie fängt an zu betteln, dass sie mit jemandem reden will, sie will es sogar ihrem Vater erzählen. «Irgendjemand, einfach irgendjemand», sagt sie mit verzweifelter Stimme, und dann will ich sie schlagen, weil sie anfängt, unverständlichen Unsinn vor sich hin zu plappern, also stehe ich auf und klatsche in die Hände, statt ihr eine auf die tränenverschmierte Wange zu geben.

«Alles klar», sage ich fröhlich. «Ich weiß, was uns aufheitern wird. Wollen wir *The Sound of Music* gucken?» Es ist einer unserer Lieblings-Morgen-Danach-Filme. Am Ende singen wir immer und reden über die Nazizeit. Manchmal verkleidet sich Freya und wickelt sich ein kleines weißes Handtuch fest um den Kopf wie eine Haube.

Für gewöhnlich singt sie «So Long, Farewell». Doch dieses Mal sitzen wir beide vor dem flackernden Fernseher und sind sogar zu müde, um zu blinzeln. Freya zieht einen Faden aus Mutters Strickjacke und wickelt ihn sich um den Finger.

«Also was denkst du über das Stipendium?», fragt Freya, als Julie Andrews ein weiteres Lied schmettert. Sie klingt fast normal, wenn auch ein bisschen matt, und zum ersten Mal an diesem Tag bin ich ihr dankbar, dass sie mit etwas Alltäglichem kommt, auch wenn der Gedanke an eine Unterhaltung in diesem Moment unerträglich ist.

«Was ist damit?»

«Was denkst du, wen werden sie noch nominieren?»

«Keinen Schimmer.»

«Melody Swaffham? Was ist, wenn du gar nicht dabei bist?»

Ich lache, aber mein Magen meldet sich. Nicht schlimm, nur als würde jemand von innen dagegenschnipsen. Wohl eine Nachwirkung der Drogen, vermute ich. Und dann schießen wieder die Gedanken durch meinen Kopf, knallen wie Flipperkugeln durch mein Morgen-Danach-Gehirn. Kein Stipendium, keine automatische Zulassung für Oxford. Was ist, wenn ich das Stipendium nicht bekomme und dann auch nicht nach Oxford darf? Das Schnipsen wird zu einem Pulsieren, wird stärker, bis es sich anfühlt, als würde jemand meine Eingeweide packen und hin und her schwenken. Das Gesicht meiner Mutter taucht immer wieder vor mir auf. Verwirrt und verunstaltet.

«Was ist mit dir?», zwinge ich mich selbst zu sagen.

«Was soll mit mir sein?» Und dann tickt sie aus. Tränen. Sie zittert so brutal, dass ich denke, sie kriegt einen epileptischen Anfall.

«Komm schon, Freya. Um Himmels willen! Ernsthaft. Alles wird gut.» Ich habe keine Ahnung, ob es wirklich so ist, und ich ertappe mich bei dem Gedanken, ob es nicht eventuell besser gewesen wäre, wenn wir letzte Nacht beide gestorben wären. Aber das sind wir nicht. Und deshalb … «Es ist deine Schuld, du hast diese Pillen mitgebracht. Wer würde uns schon glauben?» Ich sage das in der Hoffnung, dass sie sich zusammenreißt und ein für alle Mal die Klappe hält. Sie steht vom Sofa auf, und halbherzig rufe ich ihr etwas hinterher. Fünf Minuten später kommt sie zurück mit einem Mantel in der Hand, den sie aus meinem Zimmer geholt hat.

«Kann ich den ausleihen?» Es ist ein alter grauer Dufflecoat, den mein Vater mir aus der Schweiz mitgebracht hat. Sie steckt ihren Arm in den falschen Ärmel. Immer und immer wieder. Ich nehme ihn ihr ab und hänge ihn über ihre Schultern.

«Komm, lass mich das machen.» Dann zieht sie ihre alten Chucks an, die sie bei mir gelassen hat, als wir das letzte Mal ausgegangen sind. Sie lässt sie offen und steckt die Schnürsenkel in die Schuhe.

«Ich will die Stiefel nicht mehr anziehen», sagt sie. «Die ich gestern Nacht anhatte. Ich werde sie irgendwo auf den Müll tun. Den Rock hab ich schon weggeworfen.»

Der Gedanke daran, dass sie noch länger bleibt, ist zu erdrückend. Nichts wäre mir lieber, als einfach für mich zu sein, aber ich habe Angst, dass sie alles sofort Rollo erzählt, wenn sie in ihrem Zustand geht. Also ziehe ich meinen letzten Trumpf.

«Freya, warte, geh noch nicht.» Sie dreht sich um und geht zu dem goldgerahmten Spiegel auf der anderen Seite des Zimmers. Sie betrachtet ihren Hals.

«Sieh mich an.» Sie dreht sich zu mir und starrt mich an. Mit leeren Augen.

«Deine Mutter. Du musst es für dich behalten, deiner Mutter zuliebe. Verstehst du? Sie passt auf dich auf, wo auch immer sie jetzt ist.» Ihre Augen beginnen zu zucken. Ihr Blick durchbohrt mich, und kurz denke ich, sie schlägt mich gleich.

«Freya, deine Mutter hat dich so sehr geliebt. Sie wird dafür sorgen, dass du damit klarkommst. Aber wenn du mit jemandem darüber sprichst, wenn du auch nur einem Menschen – ich meine es ernst, nur einem einzigen Menschen – davon erzählst, dann kommst du nicht nach Oxford. Kapierst du das? Sie soll doch stolz auf dich sein. Dein Dad soll stolz auf dich sein. Er braucht das, Freya. Er braucht es genauso sehr wie du. Er muss sich sagen können, dass er bei dir und Leon einen guten Job gemacht hat, ohne deine Mutter. Er liebt dich so sehr, Freya. Er liebt dich. Enttäusch ihn nicht. Enttäusch deine Mutter nicht. Also, versprichst du es mir? Versprichst du mir, kein Wort darüber zu verlieren?»

Sie betrachtet mich für einen Moment ganz genau mit zusammengekniffenen Augen, und ich merke, dass ich den Atem anhalte.

«Meine Mutter. Du hast recht.»

Ich atme aus, und sie schaut zur Decke. «Mutter. Ich muss

sie stolz machen. Nach Oxford gehen. Das hätte sie für mich gewollt. Mehr als alles andere auf der ganzen Welt.» Sie beugt sich vor, als müsste sie zu Atem kommen, dann richtet sie sich wieder auf.

«Ja, mehr als alles auf der Welt», wiederhole ich. «Sie hätte gewollt, dass du in ihre Fußstapfen trittst. Sei so tapfer wie sie. Wenn sie jetzt hier wäre, hätte sie dich angesehen und gesagt, dass du die denkbar besten Aussichten hast. Das Beste aus deinem Leben gemacht hast. Mach sie stolz.»

Ein Windhauch trägt den süßen Duft von Blumen durchs geöffnete Fenster. Freya scheint es als Zeichen zu sehen. Mechanisch sagt sie: «Ich muss sie stolz machen. Natürlich. Ich werde nichts sagen. Ich verspreche es dir. Du hilfst mir aber trotzdem, das durchzustehen, oder? Wir helfen uns gegenseitig?» Ich nicke leicht und lächle, und ich bete zu Gott, dass sie mich nicht durchschaut, aber es ist zu spät. Sie tritt einen Schritt zurück, und ihr Vertrauen verflüchtigt sich.

«Also mach's gut», sage ich heiter, «bis morgen in der Schule.» Der Raum zwischen uns breitet sich aus, als sie darauf wartet, dass ich die Stille durchbreche. Ich tue es nicht. Ich will, dass sie an ihre Mutter denkt und was es bedeuten würde, wenn sie es jemandem erzählt. Sie nimmt ihre Hand langsam vom Türknauf und wendet sich der Treppe zu. Ich gehe in mein Zimmer und höre ihre Schritte auf dem Teppich. Ich stelle den Ton am Fernseher lauter.

Später am Abend gehe ich in die Küche, um mir einen Tee zu machen. Als ich den Beutel in den Mülleimer fallen lasse, entdecke ich den glitzernden Jeansrock, den Freya anhatte. Die Schädel und Knochen, die wir gemeinsam in stundenlanger Arbeit angeklebt hatten. Ich hole ihn heraus und schüttle die Eierschalen, den Speck und die Toastkrümel ab. Ich kann es riechen. Rauch, CK One und noch etwas anderes: ein leicht saurer, metallischer und feuchter Geruch, der mir in Panik die Kehle zuschnürt. Ich nehme den Rock und stopfe ihn unter mein Bett. Dann packe ich meine Sachen und schreibe meinem Vater einen Zettel, bevor ich gehe.

Konnte nicht auf dich warten, kritzle ich aufs Papier. *Musste zur Chorprobe*. In Liebe, J? Oder Josephine. Am Ende entscheide ich mich für J und stelle einen Eiffelturm-Briefbeschwerer auf das dicke, cremefarbene Papier. Ich bestelle ein Taxi auf den Namen meines Vaters. Eigentlich würde ich den Zug nehmen, aber da die Schule nur eine halbe Stunde entfernt ist und ich weiß, dass mein Vater nichts sagen wird wegen des Geldes, bitte ich den Fahrer, mich direkt hinzufahren.

«Soll ich die Fahrt auf die Rechnung setzen?», fragt er und hält den Duftbaum fest, der am Rückspiegel baumelt.

«Ja, bitte», antworte ich und suche nach Trinkgeld. Ich gebe ihm eine Fünf-Pfund-Note und brauche eine Ewigkeit, um das Wechselgeld nachzuzählen. Die Flügel des Eisentors ragen über mir auf wie Aasgeier, und für einen Moment kann ich mich nicht dazu überwinden, hindurchzugehen.

Als ich die Schule betrete, scheinen die anderen Mädchen schon wieder im Alltag angekommen zu sein. Noch an diesem ersten Nachmittag erfahre ich von gleich drei Gerüchten in unserem Jahrgang, die und die hat erzählt, dass die und die mit dem und dem geschlafen hat, Kitty Archwright hat Flora Jones-Bardam beschuldigt, ihre Freundschaft mit Olivia Buckingham zu sabotieren, und so weiter und so fort.

Flüstern erfüllt die Gänge. Die Jüngeren weichen zur Seite aus, wenn die Älteren vorbeischweben. Die Lehrer sehen jetzt schon müde aus, und die Frischlinge sind ganz aufgekratzt, weil sie die Aufnahmerituale bestanden haben – mitternächtliche Mutproben, wie die Haupttreppe in Unterwäsche hinunterrennen, nachts die Glocke läuten und solche Sachen. Und Eleanor aus meinem Schlafsaal hat längst ihr Heimweh vergessen und kreischt ständig und albert herum, und ich muss sie später im Bett zweimal ermahnen, ruhig zu sein. Ich gehe mit den anderen schlafen, auch wenn das Licht für Nicht-Oberstufler schon um zehn ausgeht. Ich frage mich, ob Freya wie üblich mit dem Zug um sieben Uhr abends gekommen ist oder ob sie entschieden hat, morgen direkt vor Schulbeginn zu kommen. Wenn ich an sie denke, stelle ich mich schon darauf ein, gar nicht schlafen zu können, aus Angst im Schlaf aufzuschreien, aber mein Geist und mein Körper sind völlig taub. Ich fühle gar nichts. Und kaum schließe ich meine Augen, bin ich weg.

2014

Die Fahrt zum Flughafen dauert zum Glück nicht lang. Keiner von uns spricht ein Wort. Jeremy versucht mich zu umarmen, als ich durch die Sicherheitsschleuse gehen will, aber ich versteife mich bei seiner Berührung. Er lässt seine Arme sinken. «Ich habe alles im Griff», sagt er. «Versprochen. Denk nicht an die Arbeit.» Ich nicke und drehe mich um.

Ich habe es schon immer geliebt zu fliegen. Ich freue mich sogar auf die Essensteller mit den verschiedenen Fächern, wo jedes Teil fein säuberlich eingepackt ist. Ich liebe das Gefühl, wenn das Flugzeug plötzlich abhebt, ich liebe sogar die Turbulenzen. In der Luft ist die einzige Gelegenheit, bei der ich einen Film gucke. Heute zeigen sie eine romantische Komödie, von der ich noch nie gehört habe, die aber kaum Konzentration erfordert. Jedes Mal, wenn ich mich zurücklehne und entspanne, fühle ich mich schuldig. Ich sollte an meine Mutter denken. Die grüne Kaschmirstrickjacke, die sie immer trägt, ihre Finger, die gelb sind vom Rauchen. In den letzten zwei Jahren habe ich sie nur drei- oder viermal gesehen, und jedes Mal wirkte sie gebeugter und stiller. Die Medikamente setzen sich in ihrem verwelkenden Körper fest. Die Stewardess kommt mit einem Tablett voll klirrender Gläser vorbei.

«Wein?»

Ich nehme ein Glas, stelle die Rückenlehne zurück, und dann plumpst ihr Name in mein Gehirn wie ein Felsbrocken.

Freya.

Ich rede mir ein, dass es okay ist. Ich werde sie nie wiedersehen, und sie wird nie erfahren, was ihre Mail in mir ausgelöst hat. Ich stelle mir vor, wie es wäre, wenn wir uns treffen würden, und es würde in etwa so ablaufen:

«Freya!»

Sie würde mich von oben bis unten ansehen, so wie sie es immer tut, wenn sie jemanden nach langer Zeit wiedersieht, und dann ihren Pferdeschwanz über die linke Schulter werfen und mit ihren Fingern daran herumspielen.

«J!» Nein, denke ich und erinnere mich an den förmlichen Ton in ihrer letzten E-Mail. «Josephine.»

«Wie geht's dir?» Ich würde etwas Abstand halten, aus Angst, sie könnte versuchen, mich zu berühren, und sie würde das verstehen. Sie konnte meine Körpersprache lesen wie niemand sonst. Und dann hätte ich Angst, dass sie darüber sprechen würde, die Schule, jene Nacht und all die schrecklichen Dinge, die folgten. Was würde ich dann tun?

«Du hättest mir helfen können», würde sie sagen.

Ich hätte dir helfen können, würde ich denken.

Ich versuche die Vorstellung abzuschütteln, aber der Dialog schwirrt weiter durch meinen Kopf: *Es hätte mir sogar selbst geholfen. Aber es ist in Ordnung, Freya, denn du trägst keine Verantwortung dafür, wer ich heute bin. Die Erinnerungen, sie haben keine Macht über mich. Null.* Ich bleibe nur so lange wie nötig in London und gehe dann zurück nach Jordanien. *Aber sie war so beharrlich in ihrer Mail.* Das Flugzeug ruckelt, und die Lautsprecherstimme des Piloten scheppert in meinen Ohren und kündigt Turbulenzen an. Als ich daran denke, Freya in London über den Weg zu laufen, kriege ich Panik. Das Rauschen in meinem Kopf scheint zu groß und ausgreifend für die enge Flugzeugkabine.

Meine Lunge zieht sich zusammen, ich kann nicht mehr atmen. Jene Nacht ist wieder da, die Musik hämmert in meinen Ohren. *Duff. Bumm. Duff. Bumm. Mach, dass es aufhört*, denke ich, während die Maschine durchgeschüttelt wird und die Tragflächen wackeln.

Erinnerungsfetzen blitzen auf, Dinge, an die ich seit jener Nacht nicht mehr gedacht habe: der süßliche Geruch der Nebelmaschine, gemischt mit Schweiß, Stroboskoplicht, der Rausch der Drogen, die von meinem Körper Besitz ergreifen, die Augen des Drachentattoos, die mich anstarren und herausfordern, etwas zu tun, nur was, und dann wieder Freyas Augen. Ich sehe sie direkt vor mir: Es ist, als hätte sich alle Angst in ihrem Gesicht gesammelt, wo sie einen Weg sucht hervorzubrechen. Ihre Augen sind riesengroß und schimmern.

Meine Gedanken gleiten ab, verwickeln sich zu einem einzigen großen Knäuel des Grauens. Darin sind auch Erinnerungen an die Zeit nach jener Nacht: wie ich mich verhielt, als wir wieder in der Schule waren, und Freyas Reaktion. Das Bild von Rollo baut sich auf, wie er lächelt und mich fest in den Arm nimmt. Egal, wie schlimm es mit meiner Mutter würde, sagt er, er werde da sein und sich kümmern.

«Ich verspreche es dir. Ich verspreche es dir», sagt er, und mir kommen die Tränen. Ich lasse meinen Kopf auf die Knie sinken. Jemand berührt sanft meine Schulter. Ich bin zu schwach, um die Hand abzuschütteln.

«Entschuldigen Sie? Miss? Entschuldigung? Kann ich Ihnen etwas bringen? Ein Glas Wasser?» Die makellose, rothaarige Stewardess riecht nach Veilchen und Puder.

«Wodka», murmle ich. Ich höre, wie sie den Alkohol einschenkt und Eiswürfel hineingibt, und nehme das Glas dankbar entgegen. Ich trinke, und das Gedankenknäuel löst sich auf und verschwindet.

«Sie sehen gleich besser aus, Schätzchen. Möchten Sie etwas essen?»

«Nein, vielen Dank.» *Nenn mich nicht noch mal «Schätzchen»*. Die nächsten zwei Stunden vergehen schneller dank ein paar Gläsern Wodka, und als ich ankomme und mein Gepäck abhole, fühlt sich diese Episode im Flugzeug an wie der Traum von jemand anderem. London ist so, als wäre ich nie fort gewesen. Der schwere, süßliche Duft von Amman wird ersetzt durch den Geruch nach Hamburgern, der warm aus den Dunstabzügen der Restaurants weht. Es ist sehr hell am Gepäckband, und die Leute wirken zielgerichteter, haben nicht diese in Zigarettenrauch gehüllte Trägheit wie in Jordanien.

Als ich im Haus meiner Eltern ankomme, ist mein Vater nicht da. Alles, die Möbel und die gesamte Einrichtung, ist noch genau so wie in jener schicksalhaften Nacht mit Freya. Ich hatte meinem Vater vom Flughafen in Amman eine E-Mail geschrieben, damit er weiß, wann ich ankomme. Das anfängliche Gefühl der Leere, weil er nicht auf mich gewartet hat, weicht schnell der Erleichterung, dass sich die Diskussionen über meine Mutter noch verzögern. Ich kann auspacken und runterkommen. Versuchen, etwas Wärme und Geborgenheit in den zugigen Zimmern und Fluren meines Zuhauses zu finden. Auf dem Küchentisch liegt ein Zettel unter einer leeren Glasvase.

Josephine, willkommen zu Hause. Bin beim Dinner mit dem Premier – konnte es nicht verlegen. Gleich um die Ecke. Komme anschließend und hoffe auf einen Willkommensdrink mit meiner Lieblingstochter. Deiner Mutter geht es besser heute. Max fährt uns morgen zu ihr. X

Außerdem liegt da eine Notiz von Amy mit einem neuen Handy und einer neuen Mobilnummer. Ich brauche etwas Zeit, um meine Kontakte zu übertragen, und frage mich, welche ich jemals benutzen werde. Dann gehe ich die Treppen nach oben. Verglichen mit dem Staub und Sand in meinem Zimmer in Jordanien, fühlt sich der dicke weiße Teppich unter meinen Füßen geradezu feudal an. Mein altes Zimmer nimmt den ganzen oberen Stock ein, dazu gehört ein eigenes, großes Badezimmer. Es hängen noch dieselben Schlachtengemälde an den Wänden wie damals, als ich sechs Jahre alt war. Freya hat immer überall in meinem Zimmer Poster von Typen aus Bands aufgehängt, von denen ich meistens noch nie was gehört hatte. «Eddie Vedder», schwärmte sie. «Er ist *so* heiß!» Ich nahm sie jedes Mal ab, sobald sie weg war.

Ich sitze auf dem großen weißen Bett und ziehe eine alte Holzkiste voller Briefe und Andenken darunter hervor. Seit Jahren habe ich nicht mehr hineingeschaut. Nicht, seit ich von Wendell fort bin. Alles steckt in Klarsichthüllen und ist nach Jahren sortiert. Ich nehme eine grüne Hülle heraus, die an den Rändern schon ganz abgenutzt ist. Darin sind Ansichtskarten, Geburtstagskarten, Briefe, Flyer und kleine Zettel. Ich kippe den gesamten Inhalt aufs Bett und bringe ihn in eine chronologische Ordnung.

Freya hat mir damals oft geschrieben. Ständig fand ich kleine Zettel und Karten unter meinem Kissen im Schlafsaal, auf denen sie mir Glück gewünscht hat für eine Prüfung oder auch einfach so. «Josephine», steht auf einer Karte. «Herzlichen

Glückwunsch zum Geburtstag für meine älteste und beste Freundin. Du bekommst dein Geschenk ein paar Monate zu früh, weil ich uns Tickets für den Serpent's Summer Rave nächste Woche geholt habe. Hab dich lieb, F. XXX».

Und auf einer anderen: «J, viel Glück für die Prüfungen. Nicht dass du's brauchen würdest! Klassenbeste ... Vielleicht hole ich dich ja eines Tages ein. Hab dich lieb, F. XXX».

Dann finde ich ihn. Einen kleinen zerknitterten Flyer mit einem schmutzigen Fußabdruck, der die Umrisse einer tanzenden Figur in Schwarz und Weiß verdunkelt. Es ist der Flyer von jener Nacht. *THE FRIDGE, DIE ALLJÄHRLICHE RETURN-TO-PEACE-PARTY, 21–6 UHR. AFTERPARTY IM BANANA MOON.*

Ich betrachte die vertraute Skizze, die buddhistischen Symbole, die sich um den Rand des Flyers schlängeln. *Freya, was ist mit dir passiert?* Und ich frage mich, ob es wirklich jene Nacht war, die alles zerstört hat, oder ob es noch etwas anderes gab – ob unsere Freundschaft vielleicht von vornherein zum Scheitern verurteilt war.

Ich finde mein Tagebuch aus jener Zeit. Es geht ums Lernen, die Lehrer, Freya natürlich, Jungs. Bis zu dieser Nacht. Danach kommt nichts, abgesehen von ein paar Notizen zu meinen Aufgaben als Schulsprecherin und Sachen, die ich für Mrs. Allen erledigen muss. Ich packe alles wieder in die Kiste und schiebe sie unters Bett zurück. Dann ziehe ich sie erneut hervor und stelle sie in einen Schrank im Flur, in dem alle meine Schulunterlagen verwahrt sind, seit der ersten Klasse. Ich gucke mir ein paar Ordner an. Meine Handschrift war immer so ordentlich, so altmodisch, selbst damals schon. Leise schließe ich die Schranktür und lehne den Kopf an das

Mahagoniholz. Ich schiebe eine Kommode vor den Schrank, um alles wegzusperren, um mehr Distanz zwischen mich und die Sachen zu bringen. Danach fühle ich mich, als wäre alle Luft aus mir herausgepresst wie bei einem alten keuchenden Akkordeon, deshalb gehe ich runter, kippe den sechsten Wodka des Tages und gehe ins Bett. Rastlos, aber irgendwie erschöpft.

Er sieht nicht auf, als ich am nächsten Morgen die Küche betrete. Blättert seine Zeitung um und notiert sich etwas auf einem kleinen gelben Block neben seiner leeren Müslischüssel. «Hallo», sage ich mit leiser Stimme. Er trägt noch seinen Morgenmantel. Blau gemustert, perfekt gebügelt und die Ärmel sorgsam umgeschlagen.

«Kaffee, Josephine?» Endlich löst er seine Augen von der Zeitung und starrt links an mir vorbei, als wäre es ihm peinlich, dass er noch nicht angezogen ist. «Schön, dich zu sehen. Tut mir leid wegen gestern. Geht's dir gut? Hattest du einen guten Flug?» Da er mir keine Zeit gibt zu antworten, ist mir klar, dass er nur der Form halber fragt. «Deine Mutter hat keine Schmerzen. Sie …» Sein Blick schweift ab. Ich nicke und lasse ihn damit vom Haken. «Hier, trink was.» Er nimmt einen blauen Becher vom Regal und schenkt ihn voll.

«Danke.» Ich setze mich neben ihn und lese die Zeitung mit, bis wir beim Sportteil angekommen sind.

«Gut, du machst dich am besten fertig. Wir fahren zu deiner Mutter. Du kommst doch mit?»

«Selbstverständlich.» Ich lache sarkastisch. «Ich bin nicht den ganzen Weg gekommen, um dich zu sehen.» Mein Vater sieht zu Boden, dann spült er seinen Becher aus und wischt sich mit dem Handrücken über den Mund. Er guckt, als wollte er etwas sagen. Dann schließt er seinen Mund wieder und räuspert sich. «Ich mein … Ich hab nur Spaß gemacht», sage ich überrascht von seiner Reaktion.

«Ich gehe mich anziehen», sagt er. «Wir treffen uns hier in einer Viertelstunde.» Sein Ton ist zackig, geschäftsmäßig. Ich will ihm noch einmal sagen, dass es nur ein Witz war, aber irgendetwas hält mich zurück. Die Angst, es könnte nicht aufrichtig klingen; dass ich's noch schlimmer mache.

Zehn Minuten später bin ich fertig. Ich trage die buntesten Klamotten, die ich finden konnte: einen hellblauen Pulli und einen braunen Schal mit einem indischen Muster. Die Farben passen überhaupt nicht zusammen, aber die seltsame Kombination lenkt mich ab. Mein Vater kommt drei Minuten später in einem schicken Anzug herunter.

Max, sein Chauffeur, fährt uns ins Krankenhaus. Schwungvoll hält er vor dem Wentworth-Miller-Flügel. Mit eiligen Schritten betrete ich das Gebäude, bevor ich noch Angst bekomme.

«Zimmer 302», sagt die Frau an der Rezeption, als sie meinen Vater erkennt, der hinter mir kommt. Wir gehen zu ihrem Zimmer, vorbei an goldgerahmten Bildern von Rosen in Rot, Gelb, Orange und Pink. Ausschließlich Rosen. Mir wird ganz komisch bei dem Anblick. Sie sind so schön. So perfekt.

Keiner von uns macht sich die Mühe anzuklopfen. Als wir den Raum betreten, scheint sie aus dem getönten Fenster zu schauen, aber als ich näher komme, sehe ich, dass ihre Augen geschlossen sind. Sie ist dünn und riecht nach Erbrochenem. Ihre Haut ist gelb und an den Armen faltig unter dem Klebeband, das die blutverschmierten Schläuche auf ihrer Haut hält.

«Hallo», sage ich. Ich sehe zu meinem Vater, der das Fußende des Bettes umklammert hält. Keiner von uns sagt irgendwas. Sie ist nicht anwesend, zumindest geistig. Ich weiß nicht, ob sie schläft oder einfach benommen ist von den Medikamenten. Ich bemerke, dass ihre Brüste links und rechts schlaff herunterhängen. Dieselben Brüste, auf denen früher schwere Diamantcolliers ruhten, Saphire, oder die mattgoldene Eidechse, die sie oft getragen hat, mit den Rubinaugen. Ich gehe zu ihr, um ihre Hand zu nehmen, und bedeute meinem Vater, es mir gleichzutun. Eine jung aussehende Ärztin klopft an die Tür. Ihr Haar wird von einer dieser Schildpatt-Haarspangen zusammengehalten, die mich immer an Freya erinnern.

«Darf ich reinkommen?»

«Bitte.» Mein Vater holt ihr einen Stuhl, aber sie winkt ab. «Vielen Dank, aber ich setze mich lieber nicht, sonst stehe ich nie wieder auf. Sie sind der Ehemann und die Tochter, ist das richtig? Mein Name ist Mainwaring, ich bin die leitende Oberärztin.» Wir nicken beide. Sie klickt mit ihrem Kuli und macht sich ein paar Notizen auf ihrem Klemmbrett.

«Wie geht es Ihnen, Mrs. Grey?» Und dann, an uns gewandt: «Es wäre toll, wenn Sie beide für einen Moment mit hinauskommen könnten.»

«Ja, selbstverständlich.» Mein Vater hört sich an wie ein eifriger Schuljunge, und wir folgen ihr hinaus.

«Schön. Also, wie Sie wissen, ist Mrs. Grey im Moment stark sediert. Sie ... nun, wir denken, dass es zu Ende geht. Es tut mir sehr leid. Ich weiß nicht, wie viel Sie wissen, Josephine, aber sie hat sich eine Überdosis verabreicht und anschließend das eigene Erbrochene aspiriert. Davon hat sie eine Lungenentzündung.»

«Wie lange?», frage ich, bevor mein Vater es tun muss.

«Ein Tag, vielleicht zwei.»

«Wie …» Mein Vater sinkt gegen die Wand. Ich kann nicht sagen, ob vor Schmerz oder Erleichterung.

Ich will nichts weiter hören, also gehe ich zurück in ihr Zimmer und lasse ihn allein mit Dr. Mainwaring. Es wirkt unnatürlich, wie sie schläft. Vielleicht liegt es an den Medikamenten. Ihre Mundwinkel zucken, und ihr Haar formt ein Knäuel an der rechten Schläfe. An ihren Ohrläppchen fehlen die Perlohrringe, die sie immer getragen hat. Sie liegen auf dem Nachttisch. Ich nehme sie und halte sie mir an. Ich wollte mir nie Löcher stechen lassen, weil meine Mutter meinte, sie würde mir dann die gleichen Ohrringe kaufen, damit wir aussähen wie Zwillinge.

Dann höre ich eine Bewegung. Ich habe solche Angst, mich umzudrehen, dass ich die Ohrringe wieder hinlege und erstarrt stehen bleibe. Ich erinnere mich an das letzte Mal, dass ich sie gesehen habe, und kann fast ihre Stimme hören. Ihr Flüstern: «Du, Josephine. Du und ich. Wir sind eins. Du wirst immer meine Tochter sein.» Als ich mich nach einer Weile schließlich umdrehe, sieht sie aus wie tot. Ich ziehe ihre Augenlider auseinander, sehe in die schwarzen, leeren Pupillen. «Ich hoffe, du hast keine Schmerzen», sage ich und will ihre Hand nehmen. Doch ich zittere und kann sie nicht richtig fassen. Ich beuge mich vor, um sie zu küssen. Ich kann mich nicht erinnern, das jemals getan zu haben. Sie atmet noch. Das Venenmuster auf ihren Augenlidern sieht aus wie verschmierter lila Lidschatten.

Schließlich, wie in stillschweigender Übereinkunft, gehe ich raus, während mein Vater bei ihr ist. Er bleibt über eine

Stunde. Während ich mich auf einen kleinen Riss in der Decke konzentriere, erinnere ich mich daran, wie ich damals einen Punkt über Mrs. Allens Kopf fixierte, als sie den Namen der neuen Schulsprecherin verkündete. Wie sehr ich mir wünschte, meine Mutter würde die richtige Reaktion auf die Neuigkeiten zeigen. Wie sehr ich mich danach sehnte, von ihr zu hören, dass sie mich liebte und dass sie stolz auf mich war. Und wie sehr ich nach diesem Abzeichen gierte. So sehr hatte ich es mir gewünscht, dass ich dachte, ich müsste platzen. Dieses Abzeichen stand symbolisch für den Pfad zum Erfolg – Oxford und eine erstklassige Karriere, die bedeutete, dass ich nie, niemals enden würde wie sie.

Max wartet auf uns vor dem Krankenhaus. Ich bin völlig überreizt, ich fühle mich, als würden hundert Sattelschlepper auf mich zu rasen, und ich müsste entscheiden, in welche Richtung ich wegspringe. In allem, was ich ansehe, wohnt eine Todesahnung. Abgebrochene Zweige, die alte Dame, die sich bückt, um ihre karierte Handtasche aufzuheben, Blüten, die trotz Sonnenscheins herabhängen. Mein Vater hat ein seltsames, strahlendes Lächeln aufgesetzt, bei dem man sein Zahnfleisch sieht. Er benimmt sich, als hätte er gerade den Deal des Jahrhunderts abgewickelt. Seine Augen leuchten, und sein Blick flitzt hin und her. Mir kommt der Gedanke, er könnte selbst irgendwelche Pillen genommen haben, aber dann sehe ich, wie seine Zähne sich in seine Unterlippe graben. Das macht er, wenn er nervös ist, und jetzt erkenne ich, dass ihm ein massiver Adrenalinschub durch den Körper fährt. Er ist kaum in der Lage stillzuhalten. Endlich steigen wir in den Wagen, und Max fragt, wohin es gehen soll. Mein Vater antwortet nicht. Sieht mich nur total verwirrt an.

«Irgendein Restaurant in der Nähe, Max», antworte ich für ihn. «Das wäre toll. Danke.»

Wir finden einen kleinen, leeren Italiener. Als ich aus dem Wagen steige, tut mir die Sonne in den Augen weh, und meine Beine zittern vor Schwäche. Mein Nacken ist hart wie Stein. Offensichtlich hat mein Vater nicht mitbekommen, dass wir gehalten haben; er bleibt sitzen und wartet darauf, dass etwas passiert. Ich öffne die Tür auf seiner Seite. Er runzelt die Stirn. «Wir sind da», sage ich. «Beim Restaurant.» Beim Aussteigen hält er sich am Türrahmen fest und grinst immer noch so merkwürdig.

«Komm», sage ich und halte ihm den Arm hin. Er hakt sich ein. Ich spanne meinen ganzen Körper an, um selbst nicht hinzufallen.

Dann sitzen wir schweigend im Restaurant. Ich übernehme es, eine kleine Kellnerin mit vorstehenden Zähnen nach der Karte zu fragen. Sie nickt und fährt sich mit der Zunge über die Vorderzähne. «Könnten wir bitte auch zwei Gläser Wein bekommen?»

Ich sitze aufrecht und lege die Karte vor meinen Vater auf den Tisch. Er schlägt sie nicht auf, also bestelle ich für ihn, als die Kellnerin zurückkommt und den Wein bringt. «Zwei Pizza Margherita, bitte.» Ich habe keine Ahnung, ob er Pizza mag, aber zu handeln fühlt sich gut an. Als hätte ich alles unter Kontrolle.

«Sie hat keine Schmerzen», sage ich, bestärkt durch meine offenkundige und Vaters mangelnde emotionale Stabilität. «Das ist alles, was zählt. Okay? Sie wird keine Schmerzen haben.»

Den Wein haben wir noch nicht angerührt, als die Pizza

kommt. Auch sie bleibt unangetastet auf den braun gesprenkelten Tellern. Mein Vater nimmt sein Glas und setzt es wieder ab, ohne zu trinken.

«Sie sieht aus wie ein …»

Er spricht nicht zu Ende, und ich versuche nicht die Lücke im Satz zu füllen. Ich nehme einen großen Schluck Wein.

«Alles in Ordnung?» Die Kellnerin beugt sich vor, um Salz und Pfeffer auf den Tisch zu stellen, dabei berührt ihre Halskette mein Gesicht.

«Alles gut», antworte ich.

«Es ist so komisch, nicht wahr?», sagt mein Vater plötzlich.

«Was?»

«Es ist nur … Am Ende hat sie es geschafft, oder? Ich habe es überhaupt nicht kommen sehen. Sie wirkte neulich noch so friedlich. Heute … nicht. Warum ist es hier drinnen so kalt?»

«Ist es nicht.» Ich reiche ihm den braunen, indischen Schal. «Nimm den.»

Er faltet ihn auf seinem Schoß wie ein Kissen.

Unwillkürlich stelle ich ihm die Frage, die mich schon immer beschäftigt hat. «Warum hast du sie geheiratet?» Die Frage kommt für uns beide überraschend.

Er denkt einen Moment darüber nach. «Weil sie früher eine geheimnisvolle Schönheit war. Mein Gott, ich klinge fürchterlich, nicht wahr?» Er reibt sich das Gesicht und zieht seine dunklen Augenbrauen in die Länge. Das sieht komisch aus, ganz im Widerspruch zu der peniblen Fassade, die er einem normalerweise vorspielt.

«Wann früher?»

«Bevor es bergab ging. Vor der Schwangerschaft.» Schlagartig verstummt er. Im Versuch, seine eigenen Gedanken förmlich abzuquetschen, wickelt er sich meinen Schal um den Bauch wie einen Kummerbund, zieht an den Enden und macht kleine Knoten in die schwarzen Fransen.

Ich schlucke hart. «Vor der …?»

«Schwangerschaft. Vor dir, meine ich. Davor ging es ihr gut. Im Rückblick gab es selbstverständlich Anzeichen. Nur wurden sie erst anschließend schlimmer. Als sie die Medikamente abgesetzt hat. Und dann … ging es rasend schnell bergab. Und niemand von uns konnte es aufhalten.»

Die Schwangerschaft. Es war meine Schuld. Dieser makellose Zirkelschluss ist tröstlich und erschreckend zugleich. Ich frage mich, ob die Tatsache, dass meine Geburt ihre Krankheit ausgelöst hat, im Umkehrschluss bedeutet, dass ihr Tod etwas in mir auslösen wird. Ich weiß, der Gedanke ist irrational. Aber er verselbständigt sich und kriecht und krabbelt unter meine Haut. Mein Vater lächelt, als würde er mir eine Geschichte von lange verlorener Schönheit und Liebe erzählen.

«Und dann», fährt er fort, während er mit dem Finger über den Rand seines Weinglases fährt, «und dann wurde es natürlich schlimmer und schlimmer. Hamstereinkäufe für den Kriegsfall. Ihre ‹Teufelsstimme›. Und schließlich der Vorfall im Badezimmer. Danach wurde es ein einziger Albtraum. Furchterregend.» In seinem Gesicht deutet nichts darauf hin, dass er irgendetwas davon tatsächlich furchterregend fand. Es ist, als würde er mir erzählen, wie schön das Wetter ist und dass er bald zur Arbeit muss. Die Abwesenheit jeglicher Emotion erweckt in mir den Eindruck, als wäre es tatsächlich zu furchterregend gewesen, um irgendwie damit klarzukommen.

«Was für ein Vorfall im Badezimmer?»

«Das war nur ... der Beginn der schlimmeren Zeiten. Du erinnerst dich bestimmt ganz anders daran.»

Meine Gedanken wandern zurück. Ich denke daran, wie sie war, als ich jung war. Meine älteste Erinnerung ist nicht wirklich eine Erinnerung, mehr ein vager Eindruck. Ihre Vollkommenheit, obwohl sie nie vollständig wirkte. Der intensive Geruch von Talkumpuder und Zigaretten, die unwahrscheinlich hohen Schuhe. Ihre schlanken Waden und ihre unbeholfenen Berührungen. Wenn ich sie umarmte, wich sie zurück, als wäre sie geschlagen worden. Und dann wird der Eindruck deutlicher mit den Jahren, es ergibt sich ein schlüssiges Bild. Ihr entschiedener Gang, der später zu einem Schlurfen wurde. Und dann ihr grotesk hervorstehender Bauch, als sie immer gekrümmter ging. Die dünnen Beine und Arme. Der starre Blick. Die Augen, die immer nach etwas zu suchen schienen. Und es nie fanden. Die gespannten Narben, die sich ihre Arme hinaufwanden. Wie ich mich gefühlt habe, wenn sie mir nahe kam: wie ein gehäuteter Hase, den man gleich ausweiden würde. Und nun: Ihre Organe streikten. Die Lider waren lila, die Haut bleich. Ich esse ein Stück Pizza, und ein Bissen bleibt mir im Hals stecken.

Ich zeige auf die grüne Wasserkaraffe, die bei meinem Vater steht. Er bemerkt es nicht, sodass die Kellnerin gezwungen ist einzuschreiten und mir auf den Rücken schlägt, bis es sich anfühlt, als würde mein Herz gleich vorn aus dem blauen T-Shirt springen. Ich denke wieder daran, was meine Mutter damals zu mir sagte. Dass sie und ich eins sind. Mein Gehirn fühlt sich an, als würde es schmelzen, und mein Vater wird immer blasser im Gesicht. Seine Wangen hängen herunter, als wären sie aus Wachs. Wie die Gesichter in jener Nacht mit

Freya. Und dann brennt bei mir eine Sicherung durch. Ich frage mich, ob ich durchdrehe wegen der Assoziation oder ob ich anfange zu halluzinieren, so wie meine Mutter. Ich versuche, meine Gedanken zu bremsen, aber …

«Hmm, also …», fange ich einen Satz an.

«Ja?» Er sieht auf. *Es ist in Ordnung*, denke ich, *ich klinge nicht verrückt.*

«Nichts. Gar nichts. Ich wollte nur …» Gut, ich kann immer noch sprechen. Konversation betreiben. Immer noch normal sein. Ich habe keine Halluzinationen. Höre keine Stimmen. Und dann überfällt es mich wieder. Die Ahnung von etwas. Es ist, als würden meine Gedanken aus der Bahn geworfen. Als würde jeder einzelne von ihnen in ein unheimliches schwarzes Loch gesaugt. Scheiße. Alles beginnt sich zu drehen. Ich sage meinem Vater, ich müsste auf die Toilette, und drehe den Wasserhahn auf, trinke in großen Schlucken, denn wenn ich meinen Mund noch öffnen kann, trinken, schlucken kann und immer so weiter, dann funktioniere ich noch, dann bin ich in Ordnung, dann bin ich nicht wie sie. Ich setze mich schwitzend aufs Klo, reiße das Toilettenpapier in Stückchen und will pinkeln, aber merke, dass es nicht geht.

Als ich in der Lage bin, wieder ins Restaurant zu gehen, hat mein Vater auch mein Glas Wein geleert. Ich gebe der Kellnerin ein Zeichen, mir ein neues zu bringen, und kippe es herunter. «Du auch?», sage ich und zeige auf mein Glas. Er nickt. Nach drei weiteren Gläsern und einem Wodka-O entwirren sich meine Gedanken, und die fruchtige Flüssigkeit rauscht wie eine Walze durch meinen Blutkreislauf. Ich lehne mich zurück und esse die kalte Pizza.

Als wir nach Hause kommen, gehen wir direkt zu Bett. Ich

liege wach in meinem Zimmer, träge vom Alkohol. Meine Gedanken sind zur Ruhe gekommen. Ich habe solche Angst davor, dass die Panik wieder einsetzt, wenn ich mich bewege, dass ich die Scheinwerferpaare der vorbeifahrenden Autos zähle, statt meinem heftigen Durst nachzugeben. Vielleicht ist meine Mutter schon tot. Ich frage mich, ob ich es merke, wenn sie geht. Kurz spüre ich die Freiheit dieses Gedankens, dann kommt das Schuldgefühl.

Zwei Stunden später höre ich immer noch das Rascheln von Papieren im Arbeitszimmer meines Vaters. Die Farbe des Lichts vor meinem Fenster beginnt sich zu verändern; die Schwärze erhebt sich zu einem bläulichen Violett. Das Rauschen in meinem Gehirn wird stärker und schwächer, bis es schließlich ganz erstirbt. Und während ich träume, dass Freya und meine Mutter miteinander verschmelzen, verklärend umrahmt von wunderschönem goldenem Haar, schlafe ich ein.

1996

Am nächsten Morgen wache ich um sechs Uhr dreißig auf. Beim Anziehen drehe ich den anderen im Schlafsaal den Rücken zu. Ich lege mein blaues Schulcape aus Wolle um, das ich nur bei besonderen Anlässen trage. Heute, zur Morgenandacht, werde ich meine erste Rede als Schulsprecherin halten. Ich hatte keine Zeit, mich darauf vorzubereiten – auch wenn ich schon das ganze Jahr darüber nachgedacht oder eher davon phantasiert habe. Ich werde über Charakterstärke sprechen, und das geht in Ordnung, denn nach diesem Wochenende fühle ich mich stark. Oder vielmehr fühle ich kaum etwas, was mir aber auch gelegen kommt. So kann ich mich auf Freya konzentrieren, auf Oxford, das Stipendium und *Die Lupe*.

Beim Frühstück sitze ich am Tisch des Personals (was niemand merkwürdig findet – wahrscheinlich nehmen sie an, das sei eine neue Idee der Schulleitung), damit niemand auf den Gedanken kommt, mich anzusprechen. Nachdem ich einen Toast gegessen habe, gehe ich in die Kapelle und stelle mich hinter das alte hölzerne Rednerpult. Die Schülerinnen und Lehrer kommen hinein und setzen sich. Alle sehen mich an, sitzen aufrecht und möchten hören, was ich zu sagen habe. Lichtsäulen fallen durch die bunten Scheiben herein und erhellen das dunkle Holz der Kirchenbänke. Über der Balustrade des Chorbalkons, der die hintere Wand der Kapelle säumt, sieht man aufmerksame Gesichter, und die Lehrer in den hinteren Reihen stehen auf, um mich besser zu hören.

«Seid guten Mutes», sage ich und beuge mich vor. Meine

Stimme hallt angenehm von den schweren Ziegelwänden wider. Alles, was ich sage, scheint sich direkt an Freya zu richten und auf das vergangene Wochenende zu beziehen. Zuerst kann ich sie unter den Anwesenden nicht ausmachen, aber dann erspähe ich sie. Und was tut sie? Albert herum, und zwar mit niemand Geringerem als Verity Greenslade. Ich unterbreche meine Rede. Zum einen sollte Verity als meine Stellvertreterin während der Andacht nicht reden, und zum anderen hasst Freya sie eigentlich, weil sie sich immer und bei jeder Gelegenheit mit mir messen will. Ich hatte nie ein Problem mit Verity, aber ich weiß, dass Freya schon des Öfteren das Bedürfnis hatte, ihr mehr anzutun, als an ihren wippenden braunen Locken zu ziehen.

«Sie sieht immer so hochnäsig auf mich herab», hatte Freya sich beklagt. «Und wie besessen sie davon ist, dich in allem zu schlagen. Geht es dir nicht auf den Geist? Für sie muss es ganz schön anstrengend sein.» Ich habe sie immer als übermotivierten Lehrerliebling gesehen. Harmlos, aber zu selbstbewusst für meinen Geschmack. *Worüber lachen die beiden?* Freya sieht auf und begegnet meinem Blick. Sie wirkt peinlich berührt, trotzdem hören sie nicht auf zu reden. Ich bedenke Verity mit einem stechenden Blick und nicke leicht Mrs. Allen zu, die sie mit einer Geste zum Schweigen bringt. Freya guckt böse, und statt mich zu freuen, mache ich mir Sorgen. Im Moment muss ich vorsichtig mit Freya umgehen.

«Und nun lasst uns singen.» Ich hebe das Kinn. «Lied Nummer siebenundsechzig. Holy, Holy, Holy!» Als die Orgel einsetzt, nehme ich Platz. Ich kann Freya und Verity sehen – mit bebenden Schultern, die Hände vor den Mund gepresst. Verity würde sich nie so benehmen, besonders jetzt nicht, da sie eine so wichtige Position bekleidet. Nun sieht Verity mich direkt an, mit gehobener Augenbraue. *Was geht hier vor?*

Nach der Andacht warte ich aus purer Gewohnheit vor dem Hauptgebäude der Schule. Normalerweise treffen Freya und ich uns hier jeden Morgen, um zusammen in die Klasse zu gehen. Heute ist sie nicht da. Als ich schließlich hineingehe, sehe ich, dass sie am Ende des Korridors steht und mich beobachtet. Zumindest hat sie ihre Haare gewaschen. Sie macht diese komische Sache mit ihren Händen, reibt sie unentwegt an ihrem Pullover. Als die Schulglocke ertönt, stürmen Massen von Schülerinnen über den Gang, der zwischen uns liegt. Freya drückt sich flach an die Wand und hält einen Arm vors Gesicht wie einen Schild.

Ich laufe zu ihr und ziehe sie in eine alte Sportumkleide, die gerade zu einem Klassenzimmer für die Oberstufe umgebaut wird.

«Geht es dir gut?», frage ich, als sie an der Wand hinab zu Boden rutscht.

«Alles bestens.» Ihre Stimme klingt tiefer als sonst.

«Du sahst … du sahst gerade aus, als würdest du ohnmächtig werden.»

«Menschen. So viele Menschen», sagt sie, und ich kann hören, wie sie zu schlucken versucht.

«Ja», erwidere ich unsicher.

«Das eben mit Verity in der Kapelle … Ich fühle mich nur …» Für einen Moment ist sie wieder die alte, nette Freya. Ich falle ihr ins Wort, sie soll wissen, dass es mir egal ist. Dass es keine Rolle spielt. Dass wir einfach zum Alltag zurückkehren sollten.

«Vergiss es», sage ich. «Es ist nicht der Rede wert. Komm,

lass uns am besten in die Klasse gehen. Es hat schon geklingelt. Sie werden sich fragen, wo wir bleiben. Die Schulsprecherin darf nicht zu spät kommen.» Ich lache, um zu zeigen, dass es ein Witz war, aber ich merke sofort, dass es total falsch ankommt.

«Warte! Bitte warte. Ich muss mit dir sprechen. Ich brauche Hilfe», sagt Freya, während sie meine Hand festhält. Ihre Handgelenke sind so dünn, ich muss an meine Mutter denken, ihre spitzen Ellbogen und Handgelenke. Die Erinnerung löst eine körperliche Reaktion aus – als würde jemand meinen Brustkorb zusammendrücken. Wenn Freya jetzt schon dafür sorgen kann, dass ich mich so fühle, wird alles noch viel schlimmer werden, wenn die Sache mit dem Club herauskäme, das wird mir jetzt klar. Sie setzt ein wackliges Lächeln auf, und ich will mich zu ihr beugen und sie umarmen, kann mich aber gerade noch stoppen. Nicht auszudenken, welche Wendung die Dinge nähmen, wenn ich es täte.

«Wobei?», frage ich. Freya sieht sich unruhig um, als hätte sie jemanden bemerkt, und ich folge ihrem Blick, aber wir sind allein. Sie umschließt ihren Zeigefinger, und dann sehe ich, dass sie den alten Silberring ihrer Mutter trägt, obwohl Schmuck in der Schule verboten ist.

«Was meinst du mit *wobei*? Bei dem, was geschehen ist. Wenn wir es niemandem sagen, dann muss ich zumindest darüber sprechen dürfen. Mit dir, meine ich. Ich muss wissen, was ich tun soll. Du warst immer für mich da, J – *wir* waren immer füreinander da. Lass uns bitte jetzt nicht damit aufhören.»

«Ich … Ich dachte, wir wären uns einig. Ich dachte, wir hätten abgemacht, nicht darüber zu reden», erwidere ich. «Dass es vorbei ist. Und wir uns wieder auf unsere Zukunft konzentrieren müssen.»

«Du hast das beschlossen. Ich nicht. Können wir uns heute nach der Schule treffen? Einen Kaffee trinken oder so? Bitte, nur, um einmal darüber zu reden?» Ich habe den Eindruck, sie fängt gleich wieder an zu weinen, aber sie drückt erneut auf ihrem Ring herum und schließt die Augen. «Also?» Sie sieht mich an.

«Freya. Ich ... Sobald wir einmal darüber reden, kommt nur alles wieder hoch. Wir müssen uns auf andere Dinge konzentrieren. Komm schon. Der Unterricht hat angefangen. Ich muss –»

«Du sagst nein? Wirklich? Du willst also nicht mit mir darüber reden?»

«Es gibt nichts zu bereden. Ich weiß wirklich nicht, warum du das wieder aufwärmen willst. Ich habe dir doch gesagt» – meine Stimme wird schrill, und Freya runzelt die Stirn –, «ich will nicht in irgendeiner Entzugsklinik landen. Willst du das? Denn das ist es, was passieren wird.»

«Und was ist mit der anderen Sache, J?» Freya klingt jetzt ganz ruhig. «Wir können nicht einfach nichts tun.»

«Die andere Sache? Der Alk und die Pillen? Als Minderjährige in den Club gehen? Wir können, und wir werden nichts tun.»

«Die andere Sache», sagt Freya noch einmal. Sie kniet jetzt und schaut zu mir hoch. «Du weißt doch, wovon ich spreche, Josephine?»

«Ich werde nicht wegen einer dämlichen halben Pille von der Schule fliegen», zische ich.

Freya wirkt geschockt, verwirrt – und scheint das Thema

dann abzuhaken. Sie zuckt mit den Schultern. «Ich weiß nicht, ob du es absichtlich ignorierst.» Ihre Worte lösen eine Welle von Emotionen und eine plötzliche Erinnerung an jene Nacht aus. Blut und Schweiß. Ich will das nicht und zwinge mich, die Bilder tief in mein Unterbewusstsein zu schieben.

Ich antworte nicht und setze mich zu ihr in, wie ich finde, kameradschaftlichem Schweigen. Ich denke, sie hat verstanden, dass ich nicht darüber reden werde. Und dann beugt sie sich vor und kneift mir heftig ins Bein. Ich bin so überrumpelt, dass ich anfange zu lachen.

«Ich wollte nur gucken, ob du noch lebst», sagt sie und kneift mich erneut. Dieses Mal gräbt sich ein Fingernagel tief in die Haut meines Oberschenkels. «Ja? Lebst du noch?» Ihr Nagel piekt immer noch in mein Bein, dreht sich wie eine Schraube hinein.

«Komm schon, Freya. Genug jetzt.» Der Schmerz klingelt in meinen Ohren, und meine Stimme gehorcht mir nicht mehr und wird laut.

«Na schön. Wenn es das ist, was du willst», antwortet sie. «Aber nur, damit du's weißt: Ich werde dir das nie, niemals» – sie ist aufgestanden und stampft mit dem Fuß – «verzeihen. Hast du das verstanden?»

Ich bin immer noch erschrocken wegen des Schmerzes und der Tatsache, dass sie mir körperlich weh getan hat. Als Freya das letzte Mal wütend auf mich war, bin ich auf eine Spinne getreten. Aber es bedeutet umgekehrt auch, dass sie schweigen wird, und das erleichtert mich. Ich rede mir ein, dass sie es nicht so meint, und ich kenne Freya. Sie wird irgendwann einlenken. Und am Ende erkennen, dass ich recht habe.

«Ich muss jetzt gehen. Wir sehen uns später.» Meine

Stimme klingt beruhigend, hoffe ich, aber sie sieht mich mit einem Blick an, den ich nicht an ihr kenne und der mir den Atem verschlägt. Anschließend im Unterricht, später beim Mittagessen und schließlich abends im Bett, als ich vergeblich versuche einzuschlafen, bin ich noch immer damit beschäftigt, mir einen Reim darauf zu machen. Gedanklich gehe ich eine lange Liste mit möglichen Bedeutungen durch, komme aber letztendlich zu keinem Ergebnis.

Freya und ich laufen uns ein paar Tage lang nicht über den Weg, worüber ich insgeheim erleichtert bin. Wir brauchen beide etwas Abstand, auch liegt es wohl daran, dass wir beide gerade sehr beschäftigt sind; die Stipendienvergabe steht bevor, und meine Bewerbung und der Essay für Oxford sind fällig. Ich habe heute zwei Freistunden, die ich nutzen will, um Zeitung zu lesen. In der Bibliothek sind vorn alle Tische besetzt, also gehe ich nach hinten durch, um einen Sitzplatz zu finden. Zum Glück sind alle in ihre Bücher vertieft, und niemand sieht zu mir auf. Ich fühle mich ganz anonym. Ich versuche, keine Geräusche zu machen, aber meine Schritte klackern auf dem Steinboden. Ich finde einen Platz in der Nähe des großen vergitterten Fensters, das auf die Tennisplätze hinausgeht. Das Geräusch der Schläge wird mich nerven, da bin ich mir sicher. Während ich mich innerlich darauf einstelle, gestört zu werden, bemerke ich, dass Verity am Nachbartisch sitzt. Sie liest die *Times*. Ich habe eine Ausgabe des *Independent* und kann sehen, dass sie erst auf der zweiten Seite ist.

«Verity», sage ich. «Wollen wir tauschen, wenn du durch bist?» Ich winke mit dem *Independent*.

«Klar», antwortet sie. «Ich muss eh bald los, um mich mit

Freya wegen heut Abend zu besprechen.» Veritys Augen verengen sich, sie will herausfinden, ob ich weiß, wovon sie spricht. Erst habe ich keinen Schimmer, aber dann fällt mir ein, dass Freya eine kleine Party in unserer Küche organisiert. Einmal im Monat dürfen wir ein paar Gläser Wein trinken, bereitgestellt von unserer Hausvorsteherin. Freya hat ein paar ausgewählte Gäste eingeladen, um diese Gelegenheit zu feiern. Sie hatte vergangene Woche darüber gesprochen. Überlegt, wen sie einladen soll und ob man eine Flasche Wodka einschmuggeln könnte. Ich frage mich, was es bedeutet, dass sie es noch immer machen will, und ob ich vorbeigehen sollte, damit wir zur Normalität zurückkehren.

«Ah, ja, klar», sage ich. «Freya redet schon seit Ewigkeiten davon. Hat die Einladungen vor einem Monat oder so verschickt.» Ich lächle sie an. Verity war natürlich nicht auf der ursprünglichen Gästeliste. «Kann sein, dass ich meine sogar verloren habe.»

«Oh.» Verity zögert und schaut auf ihre Uhr.

Ich lächle und sehe hinauf zur steinernen Gewölbedecke. «Na ja, wie auch immer», sage ich. «Ich kann wohl nicht kommen. Ich muss lernen.» Ein Ausdruck einfältiger Verwirrung zeigt sich in Veritys Gesicht. «Aber macht es euch schön.»

Verity steht auf, um zu gehen, und dreht sich dann noch mal um. «Es geht gar nicht um Freyas kleine Party. Die war schon gestern und echt toll. Nein, heute Abend geht es um was ganz anderes. Ich denke darüber nach, eine neue Gruppe zu gründen, und habe Freya gefragt, ob sie mir helfen will. Um ein paar Leute zusammenzutrommeln.» Veritys Lippe zuckt, und mir fehlen die Worte. Sie verzieht den Mund und streicht sich die Locken von der Schulter.

«Ach. Na dann, viel Erfolg. Gottchen, ich finde momentan noch nicht mal die Zeit, auf die Toilette zu gehen», sage ich und muss meine Stimme im Zaum halten. «Wenn du jetzt schon gehst, kann ich doch …» Ich greife nach der *Times*, und sie ist hin- und hergerissen, ob sie sie behalten soll, um mich zu ärgern, oder erneut groß herauszuposaunen, dass sie los muss, um Freya zu treffen. Schließlich gibt sie mir die Zeitung.

«Okay dann. Vielleicht sehen wir dich später.» Die Betonung auf «wir» versetzt mir wie beabsichtigt einen Stich. Ich setze mich hin und schlage die Zeitung auf, kann mich aber nicht konzentrieren. Zehn Minuten vergehen, ohne dass es mir gelingt, irgendetwas aufzunehmen. Dass Verity die Macht hat, mir das anzutun, macht mich rasend vor Wut, und ich bekomme Kopfschmerzen. Ich gehe zurück in den Schlafsaal und lege mich hin. Ich frage mich, ob ich immer noch erschöpft bin von dem, was geschehen ist. Ob Freya auch müde ist? Sicher nicht, wenn sie so damit beschäftigt ist, zu feiern und mit Verity auf dicke Freundin zu machen. Aber vielleicht hat es auch etwas Gutes. Ich meine, vielleicht heißt das, sie lässt es hinter sich. Vielleicht ist das ihre Art zu vergessen.

Ein paar Tage später steht ein Treffen mit Mrs. Kitts an, um meine Uni-Bewerbung zu besprechen. Freya und ich gehen uns immer noch aus dem Weg. Oder vielmehr geht sie mir aus dem Weg. Es ist jetzt mittlerweile eine Woche her, und ich bin so beschäftigt, dass ich eigentlich keine Zeit habe, über die Kluft zwischen uns nachzudenken, aber natürlich schleichen sich die Gedanken immer wieder ein. Ein paarmal habe ich sie gesucht. Als ich sie das letzte Mal gesehen habe, überquerte sie gerade das Lacrossefeld und wandte sich ab, als ich kam. Erst dachte ich, sie hätte mich nicht gesehen, aber dann blickte sie immer wieder über die Schulter, um sicherzugehen, dass ich ihr nicht folgte. Rückblickend hätte ich ihr vielleicht nachlaufen und sie bitten sollen, mit mir zu reden. Ich muss sie auf Kurs halten. Stattdessen habe ich meinen Lacrosseschläger auf den Boden geworfen, so schockiert und sauer war ich. «Mann, pass doch auf, du hast meinen Fuß getroffen», hatte Lindsay Pardell gesagt. Erst als sie realisierte, dass ich es war, meinte sie: «Oh, Josephine, tut mir leid. Aber es tat wirklich weh.» Ich stehe ständig unter Spannung – jedes Mal, wenn jemand von der Schule mich sprechen will, denke ich, dass Freya den Mund aufgemacht hat.

«Josephine?», sagt Mrs. Kitts zu mir. «Was auch immer dich belastet: Denk jetzt nicht dran. Du bist unkonzentriert, das passt nicht zu dir.» Sie schlägt die Beine übereinander, und der schwarze Rock rutscht ein Stück hoch. Als sie meinen Blick bemerkt, zieht sie ihn wieder herunter.

«Also, wenn sie dich einladen, wollen sie sicherlich wissen, was du über Eisenhower weißt. Anscheinend wird Geschichte immer beliebter, also müssen wir alle Bereiche abdecken.» Mein Vater hat mir mein ganzes Leben lang eingeschärft, wie unglaublich wichtig Geschichte ist, und ich bete, dass ich alle Bereiche abdecken kann. «Ja», antworte ich. «Ist gut.» Ich sehe Mrs. Kitts an, während ich fortfahre: «Denken Sie, sie werden auch nach meinen Hobbys fragen? Ich habe sie in meiner Bewerbung erwähnt.» Als sie mir ein Heft mit einer Lektüreliste reicht, berühren sich unsere Finger. Schnell ziehe ich meine Hand weg.

«Natürlich. Sie wollen sehen, wie vielseitig du bist.»

«Also erzähle ich auch von den Arbeitsgruppen, die ich leite? Und ich werde ja *Die Lupe* herausgeben, das wird sich gut machen.»

«Oh ja, natürlich. Ich habe ganz vergessen, dass die Schulsprecherin die Zeitung verantwortet.» Mrs. Kitts lehnt sich vor, und ihre Nasenlöcher leuchten rosa im Licht der Schreibtischlampe. «Das ist hervorragend, das wird ihnen sehr gefallen.» Wir sprechen dann noch über ein paar historische Themen. Als wir fertig sind, räuspert sie sich und sieht mich aufmerksam an.

«Wie geht es eigentlich Freya?», fragt sie.

«Ihr scheint es gutzugehen.» Ich mache eine Pause, und sie ergreift nicht das Wort. Sie wartet darauf, dass ich weiterrede, und ich will wissen, warum sie fragt. Ob sie etwas weiß. Aber allein bei der Erwähnung von Freya werde ich wieder so wütend und aufgebracht, dass ich meine Sachen einpacke und das Büro verlasse. Erst jetzt begreife ich, dass meine Wut auf sie alle Erinnerungen an jene Nacht überlagert hat. Dieses dumpfe Gefühl hat sich verflüchtigt, und all meine Energie, meine Emotionen scheinen sich auf Freya zu konzentrieren, darauf dass sie mich ignoriert und wie ich sie davon abhalten kann zu reden.

Ich gehe zur Aula, wo ich ein Treffen für *Die Lupe* angesetzt habe. Die Schulzeitung existiert seit einhundert Jahren, und ich – als Schulsprecherin – habe die Ehre, die diesjährige Jubiläumsausgabe zu betreuen. Ich bin entschlossen, sie zur spektakulärsten aller Zeiten zu machen. Daher habe ich meinen Vater gebeten, ein Interview mit dem Premierminister zu arrangieren. Er hat sich natürlich dazu bereit erklärt, schließlich will er auch, dass es die beste Ausgabe wird.

«Zeig Rollo auch ein paar Artikel», sagte er und lachte, als ich das letzte Mal mit ihm telefoniert habe. Rollo ist der Herausgeber des *Sunday Herald* und wäre auch begeistert zu helfen. Das Treffen ist um vier Uhr. Normalerweise bin ich immer um halb vier mit Freya am Schultor verabredet. Obwohl ich weiß, dass sie nicht da sein wird, gehe ich dort vorbei, nur für den Fall. Sie taucht nicht auf. Enttäuscht gehe ich in die Aula, wo bereits vierzig Mädchen warten. Freya hatte mir versprochen, mich zu unterstützen, aber auch hier ist sie nicht. Verity, die eigentlich bei der Redaktion helfen wollte, erscheint auch nicht.

«Leute», rufe ich. Meine Stimme klingt ungewöhnlich hoch. «Setzt euch», sage ich mit Mrs. Allens schroffem Tonfall. «Ihr seid also hier, weil ihr interessiert seid, an der *Lupe* mitzuarbeiten. Wie ihr wisst, wird unsere Schulzeitung aufmerksam gelesen, und zwar nicht nur innerhalb dieser Mauern.» Ich halte inne und schwenke die Hand durch den Raum. «Die diesjährige Ausgabe muss einfach die beste werden. Es ist die Jubiläumsausgabe zum hundertjährigen Bestehen, also lasst uns Teil von etwas sein, auf das wir stolz sein können. Ich will, dass jede einzelne von euch so gut schreibt und redigiert wie möglich. Denkt daran, es muss unterhaltsam sein, gut lesbar und klug. Ja, Annie?» Ich sehe auf Annie Rogers hinunter, die mich angrinst wie eine freundliche Elfe.

«Woher wissen wir denn, worüber wir schreiben sollen?», fragt sie.

«Tja, Annie.» Irgendwie klinge ich herablassend. «Also», setze ich neu an. «Nachdem ihr euch eingetragen hattet, habe ich eine Liste mit euren Namen und Themen ans Schwarze Brett gehängt.» Sie nickt. «Um jeden Bereich kümmern sich vier Leute. Ich möchte, dass jeder einen Artikel einreicht. Ich wähle dann die besten aus.»

«Bis wann brauchst du die Texte?», fragt Mary-Louise von hinten.

«Spätestens bis Ende nächsten Monat, bitte. Ich habe ein paar Informationen ans Schwarze Brett gepinnt, was Anzahl der Wörter und Stil betrifft. Da könnt ihr nachschauen.» In der Aula ist es ganz still.

«Oh, und wir brauchen noch anonymen Klatsch und Tratsch für die ‹Wer ist es?›-Seite. Das ist offenbar immer sehr beliebt, also müssen wir es gut machen. Bitte legt Vorschläge in mein Fach und sagt es weiter.»

Mary-Louise hebt wieder die Hand. «Was für Tratsch soll es denn sein? Und wo ist eigentlich Freya? Sie wollte mit mir einen Beitrag schreiben.»

«Freya musste zu einem Termin.» Ich ringe mir ein Lächeln ab. «Und was den Klatsch angeht: Absolut alles ist erlaubt. Blättert mal durch die alten Ausgaben, dann seht ihr, was so geht. Aber in diesem Jahr brauchen wir etwas Spektakuläres. Alle sollen darüber sprechen.» Die Mädchen nicken, und ich mache eine abschätzige Handbewegung zum Zeichen, dass das Treffen beendet ist. Das fühlt sich im ersten Moment gut an, dann komme ich mir albern vor.

«Vielen Dank», schicke ich noch hinterher.

In den darauffolgenden Tagen geht mir Freya immer noch aus dem Weg. Ich sehe sie ein paar Mal, aber immer, wenn sie mich bemerkt, dreht sie sich in die andere Richtung, sodass ich nicht mal ihr Gesicht sehen kann. Diese ganze Sache lenkt mich von der Arbeit ab und macht mich rasend vor

Wut. Nach der Schule, im Haus, ignoriert sie mich geflissentlich. Das Haus hat zwei Eingänge, einen für die unteren Klassen auf der Rückseite und die große gelbe Tür vorn für die Oberstufe. Und jedes Mal, wenn ich Freya sehe, geht sie durch den Hintereingang. Sie kommt spät in den Speisesaal, hält nach mir Ausschau und setzt sich dann absichtlich auf die andere Seite. Normalerweise sitzen Freya und ich ganz hinten links in der Ecke, und als ich es einmal wage, einfach dorthin zu gehen, sitzt Verity schon auf meinem Platz neben ihr. Sie begrüßt mich halbherzig, und ihre Lippen verziehen sich zu einem unverhüllten Lächeln. Freya guckt auf den Tisch, schiebt ihr Essen mit der Gabel auf dem Teller herum. *Du kannst mich mal, Verity*, denke ich. Ich werde jetzt nicht klein beigeben, auch wenn alle Stühle an dem Tisch besetzt sind. Ich stelle mein Tablett an der Ecke des Tisches ab, direkt neben Gracie Lovell, und hole mir einen Stuhl von einem anderen Tisch.

Keiner am Tisch spricht ein Wort. Alle gucken nur mich oder Freya an, mit einem mitfühlenden Ausdruck auf dem Gesicht. Da ich niemandem erzählt habe, dass Freya und ich nicht miteinander sprechen, ist es entweder völlig offensichtlich für die gesamte Schule, oder Verity hat es herausposaunt.

Schließlich fragt Gracie nach dem Salzstreuer. Freya vermeidet jeglichen Augenkontakt mit mir. Ich bemerke raue, rosafarbene und merkwürdig grünblaue Stellen an ihren Ellbogen und am Hals. Sie hat versucht, sie mit Make-up abzudecken, was eigentlich in der Schule verboten ist. Es macht sie bestimmt fertig – niemals zuvor habe ich es erlebt, dass Freyas Haut nicht perfekt aussah. Von dem Hühnchen auf meinem Teller schmecke ich nichts. Ich schneide einfach und kaue, schneide und kaue.

Gracie sagt an Freya gewandt mit lauter, selbstzufriedener Stimme, als wäre sie besonders mutig und würde allen damit einen Gefallen tun: «Ihr beide müsst euch wieder vertragen.» Dann sieht sie mich an und wirft lachend ihren Kopf zurück. «Es ist so schräg, dass ihr nicht miteinander redet. Es ist peinlich für alle. Worum geht's dabei überhaupt?» Zwischen ihren Schneidezähnen hängt ein Stück Hühnchen. Alle gucken schnell weg, um es ihr nicht sagen zu müssen. Gracie ist erst vor ein paar Jahren auf die Schule gekommen und hat sich seitdem ständig in fremde Angelegenheiten eingemischt. Freya hat immer gesagt, dass sie es nur gut meint, bis wir herausfanden, dass sie versucht hat, uns gegeneinander auszuspielen, um sich einzuschleimen.

«Checkt sie nicht, dass wir uns alles erzählen?», hatte Freya gesagt. «Sie ist so dumm.»

Daran muss ich denken, als Gracie uns beiden einen falschen mitfühlenden Blick zuwirft. Verity steht halb auf, um sich zu Freya herüberzubeugen. Sie legt einen Arm um ihre Schultern und sieht mich giftig an. «Freya geht es gut. Nicht wahr? Ich kümmere mich um sie.» Freya sagt nichts, putzt sich nur die Nase.

«Ich kann dir echt nicht sagen, worum es geht», fährt Verity fort. «Es ist etwas zwischen Freya und Josephine.»

Was weißt du denn schon?, denke ich und feuere einen wütenden Blick in Freyas Richtung, die immer noch auf ihren Teller starrt. Ich zwinge mich, tief durchzuatmen. So dumm ist Freya nicht, überlege ich. Das ist nur ein Spielchen, damit ich irgendwie reagiere.

«Ist gut jetzt, Leute. Ihr habt sicher noch andere Dinge zu tun, als sinnlos herumzuspekulieren», sage ich. Mir ist bewusst, dass ich wie eine Vollidiotin klinge, aber mir bleibt nichts anderes übrig. Alle am Tisch schweigen, und als Freya ihre Gabel ablegen will, fällt sie auf den Boden.

Aber als mich Mrs. Kitts später nach dem Essen in ihr Büro ruft, klopft mein Herz vor Angst, dass Freya etwas gesagt haben könnte.

«Ist alles in Ordnung?», fragt sie. Twiggy, ihre Katze, springt auf meinen Schoß.

«Ja», antworte ich. «Wieso?» Twiggy reibt ihr Näschen an meinem Daumenballen. Ich streiche über ihr schwarzes Fell.

«Du wirkst … Ich weiß auch nicht. Müde. Nicht bei der Sache. Fühlst du dich nicht gut? Wird es dir zu viel?»

Sie weiß nichts. Mein Herzschlag normalisiert sich allmählich.

«Was sollte mir zu viel werden?»

Twiggy schnurrt.

«Alles. Schulsprecherin, die Probeklausuren, *Die Lupe* … einfach alles.»

«Nein.» Ich beuge mich zu Twiggy hinunter und atme ihren Tiergeruch ein.

«Gut. Ich dachte nur …»

«Nein, alles gut. Wirklich.»

«Ganz sicher?»

«Ja. Ich lasse Sie wissen, wenn es ein Problem gibt.»

«Gut. Denn wir sind immer für dich da. Was es auch ist. Du hast deine Aufsätze für Oxford eingereicht, damit sollte dir eine große Last von den Schultern gefallen sein.»

Ich möchte sie nach Freya fragen, aber ich glaube, meine Stimme würde zittern, deshalb nicke ich nur. Und als ich das Büro verlasse, steht sie im Vorzimmer und wartet darauf hereinzugehen. Sie sieht mich nicht an. Ich mache eine kleine Bewegung in ihre Richtung, als wollte ich mich ihr in den Weg stellen. Nur so weit, dass es nicht zu offensichtlich ist, sie aber die Chance hat, darauf einzugehen. Sie tut es nicht. Stattdessen marschiert sie geradewegs auf Mrs. Kitts Büro zu und streicht sich mit der linken Hand das Haar aus dem Gesicht, während sie anklopft. Doch dieses Mal lasse ich es nicht zu, dass sie mich ignoriert. Ich muss wissen, welches Spiel sie treibt. Ich warte eine geschlagene Stunde im Vorzimmer, bis sie herauskommt. Aber bevor ich sie ansprechen kann, registriere ich einen selbstzufriedenen Ausdruck auf ihrem Gesicht, als wäre sie in ein höchst delikates Geheimnis eingeweiht. Sie hebt eine Augenbraue und streicht sich übers Haar. Mein Puls rast beim Gedanken daran, was sie besprochen haben könnten. «Freya.» Ich springe auf, und meine Stimme bebt. «Freya!»

Sie dreht sich zu mir um, und die trockene Stelle am Hals flammt rot auf. «Was willst du?»

«Ich wollte nur … mit dir reden.»

«Warum? Was gibt es zu bereden? Du wolltest doch nicht mehr reden, oder? Du wolltest nur sichergehen, dass ich den Mund halte. Ich war dir egal.» Sie faucht mich an wie eine wütende Katze. Ich gehe einen Schritt auf sie zu.

«Geh weg!», brüllt sie. «Bleib verflucht noch mal, wo du bist. Fass mich nicht an. Komm mir nicht zu nah, du miese Schlampe!»

Ich höre andere Schülerinnen auf dem Gang und will ihr sagen, dass sie die Klappe halten soll, aber ich traue mich nicht. Ich habe sie noch nie so erlebt.

«Selbst jetzt bin ich dir egal, oder? Du machst dir nur Sorgen, dass uns jemand hören könnte.» Freya reißt die Tür zum Korridor so weit auf, dass sie gegen ein Regal mit Trophäen knallt. Es wackelt, und für einen Moment denke ich, dass die Pokale allesamt zu Boden fallen. «So, verdammte Scheiße, jetzt kann jeder uns hören!»

«Bitte, Freya. Ich bitte dich. Sei bitte still. Ich wollte nur plaudern, okay? Ich kann es erklären ...»

«Erklären? Was willst du erklären? Du wolltest, dass ich verletzlich bin, damit ich es niemandem erzähle, oder nicht? Pass auf, ich sag dir jetzt was. Ich habe es Leuten erzählt. Keine Sorge, sie werden es nicht weitersagen. Aber du solltest besser überlegen, was du tust.»

«Wer? Wer weiß es, Freya?» Ich packe sie bei den Schultern, um die Antwort aus ihr herauszuschütteln, doch sie schlägt brutal meine Hände weg und spuckt mich an. Ich wische mir die Spucke aus dem Gesicht. In der ganzen Zeit, in der ich Freya kenne, ist sie nicht einmal ansatzweise laut geworden. Bislang war sie nur einmal richtig sauer auf mich gewesen. Das war vor drei Jahren, ich hatte einen Jungen geküsst, den sie mochte. Eine halbe Stunde hatte sie damals nicht mit mir gesprochen. Dann hatte sie sich herübergebeugt und meine Hand genommen. «Jungs sind eh blöd», hatte sie gesagt.

Und jetzt steht sie vor mir, die Augen ganz klein, die Lippen weiß. Ihre Frisur ist immer noch makellos, und plötzlich, ohne Vorwarnung, setzt sie sich erschöpft auf den Boden.

«Niemand. Ich hab dich verarscht. Ich werde wohl keinem was sagen, aber ich kann's nicht versprechen.» Sie grinst. Beobachtet, wie ich reagiere. Wartet darauf, dass ich sie anflehe. Ich will ihr den Gefallen tun, aber ich bekomme keinen Ton heraus.

«Okay», flüstere ich schließlich. Diese Drohung in ihren Worten … Noch nie hat sie so mit mir gespielt. Sie wirkt enttäuscht, dass ich nicht gebettelt habe, dann ist sie müde, und ihre Haltung entspannt sich.

«Geh einfach», flüstert sie. Mrs. Kitts öffnet die Tür und deutet auf den Telefonhörer in ihrer Hand. «Seid bitte leise, Mädchen», sagt sie tonlos. Sie sieht Freya an, die wiederum mich mit gespitzten Lippen anguckt. Ich gehe hinaus auf den Gang. Ich beschließe, ein wenig Trost in der Bibliothek zu suchen. Als ich das Haus verlasse, steht Verity vor dem Haupteingang.

«Josephine», sagt sie, und ihre Locken hüpfen. «Vergiss nicht, heute ist unser wöchentliches Treffen mit Mrs. Allen.»

«Oh, bist du deswegen hier?» Ich hatte es ganz vergessen. Ich kann nicht glauben, dass ich es vergessen habe. Die ganze Sache mit Freya bringt mich total aus dem Tritt. Das muss sich ändern.

«Nein, nein, das ist erst später. Freya und ich sind verabredet.» Sie sieht hinüber zum Wald, wo wir immer rauchen. «Aber ich … ich meine, ich werde nicht … Ich leiste Freya nur Gesellschaft, während sie … Genau genommen, komme ich nur mit bis zum Wald, und sie geht dann alleine weiter.»

Ich lasse sie stehen, aber sie folgt mir und hakt sich bei mir ein. Ich kann sie schlecht wegstoßen, also lasse ich stattdessen meinen Arm sinken, damit sie gezwungen ist, ihren wegzunehmen.

«Wir hängen nur zusammen ab», sagt sie verhalten. «Aber wir beide können doch auch abhängen.» Ihre Augenbrauen schießen nach oben, und sie klatscht in die Hände. «Mrs. Allen hat gesagt, wir sollen zusammenarbeiten, erinnerst du dich?»

Ich kneife die Augen zusammen. Ich spüre, dass Verity irgendetwas von mir will.

«Wirklich, ich meine es ernst. Nur weil du und Freya …»

«Was ist mit uns?»

«Na ja, du weißt schon …»

«Nein, weiß ich nicht.» Ich will ihr nicht die Genugtuung geben. Sie klatscht noch mal so dämlich in die Hände und tut so, als würde sie einen Tennisschläger schwingen.

«Ist auch eigentlich egal. Wir müssen jetzt ein Team sein. Also lass es uns versuchen und die Dinge nicht komplizierter machen, hm?» Wie kann sie es wagen, mich so in die Enge zu treiben.

«Ja, natürlich», erwidere ich, bevor mir klar wird, dass es, was Freya angeht, sogar keine schlechte Idee sein könnte, sich gut mit Verity zu stellen. «Wollen wir bei mir einen Tee trinken? Ich wollte eigentlich in die Bibliothek, aber …»

«Also …» Sie dreht sich um zum Haus. Ich weiß, dass sie darauf wartet, dass Freya herunterkommt, und mein Herz schlägt in einem komischen Rhythmus.

«Okay, kein Problem. Ich geh allein.» Ich ertappe mich dabei, wie ich einen kleinen peinlichen Luftsprung vollführe, um zu unterstreichen, wie egal es mir ist. Dabei stolpere ich und knicke mit dem Fuß um. Es tut zwar nicht sehr weh, aber ich bin kurz davor, in Tränen auszubrechen. *Du blöde Idiotin.* Ich lächle noch mal und gehe weg. Jeder Teil von mir fühlt sich an, als würde er durch ein unsichtbares Eisengewicht auf den Boden gedrückt, und mein Herz läuft über vor Schmerz. Könnte Freya doch jemandem davon erzählt haben? Und wenn ja, wem? Und wie kann ich sie dazu bringen, die Klappe zu halten?

2014

Am nächsten Morgen ruft das Krankenhaus an. Ich gehe ans Telefon. Ich bin ganz ruhig. Es ist angenehm befreiend, die dunklen, gewundenen Pfade des Schlafes zu verlassen.

«Hier ist Doris. Aus dem Krankenhaus. Es geht um Ihre Mutter.» Ich bereite mich darauf vor zu sagen «Danke für den Anruf» und dass wir vorbeikommen und die Sterbeurkunde unterzeichnen, falls nötig. Ich öffne meinen Mund und bemühe mich, gefasst zu klingen. «Ihr geht es gut», fährt sie fort. «Sie erholt sich. Ich wollte Sie nur informieren.» Ich lege auf und denke an ihr Herz und wie stark es wohl schlägt. Ob es immer schwächer und schwächer wird oder ob sein trommelnder Schlag das Blut durch ihren Körper pumpt. Ich gehe zu meinem Vater. Er ist gerade auf dem Sprung, und als ich ihm die Neuigkeiten erzähle, schnappt er sich ungeduldig – anders kann ich es nicht beschreiben – einen großen, schwarzen Schirm vom Haken neben der Tür. Kurz bin ich schockiert, dann wird mir klar, dass es mir genauso geht. Ich will zurück nach Jordanien. Ich will raus aus diesem klaustrophobischen Schwebezustand zwischen halb tot und halb lebendig.

Fünf Tage später lebt sie immer noch. Ich habe mir geschworen, mit dem Papierkram und der Ausgrabung auf dem Laufenden zu bleiben, also verbringe ich meine Tage in der British Library. Abends sitze ich mit meinem Vater im The Ivy. Aus Angst, ich könnte jemandem über den Weg laufen, den ich kenne, und müsste das übliche Sperrfeuer an Fragen beantworten, bitte ich meinen Vater, stets in einer stillen Ecke im hinteren Teil des Restaurants zu reservieren. Er wirkt beunruhigt. «Warum?», fragt er immer wieder, und dann wird mir klar, dass er sich schon früher mit einer ähnlichen Paranoia auseinandersetzen musste. «Ich bin nur müde», versichere ich ihm. «Ich will mich nicht unterhalten müssen.»

Doch am meisten fürchte ich mich davor, ohne Vorwarnung Freya gegenüberzustehen. Überrascht zu werden, wenn ich besonders verletzlich bin, und nicht zu wissen, was ich sagen soll. Ich schleiche durch die Straßen von London und weiche jeder Frau mit blondem Haar aus, egal, ob groß oder klein. Ich frage mich, ob Freya überhaupt noch blond ist. Aber ich bin mir sicher, dass ich sie erkennen würde. Ihre Abgeklärtheit inmitten der Masse von Fremden. Mein inneres Radar läuft heiß, versucht die Gesten, die Bewegungen zu erkennen, die ich einst mit ihr verbunden habe. Es ist anstrengend, und ich frage mich, ob diese Paranoia eine Form von unterschwelliger Trauer darstellt oder ob sie nur der Auftakt ist für das, was mir noch bevorsteht.

Die einzige Person, die ich in meinem jetzigen Zustand ertragen könnte, wäre Toby. Ich schreibe ihm eine SMS, dass ich in London bin. *Großartige Neuigkeit: ich auch*, antwortet er prompt. *Frontline Club, heute Abend. Ich halte einen Vortrag über Afghanistan. Ich hinterlege dir eine Karte an der Kasse.*

Ich schreibe schnell zurück, sauer auf ihn, weil er so vermessen ist, und sauer auf mich, weil ich am Ende doch hingehen werde, trotz des Risikos, jemandem zu begegnen.

Der Vortrag ist unglaublich langweilig. Nicht zuletzt deswegen, weil ich die Geschichten schon tausendmal gehört habe. Ich frage mich, ob die Mutter seines künftigen Kindes auch da ist, und scanne den Raum. Der Vortrag geht zu Ende. Toby lächelt mich von der Bühne herab an. «Gibt es Fragen?», richtet sich der Moderator an das Publikum. Ich hebe meine Hand und stelle eine Frage über den Truppenabzug im Irak. Toby wirkt überrumpelt. Ich weiß auch nicht, warum ich das getan habe. Wir haben so oft genau darüber diskutiert. Es ist eines dieses aufgeheizten, emotionalen Themen, bei denen wir gänzlich unterschiedlicher Meinung sind, und die Diskussionen haben wirklich immer damit geendet, dass er mich aufs Bett gezogen hat. Es ist ein Running Gag zwischen uns: Wenn einer von uns Irak sagt, weiß der andere, es ist das Codewort für Sex. Er errötet – ich auch –, aber ich starre ihn weiter an.

«Nun?», sage ich.

Toby beginnt zu stottern und lacht verlegen. «Ja. Also … Ich …» Seine Antwort bekomme ich nicht mehr mit, denn ich habe vergessen, mein Telefon auf lautlos zu stellen, und sehe, dass mein Vater mir eine SMS geschrieben hat. Ich soll sofort zu Hause anrufen.

«Sie ist ohne Schmerzen gestorben», sagt die Schwester im Krankenhaus. Ihr Tod wird in der *Times* kurz erwähnt, aber nur im Zusammenhang mit meinem Vater. Nun ist es an uns, die Beerdigung zu organisieren. Ich habe so etwas noch nie gemacht. Ich gehe es nüchtern an und kümmere mich alleine darum. Es hilft mir, mich hinter meinem Computer zu verkriechen. Ich habe niemanden gesehen, seit ich es erfahren habe. Ich bin nach dem Vortrag mit zu Toby gefahren, und er hat mir einen Whisky mit heißem Wasser gemacht. Immer dieser dämliche Whisky. Er hat kein Wort über mein Verhalten verloren, sondern nur gefragt, ob ich über Nacht bleiben wolle.

«Was ist mit deiner Freundin?», hatte ich gefragt. «Wie heißt sie noch mal?»

«Sie ist nicht meine Freundin. Sie ist die Mutter meines Kindes.»

«Na ja, vielleicht solltest du sie zu deiner Freundin machen.»

Ich wollte es wieder zurücknehmen, aber ich war zu müde. Zu erschöpft, nachdem ich mir wieder und wieder klarmachen musste, dass meine Mutter nun tot war. Ich wartete darauf, dass ihr Geist mit meinem verschmolz. Ich war nicht bei Toby geblieben. Mein Vater hatte mich gebeten, nach Hause zu kommen, und zur Abwechslung habe ich mal das Richtige getan. Zwei Tage später wollte es mir immer noch nicht in den Kopf, dass sie nun fort war. Auch wurde ich nach wie vor nicht schlau daraus, wer sie eigentlich gewesen war, als sie noch lebte. Ich habe noch immer nicht geweint. Trotzdem ist meine Haut ganz ausgetrocknet, und ich reibe mich ständig mit Feuchtigkeitscreme ein, allerdings ohne große Wirkung. Ich fühle mich sonderbar lebendig und wach, aber ich denke, das ist der Schock.

Und dann, mitten in der Nacht, wie ein Monster, das unter dem Bett hervorkriecht, in dem ich sowieso schon ängstlich zittere, bekomme ich eine Mail von Freya.

Josephine, ich habe von Alices Tod erfahren. Es tut mir so leid. Ich erinnere mich an sie, als sie noch nicht krank war, und sie war eine gute Frau. Ich möchte dir und deinem Vater meine Anteilnahme ausdrücken. Ich weiß, du willst mich nicht sehen, aber ich fürchte, ich kann das nicht akzeptieren. Es gibt Dinge, über die wir sprechen müssen. Außerdem würde ich dir gern persönlich mein Beileid bekunden. Wie wäre es also, wenn wir uns in London treffen, bevor du zurück nach Jordanien fliegst? Ich könnte bei dir zu Hause vorbeikommen, oder wo immer du gerade bist. Wenn nicht, besuche ich dich in Jordanien. Wie gesagt, ich muss wirklich mit dir sprechen. Es wäre toll, wenn du mir deine Adresse schicken könntest. Freya.

Sie hat mir an meine neue E-Mail-Adresse geschrieben. Schnell google ich Floristen, um mich von dem Gedanken abzulenken, dass sie mich verfolgt. Aber sie ist in meinem Kopf. *Wie zum Teufel ist sie an meine Kontaktdaten gekommen?* Ich checke mein neues Handy. Nichts. Dann gehe ich wieder an den Computer. Während ich tippe, überkommt mich eine sonderbare Empfindung. Der Raum scheint sich zu neigen und nimmt einen phosphoreszierenden Schimmer an. Als mein Kopf anfängt zu pochen, klopft mein Vater an die Tür.

«Hier», sagt er und stellt einen Becher neben meinen Computer. Er nimmt sich einen Stuhl.

«Danke.»

«Alles klar? Wie fühlst du dich? Ist alles irgendwie merkwürdig, oder?»

«Mir geht's gut, danke.»

«Also, wenn du reden willst … Deine Mutter, sie …»

«Was ist mit ihr?»

«Sie … sie … Ich weiß auch nicht. Ich habe einfach das Gefühl, dass wir nie wirklich darüber gesprochen haben.»

Er reibt sich das Knie. Ich muss lachen. Das ist die Untertreibung des Jahrhunderts. Er fährt fort:

«Wir mussten es vor dir verbergen. Oder ich, besser gesagt. Ich und Amy. Wir konnten dir nicht die Wahrheit sagen. Über ihre Episoden. Die Stimmen. Die Selbstverletzungen. Du warst zu jung, und als du alt genug warst, fühlte es sich nicht richtig an. Aber du hättest es längst erfahren müssen.»

«Ich kümmer mich besser wieder um die Blumen», sage ich abweisender als beabsichtigt. Ich weiß, wie schwer es für ihn gewesen sein muss.

«J …»

«Ja? Mir geht's gut, wirklich.»

«Okay.» Als er sich erhebt, um zu gehen, deute ich auf meinen Bildschirm.

«Ich habe eine Mail von Freya bekommen. Hast du ihr meine Adresse gegeben? Oder Rollo?»

Ich versuche ihren Namen ganz normal auszusprechen, aber ich merke, wie meine Stimme zittert. Mein Vater setzt sich wieder hin und legt seinen rechten Ellbogen auf der Schreibtischplatte ab. Mit der linken Hand wischt er einen Teefleck weg.

«Natürlich nicht. Nein. Freya? *Die* Freya?»

«Ja. Genau … die.»

Er wird ganz weiß im Gesicht. «Was schreibt sie?»

«Nur wie leid es ihr wegen Mutter tut.»

Mein Vater steht auf und verlässt das Zimmer. Ich weiß, er gibt mir die Schuld dafür, dass seine Freundschaft mit Rollo in die Brüche gegangen ist. Ich will ihm sagen, dass ich Rollo auch vermisse, aber stattdessen klappe ich meinen Laptop zu und lege mich aufs Bett. Drei Stunden später wirbeln mir immer noch dieselben Gedanken durch den Kopf. Sie beinhalten Folgendes:

1) Meine Mutter wird zu Asche verbrannt (denn egal, wie man es betrachtet, darauf läuft es hinaus). Und was dann? *Was dann?*
2) Wen laden wir zur Beerdigung ein, und wer wird kommen. *Wo ist meine Mutter jetzt?*
3) Die Mail von Freya. Ihr Tonfall. Sie schreibt mir vor, was ich tun soll.
4) Die Vorstellung des Flyers von jener Nacht. Zunächst erscheinen nur die Umrisse, mehr nicht. Dann, ganz allmählich, verändert sich das Bild und wird immer bedrohlicher. Die Figur auf dem Flyer bekommt eine teuflische Form.

Durchsetzt sind all diese unverbundenen Gedanken mit aufblitzendem grünem Licht und Freyas Augen und ab und zu dem süßlichen Geruch des Nebels im Club. Das Wummern der Musik setzt ein, und obwohl ich versuche, mich dorthin zu begeben, in jene Nacht, komme ich nicht über die Tanzfläche hinaus, die im Stroboskoplicht im Rhythmus unserer Füße flackert. Hat Freya es auch vergessen? Will sie mich deshalb sehen?

Bitte, denke ich. *Erinnere dich*. Aber alles, was hervorsticht, ist völlig austauschbar: die Musik, Tanzen, Hände in der Luft und die Drogen. Und dann trifft es mich wie ein Schlag: dieser Geruch. Dieser muffige und stechende Geruch nach Schweiß und Deo, ich sehe braunes Haar, die Pupillen kreisen wild durch den Raum, die glitzernden Steinchen auf Freyas Jeansrock, das Gefühl von Lust, vermischt mit einem tiefen, tiefen sich nach innen ausbreitenden Schmerz – und dann rolle ich mich auf die Seite, übergebe mich in den Papierkorb neben dem Bett und verliere das Bewusstsein.

Ich trage einen engsitzenden schwarzen Anzug, die weiße Bluse eingesteckt, dazu spitze flache Pumps. Ich sehe aus, als müsste ich gleich ein Business-Meeting leiten, aber es fühlt sich der Situation angemessen an. Mein Haar habe ich zu einem Pferdeschwanz gebunden und mehr Make-up aufgelegt als üblich. Mein Vater und ich haben fünfzig Einladungen für die Beerdigung und das anschließende Essen im Gemeindesaal verschickt. Alle haben geantwortet, unpersönliche Schreiben, weil die meisten sie gar nicht gekannt haben.

Als ich zur Kirche gehe, sehe ich ein paar Abgeordnete mit ihren Ehefrauen. Zwei Schwestern aus dem Krankenhaus sind auch da und der Arzt, der sie seit Jahren betreut hatte. Amy wartet neben der Kirche auf mich. Sie umarmt mich und versichert mir, immer für mich da zu sein, egal, was komme. Der Tag ist kalt und blau, und von den Kirschbäumen segeln rosa Blüten auf unsere Köpfe herab.

«Hallo», sage ich in die Runde. Hände werden geschüttelt. «Es tut uns so leid», sagen sie. Niemand sagt etwas anderes. Niemand fragt, wie es mir geht. Was ich wirklich zu schätzen weiß.

«Danke», antworte ich und bedeute den Gästen, sich in die Kirche zu begeben und Platz zu nehmen. Der Pfarrer drückt sein Bedauern aus mit seiner tiefen, traurigen Stimme, und ich muss lachen. Mein Vater wirft mir einen besorgten Blick zu, als ich beinahe lospruste, vielleicht denkt er, ich weine. Ich tue so, als würde ich mir die Nase putzen.

Der Gottesdienst geht flott vonstatten. Der Pfarrer fordert uns auf, zu singen, zu sitzen, zu beten, Gott zu bitten, über die Verstorbene zu wachen, dann wieder beten, sitzen, stehen. Er dirigiert die kleine Trauergemeinde, als würde er eine komplette Oper befehligen. Mein Vater geht nach vorn, um seine Rede zu halten. Er spricht geschäftsmäßig, gefasst und ernst. Mittendrin hält er inne, richtet seine Krawatte und räuspert sich. «Lasst uns auch bitte Gordon und Kitty gedenken, der verstorbenen Eltern meiner Frau.» Alle senken die Köpfe, so wie früher während der Morgenandacht im Internat. Ich bemerke eine Frau, die ihr blondes Haar hochgesteckt hat. Sie trägt einen pinkfarbenen Hut, und kurz denke ich, es ist Freya. Sie sieht mich unverwandt an, aber es fehlen die geschwungenen Lippen, das smaragdgrüne Funkeln in ihren Augen. Sie bewertet meine Trauer. Verlegen tupfe ich mir die Augen ab. Dann ist eine von den Bekannten meiner Mutter an der Reihe, eine ehemalige Schulfreundin, die ganz still wurde, als wir sie baten, heute ein paar Worte zu sagen. Letztlich erklärte sie sich bereit, sofern wir ihr die Zugfahrt von Berkshire bezahlten. Sie trägt ein niedliches, unpersönliches Gedicht über Liebe und die Sterne vor. Und dann bin ich dran. Ich gehe zum Pult und räuspere mich. *Du bist verantwortlich für ein ganzes Ausgrabungsteam, also reiß dich zusammen*, denke ich. Es funktioniert. Ich fühle mich völlig losgelöst vom Publikum, das mich mit großen Augen anstarrt, und der hölzernen Kiste, die neben mir steht.

Mittendrin, als mein Blick auf den Sarg fällt, trifft mich der Gedanke, dass ein toter Körper darin liegt, und zwar der meiner Mutter, keine zwei Meter von mir entfernt. Ich verhasple mich. Und aus dem Nichts heraus spüre ich eine sanfte Berührung an meiner Hand, eine kurze reibende Bewegung. Ich kann nicht sagen, ob es sich um eine Erinnerung handelt oder eine Halluzination.

«Diese Hand hast du von mir», sagt ihre Stimme. «Dein

Dad und ich haben diese Hand gemacht – ist sie nicht wunderschön?»

Ich sehe auf meine Hände hinunter, die das Blatt Papier halten. Sie sind grob, die Hände eines Bauarbeiters. Die Nägel sind ungepflegt und fleckig, weil ich versucht habe, sie mit grauem Nagellack zu verschönern. Würde meine Mutter immer noch sagen, dass ich schöne Hände habe? Würde sie darüber hinwegsehen, dass ich sie die letzten zehn Jahre harter Arbeit ausgesetzt habe, und in ihnen immer noch das erkennen, was ich versucht habe auszulöschen? Der Gottesdienst endet, und der Sarg rumpelt hinein in das tosende Feuer.

Als wir im Gemeindesaal zusammenfinden, fühle ich eine Leere in mir, die nur mit Essen und Wein gefüllt werden kann. Es gibt dampfende Schweinemedaillons, Rindfleisch-Nieren-Pastete, Fish and Chips, Mozzarella-Tomaten-Spieße und Krabben in süßer Chilisoße. Ich nehme mir ein paar Schweinemedaillons und ein großes Glas Weißwein.

«Gut gemacht. Wir haben es geschafft.» Mein Vater klammert sich an eine halbgerauchte Zigarre.

«Ja, das haben wir. Keine schlechte Beteiligung.» Wir sehen uns um. Die Leute schlendern herum und benehmen sich, als wäre es eine Gelegenheit zum Networken. Ich kann mich nicht dazu durchringen, mit irgendjemandem zu sprechen. Mein Mund gehorcht mir nicht richtig, und ich fühle mich benommen.

«Willst du eine Zigarre? Draußen?»

«Ich hätte lieber eine Zigarette», sage ich fröhlich in der Hoffnung, ich könnte mich danach besser fühlen.

«Zigarette? Wann hast du wieder angefangen?»

«Ach, ich brauche nur etwas Ablenkung.» Ich presse ein Lachen heraus.

«Na dann komm. Ich habe ein paar Camel Lights. Weißt du noch, du hast früher immer welche gemopst, um sie mit zur Schule zu nehmen.» Wir drücken uns durch ein Grüppchen von Kollegen meines Vaters, die sich mit Schweinefleisch und Champagner vollstopfen, und verlassen den Saal.

«Warum kommst du jetzt damit an, dass ich die Kippen genommen habe? Du hast es all die Jahre für dich behalten?»

Mein Vater weicht zurück. «Tut mir leid, ich habe mir nichts dabei gedacht. Deine Mutter und ich … wir haben darüber gelacht, dass du Zigaretten klaust.»

«Oh. Ich wollte dich nicht anschnauzen», sage ich zerknirscht.

«Ist schon okay. Du siehst blass aus. Hast du etwas gegessen?»

«Mir geht's gut.» *Warum fragt mich das ständig jeder?* Ich beobachte die Leute, die an der Kirche vorbeigehen und uns angaffen. Sie sind neugierig, wie diese zwei Menschen trauern, die vor dem Gemeindesaal rauchen. Sie wirken so weit entfernt, diese Fremden, als wäre ich unter Wasser.

Ich nehme mir eine Zigarette und beuge mich zur Flamme des Feuerzeugs. Es ist mir peinlich, vor meinem Vater zu rauchen. Ich inhaliere extra laut, um ihm zu beweisen, dass ich weiß, wie es geht. *Lächerlich*, denke ich. Als ich aufgeraucht habe, bietet er mir noch eine an, und obwohl mir schon ganz komisch ist und ich das Gefühl habe, gleich umzukippen, nehme ich sie. Als ich zum dritten Mal ziehe, tippt mir jemand auf die Schulter. *Bitte nicht jetzt*, ist mein erster Gedanke. Wenn ich mich zu schnell umdrehe, muss ich mich übergeben. Ich sehe meinen Vater an, der lächelnd an mir vorbeiguckt und die Arme ausstreckt.

Es ist Rollo.

Nach dem anfänglichen Schock bin ich angenehm überrascht, dass er sich trotz der langen Zeit kaum verändert hat. Die Haut am Hals ist etwas schlaffer, aber ich erkenne sofort die gelbe Krawatte mit den aufgestickten kleinen blauen Scotchterriern. Seine Brille ist etwas moderner. Die dicken Gläser in dem schwarzen Gestell vergrößern seine Augen zu wässrigen Teichen, und er trägt einen schmalgeschnittenen marineblauen Anzug. «Josephine.» Ich höre seine Stimme, aber ich bin zu sehr damit beschäftigt, mit rasendem Herzen über seine Schulter zu schauen, ob Freya auch da ist. Warum habe ich nicht daran gedacht? Natürlich bestand die Möglichkeit, dass sie auftauchen würde.

«Josephine?» Mein Vater rüttelt mich an der Schulter und deutet mit seiner anderen Hand auf Rollo. «Ist alles in Ordnung?»

Ich stehe kurz vor einem Herzinfarkt. Ohne ein Wort zu sagen, gehe ich zum Arzt meiner Mutter hinüber und stelle mich neben ihn. Ich schaue ihn von der Seite an und warte darauf, dass ich sofort ins Krankenhaus gebracht werde. Meine Augen fühlen sich trocken und ungeschützt an. Da er seine Unterhaltung nicht unterbricht, bleibe ich einfach dort stehen und bin erleichtert, dass er wohl nicht denkt, dass ich gleich sterben muss.

Im Augenwinkel sehe ich meinen Vater. Er blickt zu mir, während er mit Rollo spricht. Seine Handflächen zeigen nach oben, und er sieht mich fragend, aber mitfühlend an. Ich kann auf seinen Lippen die Worte «traurig» und «tut mir leid» ablesen. Innerlich verpasse ich mir einen Fußtritt, dass ich überhaupt nicht daran gedacht habe, dass Rollo nach all den Jahren auftauchen könnte. Hat Freya ihm erzählt, dass sie versucht hat, mich zu kontaktieren? Wie viel weiß er? Mit einem Mal bin ich so überwältigt vor Angst, dass sie hier sein könnte, dass ich mein Glas auf einem Tablett abstelle und einfach gehe.

Ich laufe durch die Straßen, die Sloane Street hinauf, weiter nach Knightsbridge, dann durch den Green Park bis zur Piccadilly. Ich halte ein paarmal an, um in Pubs in den Seitenstraßen etwas zu trinken, stehe dann schweigend an den Bars. Erst als ich in einem Laden mit grünem Schild und goldener Schrift bin und die letzte Runde ausgeschenkt wird, bemerke ich, wie spät es ist. Ich kippe einen Tequila und bestelle einen doppelten Wodka, als ein Typ mit fleischigen Lippen – der so aussieht, als würde er in der City arbeiten – den Arm um mich legt. Aus irgendeinem unerfindlichen Grund recke ich das Kinn, drücke die Brust heraus und spiele mit meinem Haar. «Warum weinst du?», fragt er und zeigt auf mein Gesicht. Er stinkt nach Alk und Aftershave. «Tu ich gar nicht», erwidere ich.

«Doch. Du weinst. Dein Kragen ist ganz nass. Hast du einen Freund?», fragt er.

Ich sage nichts. Stattdessen ziehe ich ihn am Ellbogen aus dem Pub und nehme ihn in eine Bar ein paar Häuser weiter mit, von der ich weiß, dass sie frühestens in drei Stunden schließt.

1996

Freya und ich haben seit dem Vorfall bei Mrs. Kitts nicht mehr miteinander gesprochen. Tagsüber rasen in unregelmäßigen Abständen die Gedanken an sie durch meinen Kopf, meist wenn es still ist und ich allein bin. Gesehen habe ich sie eigentlich auch kaum, nur ein- oder zweimal in der Klasse, wo sie jetzt immer ganz hinten sitzt, und in der Kapelle, wo sie als Vertrauensschülerin die Jüngeren zur Ruhe ermahnt. Ich bin froh über alles, das mich von ihr ablenkt. Und dann kommt die größte Ablenkung von allen: der Tag des Anne-Dunne-Stipendiums; endlich erfahren wir, wen die Lehrer ausgewählt haben. Mrs. Kitts hatte es uns am Tag zuvor beim Haustreffen erzählt. «Mädchen, morgen werdet ihr es erfahren. Die Liste wird zur Morgenandacht an der Tür der Kapelle hängen.»

Beim Frühstück gibt es kein anderes Thema: in der Schlange, an den Tischen, bei der Geschirrrückgabe. Normalerweise ist die Andacht immer um halb neun, aber wegen der Bekanntgabe wurde sie auf zwanzig nach acht vorverlegt.

Ich denke darüber nach, hinter den anderen zurückzubleiben, aber entscheide dann doch, mich der Sache direkt zu stellen. Vor der Kapelle herrscht großes Gedränge, der Lärmpegel steigt und fällt dann jäh ab, als sich eine große Gruppe Mädchen aus dem Jahrgang unter uns zu dem gelben Zettel an der Korktafel vordrängelt. Ich höre erstaunte Ausrufe, dann drehen sich ein paar suchend um. Gracie sieht mich, und mein Magen zieht sich erwartungsvoll zusammen, aber sie beachtet mich nicht weiter. Dann sehe ich Freya den Hügel herab auf die Kapelle zu kommen, und jemand ruft ihr zu:

«Freya! Komm schnell! Anne Dunne, du wurdest nominiert!»

Freya beschleunigt ihre Schritte, und heftiger Applaus bricht los. *Freya?*, denke ich. *Freya?!* Sie löst den schlampigen Dutt auf ihrem Kopf und rennt los. Streckt ihre Arme aus, als hätte sie gerade das Lacrosse-Tor des Jahrhunderts geschossen, und ist wieder ganz die alte Freya. Strahlend, lächelnd, mit fliegendem Haar. Sie fegt durch die Menge, hüpft und schreit, und dann taucht Verity aus dem Nichts auf und nimmt ihre Hände, und sie tanzen kreischend herum wie zwei Waldnymphen.

Verity freut sich natürlich, dass Freya eine der drei Nominierten ist, schließlich ist sie keine wirkliche Konkurrenz. Und dann begreife ich, dass Freyas Nominierung das Beste ist, was passieren konnte. Jedenfalls für mich. Sie wird so abgelenkt sein, so ausgelastet mit Lernen, dass sie gar nicht mehr daran denken wird, jemandem von der Sache zu erzählen. Ich könnte sogar selbst zurücktreten, um ihre Chancen zu vergrößern. Das wäre es mir fast wert. Sollen Verity und sie es ausfechten, denke ich, aber dann fällt mir wieder ein, worum es hier geht. Warum das Stipendium so wichtig ist. Und dann ist sie wieder in meinem Kopf, meine Mutter, ihre Arme ganz dünn und voller Schnittwunden, und der Geruch von Mandeln und die Dämonen, die sie verfolgen. Plötzlich wird mir bewusst, dass mir niemand gratuliert hat. Ich wurde doch nominiert? Aber die anderen strömen an mir vorbei, und niemand spricht mich an. *Wie konnte das passieren? Wie?!* Ich balle meine Hände zu Fäusten und beiße mir in die Wange, bis sich warm der Geschmack nach Eisen in meinen Mund ergießt.

Die Mädchen neben mir sind von Freyas Freude mitgerissen, und alle jubeln noch, als sie die Kapelle betritt. Ich schaue mich um, ob irgendjemand sonst ihre Nominierung seltsam findet, aber alle scheinen sich aufrichtig zu freuen. Ein Gefühl von Einsamkeit überkommt mich. Niemand, selbst meine eigene Mutter, würde sich derart begeistern für das, was ich geleistet habe.

Eigentlich sollte ich heute die Andacht leiten, aber ich kann nicht. Alles um mich herum verschwimmt. Ich wurde nicht nominiert. *Du wirst damit klarkommen*, sage ich mir. Aber wie? *Reiß dich zusammen!* Jemand klopft mir im Vorübergehen auf die Schulter. «Gut gemacht.» Ich lächle sie an. Ich kenne sie aus dem Chor, eine Schülerin der Mittelstufe, deren Name mir gerade entfallen ist.

«Gut gemacht?», frage ich zurück.

«Ja. Gut gemacht!» Sie zeigt auf die Tür der Kapelle, und mir wird klar, dass ich natürlich nominiert wurde. Die anderen sind einfach nur bereits davon ausgegangen, und deshalb hat niemand sich die Mühe gemacht, mir zu gratulieren. Ich gehe in die Kapelle und erhasche einen Blick auf den Zettel. Da steht es:

DIE NOMINIERTEN FÜR
DAS ANNE-DUNNE-STIPENDIUM
Verity Greenslade
Josephine Grey
Freya Seymour

Ich atme aus und schließe kurz die Augen, dankbar, dass mein Name dort steht. Dann komme ich ins Grübeln: Mit Verity war zu rechnen. Aber Freya? Ich kann mir noch immer keinen Reim darauf machen. Mrs. Allen verliest die Bekanntmachung noch einmal während der Andacht. Sie bittet uns aufzustehen. *Verity Greenslade* – höfliches Klatschen und ein paar Rufe. *Josephine Grey* – das Gleiche, und dann wird *Freya Seymour* aufgerufen, und der Lärm prickelt in meinen Beinen. *Sie bejubeln die Außenseiterin*, sage ich mir.

«Setzt euch bitte wieder und kommt doch zu mir nach der Andacht. Und noch einmal Glückwunsch, das habt ihr sehr gut gemacht.»

Ich bin auf dem Weg zu Mrs. Allens Büro. Sie sitzt allein in dem gelb gestrichenen Raum. Von irgendwoher weht ein Luftzug, obwohl ich die Tür hinter mir geschlossen habe.

«Josephine.» Sie deutet auf einen Stuhl.

«Mrs. Allen.» Wir warten schweigend, in stillem Einverständnis, dass kein Bedarf für Smalltalk besteht. Ich setze mich aufrechter hin und räuspere mich. Nach fünf Minuten, in denen Mrs. Allen einen Stapel Unterlagen durchgeblättert hat, stürzt Verity herein.

«Es tut mir so leid», erklärt sie und tippt wichtig auf ihre Uhr. «Ich musste nur schnell noch meinen Lacrosseschläger für das Match bereit machen. Wir spielen heute gegen St. Cats. Ich bin Spielführerin, weil …» Mrs. Allen seufzt, was Verity als Unmut missdeutet. «Oh, ich habe den Schläger draußen auf dem Gang stehen gelassen, keine Sorge, er ist sauber.»

«Das ist in Ordnung, Verity. Setz dich doch einfach hin, bitte.» Mrs. Allen wirft mir einen Blick zu. Ihre Augenbrauen heben sich leicht, und ich lächle kurz zurück, was Verity bemerkt.

«Oh, und Freya ist gleich da», fährt sie fort und guckt mich an. Sie spitzt selbstzufrieden den Mund. «Sie ist nur kurz auf dem Klo. Ups, tut mir leid, das war wohl zu viel Information.»

«Ganz recht. Danke.»

Mein Gehirn beginnt zu pulsieren bei der Erwähnung ihres Namens, aber kurz darauf werden meine Gedanken unterbrochen, als sie ins Büro geeilt kommt.

«Es tut mir leid, Mrs. Allen.» Sie schnauft und richtet ihre Krawatte. «Bin spät, weil ...»

«Keine Umstände, Verity hat uns schon anschaulich ins Bild gesetzt. Nimm Platz, und dann fangen wir an.»

Freya setzt sich. Sie nimmt mich nicht einmal wahr. Guckt nur Verity an und ballt ihre Fäuste in gespielter Aufregung. Verity wippt mit ihren kurzen, stämmigen Beinen auf und ab. Sie sind wie zwei Kleinkinder, die Schokolade bekommen haben.

«Schön. Es geht um das Anne-Dunne-Stipendium, wie ihr wisst. Der Lehrkörper hat abgestimmt und euch drei ausgewählt, also möchte ich, dass ihr euch auch alle drei darum bemüht – sofern ihr Interesse daran habt?»

«Ja, ja, unbedingt», erwidern wir. Verity sitzt jetzt auf ihren Händen. Dann rückt sie mit dem Stuhl von mir weg, hin zu Freya.

«Wir fühlen uns geehrt», sage ich, damit Mrs. Allen es nicht bemerkt.

«Wie ihr wisst, nehmen drei weitere Schulen teil, jede von ihnen mit drei Kandidatinnen. Ich nehme an – oder sagen wir, ich hoffe –, dass eine von euch es bekommt.»

«Wie können wir uns vorbereiten? Ich meine, werden wir zusätzlichen Unterricht haben und so?», fragt Verity.

«Nein, nichts dergleichen. Bei diesem Stipendium sind Persönlichkeit und Allgemeinbildung gefragt, ihr könnt euch also nicht wirklich darauf vorbereiten, außer indem ihr euer Wissen auffrischt und ausgeschlafen seid.»

Verity pickt einen Fussel von Freyas Pullover.

«Ihr werdet vom Zulassungsbüro der Oxforder Universität befragt, was etwa zwanzig Minuten dauern wird. Im Anschluss werdet ihr aufgefordert, einen kurzen Essay über ein aktuelles Thema zu verfassen. Die Fragestellung erfahrt ihr natürlich erst dann.»

Freya hebt die Hand. «Und wenn es um irgendwas total Unbekanntes geht? Ich meine, etwas, von dem wir noch nie gehört haben?»

«Sie haben es nicht auf euch abgesehen. Aber wir haben bewusst euch drei ausgewählt, weil ihr über eine breitangelegte Allgemeinbildung verfügt.»

Tut Freya nicht. Sie beklagt sich immer, dass sie mehr über internationale Politik wissen müsste. Warum also sie? Es ist so seltsam, dass sie nominiert wurde. Ich zerbreche mir den Kopf darüber, finde im Moment aber keine Erklärung.

«Gut. Ich lasse es euch wissen, sobald die Termine feststehen. Mrs. Kitts wird euch nach London fahren.» Wir nicken, und Mrs. Allen sieht auf die alte Standuhr aus Eichenholz, die neben der Tür steht. «Schön. Zeit für den Unterricht. Bitte gebt euch Mühe. Enttäuscht mich nicht.»

Mrs. Allen streckt den Arm aus Richtung Tür, und wir erheben uns und gehen hinaus. Freya und Verity haben sich eingehakt, und ich warte schon darauf, dass sich Verity umdreht und mir ihren typischen Blick zuwirft. Aber sie kümmert sich gar nicht um mich. Die beiden sind zu sehr damit beschäftigt, zu tuscheln und herumzualbern.

In den nächsten Tagen spreche ich mit kaum jemandem. Ich bin damit beschäftigt, Schulsprecherin-Kram zu erledigen: wer die Schule bei der großen Debatte vertreten wird; die Umsetzung eines neuen Austauschprojekts, bei dem Schülerinnen für eine Woche die Schule wechseln; Notizen für die nächste Schulversammlung; erste Entwürfe für *Die Lupe* – und die ganze Zeit über tickt es in meinem Kopf wie ein Metronom.

Freya und Verity, Freya und Verity.

Ich denke an Verity, die voll Genugtuung den Mund verzieht, und frage mich, wie es Freya damit geht. Und dann kommt mir ein Haufen anderer Dinge in den Sinn: *Was, wenn sie Mrs. Allen erzählt, was in jener Nacht passiert ist? Wird sie je wieder mit mir sprechen? Wie kann sie nur mit Verity Greenslade befreundet sein?* Und mit einem Mal verschwindet meine Unruhe, und an ihre Stelle tritt ein gewaltiger Zorn. Er erfasst mich wie ein Wirbelsturm, bringt mein Blut zum Kochen, bis es sich anfühlt, als würde mein Innerstes erzittern. Ich kann weder schlafen noch essen, und es lenkt mich von der Arbeit ab – und das macht es noch schlimmer. Denn dann werde nicht ich das Stipendium kriegen, sondern Verity, und es gibt wirklich nichts Grässlicheres.

Am Abend reihe ich mich in die Schlange vor dem Telefon ein, um zu Hause anzurufen. Ich muss so dringend mit jemandem sprechen, aber drei andere Mädchen sind vor mir dran. Ich sage, dass es sich um einen Notfall handelt und sie mich vorlassen sollen. Sie treten zur Seite, und eine aus der Mittelstufe, die eh nicht das Telefon auf dem Oberstufenkorridor benutzen sollte, zeigt auf den Hörer. «Nur zu. Es gehört dir.»

«Danke», sage ich stirnrunzelnd. Trotzdem bleiben sie alle stehen, wo sie sind, und ich bitte sie, draußen auf dem Gang zu warten, bis ich fertig bin.

«Sorry, natürlich.»

Auf meiner Karte sind nur noch zwanzig Einheiten, ich habe also nicht viel Zeit. Es klingelt und klingelt, aber schließlich geht sie ran. Sie zögert kurz, als ich «Ma» sage, als hätte ich sie mit dem falschen Namen angesprochen.

Sie spricht sehr träge, und würde ich es nicht besser wissen, würde ich denken, sie wäre betrunken. «Ja», sagt sie leise. Und dann noch etwas, das ich nicht verstehe. «Ma, kannst du lauter sprechen?»

Am anderen Ende wird es still. Ich muss sie geweckt haben, und nun dämmert sie wieder weg. «Ma, ich würde gern mit dir sprechen.» Fünf Minuten warte ich, bis mir der Hörer fast aus der Hand rutscht und es in der Leitung piept. Noch drei Einheiten übrig. Ich sitze, mein Brustkorb weitet sich und schrumpft zusammen. Ich schließe meine Augen, als ein Haufen aufgeregter Mädchen auf dem Weg zum Abendessen direkt vor der Tür vorbeirennt. Ich versuche alles an mir abperlen zu lassen.

2014

Es muss ungefähr fünf Uhr sein: Die Dämmerung drängt den Tag vorwärts. Ich liege auf einer Bank im St. James's Park. Mein Telefon habe ich noch, auch die kleine schwarze Clutch, die ich zur Beerdigung mithatte. Darin sind nichts als ein Fünfer, Lippenbalsam mit Vanillegeschmack und mein Schlüsselbund. Ich reise gern mit wenig Gepäck, aber gerade jetzt beunruhigt mich die gähnende Leere in meiner Handtasche. Dann fällt mir ein, dass ich ein Portemonnaie hatte. Ich suche die Parkbank ab, aber es ist nicht da. Ich lege mich wieder hin und verharre so für ein paar Minuten, voller Grauen vor dem anbrechenden Tag, bis mir bewusst wird, dass mich die Leute sehen können, die im Bus zur Arbeit fahren. Stelle mir vor, jemand, den ich kenne, sieht mich auf einer Parkbank schlafen. Als ich mich schnell aufrichte, werde ich von Kopfschmerzen überwältigt und übergebe mich zwischen meine Beine. Bin ich wirklich so tief gesunken? *Gestern hast du deine Mutter beerdigt*, sage ich mir selbst.

Von dem Fünfer kaufe ich mir einen Burger bei McDonald's und stopfe ihn mir rein. Er ist köstlich und salzig, einfach himmlisch, und gibt mir neue Energie. Das letzte Mal habe ich vor ungefähr achtzehn Jahren bei McDonald's gegessen, mit Freya. Wir waren vorher ausgegangen und lieferten uns einen Wettstreit, wer mehr Chicken McNuggets essen konnte. Freya hatte gewonnen, sie hatte immer mindestens sechs Stück auf einmal im Mund.

Ich schlucke den letzten Bissen meines Frühstücks herunter und erinnere mich, dass auch meine Fahrkarte im Portemonnaie war. Da mein Akku leer ist, kann ich niemanden anrufen. Also gehe ich los, laufe ziellos immer weiter. Mein Gehirn funktioniert nicht richtig – Gedanken rattern durch meinen Kopf, und nichts davon fühlt sich echt an –, als befände ich mich in einer Art Paralleluniversum. Es ist nur ein Kater, versichere ich mir. Mittlerweile sind alle auf dem Weg zur Arbeit, Menschenströme kommen mir entgegen. Es überfordert mich, ich muss irgendwohin, wo es ruhig ist. Ich bin Kilometer von zu Hause entfernt, und bis zu dem einzigen Menschen, den ich aufsuchen könnte, ist es auch noch ein gutes Stück. Ich mache mich trotzdem auf den Weg, auch wenn es eine dumme Idee ist – ausgerechnet zu der Person zu gehen, die mich am meisten verunsichert. Aber gerade jetzt fühlt es sich an, als wäre er der Einzige, der mir Halt geben kann.

Ich finde seine Straße. Er wohnt in einer kleinen Souterrainwohnung einer viktorianischen Villa. Was, wenn seine Freundin – oder was immer sie für ihn ist – auch da ist? Bevor ich weiter darüber nachdenken kann, drücke ich auf die Klingel. Er kommt ziemlich schnell an die Tür, eine Tasse Kaffee in der Hand. Ich erinnere mich, dass er immer gegen halb fünf aufsteht, um die Nachrichtenportale zu durchstöbern und Ideen für Artikel zu finden.

«Du zitterst», sind Tobys erste Worte. Er zieht mich in die Wohnung. Er fragt nicht, was ich bei ihm verloren habe, wofür ich ihm ewig dankbar sein werde. Die Wohnung ist gemütlich und vertraut. Im Flur hängt eine riesige Weltkarte. Sie wellt sich an den Rändern und riecht nach altem Papier. Ich gehe ganz nah heran und drücke meine Nase gegen die verblassenden schwarzen Linien. Wir gehen ins Wohnzimmer, und er holt mir ein Glas Wasser.

«Hast du noch was anderes?»

«Was zum Beispiel?»

«Ich weiß nicht. Halt kein Wasser.»

«Trink erst mal das, dann schaue ich, was ich noch da habe.»

Ich lege meine Beine aufs Sofa, und er deckt mich mit einer kratzigen, roten Häkeldecke zu. Eine Stunde vergeht, ohne dass einer von uns viel gesagt hätte.

«Du zitterst immer noch», sagt er mit einem Blick auf seine Uhr. Ich beuge mich vor und würge in meine Hände. Es kommt nichts, aber ich versuche es wieder und wieder, während ich mich zusammenkauere wie ein Fötus.

«Brauchst du Hilfe?» Toby klemmt ein Kissen in meinen Rücken.

«Nein. Es geht gleich. Ich bin okay. Ich hab nur gestern ein bisschen viel getrunken.» Ich kann mich an kaum etwas nach der Beerdigung erinnern. Nur an diesen Typen aus dem Pub, der sich seine Krawatte über den Kopf zog und sie als Lasso benutzte, um mich auf die Tanzfläche zu ziehen – und dann nichts. Ein wohltuendes Nichts. Es beruhigt mich zu wissen, dass die Erinnerungen nicht zurückkommen werden.

«Ich meine professionelle Hilfe.» Er geht zu einer kleinen Kommode, die neben dem Sofa steht, und holt eine Schachtel aus einer der Schubladen. Er öffnet sie, drückt eine Pille aus einem silbernen Blister und gibt sie mir.

«Nimm das. Valium. Du siehst mitgenommen aus.»

Ich spül sie mit einem Schluck Wasser runter, würge noch mal und drehe mich auf den Rücken. Jetzt wird mir klar, dass ich nicht weiß, was gestern Nacht passiert ist, und dass ich wahrscheinlich die Pille danach nehmen sollte. Aber im Moment bin ich zu müde, um mich darum zu kümmern – und sogar, um mich vor mir selbst zu ekeln. Toby zieht mir die Schuhe aus, die unerklärlicherweise voller Schlamm sind und überzogen von weißen Linien, wie getrocknetes Salzwasser. Das Valium zeigt irgendwann Wirkung, und Kopf, Arme und Beine fühlen sich an, als würden sie mit der Decke verschmelzen. Eine kurze Atempause.

«J, ich finde, du solltest jemanden aufsuchen. So habe ich dich noch nie gesehen. Schau dich an, du wiegst doch keine fünfzig Kilo.» Er beugt sich zu mir und kneift mir in die Hüfte. «Und deine Augen. Die sehen … Ich mein, *du* siehst schlecht aus.»

«Toby, mir geht es auch schlecht. Ich hatte eine heftige Nacht, und meine Mutter ist gerade gestorben. Du hast mir immer vorgeworfen, ich wäre so kalt, und kaum zeige ich meine Gefühle, sagst du, ich bräuchte Hilfe.»

«Darum geht es nicht. Es –»

«Worum geht es dann?»

«Es ist nur, du wirkst so …»

«Wie genau wirke ich denn?»

«Ich weiß auch nicht. Schon seit einer Weile bist du irgendwie abwesend. In Jordanien … und im Frontline Club, als du dich so komisch aufgeführt hast. Und jetzt … du wirkst …»

«Denkst du, es ist, weil du mir erzählt hast, dass du irgendeine andere vögelst?»

«Äh … ja.» Er hat so viel Anstand, beschämt dreinzublicken.

«Es geht hier nicht um dich.»

«Ich weiß. Sorry.»

«Hast du ein Ladegerät fürs iPhone?» Ich gebe ihm mein Handy.

«Sicher. Ich hol es. Bleib liegen.»

Als er zurückkommt, bin ich schon fast eingeschlafen. Ich höre den Stecker in der Dose, das Pfeifen des Wasserkessels und das Klackern des Laptops – und Toby, der flüsternd telefoniert. Ich habe keine Kraft, um herauszuhören, was er sagt. Als ich am Nachmittag aufwache, ist Toby fort. Auf dem kleinen Tisch neben dem Sofa steht eine Tasse Kaffee, die noch warm ist, und eine dicke Decke liegt auf meinen Füßen. Ich entdecke einen Zettel auf dem Boden, neben den Hausschuhen, die ich immer benutzt habe, wenn ich über Nacht geblieben bin.

Dr. McKinnie, steht da neben einer schwer zu entziffernden Telefonnummer. *Allgemeinmedizin, aber macht auch Therapiezeug und kennt sich aus mit Lebenskrisen. Kann dir etwas verschreiben. Ist eine Privatpraxis, aber ich bezahle, wenn es für dich nicht geht. Ich geh auch da hin, und es hilft. Ruf da heute an. Bin später wieder da. T.*

Es fühlt sich komisch an, diese Information über ihn in den Händen zu halten, als würde ich seinen nackten Körper betrachten, während er schläft. Ich habe viel über Therapie nachgegrübelt, was für schreckliche Dinge jemand finden würde, wenn er in meine Seele hineinblickte. Ich lass es lieber bleiben, auch wenn ein paar Schlaftabletten oder ein Beruhigungsmittel gerade nicht verkehrt wären.

Ich knülle den Zettel zusammen und stopf ihn in die Hosentasche. Dann nehme ich ihn wieder heraus und ziehe mein Telefon vom Stecker ab. Valium, denke ich. Valium, Tafil, was auch immer. Einfach irgendwas. Ich schalte das Handy ein und lese drei Nachrichten von meinem Vater, der wissen will, ob alles in Ordnung ist. Bei der Vorstellung, mich bei ihm zu entschuldigen, weil ich ihn im Stich gelassen habe, habe ich fast körperliche Schmerzen, aber ich gelobe, ihn später anzurufen. Erst mal hämmere ich die Nummer von Tobys Zettel ins Telefon.

«Praxis Dr. McKinnie?»

«Hi.» Es entsteht eine lange Pause, während ich überlege, was ich sagen soll.

«Hallo?»

«Hi, ja, entschuldigen Sie, ich würde gern einen Termin machen. Mein Freund, Toby, er hat mir Dr. McKinnie empfohlen.»

«Schön. Und Sie sind?»

«Mein Name ist Josephine. Josephine Grey.»

«Ah, Josephine, natürlich. Entschuldigen Sie. Toby hat heute Vormittag angerufen. Er meinte, Sie würden sich melden. Kommen Sie heute vorbei, wenn Sie mögen. Tatsächlich hat gerade jemand abgesagt.»

«Heute?»

«Ja. Wir haben einen freien Termin um zwanzig nach sechs. Einer der letzten heute …»

Jetzt ist es halb vier. «Gut. Danke. Wir sehen uns dann. Wo finde ich Sie?»

«In der Sloane Street. Ganz in der Nähe von Harrods. Hausnummer 765.»

Ich lege auf und denke darüber nach, die Wohnung nach Hinweisen auf seine Freundin zu durchsuchen. Die Mutter seines Kindes. Letztlich lasse ich es, aus Angst davor, etwas zu finden.

Stattdessen liege ich auf dem Sofa unter der kratzigen Häkeldecke, zu erschöpft, um sie abzuschütteln. Immer wieder muss ich an den Sarg und meine Mutter darin denken. Und merkwürdigerweise an ihre Fußnägel. Als ich es nicht mehr aushalte, stehe ich auf und könnte mir in den Arsch beißen, als mir einfällt, dass ich kein Geld habe. Ich könnte meinen Vater bitten, ein Taxi auf seinen Namen zu rufen, aber ich bringe es immer noch nicht über mich, ihn anzurufen. Ich könnte eine SMS schicken. Doch das Schuldgefühl lässt mich in vollkommener Untätigkeit verharren. Je schuldiger ich mich fühle, umso unfähiger bin ich, etwas dagegen zu tun. Schließlich durchstöbere ich Tobys Sachen nach Kleingeld. Er ist immer recht achtlos mit Geld umgegangen, und ich schnappe mir einen Zwanzig-Pfund-Schein, der auf dem Nachttisch liegt. Ich mache mir gedanklich eine Notiz, es ihm zu erzählen, dann ziehe ich mir die Schuhe an – der Schmutz und der Geruch an meiner Kleidung wecken die Erinnerung an Tod und die Beerdigung – und eile aus der Wohnung.

Als ich in der Sloane Street ankomme, ist mein Kater weg. Es war ein Mordskater, aber die mit Schnitzereien verzierte Praxistür, die erwartungsvoll leicht offen steht, der glänzende Türknauf, all das bewirkt, dass ich mich wieder fast normal fühle.

«Kommen Sie herein, Sie müssen Josephine sein», sagt die Dame am Empfang. «Haben Sie Ihre Versichertenkarte dabei?»

«Versicherung?» Ich erinnere mich, dass auf Tobys Zettel stand, es wäre eine Privatpraxis. «Oh, ich … Nein, ich werde selbst zahlen. Können Sie mir eine Rechnung stellen?» Ich fühle mich wie eine totale Betrügerin. Lächerlich. In meinen Hosentaschen klimpert das Rückgeld von Tobys zwanzig Pfund.

«Selbstverständlich.» Sie händigt mir zwei Formulare aus und sagt, sie wird mir Bescheid geben, wenn Dr. McKinnie so weit ist. Ich nehme in einem der grünen Ledersessel Platz und atme den exklusiven Duft von Jo-Malone-Duftkerzen und Holzpolitur ein. Ich lehne den Kopf gegen das komfortable Kissen und bin plötzlich so müde, dass ich einnicke. Die Dame vom Empfang tippt mir auf die Schulter.

«Verzeihen Sie die Störung, aber Dr. McKinnie hat jetzt Zeit für Sie.»

«Oh ja, gut.» Desorientiert und schwerfällig rapple ich mich auf. «Danke.»

Als ich die Tür öffne, bin ich regelrecht schockiert, einer Frau gegenüberzustehen.

Während ich mich selbst für meine Reaktion tadle, setze ich mich, ohne mich vorzustellen. Sofort erhebe ich mich wieder, um ihre Hand zu schütteln, die mit Halbedelsteinringen bestückt ist.

«Josephine, bitte setzen Sie sich.»

Dr. McKinnie, oder Diana McKinnie, wie ich dem cremefarbenen Schild auf ihrem Schreibtisch entnehmen kann, ist wunderschön. Perfekt gezupfte Augenbrauen betonen ein Gesicht, das sowohl kantig als auch weich ist. Das Haar fällt ihr in sanften Wellen auf die Schultern. Da ist ein kleiner Schönheitsfleck direkt über ihrer Lippe, und sie trägt einen hellblauen Mohairpullover, den ich streicheln will. Ihre Schönheit fühlt sich wie Verrat an. Hat Toby hier gesessen und sie betrachtet? Mir wird der Geruch meiner Klamotten bewusst, meine juckende, ungewaschene Kopfhaut.

«Danke, vielen Dank.»

«Nun, Toby hat angerufen und Sie angekündigt. Möchten Sie ein bisschen darüber erzählen, was bei Ihnen gerade los ist?»

«Sicher. Ich bin … also, meine Mutter ist gerade gestorben.» Ich weiß nicht, was ich als Nächstes sagen soll, und nehme einen Bleistift vom Schreibtisch in die Hand. Er ist grün mit erhabener goldener Schrift und erinnert mich an Harrods. *Dr. McKinnie, Sloane Street.*

«Es tut mir sehr leid, das zu hören. Wann war das?»

«Letzte Woche. Solange ich sie kannte, ging es ihr psychisch nicht gut.» Dr. McKinnie sieht von ihrem Block auf. «Paranoide Schizophrenie», sage ich so sachlich wie möglich.

«Und wie ist sie gestorben, wenn ich das fragen darf?»

«Zu viele Tabletten auf einmal. Hat Erbrochenes aspiriert, dann Lungenentzündung.»

«Josephine, möchten Sie, dass ich die Heizung anstelle? Sie zittern.»

«Nein. Mir geht es gut, danke. Eigentlich bin ich nur zu Ihnen gekommen, damit Sie mir etwas verschreiben. Damit ich schlafen kann. Ich bekomme solche Flashbacks …» Sobald ich es ausgesprochen habe, fliegt Dr. McKinnies Stift über ihren Block. Sie denkt, meine Trauer hätte Halluzinationen ausgelöst, so wie bei meiner Mutter. Schnell rudere ich zurück. «Ich meine, es ist nichts Schlimmes, nur immer derselbe öde Kram.»

«Öde? Was zum Beispiel?»

«Es hat nichts mit meiner Mutter zu tun. Nur mit Dingen aus der Vergangenheit. Vielleicht teilweise ausgelöst durch ihren Tod.» Ich will, dass sie merkt, dass ich darüber reflektiert habe, es überblicke, dass ich nicht so krank bin, dass ich die Kontrolle über meinen Verstand verloren hätte.

«Möchten Sie mir davon erzählen? Vielleicht kann ich helfen?»

«Oh, es ist nichts Besonderes. Nur … Ich habe einmal ein Mädchen beinahe umgebracht. Und vielleicht kommt das jetzt alles zurück.»

Während sie das verarbeitet, entsteht eine kurze Pause, in der ihr Stift sich nicht bewegt. «In Ordnung», sagt sie sanft. «Möchten Sie mir mehr darüber erzählen?»

Das Schamgefühl drückt mir auf den Magen.

«Also, es ist nicht so, dass ich sie beinahe getötet hätte. Sie ist eher fast gestorben wegen mir. Und sie war meine beste Freundin.» An diesem Punkt halte ich inne.

«Erzählen Sie bitte weiter. Ich höre zu.» Und weil sie mir dabei nicht in die Augen schaut, tue ich etwas total Untypisches: Ich rede.

Ich erzähle ihr eine gekürzte Version der Geschichte mit Freya – die Drogen und unser Streit danach – und erwähne, dass sie mich kontaktiert hat und mich treffen will und dass ich es abgelehnt habe.

«Und warum?»

«Weil … Es ist kompliziert.» Ich bemerke die Bilder auf ihrem Schreibtisch und an der Wand. Kinder, der lächelnde Ehemann, das ganze perfekte Paket. Ich denke an mein eigenes Leben, die Fehler, die ich gemacht habe … die Folgen. «Wie auch immer.» Ich stehe auf. «Was meinen Sie, könnte ich ein Rezept bekommen? Oh, und ich bräuchte die … die Pille danach, das auch. Bitte. Ich muss nämlich jetzt langsam los.»

«In Ordnung. Ich schreibe Ihnen ein Rezept für die Pille. Und an was haben Sie noch gedacht?»

«Tafil. Oder irgendwas anderes.»

«Gegen die Angst?»

«Ja. Genau.» Ich nehme meine Tasche, aber sie bedeutet mir, mich wieder hinzusetzen.

«Geht es Ihnen gut?»

«Mir geht's prima. Wirklich.» Ich merke, dass mir das Blut in die Wangen schießt. Dr. McKinnie erhebt sich aus dem Stuhl und schaltet den Deckenventilator an.

«Möchten Sie nächste Woche wiederkommen?»

«Ach, nein. Nein, vielen Dank.»

«Na schön. Ich stelle Ihnen ein Rezept aus, mit dem Sie ein paar Tage hinkommen. Wenn Sie mehr wollen, müssen Sie wieder herkommen.» Sie sieht mich direkt an, mit großen, besorgten Augen, als hätte ich vor, eine Überdosis zu nehmen.

«Ich bin vorsichtig. Ich meine, kommen Sie, ich werde nicht ...» Dann wird mir klar, dass ich Dr. McKinnie gerade die Todesursache meiner Mutter eröffnet habe. «Gut», lenke ich ein. Ich kann immer noch absagen. «Dann komme ich nächste Woche.»

Ich schweige, um sie nicht dabei zu stören, das verdammte Rezept zu unterschreiben. Als sie fertig ist, reiße ich es ihr aus der Hand und stopfe es in meine Tasche.

«Warten Sie, Josephine?»

Ich halte inne. Die persönliche Ansprache fühlt sich schön an, zumindest im ersten Moment, doch dann bin ich regelrecht verärgert über diese Anmaßung. «Was?»

«Ich würde gern jetzt schon einen Termin machen.»

«Okay.»

«Also, heute ist Dienstag. Wie wäre es Dienstag nächste Woche? Passt das?»

«Ich werde dann wahrscheinlich schon wieder in Jordanien sein, also wäre vorher besser.»

Sie gibt mir ihre Karte. «Oh, Jordanien. Mein Cousin lebt dort. Was tun Sie da?»

«Ich bin Archäologin.» Ich habe keine Lust auf Smalltalk, ich will hier nur noch weg.

«Phantastisch. Ich schätze, Sie bekommen dort erstaunliche Dinge zu sehen. Wie auch immer. Also Dienstag in einer Woche. Ist das in Ordnung? Sagen wir elf Uhr?»

«Ja», lüge ich.

Ich habe das Rezept. Ich werde gut schlafen. Werde in ein paar Tagen zurück nach Jordanien fliegen. Zurück zur Ausgrabung. Werde meinen Kollegen einschärfen, keiner Menschenseele zu verraten, dass ich dort bin. Ich werde Freya nicht treffen. Ich habe keine Entschuldigung mehr, fort zu sein, jetzt, da meine Mutter sich in Asche verwandelt hat. Zurück zur Normalität.

Ich will verdammt sein, wenn ich irgendeinen Grund habe, Dr. McKinnie je wiederzusehen.

1996

Die Nominierung für das Stipendium ist zwei Wochen her, und ich habe immer noch nicht mit Freya gesprochen. Alle wissen, dass etwas absolut nicht stimmt. Niemand sagt etwas, aber ich spüre es: die unterkühlte Atmosphäre, das Zögern, bevor mich jemand anspricht, die leichte Kopfbewegung, um zu sehen, ob irgendjemand gerade herschaut und diejenige verurteilt, die mit mir redet. Freya ist ganz klar beliebter, aber ich bin Schulsprecherin, und keine will es sich mit mir verderben. Manche reden nur mit mir, um herauszufinden, was passiert ist. So wie Gracie Lovell, die sich nach der Geschichtsstunde an mich heranmacht und so tut, als wäre sie um mein Wohlbefinden besorgt. Ich kriege mit, wie sie sich zu Marge Bell umdreht und einen Finger auf die Lippen legt, bevor sie sich mit einem beschissenen Grinsen mir zuwendet. Ich erzähle ihr nichts, sage, dass ich meine Hausarbeiten machen muss. Sie zuckt mit den Achseln in Richtung Marge, die nervös ihre Unterlippe verzieht.

Aber abgesehen von der merkwürdigen Stimmung meistere ich die Situation ganz gut, denke ich. Durch die Alltagsroutine hat sich die Geschichte mit Freya gesetzt, und zumindest an der Oberfläche ist alles ruhig. Bis Eleanor mich eines Nachts aufweckt, ihre Arme um meinen Hals schlingt und mich dann an den Schultern zurück aufs Bett drückt. «Schsch, schschsch, alles ist gut», sagt sie. Ich kann nicht antworten, weil sich ihre Daumen in meine Luftröhre bohren. «Du hast im Schlaf geschrien und so komische ruckartige Bewegungen mit deinen Armen gemacht. Du hast geredet – es ging ums Tanzen? Freya? Total schräg. Irgendwas mit ... Was auch immer, ich bin davon aufgewacht. Ich hatte echt Angst.»

«Psst», sage ich.

Ich versuche, mich an den Albtraum zu erinnern, aber alles, was ich sehe, ist Blut, das in klebrigen Tropfen über den Arm meiner Mutter läuft, bevor sich das Bild verändert. Die Schwärze an Freyas Hals, die zu Schlamm zerfließt und zu Blut aus den Handgelenken meiner Mutter gerinnt. «Geht schon wieder. Muss Prüfungsangst gewesen sein.» Ich versuche zu lachen, aber meine Kehle ist wie zugeschnürt.

«Soll ich Mrs. Kitts holen?»

«Nein, natürlich nicht. Es ist alles gut. Aber danke.» Die Lichter der vorbeifahrenden Autos werfen unheimliche Schatten, und ich frage mich, ob es so bei meiner Mutter angefangen hat. «Mir geht's gut. Alles ist gut.» Ich kneife mir fest in den Arm, sehr fest, und lasse mich zurück in die Wärme des Bettes sinken. Als sich Eleanor fünf Minuten später wieder unter ihre Decke verzogen hat und sich mein Herzschlag entspannt, bemerke ich, dass ich mich eingenässt habe. Ich überlege, wie ich das Laken austauschen und waschen kann, ohne dass es jemand mitbekommt. Über eine Stunde liege ich da, bis ich sicher bin, dass alle tief schlafen, bevor ich etwas unternehme. Und natürlich ist keiner da, um mir zu helfen.

Freya hat oft gesagt, ich solle anderen gegenüber offener sein. «Es sind nicht alle blöd», hat sie immer gemeint und gelacht. «Das ist es nicht», war meine Antwort. «Ich will einfach nicht, dass jemand nach meiner Familie fragt.» Ohne jemanden, mit dem ich reden kann, versuche ich die andere Seite der Einsamkeit zu sehen – ich habe viel Zeit, um zu arbeiten.

An erster Stelle steht *Die Lupe*. Der erste Entwurf muss nächste Woche stehen. Ich habe eine Redaktionssitzung in Mrs. Allens Büro einberufen. Wir gehen Reportagen, Interviews und Artikel durch, und Dora Marchmont aus der Stufe unter mir wird den ersten Korrekturdurchgang koordinieren.

«Könnten diejenigen von euch, die Kolumnen und Reportagen geschrieben haben, mir bitte eine Porträtaufnahme ins Fach legen?», sage ich und gucke in die Runde.

«Ich denke, das wär's dann schon. Ich habe immer noch kein gutes Material für die ‹Wer ist es?›-Seite. Könntet ihr bis Freitag etwas auftreiben? Das sind noch zwei Tage. Kommt schon, ich weiß, dass ihr das schafft. Gracie, du weißt doch immer, was geredet wird – besorgst du mir was bis dahin?» Sie nickt übertrieben enthusiastisch.

«Ich danke euch. Das war's dann. Wir sehen uns nächste Woche, und vergesst nicht die Porträts und ‹Wer ist es?›. Wenn ihr kein Foto habt, dann geht zu Mrs. Bloom, sie wird eine Aufnahme machen und entwickeln. Bis nächste Woche also.»

Alle verlassen das Büro, nur Sally Aylsford wartet auf mich. Ich nehme meinen blauen Ordner und denke nur: *Bitte sprich mich nicht an*. Sally ist mein Jahrgang, wohnt im Larden House und ist so «ziemlich» alles. Ziemlich lustig, ziemlich klug, ziemlich sportlich. Aber irgendetwas irritiert mich auch *ziemlich* an ihr. Ich habe noch nicht herausgefunden, was es ist, aber ich glaube, es hat mit ihrem Kiefer zu tun. Oder seiner mangelnden Ausprägung, was sie ängstlich erscheinen lässt. Mit ihren roten Augen wirkt sie auf mich wie ein krankes Kaninchen.

«Hallo, Sally.»

«Hi», sagt sie und deutet auf einen Stuhl. «Darf ich?»

«Klar, nur zu.» *Mist*, denke ich.

«Mrs. Allen will nicht, dass ich mich in Oxford bewerbe.»

Ich nicke und blättere durch meinen Ordner.

«Sie sagt, sie glaubt nicht, dass ich es schaffen würde.» Ich sehe auf und neige mein Ohr Richtung Schulter. «Wegen meiner Drei in Geschichte.»

«Oh.» *Eine Drei*, will ich sagen, aber tue es nicht.

«Ja. Genau. Mein Dad ist total ausgerastet. Ich mein, wirklich ausgerastet. Ich dachte, er würde mich schlagen.»

«Oh.» Ich ziehe eine Grimasse. Obwohl ich tatsächlich Mitleid mit ihr habe, fühlt es sich unaufrichtig an. Ich habe schlimme Geschichten über ihren Vater gehört. Die Familie ist immer ein heißes Thema in der Schule. Gott sei Dank weiß niemand etwas über meine.

«Kannst du da etwas machen? Ich habe nur noch ein paar Wochen bis zum Bewerbungsschluss. Den Essay habe ich aber schon geschrieben. Also kann ich es schaffen. Du hast deinen wahrscheinlich schon vor einer Ewigkeit eingereicht, aber ich bin noch nicht zu spät dran. Noch ist Zeit.» Sie zupft am Ärmel ihres marineblauen Schulpullovers.

«Etwas machen? Was meinst du damit?»

«Nun ja, du könntest Mrs. Allen bitten, ihre Meinung zu ändern.»

Es gibt einiges, um das ich die Schulleiterin bitten könnte, aber das gehört nicht dazu.

«Ich werde es versuchen», sage ich.

«Wirklich?»

«Wirklich.» Ich stehe auf, um zu gehen.

«Denn ich kann dir helfen, *Die Lupe* zur besten Ausgabe aller Zeiten zu machen. Ich habe etwas, das deine ‹Wer ist es?›-Seite ziemlich brisant machen wird.» Sie stellt sich mir in den Weg, und ich kann ihren Zwiebelatem riechen.

«Oh, vielen Dank. Ich weiß deine Hilfe zu schätzen», erwidere ich.

«Nein, wirklich. Ich hab da was.»

«Ich bin mir sicher, dass alle etwas beisteuern werden. Mein Vater hat ein Interview mit dem Premier klargemacht. Selbstverständlich wird es die beste Ausgabe, mit oder ohne deinen Beitrag.» Ich runzle die Stirn.

«Nein, ich glaube, du verstehst nicht richtig», sagt sie. Der harte Ton in ihrer Stimme lässt mich innehalten.

«Ich habe etwas echt Großes.»

«Ach ja?»

«Ja. Wirklich, wirklich groß», sagt sie mit verschränkten Armen.

«Was soll das sein?»

«Wie ich gesagt habe: Damit würde die ‹Wer ist es?›-Seite zum meistdiskutierten *Lupe*-Beitrag, den die Schule je gesehen hat.»

«Wie das?», frage ich matt.

«Ich habe es gestern herausgefunden, nachdem ich auf der Krankenstation war. Erinnerst du dich? Ich bin in der Englischstunde gegangen, weil ich ziemlich hohes Fieber hatte.»

Ich erinnere mich nicht, nicke aber trotzdem.

«Da habe ich es mitgekriegt.»

«Was mitgekriegt?»

«Versprichst du mir, dass du es niemandem erzählst, bis wir besprochen haben, was wir unternehmen?», fragt sie.

Ich nicke erneut.

«Schwörst du's? Zum einen ist es bestimmt illegal. Ich

mein, wenn die Presse davon Wind bekommt, ist die ganze Schule in den Schlagzeilen. Ich mein, ich würde es selbst nicht glauben, wenn ich es nicht gesehen hätte.»

«Jetzt spuck's schon aus.»

«Also, du musst wissen, es geht um Freya.» Eine Welle der Übelkeit steigt in mir auf.

«Erzähl weiter», sage ich vorsichtig. Sally beugt sich vor und flüstert mir ins Ohr, was sie weiß. Ihr heißer Atem lässt die Härchen auf meinem Ohrläppchen erzittern.

«Freya? Komm schon, Sally.» Ich lache, aber der Zweifel nagt an mir. «Freya? Wenn irgendjemand etwas derart Heftiges über sie wüsste, dann wär das ja wohl ich. Sie ist meine beste Freundin. Wenn du wirklich denkst, dass das wahr ist, und ich wusste es nicht, dann ...» Sally blickt zu Boden und atmet ein. Siegesgewiss kommt sie einen Schritt näher.

«Ich weiß, dass ihr beste Freundinnen seid. Ich weiß, wie unzertrennlich ihr seid. Dass ihr euch alles erzählt. Dass eure Freundschaft völlig unzerstörbar ist. Ich sage nur, was ich gesehen habe. Und gehört. Es stimmt. Jedes einzelne Wort.» Für einen Moment frage ich mich, ob Sally versucht, sich zwischen uns zu drängen. Ob sie irgendwie neidisch ist auf unsere Freundschaft. Aber dann sehe ich, dass ihre Miene ganz unbewegt ist, ihre Augen blicken mich unverwandt an, und da weiß ich, dass sie nicht lügt. Aber ich kann es einfach nicht akzeptieren. Nicht wegen dem, was sie mir erzählt hat, auch wenn es, sollte es wahr sein, das Brisanteste wäre, was sich jemals in Wendell Abbey abgespielt hat. Sondern wegen der Tatsache, dass Freya es mir nicht erzählt hat. Wie lange hält sie das schon vor mir geheim? Ich hätte verstanden, wenn es erst nach jener Nacht geschehen wäre. Aber so war es nicht. Offenkundig ging das schon die ganze Zeit, während Freya mich als ihre beste Freundin bezeichnete. Meine Gedanken rasen. Ich erinnere mich an Dinge, die Freya gesagt hat, getan hat. Versuche sie in Einklang zu bringen mit dem, was mir Sally gerade erzählt hat. Aber obwohl es keinen Sinn ergibt, bringt es etwas zum Klingen. Die Erinnerung an etwas.

Nach allem, was in den letzten Wochen passiert ist, ist es diese Erinnerung, die mich am meisten herunterzieht. Ich bin total fertig. Nichts bleibt mir. Und dann stört Sally die Erschöpfung, die sich über mich legt.

«Eigentlich hätte ich's dir gar nicht erzählt, aber ich will etwas von dir, und ich weiß ja, dass sie überall über dich gelästert hat, also dachte ich, du wärst vielleicht bereit, mir zu helfen.»

«Gelästert?»

«Ja, gelästert», wiederholt sie.

«Das ist ja fast ein Kompliment, wenn Freya über einen lästert», sage ich lachend.

«Wie bitte? Dass du der leibhaftige Teufel bist? Ohne Seele?» Freya sagt häufig solche Sachen zu mir, und oft bin ich sogar geneigt, ihr zuzustimmen, aber was Sally dann sagt, ist viel schlimmer. Sie holt tief Luft. «Und dass du wie deine Mutter bist: hasserfüllt, verbittert, zornig, eiskalt. ‹Psychisch krank›.»

Ich sehe Sally an und weiß, dass es nicht gelogen ist. Nichts davon. Freya, Freya – die einzige Person, die von der Krankheit meiner Mutter weiß. Dass sie solche Dinge sagt …

«Woher weißt du das?», sage ich wieder lachend, aber irgendwas passiert mit mir. Mein Inneres rumort.

«Ich saß neulich neben ihr und Verity in der Kapelle. Verity hat gelacht, als Freya deine Mutter so komisch nachgemacht hat.» Sally zieht ihre Augenlider herunter und wiegt sich vor und zurück. Ich bewege mich kein Stück, aber innerlich verkrampfe ich mich so stark, dass es sich anfühlt, als würden meine Eingeweide sich zu einem einzigen großen Klumpen zusammenziehen.

«Bist du sicher, dass Freya meine Mutter gemeint hat?», flüstere ich. Mir ist eiskalt.

«Ja, eindeutig. Sie hat gelacht und gesagt, manchmal hättest du auch diesen manischen Blick.»

Endlich registriert sie meinen Gesichtsausdruck und sieht jetzt verängstigt aus.

«Aber es ist bestimmt nicht wahr. Das mit deiner Mutter, mein ich», sagt sie schnell. «Ich war wirklich ziemlich schockiert.»

«Da bin ich mir sicher.»

«Verity hat gelacht. Sie meinte, sie hätte schon immer gewusst, dass mit dir was nicht stimmt. Aber Verity ist natürlich total blöd. Die meiste Zeit weiß sie überhaupt nicht, worüber sie spricht. Aber sie ist auch deine Stellvertreterin, also, sie ist bestimmt auch großartig.» Sally merkt, dass sie zu weit gegangen ist, und verheddert sich, unsicher, was sie sagen soll und wem sie trauen kann.

«Ich muss nachdenken», sage ich und setze mich hin. Wir schweigen, und ich mache kleine Kratzer in meinen blauen Ordner.

«Okay.» Ich stehe auf. Mein Kopf tut weh. Der Schmerz strahlt auf meinen Kiefer aus, und ich denke an Freya, die ihre Schildpattspange befestigt, und plötzlich ergibt alles einen Sinn. Was Sally mir erzählt hat. Allmählich sehe ich kleine Indizien, Hinweise in Freyas Verhalten, die bedeuten könnten, dass Sally recht hat. Und obwohl ich noch total unter Schock stehe, nimmt bereits eine Idee in meinem Kopf Gestalt an. Eine List. Ich werde Sally Aylsfords Information als kleinen Warnschuss für meine Freundin Freya verwenden. Ich werde dieses preisverdächtige Gerücht in der *Lupe* veröffentlichen. Anonym. Freyas Namen werde ich nicht nennen. Werde nicht im Detail erzählen, was sie getan hat. Andeutungen, klar. Als kleine Botschaft an sie. *Sprich mit irgendwem über jene Nacht, Freya, und ich werde allen erzählen, was du getan hast. Alles.* Danach wird sie es nicht wagen, zu jemandem ein Wort zu sagen, niemals. Ich werde in Sicherheit sein. Ich werde nach Oxford gehen, und alles wird so laufen wie gehabt. Die Brillanz dieses Plans fühlt sich an wie ein Schlag ins Gesicht.

«Schreib mir einen Brief», sage ich zu Sally. «Schreib alles in einem Brief. Anonym. Leg ihn in mein Fach, und dann entscheide ich, was damit geschieht.»

«Und was ist mit Mrs. Allen und Oxford?»

Ich drehe mich so abrupt zu ihr um, dass sie zurückweicht. «Tu es einfach.»

2014

Ich habe meinen Arbeitgeber informiert, dass ich demnächst von meinem Sonderurlaub zurückkehren werde. Mein Team habe ich auch in meine Pläne eingeweiht. Aber vorher gibt es noch ein paar Dinge zu erledigen: Mutters Testament, all ihre Kleidung und der Schmuck. Obwohl ich meinen Vater nicht mehr gesehen oder gesprochen habe, seit ich von der Beerdigung geflüchtet bin, rufe ich ihn an und bitte ihn, mir zu helfen. Keiner von uns beiden hat einen Fuß in ihr Zimmer gesetzt seit … fünfzehn Jahren? Er erwähnt die Beerdigung nicht, sagt nur, dass er direkt nach der Arbeit kommt. Ich mache mich auf den Weg und fange schon mal an.

Als er dazukommt, habe ich schon zehn schwarze Müllsäcke mit Klamotten vollgestopft – alte Kleider, Pelzmäntel und neuere Sachen, an denen noch das Etikett des Designers hängt. Das Zimmer ist eine Müllhalde. Der Staub lässt meine Augen tränen, und ich habe Flocken alter Farbe auf der Kleidung, wo ich die Wand berührt habe. Der Atem meines Vaters riecht nach Gin.

«Nüchtern kann ich das nicht», sagt er.

«Und was ist mit mir?»

«Tut mir leid. Aber du hast einen robusteren Magen als ich.»

Er hebt drei Schlüpfer vom Boden auf, die unerklärlicherweise mit Talkumpuder bedeckt sind, außerdem zwei Paar hohe Schuhe mit Pailletten, die einen schwarz und die anderen grau, die sie als Aschenbecher benutzt hat.

«Mein Gott, Josephine.» Er setzt sich aufs Bett. «Mein Gott, was ist das hier? Warum konnten wir ihr nicht helfen?»

«Du hast dein Bestes getan. So viel du konntest neben deinem Job.»

Er sieht mich an und runzelt die Stirn. «Du meinst … Denkst du, ich war nicht oft genug für sie da?»

«Nein. Ich denke, du … Ich denke, du hast getan, was du tun musstest. Sie hatte Leute, die sich um sie gekümmert haben.» Ich sehe zu ihm hinüber. Er wischt sich mit einem schwarzen Seidenoberteil über die Augen.

Es ist mir peinlich, ihn so zu sehen. Weil ich nicht weiß, wo ich hinschauen soll, gehe ich auf alle viere und gucke unters Bett. Die Matratze hängt in der Mitte durch, ich muss sie von unten mit einem Stapel Bücher und Magazine abstützen. Unterm Bett finde ich Fotos, Tagebücher, zwei Koffer mit Gott weiß was darin und haufenweise Tabletten, Puderpapier, Rasierklingen – manche verrostet, andere noch in der Verpackung. Ich hole alles hervor und ignoriere die Laute, die mein Vater von sich gibt. Die Fotos zeigen uns drei. Auf einem schneiden wir Grimassen; dann ich auf den Schultern meines Vaters; meine Mutter, die wie eine Hausfrau aus den Fünfzigern aussieht, schlank und perfekt, gerade einen Kuchen backt und anmutig für die Kamera posiert; wir drei in einem Ruderboot im Battersea Park und, als Letztes, ein Foto, auf dem meine Mutter und ich uns an den Händen halten. Ich finde noch spätere Aufnahmen von ihr, schläfrig und mit aufgedunsenem Gesicht. Ich nehme ein Foto, auf dem sie meinen alten einäugigen Teddy in den Armen hält, und stecke es in die Hosentasche.

«Warum hat hier vorher nie jemand aufgeräumt?», frage ich ihn.

Mein Vater antwortet nicht, nimmt nur das Foto von uns dreien und presst es gegen seinen Bauch.

Ich öffne einen Koffer. Er ist voller unterschiedlichster Medikamente. Meine Mutter hortete die für den Fall eines Krieges, der ihrer Auffassung nach jederzeit eintreten konnte: kleine Fläschchen mit Tabletten und Kapseln, die unser Überleben sichern würden. Der andere Koffer ist voll mit Papieren und Briefen und noch mehr Tagebüchern.

«Schau mal», sage ich und schnippe gegen seinen Ellbogen. Er erhebt sich vom Bett und hockt sich neben mich. Ich glaube, ich habe ihre Handschrift seit mindestens zehn Jahren nicht mehr gesehen, aber ich hatte sie immer als elegant in Erinnerung, nicht krakelig und unlesbar wie das hier. Sie hat Seiten über Seiten vollgeschrieben, aber nichts davon ergibt einen Sinn.

Wir sind beide ganz gebannt. Vier Stunden lang blättern wir durch die Papiere, versuchen Hinweise zu finden, Einblicke in ihre Gedankenwelt. Vergeblich. Und dann finde ich einen Brief neueren Datums. Die blaue Tinte ist noch nicht verblasst. Ich sehe auf das Datum, er ist vom letzten Jahr. Ich erinnere mich: Er ist von dem Tag, an dem wir uns das letzte Mal gesehen haben. Ich war in London, um einen Vortrag über die Ausgrabung zu halten. Sie war kurz davor aus dem Krankenhaus entlassen worden, nachdem ihre Medikation zum vierten Mal in dem Jahr angepasst worden war. Sie hatte weniger dumpf gewirkt, hatte fast geleuchtet. Sie trug einen goldenen Armreif, und ausnahmsweise hatten ihre Augen nicht diesen leeren Ausdruck. Sie hatte mich sogar nach der Ausgrabung gefragt und gelacht, als ich ihr erzählte, dass ich beinahe meinen Flug verpasst hätte. Später hatte ich einen

Drink mit meinem Vater, und wir haben gestritten wegen irgendwas – und dann erinnere ich mich daran, wie sie mich angesehen hatte. Damals nahm ich an, der Blick wäre Ausdruck von Liebe und Fürsorge. Aber wenn ich jetzt daran denke, an ihre Augen, zerbrechlich und gelb unterlaufen, wird mir klar, dass es etwas anderes war: Sie hatte große, sehr große Angst.

Ich lese den Brief immer und immer wieder, aber ich kann die Worte kaum entziffern. Ich gebe ihn meinem Vater, der diese Schrift so gut kennt – das «A», das jedes Mal anders aussieht –, und ein Ausdruck von Verwirrung liegt in seinen grünen Augen. Er starrt mich an, völlig verängstigt, blinzelt, als würde ihm gleich einer ein Messer ins Auge stechen. Ich erwidere seinen Blick nicht. Wir lesen den Brief noch einmal gemeinsam. Wir lesen die Worte, wieder und wieder, bis sie Sinn ergeben. Mein Vater zündet sich eine Zigarette an, obwohl er sich geschworen hat, im Haus nicht zu rauchen, während ich gedanklich das morgige Gespräch mit Dr. McKinnie durchspiele. Ich werde meinen Arbeitgeber darum bitten müssen, mir noch ein paar Tage Urlaub zu gewähren, denn so, wie es jetzt aussieht, werde ich nicht so bald zurückkehren.

1996

Sally Aylsford kennt also Freyas Geheimnis. Wem hat sie es noch erzählt? frage ich mich. Wahrscheinlich keinem, wenn sie meine Hilfe wegen Oxford braucht. Zwei Tage vergehen, in denen ich immer wieder mein Fach checke, ob Sallys Brief für die «Wer ist es?»-Seite drinliegt. Es ist Freitagnachmittag, ich habe die Hoffnung gerade aufgegeben, da finde ich drei anonyme Briefe. Im ersten geht es um eine Mitschülerin, die offenbar einen der Schauspielschüler in Eton geküsst hat nach der wöchentlichen Probe. *Toll. Ich weiß schon, wer das ist*, denke ich.

Auf einem Zettel wird behauptet, dass unsere Kunstlehrerin mit dem Schauspiellehrer herumgeknutscht hätte. Langweilig. Das weiß auch schon jeder. Und, zu guter Letzt, Sallys Brief. Er trägt die Überschrift *EXKLUSIV: Freyas schmutziges kleines Geheimnis* und ist unterzeichnet mit *Liebe Grüße, Eine Oxford-Kandidatin*.

Ich überfliege den Text und lese Einzelheiten, die mich nicht wirklich interessieren. Das Bild von Freya, die sich ihre Schildpatt-Haarspange ansteckt, schießt mir immer wieder durch den Kopf. Ich begreife immer noch nicht, warum mir Freya nichts erzählt hat. *Soll ich das wirklich tun?* Eine fiese innere Stimme fragt, ob ich das zum Teil nur aus Verbitterung öffentlich mache, weil sie es vor mir geheim gehalten hat. Aber dann wird mir wieder bewusst, was auf dem Spiel steht. *Sorry, Freya, aber du hast mich dazu gebracht, das zu tun. Es ist zu deinem eigenen Besten. Ich tue es für uns beide.*

Es bleibt nur noch eine Woche, bis die erste Fassung von der *Lupe* vorliegt. Ich schiebe die Gedanken daran beiseite, aus Angst, ich könnte meine Meinung ändern. Jetzt muss ich mich erst mal auf das Bewerbungsgespräch für das Stipendium konzentrieren, das in vier Tagen stattfindet. Das ist es, was wirklich zählt.

Dann ist es so weit. Freya, Verity und ich treffen uns nach dem Frühstück. Es ist ein Dienstag und bitterkalt. Mrs. Kitts hatte uns angewiesen, sie draußen vor dem Hauptgebäude zu treffen. Sie wird uns nach London fahren, wo die Prüfung stattfindet.

«Hallo», sage ich zu Verity und Freya, während ich auf Mrs. Kitts dreckverschmierten grünen Fiat Panda zusteuere. Freya öffnet ihren Mund, nur ganz leicht, und ich denke schon, sie sagt etwas, aber dann wirft Verity ihr einen warnenden Blick zu. Ich zupfe an meinem Abzeichen und streiche über meinen Pulli. Keine von uns trägt einen Mantel. Mrs. Kitts kommt zehn Minuten später herbeigeeilt.

«Schnell, Mädchen, tut mir leid, ich bin zu spät.» Sie putzt sich die Nase und steigt ins Auto. Ihr Absatz verklemmt sich im Türrahmen.

«Meine Güte. Diese albernen Schuhe», sagt sie.

«Sie sind schön», erwidert Freya leise. Sie öffnet die Beifahrertür und klettert auf den Sitz. Verity und ich sitzen hinten, wobei ich mich an die Tür drücke, um so viel Abstand zu ihr zu bekommen wie möglich.

«Und, seid ihr gut vorbereitet? Habt ihr alles gelesen?»

«Ja», sagen Verity und ich gleichzeitig. Freya bleibt still.

«Seid ihr nervös?»

«Nein, es geht schon. Ich glaube, wir sind nur alle etwas müde, oder?» Verity beugt sich vor und klopft Freya auf die Schulter. Mrs. Kitts sieht Freya mit hochgezogenen Augenbrauen an.

«Ich hab in letzter Zeit nicht so gut geschlafen», erwidert Freya und schaut mich durch den Rückspiegel an. Sie sieht furchtbar aus. Ihr blondes Haar hat seinen Glanz verloren, das Gesicht ist ganz blass. Selbst die Sommersprossen wirken verblichen. Sie hat abgenommen, und die rote Stelle an ihrem Hals hat sich ausgeweitet.

Aber es ist nicht nur ihr Gesicht. Da liegt ein komischer leerer Ausdruck in ihrem Blick. Das grüne Funkeln ihrer Augen ist einer dumpfen Eintönigkeit gewichen. Und ihr Mund ist irgendwie schief, als würde sie sich zwingen zu lächeln. *Vielleicht geht es ihr wirklich schlecht*, denke ich, aber verdränge den Gedanken gleich wieder. Sallys «Wer ist es?»-Beitrag kommt mir in den Sinn, und ich kann mir in diesem Moment nicht vorstellen, dass sie jemals so etwas tun würde. Ich setze mich aufrecht hin und starre hinaus auf die Streifen trübes Grün und Grau, die am Fenster vorbeiziehen. Jetzt, direkt vor dem Bewerbungsgespräch, ist nicht die Zeit, das an mich heranzulassen, vor allem angesichts dessen, was ich über sie erfahren habe.

«Du siehst auch müde aus, Josephine», sagt Mrs. Kitts.

«Ich fühl mich gut. Alles wunderbar, danke.»

«Gut. Denkt einfach daran, in fünf Stunden ist alles vorbei. Mrs. Allen hat mir aufgetragen, danach mit euch Pizza essen zu gehen, damit ihr wieder runterkommt.»

«Oh, ich muss aber direkt wieder zurück, Mrs. Kitts», sage ich. «Ich habe Dinge zu erledigen, auch wegen der *Lupe*.»

«Jetzt hör mir mal zu, Josephine. Es kommt nicht oft vor, dass du dir etwas Spaß gönnst. Ich bestehe darauf. Es wird nicht lang dauern, und ich möchte euch dreien gern eine Freude machen, bevor morgen raus ist, wer das Stipendium bekommt.»

«Morgen?» Verity setzt sich kerzengerade hin.

«Morgen, genau. Ihr wisst, es bedeutet eine automatische Zulassung für Oxford, daher müssen sie wissen, wer es bekommt, bevor die reguläre Zulassung anläuft. Es gibt bestimmt einen Haufen Verwaltungskram zu erledigen, daher haben sie beschlossen, die Entscheidung zeitnah zu treffen. Seid ihr also bereit? Ich denke, sie werden euch grob das Gleiche fragen, damit sie eine Vergleichsbasis haben. Jetzt könnt ihr eh nichts mehr tun, also müsst ihr euch auch keine Sorgen machen. Alles klar?»

Mrs. Kitts lächelt erst Freya an, dann sieht sie sich zu uns um. Verity beobachtet mich aus den Augenwinkeln. Niemand sagt mehr etwas für den Rest der Fahrt. London kommt in Sicht, graue aneinandergedrängte Gebäude. Verity hat fast eine Stunde mit den Beinen gehibbelt und mich verrückt gemacht. Wir steuern ein Parkhaus im Stadtteil Victoria an. Es hat angefangen zu nieseln.

«Los geht's, Mädels. Seid ihr bereit? Denkt einfach daran, warum ihr hier seid. Ihr wurdet auserwählt, weil ihr brillant seid, weil ihr die besten Schülerinnen seid, die Wendell zu bieten hat. Jetzt gebt euer Bestes. Ich bin mir sicher, dass jede von euch ihre eigenen Gründe hat, warum sie das Stipendium haben will – behaltet das im Hinterkopf. Wir drücken euch alle die Daumen. Denkt dran, wir wollen, dass jemand von Wendell gewinnt!»

Mrs. Kitts sieht uns der Reihe nach an, als sie mit ihrer kleinen Rede fertig ist. Sie justiert den Gürtel an ihrem grünen Faltenrock und zwinkert mir zu. Freya sieht das und schlägt die Autotür zu. Mrs. Kitts zuckt zusammen und fährt sich mit der Hand an die Brust. Verity läuft schnell zu Freya vor und hakt sich ein, während ich hinterhergehe. Träge schiebt sich der Londoner Verkehr vorbei. Wir umrunden das Gebäude einmal, bis wir den Eingang gefunden haben. Freya zeigt auf ein Schild, auf dem steht «Anne-Dunne-Interviews», darunter ein mit pinkem Textmarker hingemalter Pfeil. Wir gehen darauf zu und werden von einer kleinen Frau mit orangefarbenem Haar und mattrosa Lippenstift in Empfang genommen. «Hier entlang. Schule?», fragt sie und schwingt ihr Klemmbrett.

«Wendell Abbey», antwortet Mrs. Kitts, bevor sie sich die Nase mit einem Spitzentaschentuch putzt. «Kalt, nicht wahr?» Die Frau antwortet nicht, streicht nur unsere Schule mit einem energischen Strich von der Liste und geleitet uns hinein. Mrs. Kitts wirft ihr einen Seitenblick zu und zuckt, an uns gewandt, verschwörerisch mit den Achseln. Verity lacht laut auf. Wir sollen auf grauen Plastikstühlen Platz nehmen und bekommen ein Glas Wasser, einen Stift und einen kleinen Notizblock. Neun andere Mädchen warten in dem Raum, von denen ich keine kenne. Alle sagen Hallo, als wir hereinkommen, dann wird es still, abgesehen vom ab und zu geflüsterten «Viel Glück». Auf einem großen Whiteboard stehen unsere Nachnamen in alphabetischer Reihenfolge, demnach wird Verity als erste von uns dran sein. Sie dreht sich zu Freya und macht eine übertriebene Daumen-hoch-Geste, wendet sich dann an Mrs. Kitts und hält pseudomäßig die gekreuzten Finger in die Luft. Mrs. Kitts nickt in Richtung der Tür, wo die Prüfer warten. Verity springt auf, ihr kariertes Federmäppchen und eine merkwürdige grau melierte Stoffschlange in der Hand, die wohl eine Art Maskottchen ist.

Nach ungefähr zwanzig Minuten kommt sie zurück in den Raum gehüpft und setzt sich atemlos und aufgekratzt neben Freya. Vor mir ist noch ein anderes Mädchen dran, also habe ich noch zwanzig Minuten, um mich zu sammeln. Solange Verity in der Nähe ist, kann ich allerdings keinen sinnvollen Gedanken fassen. Ich kann sie beinahe riechen, so nah ist sie. Dieser Geruch ist zuerst süßlich, gerinnt aber dann zu einer abgestandenen, überfließenden Widerwärtigkeit.

Verity sieht sich im Raum um, blickt zu Mrs. Kitts und den anderen Lehrern, die sich mittlerweile unterhalten. Sie kritzelt etwas auf ihren Block. Freya folgt ihrem Blick auf das Papier, und ich kann nicht anders, als selbst hinzuschauen. «Israelische Außenpolitik», steht da. Ganz schön gefährlich, denke ich. Verity will Freya so unbedingt helfen, dass sie bereit ist, zu mogeln. Als sie meinen Blick auffängt, macht sie eine große Show daraus, den Block mit ihrer Hand zu verdecken und noch etwas zu notieren. Sie prusten beide vor Lachen, und mein Magen dreht sich um. «Psst», macht Mrs. Kitts und hebt entschuldigend die Hand in Richtung der anderen. Israelische Außenpolitik? *Das kann ich.* Alle politischen Ereignisse blitzen in meinem Kopf auf, dazu die Daten und passende Zitate. *Danke, Gehirn*, denke ich. *Du kannst mir nicht das Wasser reichen, Verity.*

«Kann ich zur Toilette gehen, Mrs. Kitts?», fragt Verity. Sie hat den Zettel zerknüllt und unter ihren Pulli gestopft.

«Natürlich. Es ist dort drüben, glaube ich.» Ich überlege, etwas zu sagen, aber es ist zu gefährlich und heikel. Wenn ich sie verrate, stehen letztlich Veritys und Freyas Wort gegen meines. Das Mädchen, das vor mir dran war, kommt nach zehn Minuten aus dem Prüfungsraum und fummelt an ihren Haaren herum. Als sie die Tür hinter sich zuzieht, fängt sie an zu weinen. Ihre Lehrerin eilt herbei und reicht ihr ein Taschentuch. «Es ist okay», sagt sie beruhigend. «Es wird besser sein, als du denkst. Das ist immer so.»

«Josephine Grey», ertönt eine Stimme hinter der Tür.

«Viel Glück», flüstert Mrs. Kitts.

«Herein, herein», ruft die Stimme. Ich betrete den Raum und setze mich, ohne aufgefordert zu werden. Da sind drei Prüfer, alle männlich. Derjenige, der mir direkt gegenübersitzt, macht den Anfang. Während er spricht, reibt er sich über den Bauch, als hätte er gerade eine reichhaltige Mahlzeit verspeist.

«Schön. Josephine Grey. Wir haben nur Gutes von Ihnen gehört. Wie ich sehe, sind Sie Schulsprecherin? Mrs. Allen hat Ihnen ein phantastisches Zeugnis ausgestellt.»

«Danke schön», sage ich. «Das ist sehr freundlich.»

«Also, sind Sie bereit, loszulegen?»

«Ich bin bereit, ja.»

Er zieht sich am Ohrläppchen und sieht die anderen Prüfer an. «Soll ich anfangen?», fragt er an beide gewandt.

Dann fährt er fort, ohne eine Antwort abzuwarten: «Also, heute befragen wir alle zu demselben Thema: Wir würden gern wissen, was Sie über den Rinderwahnsinn denken, und was hätte unternommen werden müssen, um den Ausbruch zu verhindern. Was hätten Sie anstelle des Premierministers getan? Welche Maßnahmen hätten Sie ergriffen, um die Seuche zu stoppen?»

«Rinderwahnsinn?»

«Ja, Sie haben es doch in den Nachrichten verfolgt?» *Verity, du Miststück.*

«Selbstverständlich, klar, ich sehe die Nachrichten.» Außerdem redet mein Vater ununterbrochen über das Thema.

«Nun, wie schätzen Sie die Situation ein?» Durch Veritys Fehlinformation erwischen sie mich derart auf dem falschen Fuß, dass ich anfange zu stottern.

«Ich … Ich, also, es ist sehr interessant, weil …»

«Weil?» Der dickste der drei schlägt kurz seine Beine übereinander.

«Ich meine …»

«Wissen Sie etwas darüber? Wir können Ihnen eine Hilfestellung geben.»

«Ja, natürlich. Ich meine, selbstverständlich weiß ich Bescheid. Sie müssen mir keine Hilfestellung geben.»

«Großartig. Dann würden wir gern vor allem über die neuesten Enthüllungen sprechen.»

Ich bin wieder auf Kurs, liefere aber keine Bestleistung ab. Meine Antworten sind ungenau, und ich zittere leicht. Als ich das Prüfungszimmer verlasse, sind Freya und Verity noch da. Freya lacht wieder, aber ich sehe einen Hauch von Schuldgefühl in ihrem Blick. Das Schlimmste an der ganzen Sache ist ihre Gemeinheit. «Wie war's?», fragt Verity fröhlich.

«Es lief gut. Danke.»

Als jeder auf der Liste seine Prüfung beendet hat, kommt Mrs. Kitts zu uns und setzt sich neben Freya.

«Wie war es?»

«Super. Gut», antwortet Freya.

«Es lief wirklich gut», sagt Verity und wirft mir einen Blick von der Seite zu. Ich bekomme kaum Luft. Sollte ich etwas sagen? Ihr Wort gegen meins. Aber dann wird mir klar, dass sie fragen werden, warum ich nicht gleich etwas gesagt habe, was mich zur Komplizin macht. Die nächsten paar Stunden verbringen wir damit, einen Essay über ein anderes Thema zu schreiben. Als wir alle fertig sind, kommt Mrs. Kitts und sammelt unsere Bögen ein, wobei sie jedem von uns über die Schulter reibt.

«Puh. Fertig. Gute Arbeit, Leute. Pizza?»

«Klar, Jenny», sagt Freya und schließt dann kurz die Augen. «Ich meine, Mrs. Kitts.» Verity und ich sehen sie verwirrt an, aber ich bin zu müde und habe es gleich wieder vergessen.

Wir marschieren zum Auto und fahren ins Restaurant. Wir können es kaum erwarten zu erfahren, wer Anne Dunnes Krone tragen wird. Ich sehe Freya an, die kleine Stücke Pizza in der Serviette versteckt hat, die neben ihr liegt. Sie hatte immer einen gesunden Appetit, selbst nach dem Tod ihrer Mutter, aber wenn ich mir ihre momentane Figur betrachte, bin ich ziemlich sicher, dass die Pizza direkt in den Müll wandert. Als Mrs. Kitts sie anspricht, versucht sie, sich ein kleines Stück in den Mund zu schieben, aber ihre Hände zittern zu stark. Letztendlich lässt sie es auf den Boden fallen. Verity saugt einen langen Käsefaden ein und kaut inbrünstig.

Ich weiß nicht, warum Freya mir diese Falle gestellt hat. Oder bei Veritys Plan mitgemacht hat. Stünde dieser Vorfall für sich, könnte ich bestimmt damit umgehen. Aber da sie sich auch in der Kapelle über meine Mutter lustig gemacht hat, muss ich etwas unternehmen. Ich denke daran, was Sally erzählt hat. Freya, wie sie eine Verrückte nachahmt. Das Bild von ihr verzerrt sich zum Gesicht meiner Mutter, ihre leeren

Augen, flackernd von den Medikamenten. Dieser Verrat trifft mich besonders hart. Ich frage mich, wozu sie sonst noch fähig ist. Ob sie es jemandem erzählen wird, nur, um mich zu ärgern. Und dann ist da noch Verity, die mich hasst, weil ich Schulsprecherin bin, mich hasst für Gott weiß was noch. Mir wird richtig übel davon, ihr beim Essen zuzugucken. Und als ich den nächsten Bissen im Mund habe und die würzige Tomatensoße meinen Gaumen berührt, weiß ich, wie die Schlagzeile in der *Lupe* lauten wird, die Freya zu Fall bringen wird. Danach wird ihr niemand mehr glauben, selbst wenn sie etwas sagen würde. Und nun, nach dem heutigen Tag, wird Verity mit ihr untergehen.

2014

Wie kann es sein, dass ein Brief Ihrer Mutter Ihnen solche Angst macht?»

Dr. McKinnie riecht so sauber und frisch, dass mir Apfelgärten und saftige Wiesen in den Sinn kommen. Es wirkt fast hypnotisierend, aber ich zwinge mich, an die krakelige Handschrift meiner Mutter zu denken.

«Verstehen Sie das nicht? Sie schreibt, dass ich wie sie werde. Ich werde die Krankheit bekommen. Ich bin eine tickende Zeitbombe. Sehen Sie das nicht?»

«Okay, Josephine. Könnten Sie ihn noch mal vorlesen? Von Anfang an.»

Ich nehme den Brief und fange an zu lesen. Zunächst nur den Anfang. Mir ist es zu peinlich, den Rest vorzulesen. Dr. McKinnie weiß nicht, was sie sagen soll.

Sie ringt um die richtigen Worte. Dann erhebt sie sich und geht zu dem weißen Tisch neben der Tür, um mir ein Glas Wasser aus einem schwarzen Keramikkrug einzugießen. Daneben steht eine schlanke weiße Vase mit einer violetten Orchidee. Sie stellt das Wasser vor mich hin und setzt sich wieder, rutscht mit dem Stuhl näher heran.

«Es bedeutet nicht, dass Sie krank werden.»

«Ich weiß. Ich weiß, dass sie das nicht mit Sicherheit sagen kann. Aber sie kann es spüren. Sie war sehr intuitiv, meine Mutter, sehr klar, selbst in ihren dunkelsten Momenten. Sie wusste – oder fühlte – Dinge, die niemand sonst wahrnahm. Und auch wenn ich das nicht für bare Münze nehmen kann, ist es, als wäre meine Seele zu einem Gefäß für ihre Ängste geworden, ihre Dämonen. Ihre Halluzinationen. Es ist alles in mir drin. Und ich habe ihre Krankheit ausgelöst.» Ich lese den Brief noch einmal.

Josephine, Josephine. Ich sah es an dem Tag, als du mit deinem Vater über Politik oder irgendwas anderes gestritten hast. Da war etwas in deinen Augen. Etwas, das ich bei mir selbst gesehen habe, bevor ich krank wurde. Ich habe es schon gesehen, als du noch jung warst. Es ist in dir. Die Art, wie du deine Hand bewegst. Dein blasses Gesicht, deine Seele. Du bist ich. Ich bin du. Fragst du dich nie, warum dein Vater immer arbeitet? Warum er manchmal Angst hat, dich anzuschauen? Nicht ertragen kann, in deiner Nähe zu sein? Und in meiner? Wir haben etwas gemeinsam! Er weiß, was das Leben für dich bereithält. Es ist nicht angenehm. Es ist nicht schön. Ich weiß. Aber bald werde ich es nicht mehr wissen. Ich werde mich vor Schlimmerem bewahren. Und eines Tages – das verspreche ich dir – wirst du das Gleiche tun müssen. Es ist beängstigend, so leben zu müssen. Aber es wird alles gut.

«Wirklich?», fragt Dr. McKinnie. «Sie glauben, dass jemand diese Macht haben kann? Jemand paranoid schizophren zu machen? Erkennen Sie das nicht? Sie schrieb das, als sie bereits krank war. Sie bringt ihre eigenen Ängste zu Papier.»

«Ich weiß. Aber *ich bin* ihre Angst. Ihre eigene Tochter. Ich habe sie zu dieser verängstigten Person gemacht.»

«Nein, Josephine. Sie liebt Sie. Vergessen Sie das nicht. Sie mag nicht fähig gewesen sein, es auszudrücken, aber denken Sie daran: Wo Liebe ist, ist Angst.»

Ich mache ein Geräusch, das wie ein Prusten klingt. Dr. McKinnie reicht mir ein Taschentuch.

«Und was ist mit dieser Freya?»

Wie kommt sie jetzt auf sie? Kennt sie Freya? Will sie mir Informationen entlocken?

«Nichts. Ich verstecke mich vor ihr.»

«Sie verstecken sich?»

«Ja, genau. Ich meine, ich … sie ist wirklich überall.» Ich muss lachen, weil ich das Gefühl habe, mich nicht mehr vernünftig ausdrücken zu können, und Dr. McKinnie macht sich mehr Notizen, indem sie auf ihrem kleinen iPad herumtippt.

«Josephine, denken Sie, Sie brauchen vielleicht eine Auszeit?», sagt sie dann.

«Eine Auszeit?» Ich lache wieder und bekomme Schluckauf.

«Genau. Sie haben viel durchgemacht. Ihre Arme sehen aus, als hätten Sie sich gekratzt.» Ich sehe hinab. Sie hat recht. Meine Arme sind übersät von roten Stellen. Ich habe keine Ahnung, wo sie herkommen.

«Versuchen Sie mich einweisen zu lassen? Sehen Sie! Sie denken, ich bin wie meine Mutter, oder nicht?» Ich fege ihr iPad von ihrem Schoß, und es fällt auf den Boden. Dr. McKinnie zeigt keine Regung. Dann berührt sie meinen Arm, eine merkwürdige Geste des Mitgefühls. Ich sehe auf das erloschene Display auf dem Boden und dann in Dr. McKinnies Gesicht. Sie nickt und sagt, dass es okay ist. Ich will sie fragen, ob ich das wirklich gerade getan habe, aber ich habe zu große Angst vor der Antwort. «Nein, Sie sind überhaupt nicht wie Ihre Mutter», beruhigt sie mich. «Ich glaube einfach, Sie brauchen eine Pause.»

1996

Ich habe keine Gelegenheit, groß über das Bewerbungsgespräch nachzudenken. Am nächsten Morgen habe ich ein halbstündiges Telefoninterview mit dem Premierminister für *Die Lupe*. Mrs. Kitts hat mir erlaubt, den Apparat in ihrem Büro zu benutzen. Zum Glück begegne ich Freya nicht, und sie kann mich nicht aus dem Konzept bringen. Aber über ihre gestrige Aktion nachzudenken hilft mir, mich zu fokussieren, und das Interview läuft exzellent. Der Premier sagt, dass er sich gut an mich erinnert. Zunächst macht er etwas Smalltalk, fragt nach der Schule und anderen Dingen, die mein Vater erwähnt haben muss. Dann sprechen wir über ernstere Themen, kommen vom einen zum anderen, und es dauert viel länger, als vorgesehen war. Ich habe seitenweise Notizen. Ich drücke sie an meine Brust, als sich das Gespräch dem Ende zuneigt. *Die Lupe* wird herausragend dieses Jahr. Unschlagbar.

«Ich habe unsere Unterhaltung sehr genossen», sagt er abschließend. «Dein Vater kann stolz sein. Vielleicht kannst du eines Tages für mich arbeiten.»

Nachdem er aufgelegt hat, sitze ich noch einen Moment still da, fast sprachlos vor Glück. Für den Premier arbeiten. Gibt es irgendetwas, das weiter entfernt sein könnte von meiner Mutter – zerfressen von Angst, ein paranoides Wrack?

Mein Glücksmoment wird gestört, als ich Mrs. Kitts Büro verlasse und mir eine von den Jüngeren, die auf mich gewartet hat, eine handgeschriebene Notiz gibt.

Bitte komm direkt nach dem Mittagessen in mein Büro wegen des Anne-Dunne-Stipendiums. Mrs. Allen.

«Danke, Diana. Du kannst jetzt gehen.» Ich verscheuche die ängstliche Achtklässlerin mit einer Handbewegung, und sie läuft davon. Nach dem Essen mache ich mich auf den Weg zu Mrs. Allens Büro. Freya und Verity sehen mich nicht an, als sie kurz nach mir den Raum betreten. Freya kommt mit großen Schritten herein, doch ich kann sehen, dass ihr Mund zuckt, und Verity drückt nervös auf etwas herum. Mrs. Allen lässt sich wie immer nichts anmerken.

«Danke, dass ihr gekommen seid. Ich werde es kurz machen», verkündet sie. «Als Erstes möchte ich sagen, dass wir alle sehr stolz sind auf eure Nominierungen. Das war keine kleine Leistung.» Ich beobachte Freya, ob sie wenigstens den Anstand hat, beschämt zu gucken. Sie sitzt auf der Stuhlkante, ihre Hände im Rock vergraben. *Denk daran, wen du gerade interviewt hast*, sage ich mir selbst.

«Gut. Ich habe von den Prüfern gehört, dass ihr alle außerordentlich beeindruckend wart. Ein paar Dinge sind besonders aufgefallen. Verity, sie waren sehr angetan von deinem Wissen über die Politik der Regierung. Freya, sie mochten deine Herangehensweise bei der Frage, was du anstelle des Premiers tun würdest. ‹Höchst originell›, haben sie notiert.» Freya, die sich gerade den Nacken gekratzt hat, lässt die Hand sinken und lächelt. «Wirklich?»

«Ja, wirklich. Schau nicht so überrascht.»

«Und Josephine, zu dir haben sie gesagt, dass du dich sehr gut geschlagen hast bei der Diskussion über neue politische Ansätze.»

«Danke, Mrs. Allen.»

«Nein, ich danke euch. Es muss ein sehr anstrengender Tag gewesen sein. Und nun kann ich euch von eurem Elend erlösen.»

Mrs. Allen nimmt die Brille ab und klopft mit den Fingerknöcheln auf die Tischplatte – ein offensichtlicher Versuch, Zeit zu gewinnen. Allein diese kleine Geste verrät mir, was sie gleich sagen wird.

«Verity», sagt sie, sieht dabei aber mich an, «du bist die neue Anne-Dunne-Stipendiatin.»

«Nee, oder?» Sie klatscht sich mit Freya ab. Die Wände kommen näher, ziehen sich zusammen wie mein Herz und meine Lunge, und ich will wegrennen. Der alles verschlingenden Schande entkommen. Meine Wangen werden ganz heiß. Das ist mir bislang nur ein einziges Mal passiert, letzten Sommer, als Freyas Bruder Leon mich beim Umziehen am Pool gesehen hat. «Gut gemacht. Deine Bewerbung wird nicht berücksichtigt, da du über das Stipendium automatisch einen Studienplatz bekommst. Du musst aber trotzdem auf deine Noten kommen, also ruh dich nicht auf deinen Lorbeeren aus. Noch einmal an euch alle: Bravo, dass ihr nominiert wurdet, und euch beiden viel Glück mit euren Bewerbungen.»

Wir verlassen Mrs. Allens Büro, und ich beglückwünsche Verity. Sie glotzt mich lange an. Sie versucht, nicht zu grinsen, und Freya, die dünne, blasse, elend aussehende Freya, fühlt sich auch dazu veranlasst zu grinsen. Zwei Stunden später erreicht mich eine handgeschriebene Notiz von Mrs. Allen, überbracht von einer Neuen während des Sportunterrichts: *Komm auf eine Tasse Tee vorbei. Vier Uhr in meinem Büro. Mrs. Allen.*

Es ist fünf vor vier, als ich aus der Sporthalle eile. Ich trage immer noch mein Lacrosse-Outfit: ein kurzer blauer Faltenrock und ein weißes Trikot. Dass draußen minus zwei Grad sind, ist mir völlig egal.

«Mrs. Allen», sage ich und trete ein, bevor sie mich hereinbitten kann.

«Josephine. Nimm Platz, setz dich.» Mrs. Allen nimmt ihre Brille ab und legt einen Arm auf dem Schreibtisch ab.

«Es darf nicht deine Leistung beeinträchtigen.»

«Meine …?»

«Deine Leistung. Als Schulsprecherin. Als eine der besten Schülerinnen, die Wendell Abbey je hatte. Wenn ich ehrlich bin, kann ich mir nicht erklären, was passiert ist. Ich habe mich darauf verlassen, dass du gewinnst.»

Ich blicke auf meine Füße herab. «Ich mich auch.»

«Es ist eine Enttäuschung. Aber offenbar haben sie nach etwas Speziellem gesucht. Vielleicht Eifer.»

«Ich weiß nicht, was passiert ist», sage ich und denke: *Ich weiß ganz genau, was passiert ist.*

«Nun, ich werde kein großes Theater darum machen. Ich schätze, jeder hat damit gerechnet, dass du es kriegst, also werden wir nicht noch extra die Aufmerksamkeit darauf lenken, ja?»

«Mrs. Allen, ich … ich …»

«Ja, bitte?»

«Nichts.» Für eine Minute, nur für eine Minute, hatte ich daran gedacht, alles zu erzählen: von jener schrecklichen Nacht, dem Streit mit Freya, Verity. Ich weiß, wenn mir jetzt nur ein einziges Wort herausrutscht, laufe ich Gefahr, alles umzustürzen. Vielleicht könnte Mrs. Allen mir helfen? Doch mir wird klar, dass sie nicht die Richtige dafür ist. Mrs. Allen geht es um Erfolg. Das rechtschaffene Betragen der Wendell-Mädchen, die Verbundenheit mit der Schule und natürlich Leistung. Wenn ich an der Basis unserer Beziehung rüttle, könnte mein eigener Erfolg für immer vorbei sein. Ich bin ihre Schulsprecherin. Sie erwartet nicht weniger von mir als mein Allerbestes. Hingabe. Loyalität. Stärke. Ergebnisse. Mit diesem Gedanken schließe ich meinen Mund wieder und blicke sie nicht an.

«Ich werde alles hinbekommen», sage ich.

Mrs. Allen nimmt ihre Brille ab und steckt sie ins Etui, lässt es zuschnappen. «Ich habe nichts anderes gedacht. Und jetzt kein Wort mehr. Geh einfach zurück an die Arbeit und vergiss, dass es jemals passiert ist.»

Ich gehe zum Telefon im Hauptgebäude und rufe meinen Vater an per R-Gespräch. Auf dem Gang ist es still, alle sind beim Tee. Zum ersten Mal geht er selbst ans Telefon.

«Ich dachte, du solltest es von mir erfahren, bevor du es von Rollo hörst.» Ich verschlucke die Worte, kann nicht weitersprechen.

«Josephine? Ich kann dich nicht gut hören. Sprich lauter.»

Ich räuspere mich und berichte ihm vom Stipendium, dass ich nicht meine Bestleistung abgeliefert habe. Wie schockiert Mrs. Allen gewesen ist. «Sie war wirklich sehr überrascht», sage ich in der Hoffnung, es könnte seine Enttäuschung abmildern.

«Nun, ich muss sagen, ich bin auch ziemlich überrascht. Hast du denn hart genug gearbeitet?», fragt er.

«Habe ich. Keine Ahnung, was passiert ist.» Es bleibt nicht mehr viel Zeit zum Reden. Ich höre Türen zuschlagen und

Stimmen auf dem Korridor. Gleich fangen die Nachmittagsgruppen an, und ich muss aus dem Gebäude, bevor jemand mitbekommt, wie stark ich zittere. Mein Vater klingt gelassen, nicht übermäßig aufgebracht, aber dann sagt er: «Leg noch nicht auf. Morgen sehe ich deine Mutter. Hatte gehofft, ihr ein paar gute Nachrichten verkünden zu können. Hast du irgendwas anderes, das ich ihr erzählen kann?»

Freya, Verity, wie konntet ihr es wagen. Ihr seid der Grund, warum ich dieses Gespräch führen muss. Ihr habt mich bloßgestellt vor meinem Vater und Mrs. Allen. Vor allen.

«Ja», antworte ich. «Sicher. Sag ihr, dass ich viel für die Schulzeitung arbeite. Dass es der Höhepunkt des Jahres für die Schüler und die Schule werden wird.» Ich beuge mich vor, bereit, das Gespräch zu beenden. «Das sollte seinen Zweck erfüllen», sage ich, bevor ich langsam den Hörer auflege.

Am nächsten Tag treffe ich Sally Aylsford auf dem Gang. Sie hat sich bei Minnie Adams eingehakt. Sally weint, Gott weiß, warum. Sie blickt zu mir auf. Ich gebe ihr ein Zeichen, mich zu begleiten.

«Geh schon mal vor, Minnie. Ich treff dich bei der Chorprobe, ja?»

«Klar.» Minnie winkt mir zu mit einem dümmlichen Grinsen im Gesicht. Ich weiß nicht, was ich darauf erwidern soll, also lächle ich kurz und wende mich Sally zu.

«Kommst du mit zum Vertrauensschülerraum?» Sally wischt sich aufgeregt die Tränen aus dem Gesicht.

«Dann los!» Sie hält mir den Arm hin, damit ich mich einhake, aber ich ignoriere sie.

«Hoffentlich ist es da ruhig. Alle sind gerade im Unterricht oder auf dem Sportplatz.»

Sally betrachtet den weiß gestrichenen Raum und wirft sich auf ein dunkelblaues Sofa, das übersät ist mit Toast- und Kekskrümeln.

«Wow. Du hast so ein Glück.» Sie zeigt auf den Toaster und einen Schrank voll mit Süßigkeiten. Ich reiche ihr ein Mars, das sie sofort aufreißt und sich in den Mund stopft.

«Gut. Ich mach es kurz. Die Klingel geht in etwa zehn Minuten. Milch?»

«Ja, bitte.»

«Hast du jemandem von der Sache erzählt?»

«Keinem. Ich schwöre. Kleiner-Finger-Schwur.» *Kleiner-Finger-Schwur?* Um Himmels willen, ich weiß nicht, wie lange ich das noch aushalte.

«Schön. Und alles, was du letzte Woche erwähnt hast, ist wahr?» Sally nickt so heftig, dass ich fürchte, sie könnte sich den Hals brechen. «Fein. Und wenn alles gut läuft, spreche ich mit Mrs. Allen. Darauf hast du mein Wort. Im Gegenzug will ich deine Zusicherung, dass ich mit deinem ‹Wer ist es?›-Beitrag machen kann, was ich will.»

Wieder geht das Genicke los.

«Ich habe das nicht von dir, okay? Was auch immer passiert, nichts verweist auf einen von uns. Es wird so sein, dass ich absolut nichts wusste von der ganzen Sache. Jemand hat es in die finalen Druckfahnen geschmuggelt. Okay? Ich weiß noch nicht, wie ich das genau anstelle, aber ich kriege das schon hin. Und dein anonymer Brief, du hast nirgendwo eine Kopie, oder?»

Sally schüttelt leicht den Kopf.

«Sicher?»

«Sicher.»

«Wo hast du ihn ausgedruckt?»

«Zu Hause.»

«Also kann ihn niemand in der Schule gesehen haben.»

«Absolut nicht. Versprochen.»

«Gut.»

«Noch etwas?»

«Nein, ich denke nur nach.» Ich lege mir einen Finger auf die Lippe, und Sally sitzt mittlerweile auf der Kante des Sofas. Sie stört meinen Gedankenfluss. Ich drehe ihr den Rücken zu.

«Josephi–»

«Pst. Gib mir eine Minute.» Als die Glocke ertönt, scheuche ich sie aus dem Raum.

«Warte kurz», sage ich an der Tür. «Denk dran. Nichts. Nicht ein Wort. Genau, wie ich dafür sorgen kann, dass Mrs. Allen deiner Bewerbung zustimmt, kann ich sie genauso gut davon abhalten. Dafür braucht es nur ein falsches Wort von dir. Denk dran, in Ordnung?»

Sally grinst, reckt den Daumen hoch, und schon ist sie weg.

2014

In meinem ganzen Leben hat mir noch nie jemand nahegelegt, dass ich eine Pause bräuchte. Während der Schulzeit war ich diejenige, die alle Hürden nahm, die mir in den Weg gestellt wurden. Bis zu der Sache mit Freya natürlich. Aber selbst danach habe ich mich durchgeschlagen, habe jede einzelne Sekunde des Tages als Chance gesehen, etwas Sinnvolles zu tun.

Als Dr. McKinnie meinte, ich bräuchte eine Pause, war ich ihr zunächst dankbar. Doch schon bald darauf folgte eine heftige Abwehrhaltung, ich wollte ihr beweisen, dass ich nichts Derartiges brauchte. Ich beschließe, mich zu Hause zu vergraben und vom «Krankenbett» aus zu arbeiten.

Dafür fahre ich zunächst zur British Library und kopiere einen ganzen Haufen Artikel. Ich weiß gar nicht genau, was ich da zusammentrage, aber als ich die Bibliothek verlasse, ist mein Rucksack voll mit Papier. Ich nehme die Bahn und erstehe ein paar archäologische Bücher bei Foyles in der Charing Cross Road. Dann spaziere ich nach Hause, und das Gewicht meiner Besorgungen fühlt sich gut an – emotionale Belastung und physische Last gleichen sich aus.

Bevor ich mich an den Schreibtisch setze, fühle ich den Drang, in das Zimmer meiner Mutter zu gehen. Ich stelle meinen Kram im Flur ab und rufe nach meinem Vater, aber er ist nicht zu Hause.

In ihrem Zimmer ist es eigentümlich warm, ganz im Gegensatz zum restlichen Haus. Ich ziehe meinen Pulli aus und sammle ihre übrigen Dinge ein, das Zeug, das mein Vater und ich bislang nicht sortiert hatten. Ich werfe alles in eine Ecke, dabei gehen einige Porzellanschüsseln und -tassen zu Bruch. Halbzerrissene Bücher landen auf dem Haufen und all der Müll meiner Mutter: Make-up, alte Fetzen, Nippes – darunter Spielzeug vom Flohmarkt, Hundemarken, triste, völlig verbogene Broschen. Ich laufe ins Erdgeschoss, hole ein paar Müllsäcke und schaufle den Kram so schnell ich kann hinein.

Als ich fertig bin, läuft mir Blut den Arm herab, ich muss mich an etwas geschnitten haben. Der Anblick versetzt mich zurück an jenen Morgen, den Morgen danach, als mein Kopf während des Frühstücks zu bluten anfing. Ein kleines Rinnsal, das sich meinen Arm hinabschlängelte. Ich weiß noch, dass ich nicht unterscheiden konnte, was Ketchup war und was Blut. Der Geschmack. Metallisch, salzig, süß, alles vermischt. Ich muss würgen.

Dann überkommt mich eine Art Vorahnung, als hätte man mir kurz vor der Hinrichtung eine Kapuze übergezogen. Ich bin so verängstigt, so überwältigt, dass ich mein Tafil suche, aber ich kann es nicht finden. Das Valium hat nichts gebracht, obwohl die zwei Pillen, die ich vor einiger Zeit eingeworfen habe, mittlerweile angeschlagen haben müssten. Ich rufe Dr. McKinnie auf ihrer privaten Nummer an und bitte sie um ein weiteres Rezept.

«Sprechen Sie langsamer, ich verstehe nicht, was Sie mir sagen wollen.» Ich erzähle weiter, aber sie sagt immer noch, dass es keinen Sinn ergibt und ich atmen solle, atmen, atmen. Ich höre, wie sie die Luft in ihre Lungen zieht. «Genau so», sagt sie. Ich teile ihr mit – zumindest glaube ich das –, dass ich sofort vorbeikomme.

1996

Das Layout steht, und *Die Lupe* kann fast in den Druck. Ich habe Stunden damit zugebracht, über den Texten und Fotos zu grübeln und sie mit dem Redaktionsteam perfekt zu machen.

«Keine Fehler», schärfe ich ihnen ein. Ich erinnere sie daran, dass ich den Premier interviewt habe und wir es uns nicht leisten können, dass etwas schiefläuft. Um Himmels willen, der *Premierminister*. Ich hoffe, die Presse berichtet darüber. Es ist definitiv die beste Ausgabe geworden, und ich bin ganz elektrisiert. Niemand wird mehr daran denken, dass Verity das Stipendium bekommen hat. Freya wird ein für alle Mal schweigen, und alles wird seinen gewohnten Gang gehen. Ich werde so sein, wie Mrs. Allen und alle anderen es von mir erwarten. Keine Fehler mehr.

Es ist Montagmittag. Das Wochenende ist dafür draufgegangen, dass ich drei Artikel komplett neu schreiben und fehlende Fotos einsammeln musste. Ich muss alles noch mal mit Verity durchgehen, schließlich soll sie mir bei der Schlussredaktion zur Hand gehen. Nicht dass sie bislang groß etwas beigesteuert hätte. Sie hat nur wenig Interesse gezeigt und mir stattdessen von ihrem Lacrosse-Turnier in St. Margarets erzählt.

«Wir haben gewonnen, und ich habe das Siegtor geschossen», erzählt sie beim finalen Durchgang. «Also, Margot kommt rein, haut einem armen Mädchen ihren Schläger ans Bein und …» Ich frage mich, warum sie überhaupt mit mir spricht, nach allem, was passiert ist. Hat sie es vergessen? Oder fühlt sie sich schuldig? Merkwürdig ist es allemal.

«Verity, möchtest du noch mal den Leitartikel lesen? Du kannst auch den Rest lesen, nur nicht die letzte Seite. Du weißt ja, der Tradition nach darf nur die Schulsprecherin sie sehen.» Damit meine ich die «Wer ist es?»-Seite, die noch nicht eingefügt ist.

«Nein. Ich bin mir sicher, du hast alles im Griff», erwidert sie. Das kommt mir sonderbar vor. Normalerweise würde mir Verity über die Schulter linsen und jede Gelegenheit nutzen, einen Fehler anzumerken. «Braucht man wirklich das Komma hier?», würde sie sagen. Stattdessen könnte sie kaum weniger Interesse zeigen. Und dann ist mir schlagartig klar, wie ich es mache.

«Verity?», sage ich. «Das habe ich ganz vergessen zu erwähnen: Ich werde morgen ziemlich im Stress sein, und wir sollten ja eigentlich gemeinsam daran arbeiten ...»

Verity spannt ihre Halsmuskeln an. «Ja, tut mir leid. Ich ... Ich war ein bisschen nachlässig. Es ist halt nicht wirklich mein Interessenbereich – wo ich kompetent bin.»

«Das macht auch nichts, aber du wirst nun mal als Co-Chefredakteurin im Impressum stehen. Wenn du also die finalen Korrekturfahnen morgen in die Druckerei bringen könntest, wär das ganz toll. Das wüsste ich wirklich zu schätzen.»

«Natürlich», sprudelt es aus ihr hervor. «Definitiv. Alles, was ich tun kann, um wiedergutzumachen, dass du die ganze Schufterei übernommen hast. Und danke. Dass du meinen Namen aufnimmst. Das ist echt anständig von dir. Ich bin ja nicht wirklich da gewesen. Also ja, selbstverständlich bringe ich sie zur Druckerei.»

«Willst du die Druckfahnen jetzt ansehen? Mit mir gemeinsam? Damit du sehen kannst, was reingekommen ist? Vielleicht willst du noch was ändern?» Ich kenne ihre Antwort schon, bevor sie den Mund aufmacht. Deshalb habe ich sie gefragt. Verity guckt auf die Uhr.

«Also, tut mir leid, aber …» Und ich weiß, dass sie sich niemals die Mühe machen wird, die Fahnen morgen vor der Abgabe noch mal anzusehen.

«Oh, das ist wirklich gar kein Problem. Solange du mir einfach bestätigen kannst, dass du's abgesegnet hast …»

«Okay. Hiermit abgesegnet.»

«Exzellent», sage ich. «Exzellent. Nur eins noch: Du musst mir versprechen, sie niemandem zu zeigen. Nicht Freya, niemandem. Wir treffen uns morgen um zehn vor neun am Tor und dann gebe ich sie dir. Sally Aylsford wird dich begleiten, um sicherzugehen, dass niemand hineinlinst. Okay?»

«Josephine … Ich werde nicht gucken, versprochen.»

«Schwörst du?» Ich versuche unbeschwert zu klingen, damit sie keinen Verdacht schöpft.

«Ich schwöre es.» Kann ich ihr vertrauen? Natürlich nicht, aber zumindest wird Sally dabei sein, um aufzupassen.

«Okay, ich habe Sally eh schon gesagt, dass sie mitgehen kann. Sie hat mir öfter bei Sachen geholfen, und ich hab ihr gesagt, sie wird im Impressum erwähnt, wenn sie ein paar Gelegenheitsjobs übernimmt.»

«Na schön. Kann ich jetzt gehen?», fragt Verity nun gelangweilt.

«Klar.» Als Verity schon fast aus der Tür ist, dreht sie sich noch mal um.

«Ich finde, du hast es echt super gemacht. Finde ich wirklich.» Ich kann sehen, dass sie es nicht ernst meint, vor allem, weil sie gar nicht weiß, was in der Zeitung drinsteht. Aber irgendetwas stimmt nicht. Sie gibt sich so viel Mühe, nett zu sein. Ihre Halsmuskeln stehen ungewöhnlich weit vor, als ihr Grinsen wahnsinnige Züge annimmt. Ich habe keine Zeit für so was. Ich packe alle Papiere zusammen, klemme sie mir unter den Arm und gehe zum Essen.

In der Schlange treffe ich Sally Aylsford. Sie ist verschwitzt. Wir gehen zusammen in den Speisesaal, vorbei an Mrs. McCready, die bei allen Mahlzeiten die Anwesenheit prüft.

«Sally, komm, wir setzen uns hierhin.» Sie hüpft herbei und wischt sich mit dem Ärmel übers Gesicht.

«Also. Morgen früh gehst du mit Verity zur Druckerei. Zehn vor neun. Ihr trefft euch am Schultor. Ich werde auch da sein. Achte darauf, dass sie die Druckfahnen die ganze Zeit in der Hand behält. Sie darf sie dir nicht geben, auch nicht für eine Sekunde», schärfe ich ihr ein. «Los. Wiederhol, was ich gerade gesagt habe.»

«Ich soll Verity morgen um zehn vor neun treffen. Schultor. Sie darf mir die Fahnen nicht geben, auch nicht für einen Moment.»

«Sei pünktlich. Selbst wenn jemand einen Herzanfall hat, komm *auf gar keinen Fall* zu spät. Okay? Wenn du das vermasselst, kassiere ich deine Oxford-Bewerbung. Und lass Verity auch nicht auf die Druckfahnen gucken. Klar? Ich bin mir ziemlich sicher, dass sie es nicht tut. Sie scheint überhaupt nicht interessiert zu sein. Aber falls sie es versucht, sag ihr, dass du's mir weitererzählst. Schaffst du das?»

«Kleiner-Finger-Schwur.» Dieses Mal nehme ich den Finger an, den sie ausstreckt, und hake mich ein.

«Kleiner-Finger-Schwur», sage ich seufzend.

Nach dem Essen habe ich eine Besprechung mit Mrs. Allen in ihrem Büro. Ich habe darum gebeten. Sie trägt ihre private Kleidung, so habe ich sie noch nie gesehen. Schwarze Cordhosen und darüber einen Steppmantel. Der Schal um ihren Hals ist dunkelviolett. Er lässt sie blässlich wirken.

«Sie sehen ... anders aus», sage ich. «Hübsch.»

«Danke. Setz dich. Wie geht es dir? Meisterst du alles? Die Bewerbung ist erledigt, wir können jetzt nur noch abwarten.»

«Dauert wohl vier oder fünf Wochen. Es ist bald Bewerbungsschluss.»

Sie nickt. «Also, worüber wolltest du mit mir sprechen?»

Mrs. Allen legt ihre Fingerspitzen aneinander und erwartet gewichtige Neuigkeiten. Doch alles, was ich habe, ist das dämliche Gesuch von Sally Aylsford.

«Mrs. Allen, ich denke, Sie haben bei Sally Aylsford einen Fehler gemacht.»

«Fehler?»

«Ja. Bezüglich ihrer Oxford-Bewerbung. Ich denke, sie hätte das Zeug dazu. Sie hat mir versichert, wie hart sie dafür arbeiten würde.»

«Wolltest du mich deswegen sprechen?»

«Ja. Aber ... Ich denke einfach, sie hat etwas Besonderes ...»

«Das wäre?»

«Na ja, ich weiß auch nicht. Sie ist kreativ. Hat diesen Funken. Etwas Besonderes. Ich denke, sie ist einfach an dieser einen Prüfung gescheitert.»

«Gescheitert? Schätzchen, an der Universität von Oxford kann man nicht einfach so ‹scheitern›. Es ist kein Ort für Leute, die ‹scheitern›.»

Sie hat mich «Schätzchen» genannt. So nennt sie Leute wie Laila Hickman, die immerzu Probleme mit absolut allem hat. Ich atme tief ein und spiele die Karte aus, die ich für meinen Trumpf halte.

«Sie hat mich gebeten, sie für die Bewerbung zu coachen – und für danach, falls sie eingeladen wird. Und ich habe zugesagt.»

«Ich verstehe. Dürfte ich dich trotzdem daran erinnern, dass wir in Oxford einen Ruf zu verlieren haben?» Natürlich. Es geht immer nur um die Schule, darum, wie wir wahrgenommen werden. Das habe ich Freya immer wieder zu erklären versucht, aber sie hat es nie begriffen. Von *ihr* hat noch nie jemand irgendetwas erwartet.

«Ich weiß. Ich denke wirklich, dass sie es schaffen kann.» Es folgt eine Stille, die mindestens eine Minute andauert. Ich versuche, nicht die Luft anzuhalten.

Sie starrt mich durchdringend an, und für einen Moment denke ich, es ist alles verloren. «Na gut. Nun, den eigentlichen Bewerbungsschluss hat sie schon verpasst, aber falls sie ihre Bewerbung aus welchem Grund auch immer akzeptieren, dann kannst du sie betreuen. Wenn du deine Sache gut machst, hat sie wohl eine kleine Chance. Traust du dir das zu? Was ich meine, ist: Hast du die Zeit dafür? Mrs. Kitts erwähnte, du seist ein wenig aus dem Tritt gekommen in letzter Zeit. Sie ist besorgt. Denkt, du hast dir zu viel aufgehalst.»

«Zu viel? Nicht wirklich, Mrs. Allen. Ich liebe die Herausforderung. Das Stipendium habe ich abgehakt. Immer nach vorn schauen», zitiere ich ihre Lieblingsphrase. «Ich habe die Zeit. Ich werde sie zwei Stunden in der Woche unterrichten. Ausschließlich Geschichte. Das sollte genügen. Im Gegenzug wird sie etwas Papierkram erledigen, also habe ich auch etwas davon.»

«Fein. Ich vertraue deinem Urteil in dieser Angelegenheit. Enttäusch mich nicht.» Sie sieht mich dabei nicht an, was ich als Zeichen verstehe, dass das Gespräch beendet ist. Puh, das war deutlich einfacher, als ich gedacht hatte. Sie vertraut mir vorbehaltlos. Sie glaubt, dass ich dieses Mädchen in kürzester Zeit auf Oxford vorbereiten kann.

Am nächsten Morgen gehe ich zum Schultor. Es ist zehn vor neun. Sally wirkt, als würde sie schon seit Stunden warten. Sie trägt ihr Haar in einem strengen Pferdeschwanz, und ihr Nasenrücken glänzt vor Schweiß. Ich erzähle ihr, dass Mrs. Allen einverstanden ist und wir bald mit der Nachhilfe anfangen, sofern die Universität ihre verspätete Bewerbung akzeptiert und sie einlädt. «Sie werden die Verspätung hinnehmen, ganz sicher. Mein Vater wird dafür sorgen.» Sie kreischt kurz auf und boxt mir dann sanft in die Rippen. Verity kommt den Weg hinuntergerannt, den Lacrosseschläger in der Hand.

«Bin schon da!», ruft sie.

«Kein Problem», rufe ich zurück. «Lass dir Zeit.» Ich will sie auf Kurs halten, auch wenn ich das Gefühl habe, dass mir das Blut ins Gesicht schießt. Verity wirkt erstaunt über meine Freundlichkeit. Sie plustert sich auf.

«Wunderbar, J. Das wird eine großartige Ausgabe», sagt sie, als hätte sie das verdammte Ding redigiert.

«So ist es. Sally», sage ich ganz ruhig, «ich weiß, du wolltest auch in die Druckerei gehen. Gibst du Verity die Fahnen?»

Verity runzelt die Stirn. «Sie ist doch kein Baby! Und ich auch nicht!» Sie stützt sich auf ihrem Lacrosseschläger ab. «Ich nehm sie eh», sagt sie und hat den Köder geschluckt. Ich wusste, dass sie nicht widerstehen könnte, das Kommando zu übernehmen.

«Wie auch immer, Pete, der Typ in der Druckerei, erwartet euch beide. Ich habe ihm gestern Abend eine Nachricht auf dem AB hinterlassen.»

Verity saust davon mit dem Magazin in der Hand. Keine halbe Stunde später stehe ich wieder am Tor, um auf ihre Rückkehr zu warten. In der Ferne kann ich die beiden auch schon kommen sehen. Die eine führt einen dämlichen Tanz auf, die andere winkt mir zu und streckt den Daumen in die Luft.

Den Tag verbringe ich allein, denke nach, frage mich, wie die anderen reagieren werden auf das, was ich getan habe. Wird es mir gelingen, Verity die Schuld zuzuschieben? Natürlich. Ich habe ein Alibi. Sally hat keine Ahnung, worauf sie sich eingelassen hat. In Gedanken male ich mir aus, was schiefgehen könnte, und ich mache mich darauf gefasst, später im Bett die Szenarien durchzuspielen. In dieser Nacht habe ich wieder einen Albtraum und mache ins Bett. Als die anderen beim Frühstück sind, eile ich zurück und föhne die Matratze, systematisch und ohne in Panik zu verfallen.

Mittags sehe ich Freya, die schon ein Tablett mit Rindereintopf, Reis und drei Desserts hat. So, wie sie aussieht, werden die bestimmt nicht gegessen. Während ich auf die Kreidetafel mit den Menüs gucke, steht Freya plötzlich neben mir. Ihr Atem geht stoßweise.

Als ich mich entschieden habe, putzt sich Freya die Nase.

«Josephine?» Sie hat mich seit Jahren nicht mehr mit meinem Vornamen angesprochen. Ihre Stimme ist so leise, dass ich mich vorbeugen muss.

«Was?»

«Kann ich mit dir sprechen? Morgen? Es ist wichtig.» Sie sieht sich zu den anderen in der Schlange um, als würde sie fürchten, dass eine von uns eine Szene machen könnte. Ich verspüre Empörung in mir aufsteigen. Sie ist diejenige, die so etwas in letzter Zeit macht, nicht ich.

Ich hebe den Kopf, sage nichts. Sie zittert. Ich zögere es noch etwas hinaus, vielleicht fleht sie mich ja gleich an. Ich muss immerzu an die Sache mit meiner Mutter denken, das Stipendium. Urplötzlich sieht Freya völlig verloren aus, und das scheint mir die beste Strafe zu sein für das, was sie und Verity mir angetan haben. Dann macht sie eine kleine Bewegung, zuckt zusammen und lässt dabei beinahe das Tablett fallen. Ich spüre, welche Wirkung das auf sie hat. Die Angst. Ich komme ihr etwas entgegen, öffne den Mund, als würde ich über ihre Frage nachdenken. Ihre dichten, dunklen Wimpern beginnen zu zucken. Ich glaube sehen zu können, wie sich Tränen herausbilden, und trotz allem, was war, bin ich überwältigt vom Wunsch, sie in den Arm zu nehmen. Ihre zarte Gestalt zu umfangen, damit alles gut wird, so wie früher. Um all das verschwinden zu lassen, was geschehen ist. Ich frage mich, was sie will – will sie dasselbe wie ich? Freya merkt, dass ich neugierig bin, auf der Schwelle zwischen Ja und Nein, und sie ergreift ihre Chance.

«Du musst», sagt sie. «Du musst mich anhören. Du musst

dir anhören, was ich dir sagen will.» Sie versucht nicht zu betteln, aber scheitert am Ende.

«Okay», erwidere ich. Ich denke an die alte Freya, die mich längst umarmt hätte, mir gesagt hätte, ich müsse mich beeilen, es gäbe Dinge zu tun, Spaß zu haben. «Gut.»

Sie atmet erleichtert aus. «Nach dem Tee? Im Wald? Unser Platz?», fragt sie. Ich will eine abfällige Bemerkung darüber machen, dass es kein «uns» mehr gibt, aber lasse es bleiben.

«Schön. Ich werde da sein.»

Sie steckt sich ein Stück Schokobiskuit in den Mund und geht. Normalerweise ist Freya ziemlich leicht zu durchschauen. Zumindest für mich. Ich weiß, dass die kleinste Bewegung auf der linken Seite ihrer Oberlippe bedeutet, dass sie nervös ist. Wenn sich ihre Augen weiten, weiß ich, dass sie aufgeregt ist und erwartet, dass etwas passiert. Und wenn sie glücklich ist und lachen muss, hält sie sich den Bauch. Sie tut nichts davon. Und sie ist schmerzlich dünn, ihre kleinen Knöchel wackeln in den blauen Schulschuhen hin und her.

Da war kein Hass, nur eine resignierte Traurigkeit, die mich noch misstrauischer macht. Dann fällt mir Verity ein mit ihrer ganzen komischen, übernetten Art, und während ich meine Garnelenpastetchen bestelle, denke ich, dass irgendetwas hier ganz und gar nicht stimmt.

2014

Josephine.» Dr. McKinnie tritt zur Seite, um mich hereinzulassen. Als ich durch die große Eichentür trete, besieht sie meinen Mund, meine Nase und meine Hände, die verkrampft sind wie bei einem Neugeborenen. «Kommen Sie, setzen Sie sich.» Sie greift hinter den Empfang und reicht mir eine braune Papiertüte mit Medikamenten.

Ich schlage nach ihr aus, fege die Tüte beiseite. Sie drückt mich auf einen Stuhl.

Außer uns ist niemand da. Nach fünf Minuten oder so entspannen sich meine Hände. Dr. McKinnie fragt mich, wie lange ich schon in diesem Zustand bin. «Josephine», sagt sie und reibt mir über den Rücken, «ich denke, Sie sollten sich Hilfe suchen. Steigen Sie für eine Zeit aus. Diese Freya, Ihre Mutter, das scheint alles ein bisschen viel zu sein. Wie wäre es mit der Cedars-Klinik? Sie haben bestimmt davon gehört, weil viele Prominente dorthin gehen, aber es ist wirklich die beste Einrichtung für einen ganzheitlichen Ansatz.»

«Nein, nein, ich gehe nirgendwohin.»

Wir schweigen. Dr. McKinnie reibt weiter meinen Rücken, und ich bin überrascht, als sie mir zustimmt.

«Na gut», sagt sie. «Was haben Sie jetzt vor?»

«Es geht mir gut. Schon viel besser. Ich bin nur gekommen, um zu fragen, ob Sie mehr Medikamente für mich haben.»

«Wovor haben Sie Angst?»

«Vor gar nichts. Ich … bitte. Kann ich ein paar Tabletten bekommen?»

«Lassen Sie uns in mein Büro gehen. Ich schreibe Ihnen ein Rezept. Kommen Sie, es ist okay. Nehmen Sie meine Hand, wenn Sie möchten.»

Ich gehe mit ihr die Treppen hinunter ins Büro.

«Bitte, setzen Sie sich hierhin. Möchten Sie eine Tasse Tee?» Dr. McKinnie schaltet eine Lampe ein. Ich schaue auf den stromlinienförmigen, silbernen Wasserkocher, der mehr wie ein Miniaturraumschiff aussieht.

«Milch, zwei Zucker, bitte.» Ich sitze und schweige, bis sie fertig ist.

«Bitte schön.» Sie stellt eine schwarze Tasse vor mich hin.

«Haben Sie …» Ich bin kurz davor, zu fragen, ob sie jetzt direkt eine Tablette hat, aber vielleicht sollte ich hier eine Grenze ziehen und nicht Medikamente mit dem Nachmittagstee herunterspülen.

«Hören Sie, kann ich sonst etwas tun? Ich meine es ganz ernst, eine Auszeit könnte Ihnen guttun, Ihnen helfen zu schlafen. Dort können Sie mit Leuten reden, sich ausruhen, eine Therapie beginnen. Ich kann Dr. Anthony jetzt anrufen, wenn Sie möchten.»

«Klingt gut. Aber ich muss bald wieder arbeiten. Ich bin mitten in einer Ausgrabung und kann nicht einfach –»

«Wenn Sie einen Zusammenbruch haben, dann können Sie das.»

«Zusammenbruch? Sind Sie sicher? Ist das nicht ein bisschen übertrieben?», höre ich mich atemlos hervorbringen.

«Ich glaube, Sie kollabieren unter dem Stress, ja.»

«Aber was meinen Sie genau mit Zusammenbruch? Sind Sie sicher, dass es nichts zu tun hat mit …»

Dr. McKinnie öffnet den Mund und hebt die Hände. «Oh,

ob ich denke, dass Sie paranoide Wahnvorstellungen haben, meinen Sie das? Jetzt verstehe ich. Ihre Mutter, darum geht es hier. Nein. Das denke ich nicht. Sie sind okay.»

Ich muss lachen, merke dann, dass ich wie eine Verrückte klinge, und halte den Mund. «Also ist alles gut. Es wird schon. Brauche nur ein paar Nächte Schlaf, das ist alles. Wenn Sie denken, dass ich okay bin.»

Die Erleichterung darüber, dass meine Angst ausgesprochen ist, dass Dr. McKinnie denkt, ich bin okay, bringt mich beinahe zum Weinen. Aber dann beugt sie sich vor und legt ihren Arm auf meinen.

«Josephine, Sie sind insoweit okay, als dass ich nicht glaube, dass Sie eine paranoid-schizophrene Episode haben. Aber ich glaube nicht, dass es Ihnen gutgeht. Tatsächlich bin ich mir sicher, dass Sie Hilfe brauchen. Ich muss Sie das fragen: Hatten Sie in letzter Zeit Selbstmordgedanken?»

Ich bin völlig überrumpelt von dieser Frage.

«Tut mir leid.» Sie sieht auf meinen Mund, der offen steht. «Ich muss das wirklich fragen. Um herauszufinden, wie ich helfen kann.»

Mein Kopf bewegt sich, aber ob hoch und runter oder von links nach rechts, kann ich nicht sagen.

«Und Ihre Arme, Josephine. Ich bin sehr besorgt deswegen.» Sie nimmt meine Unterarme und legt sie sanft auf den Tisch. In dem weichen Licht der Schreibtischlampe sehen sie okay aus, aber dann hebt sie sie an, und ich kann es auch sehen. Merkwürdige kleine kreuzförmige Einschnitte und getrocknetes Blut. Ich muss ungläubig gucken, denn sie sieht mich direkt an und fragt, ob ich wisse, wie die Verletzungen entstanden seien. Mein Kopf macht immer noch komische

Bewegungen, völlig losgelöst von meinen Gedanken. Als wäre mein Gehirn abgetrennt vom Rest.

«Okay, Josephine. Was ich Ihnen nun vorschlage, braucht Sie nicht zu ängstigen. Ich denke, wir sollten eine Lösung finden, die über eine medikamentöse Behandlung hinausgeht. Eine längerfristige Lösung, um Ihnen zu helfen, mit diesen …» Ich weiß, dass ihr «Dämonen» auf der Zunge liegt, und werde regelrecht panisch, denn meine Mutter war besessen von ihnen. Echten Dämonen. So real, dass ich zu viel Angst habe, um auch nur zu versuchen, sie mir vorzustellen.

Sie hält kurz inne. «… diesen Problemen», beendet sie den Satz. «Sehen Sie sich an. Sie können kaum atmen.» Sie reicht mir eine braune Papiertüte und trägt mir auf, in zwei Tagen wiederzukommen. «Ich trage Sie ein für Dienstagmorgen, neun Uhr dreißig. Ich möchte, dass Sie jetzt nach Hause gehen und sich entspannen. Rufen Sie mich an, wenn Sie irgendetwas brauchen, und denken Sie gründlich über Cedars nach.» Ihr Ton legt nahe, dass ich überhaupt nicht nachzudenken brauche, dass es so unabwendbar ist, als wäre es in Stein gemeißelt. «Hier», sagt sie. Sie scheint zu merken, dass ich momentan über rein gar nichts nachdenken kann. «Hier sind noch ein paar Valium. Damit kommen Sie bis Dienstag hin. Versuchen Sie zu schlafen.»

Als ich im Taxi sitze und die Wirkung des Valiums einsetzt, denke ich über ihre Worte nach. Ich erwäge, in meinem Zustand wieder zu arbeiten, und verwerfe diese Option. Allein die Vorstellung, ein Flugzeug nach Amman zu besteigen – sich die Metallstufen hinauf in die Maschine zu schleppen, in den endlosen Himmel aufzusteigen –, erschöpft mich. Zu Hause angekommen, beschließe ich, mir ein Bad zu gönnen. Das ist etwas, was ich nie tue – reine Zeitverschwendung. Ich stelle das heiße Wasser an, hole mir ein Buch und ein Glas Rotwein. Ich schütte ein Schaumbad aus dem Badezimmer meines Vaters hinein, das aussieht, als wäre es aus einem Fünfsternehotel. Schließlich packe ich mir eine Gurkenmaske aufs Gesicht, die ich in der hintersten Ecke meines Badschränkchens finde. Die Verpackung ist ganz zerknittert und bräunlich verfärbt an den Ecken. Die Maske brennt auf der Haut, aber es fühlt sich trotzdem gut an.

Ich gehe in mein Schlafzimmer und zünde mir splitterfasernackt eine Zigarette an. Dann arrangiere ich Kissen und Decke auf meinem Bett und schmiere mir in der Küche einen Toast mit Butter und Honig.

Als ich so weit bin, stelle ich das heiße Wasser aus und halte meinen Finger hinein. Es ist kochend heiß, also lasse ich wieder etwas Wasser abfließen und drehe den kalten Hahn auf. Ich fühle mich schon ein bisschen besser. Zumindest ergeben meine Gedanken wieder Sinn. Während ich warte, gehe ich ins Schlafzimmer und checke online die BBC-Nachrichten. Als ich gerade einen kurzen Artikel über den Konservativen Michael Gove lese, blinkt mein E-Mail-Fach auf. Da der Account ganz neu ist, haben mir bislang nicht viele an die Adresse geschrieben – Freya das eine Mal, mein Vater und ab und zu Leute von der Arbeit. Noch bevor ich gesehen habe, von wem sie ist, habe ich sie schon geöffnet.

Josephine. Ich habe darüber nachgedacht. Ich werde dich sofort besuchen kommen. Ich habe so ein Gefühl, dass du immer noch in London bist – Dad meinte, er hat dich auf der Beerdigung deiner Mutter getroffen, und du sahst gut aus. Ich werde also bei dir in London vorbeikommen, ansonsten sehe ich dich in Jordanien. Ich muss wirklich, wirklich mit dir sprechen. Also bitte keine Ausreden mehr. Freya.

Ich lese die Mail, schließe sie, lösche sie. Dann steige ich in die Badewanne, die immer noch zu heiß ist. Ich tauche meinen Kopf ins Wasser, ohne die Augen zu schließen. Kügelchen der Gurkenmaske lösen sich von meiner Haut, steigen auf und trüben die Oberfläche.

Seifiges Wasser rinnt mir die Kehle hinab und ergießt sich in meine Brust. Ich bleibe liegen. Ich muss husten, die Spucke sticht in meinem Gaumen. Aber selbst jetzt kann ich nicht hochkommen – ich wage es nicht. Ich kann mich nirgendwo mehr verstecken.

1996

Mrs. Cape, die sich um die Post kümmert, lässt mir am nächsten Nachmittag eine Nachricht zukommen, dass die Druckerei angerufen hat. «Alles nach Plan, *Die Lupe* wird überpünktlich fertig!», steht darin.

Ich bin nicht so froh, wie ich sein sollte – mein Treffen mit Freya ist in fünf Minuten, und ich frage mich immer noch, was sie von mir will. Nach der Sache mit dem Stipendium denke ich die ganze Zeit, dass sie und Verity mir wieder einen fiesen Streich spielen wollen. Ich habe zwei Kaffee getrunken und bin völlig aufgekratzt, und um Viertel vor vier verlasse ich den Speisesaal. Als ich an den Lehrern und Schülerinnen vorbeigehe, sieht niemand auf oder spricht mich an. Ich bin total isoliert, aber das ist in Ordnung. Ohne Freya sind mir die anderen ziemlich egal.

Es ist still auf dem Schulgelände. Eine merkwürdige Energie liegt in der Luft. Im Wald ist es schon fast dunkel. Zweige zerkratzen mir Arme und Beine. Als sich die kleine Lichtung vor mir öffnet, sehe ich die verkohlten Überreste eines Lagerfeuers auf dem Boden. Unter der großen Eiche liegt eine Decke, eine Tradition der älteren Jahrgänge. Freya sitzt darauf, die Knie hat sie unters Kinn gezogen. Sie schnippst das silberne Zippo an, das ich ihr zum sechzehnten Geburtstag geschenkt habe. Es trägt die Gravur: *Für meine Freundin Freya. In Liebe zu deinem Sechzehnten, J.* In letzter Zeit hat sie immer ein anderes Feuerzeug benutzt, ein billiges violettes mit einem Smiley drauf und dem Schriftzug *Willkommen auf Zypern*.

«Josephine.»

«Ja.» *Sie benutzt wieder meinen vollen Namen.* Ich schwitze und bin total aus der Puste.

«Zigarette?» Sie holt ihr silbernes Etui hervor.

«Gern.» Ich strecke die Hand aus und werfe dabei einen kurzen Blick über meine Schulter. «Ach, nein, eigentlich doch nicht. Danke. Ich wundere mich, dass Verity nicht hier ist», sage ich und lache kurz. Freya sieht zu mir auf und starrt mich an. Ihre Augen springen wieder so komisch herum, hoch, runter, zur Seite. Sie sitzt gekrümmt, ein wackliger Haufen knochiger Glieder, wie bei einem Mikadospiel.

Sie hat sich einen hellroten Wollschal um den Hals geschlungen. Ich erkenne ihn wieder, sie hat ihn letztes Jahr gekauft, als wir für einen Tag in Brighton waren. Ihre Hände sind ineinander verdreht, und ihr unvermitteltes Lachen geht in ein langgezogenes Schluchzen über, das wie das Heulen eines Wolfes klingt. Ich weiß nicht, ob ich lachen soll oder ob sie erwartet, dass ich etwas sage, also bleibe ich einfach stehen. Das Geräusch verstummt, und ich spüre, dass Erdstückchen von meinem Pulli herunterrieseln. Ich schaue auf Freya hinunter und sehe, dass sie mich mit Erdklumpen und kleinen Steinchen bewirft. Ich lasse sie gewähren. Als die Steine größer werden und einer mich beinahe am Auge trifft, fühle ich mich gezwungen, die Hand zu heben. Ich spüre ein heftiges Pochen in meiner Wange. Der Schmerz zieht bis hinunter in die Zehen.

«Freya, hör auf!»

Sie ist zu schwach, um aufzustehen, rollt sich nur wieder zusammen und gibt ein merkwürdiges Geräusch von sich. «Ich hasse dich», sagt sie, «ich hasse dich wirklich.» Sie kniet nun und kratzt Löcher in den Boden mit einem großen Stock.

Sie stopft Blätter, Dreck, Zweige hinein, alles, was sie finden kann. Ein kleines Spinnennetz direkt neben mir dehnt sich und schrumpft wieder zusammen, als ein Windstoß mein Gesicht trifft.

«Willst du nicht irgendwas sagen? Warum sagst du nichts? Du bist total durchgeknallt!» Sie verstummt, sticht mit dem Stock in die Erde. «Ich schätze, ich hab wohl meinen Teil dazu beigetragen», sagt sie dann und lacht kurz. Es klingt traurig, aber wenn ich mich nicht täusche, auch ein wenig triumphierend.

«Was meinst du?», frage ich und zermalme ein Blatt unter meinem Schuh.

«Nur ... ach egal.»

Ich will einfach nur wegrennen, doch ich warte, spüre, dass sie etwas zu sagen hat.

«Du würdest ... du würdest mir nie helfen. Hauptsache, sie nehmen dir nicht dein kostbares Abzeichen weg. Deinen Erfolg. Es dreht sich alles nur um deinen Erfolg, oder? Dir war es egal, wie ich mich gefühlt habe. Weil *du* überhaupt nichts fühlst, ist es nicht so?»

«Natürlich fühle ich –»

«Ach Quatsch. Du wolltest nur sichergehen, dass ich niemandem etwas erzähle. Gott behüte, dass jemand glauben könnte, du wärst nicht perfekt.»

Es wird allmählich kühler, und ich will wieder zurück.

«Was willst du von mir, Freya?»

«Ich wollte dich sehen. Ich wollte versuchen, es aus der Welt zu schaffen. Ich halte es *hier drin* nicht mehr aus.» Freya legt die Hand an die Brust und schluchzt auf. Ein Speichelfaden bleibt an ihrem Schal hängen. Sie wischt ihn mit dem

Handrücken weg. «Aber jetzt, wo du vor mir stehst, wird mir klar, dass ich dir nicht verzeihen kann, dass du alles unter den Teppich gekehrt hast. Dass du versucht hast, mich mundtot zu machen, als wäre ich ein Niemand. Ich kann dich kaum ansehen. Du bist unheimlich. Du bist wie ein Roboter. Dir ist es scheißegal. Ich mein, das ist schräg. Es ist nicht normal. Warum bist du so? Hast du überhaupt keine Gefühle? Bist du überhaupt ein menschliches Wesen? Sag, was du willst über Verity, aber wenigstens reagiert sie wie ein normaler Mensch.»

Sie hebt ihre Hand und holt mit dem Arm aus. Dieses Mal hat sie einen großen Stein. Ich weiche einen Schritt zur Seite und halte die Hände hoch. Die Erwähnung von Verity geht mir durch Mark und Bein.

«Schon gut. Hör auf, okay?» Sie legt den Stein neben ihren Fuß. Ihre Hand ruht darauf, jederzeit bereit, auf mich zu zielen.

«Es tut mir leid.» Ich gebe ihr, was sie hören will. «Du weißt, wie ich bin, Freya. Du weißt, wie unterschiedlich wir sind. Es ist nicht so, dass ich nicht … Ich habe nur getan, was ich am besten kann. Ich habe versucht, nüchtern damit umzugehen, in unser beider Interesse. Weiterzumachen, damit es uns nicht kaputt macht. Unser Leben. Unsere Zukunft. Unsere Karriere. Es ging mir um uns beide, Freya. Nicht nur um mich. Es ging nicht nur um *meinen* Erfolg.»

Freya sieht zu mir auf. «Ist das wahr?» Ihre Stimme ist ganz schwach und zittrig. «Sag mir, dass es wahr ist.»

«Es ist wahr. Ich schwöre, es ist wahr.»

«Du wolltest mich nicht verletzen? Du hast auch an mich gedacht?», fragt sie. Sie ist mittlerweile aufgestanden. Sie zittert, und ihre Hände sind verdreckt.

«Ja.»

«Bitte sag das noch einmal. Du bist meine beste Freundin. Du bist die Einzige, die mich versteht. Die mich kennt. Du hast mitbekommen, was mit meiner Familie passiert ist, als meine Mutter gestorben ist. Jeder erwartet von mir, perfekt zu sein, wohlgeraten, gutaussehend, immer lächelnd. Du bist die Einzige, die weiß, wie es darunter aussieht.»

Jetzt weint sie richtig. Die Tränen bedecken ihr ganzes Gesicht, und sie macht komische, urtümliche Geräusche.

«Was ist mit Verity?», frage ich. Ich will herausfinden, ob sie irgendwem etwas erzählt hat, aber halte mich zurück aus Angst vor dem Stein.

«Was soll mit ihr sein? Sie hat bemerkt, dass wir nicht mehr miteinander gesprochen haben nach dem Wochenende. Hat sich an mich rangeworfen, schätze ich. Wahrscheinlich, um an dich ranzukommen.»

«Denkst du wirklich?»

Freya nickt. Die ahnungslose Freya, sie merkt überhaupt nicht, welche Absicht ich verfolge.

«Verity ist okay. Sie hat sich um mich gekümmert.»

«Ach?» Ich warte darauf, dass sie mir erzählt, was Verity weiß, aber sie sagt nichts. Stattdessen fängt sie wieder an zu weinen, fährt sich mit den Fingern durch die Haare, reißt einzelne blonde Haare heraus und lässt sie im Wind fliegen.

«Hör auf», sage ich. «Tu das nicht.»

Sie wendet sich mir zu und lächelt über die Besorgnis in meiner Stimme. «Hast du dich wirklich nur um mich gesorgt?», fragt sie.

«Ich denk schon.»

«Was ist mit jener Nacht? Was können wir tun?»

Ich zerdrücke ein bräunliches Blatt an einem Ast zwischen den Fingern.

«Ich … ich weiß nicht. Vielleicht sollten wir Oxford einfach ganz vergessen. Wir beide. Die Wahrheit erzählen über die Nacht? Über alles?»

Freya sieht mich nicht an. Sie zieht ihren Schal vom Hals und scheint darüber nachzudenken. Ich hoffe, mein mitfühlender Blick ist nicht zu übertrieben, nicht dass sie meinen doppelten Bluff durchschaut.

Es knackt im Unterholz. Ich fluche innerlich, weil es Freyas Gedanken unterbricht. «Ist nur ein Vogel.» Ich deute auf ein Rotkehlchen. Sie schaut mich an.

«Nein. Das können wir nicht tun. Nein, nein, Josephine. Natürlich geht das nicht. Du hattest recht. Du hattest die ganze Zeit recht wegen der Drogen. Mit allem. Niemand darf es erfahren. Du hast recht. Es wird unsere Zukunft zerstören. Keine von uns beiden wird nach Oxford gehen können. Ich müsste es meinem Dad erklären. Es würde ihm das Herz brechen. Wirklich.»

Ich merke, wie der Gedanke wächst und zu ihrer Mutter wandert.

«Und Mum auch, natürlich. Nein, Josephine. Du darfst es niemals verraten, okay?»

Sie stolpert auf mich zu, nimmt meine Arme und legt sie sich um die Schultern wie einen zweiten Schal. Dann schlingt sie ihre Arme um meine Hüfte und drückt mich an sich. Drückt um ihr Leben.

Während ich ihre Wärme in mich aufnehme, fällt mir *Die Lupe* ein. Ich muss gehen, sofort, und den Druck aufhalten. Denn nun weiß ich, dass sie es nie jemandem erzählen würde.

Aber wenn sie die «Wer ist es?»-Rubrik liest, meine kleine Warnung, wenn sie sieht, was ich getan habe, ist alles vorbei. Es wird den gegenteiligen Effekt haben. Sie ist zu angeschlagen, zu instabil. Es wird sie völlig kaputt machen, und dann hat sie nichts mehr zu verlieren. Aus Rache wird sie es bestimmt allen erzählen. Ich habe alles komplett falsch eingeschätzt.

«Gut. Dann lass uns das alles vergessen», sage ich und versuche nicht panisch zu klingen.

«War es das jetzt? Du gehst?» Sie lässt mich los, ihre Arme sinken herab.

«Ja. Also, nein, das war es nicht. Aber ich muss gehen.»

Sie runzelt die Stirn. Es bricht mir das Herz.

«Aber ich verspreche dir, wir bringen das ins Reine.» Ich gehe langsam rückwärts. Mein hämmernder Herzschlag bringt mich ins Trudeln. Sie lässt sich auf die Decke fallen und bleibt mit dem Gesicht nach unten liegen, den Kopf auf den Arm gestützt. Ihr blondes Haar glänzt im Sonnenlicht.

«Bis dann, Freya. Es tut mir leid, ich lass dich nicht allein. Ich komme später wieder, ja?»

Ihr Kopf bewegt sich ganz leicht auf und ab, und ich rufe ihr zu, dass ich sie lieb habe, und dann laufe ich so schnell wie nie zuvor, den ganzen Weg bis zur Druckerei. Ich trage mich nicht mal aus. Als ich ankomme, ist niemand da. Ich kann nicht warten, weil gleich eine Hausversammlung stattfindet. Ich kritzle Pete auf einen Zettel, dass er mich anrufen soll, wozu ich ein paar Anläufe brauche, weil meine Finger den Stift nicht halten können. Ich schiebe den Zettel in den Briefkasten und mache mich auf den Rückweg. Mir ist übel, und ich fühle mich schwach.

Ich übernehme die Leitung des Treffens, weil Mrs. Kitts

nicht auftaucht. Mittendrin kommt sie hereingesaust und entschuldigt sich bei uns. Ihr Haar ist voller kleiner Zweigstückchen und Gras.

Ich versuche sie durch Zeichen darauf aufmerksam zu machen, und irgendwann sagt sie: «Meine Güte, tut mir leid, Leute», und schüttelt ihr Haar auf den blauen Teppich aus.

«Ich habe völlig die Zeit vergessen.» Sie kichert vergnügt. Nach ein paar Minuten hat sie sich wieder gefangen und geht die Liste mit den Tagespunkten durch, die ich bereits vorgelesen hatte. Zum Glück sind heute nur die unteren Jahrgänge anwesend.

«Schön. Ist das alles?» Sie klatscht lachend in die Hände.

«Ich denke schon, Mrs. Kitts. Dann übernehme ich hier.» Ich nehme ihr das Papier aus der Hand, und sie eilt aus dem Raum, wobei sie allen zum Abschied winkt. Sobald sie weg ist, machen es sich alle wieder auf ihren Sitzen bequem und reden über den nächsten Schultanz und die letzte Folge von *Friends*. Anscheinend hat niemand das Gefühl, dass irgendetwas ungewöhnlich ist. Gott sei Dank ist Mrs. Kitts aus dem Weg, denn ich muss mich später rausschleichen, wieder zur Druckerei und hoffen, dass keiner merkt, dass ich nicht beim Abendessen war. Ich sage den Mädchen, dass sie jetzt lernen gehen sollen, und positioniere mich vor Mrs. Kitts Tür, um zu lauschen, ob sie noch einmal rauskommt. Nach einer Stunde laufe ich zum Oberstufenraum, um jemanden zu finden, der für mich beim Abendessen abzeichnet, aber es ist niemand da. Als ich gerade gehen will, kommt Freya durch die Tür. Ihre Augen sind schwarz. Seit jenem Wochenende ist sie nicht mehr im Oberstufenraum gewesen, also gibt es nur einen Grund, warum sie hier ist: weil sie mich sucht. Ihre Wangen sehen grünlich aus, und sie schwitzt. Sie setzt sich neben mich und greift nach dem Toast in meiner Hand. Ich rieche Alkohol und einen Hauch Marihuana. Ich gebe ihn ihr, und sie versucht sich zu bedanken, aber es kommt nichts heraus.

«Bist du okay?», frage ich.

Sie starrt mich an, suchend.

«Freya. Geht es dir gut?» Sie schnaubt, und ich merke, dass sie versucht, sich nicht zu übergeben. Aber es ist zu spät. Sie hängt ihren Kopf zwischen die Knie und würgt leicht. «Schon gut. Komm her.» Mit einer Hand halte ich sie fest, mit der anderen greife ich nach einem Handtuch. «Komm.» Sie wehrt sich nicht, lässt sich in meine Armbeuge sinken. Ich schleppe sie zu den Waschräumen, die zum Glück leer sind, und lasse eine Badewanne volllaufen. Vorsichtig entkleide ich Freya, knöpfe ihr Schulhemd auf und öffne ihren BH. Dann ziehe ich ihr den Rock und die Strumpfhose aus. Alles ist voller Dreck, also schmeiße ich die Sachen auch ins Badewasser. «Komm, geh rein.» Ihren kleinen weißen Schlüpfer hat sie anbehalten. Am Saum ist eine winzige weiße Schleife. «Freya. Komm schon. Hilf mal mit.» Sie hat Mühe, in der Wanne einfach nur aufrecht zu sitzen, und übergibt sich ins Wasser. Ich lasse es ab und brause die Karottenstückchen weg und irgendwas, das aussieht wie Brotklumpen. Ich lasse frisches Wasser ein, und jetzt geht es besser. Sie sitzt da und sieht mich an.

«Josephine.»

«Ja? Ich bin hier. Keine Angst.» Sie bemerkt, wie ich meinen Ärmel hochschiebe, um einen Blick auf meine Uhr zu werfen. Aus irgendeinem Grund fängt sie an zu weinen.

«Bitte.»

«Was denn?»

«Bitte lass mich nicht allein, Josephine.»

«Frey, ich muss … ich muss wohin. Etwas erledigen. Es ist dringend. Du musst wieder klarwerden.»

«Bitte. Es ist wichtiger, dass du dich um mich kümmerst. Ich brauche dich.» Ihre Stimme ist flehend. Es ist jetzt halb acht, und ohne die Erlaubnis eines Lehrers muss ich um acht von der Druckerei zurück sein, sonst werde ich mit sofortiger Wirkung suspendiert. Und dann bin ich auch nicht mehr Schulsprecherin. «Frey. Ich … du musst mir wirklich vertrauen.»

«Ich habe dir schon einmal vertraut. Guck, was es aus mir gemacht hat. Guck hier.» Sie schiebt ihren Schlüpfer herunter und enthüllt ein Gewirr von gezackten Linien, so akkurat in die Haut geritzt, als hätte sie eine Schablone benutzt. Erst als ich genauer hinsehe, erkenne ich, dass es Narben sind. Tiefe, glänzende und frische Narben. Geschwollen. Ich weiß nicht, wo ich hingucken soll, weiß nicht, ob sie von jener Nacht sind oder ob sie sich das selbst angetan hat, aber mir wird plötzlich schlecht.

«Und ich muss dir noch etwas sagen.»

«Was denn?», frage ich beiläufig, obwohl mir das Blut in die Ohren schießt.

«Ich habe jemanden eingeweiht, jemanden, der es nicht wissen sollte. Das von uns. Von jener Nacht. Ich musste es tun.»

Ich halte inne und starre sie an. «Wem hast du es erzählt?»

Freya zuckt mit den Achseln, aber ich bemerke, dass ihre Augen Richtung Tür gleiten, und weiß sofort, wer es ist.

«Warum?! Warum hast du das getan?»

«Weil ich eben so wütend auf dich war. So verletzt, weil wir uns ausgesöhnt haben und du mich dann im Wald zurückgelassen hast. Warum hast du das getan? Wieso? Ich verstehe dich nicht. Gerade als ich dachte, wir könnten das gemeinsam durchstehen.»

Ich sitze auf dem Wannenrand und massiere mir mit einer Hand den Nacken. Wie konnte ich so dumm sein zu glauben, sie wäre stabil genug? Dass sie nicht wanken würde, sobald ich einen falschen Schritt machte? Ich lege meine Hände in den Schoß und atme die rasenden Gedanken weg. Wenn das rauskommt, spricht es sich sofort herum. Ich werde nichts unternehmen können. Keine Chance, etwas zu tun. Ich darf nicht zulassen, dass es so weit kommt. «Das dachte ich auch», antworte ich. «Das dachte ich auch.» Ich berühre Freyas Hand.

Sie beugt sich vor und übergibt sich erneut. Ich rubble ihren Rücken und wasche ihr Gesicht mit einem Tuch, das auf der Heizung trocknet.

So sitzen wir, bis Freya endlich aufstehen kann. Es ist mittlerweile neun Uhr. Ich höre die Schulglocke und sehe den Schein der Taschenlampen durchs Fenster – das Zeichen, dass die Tore verschlossen werden. Nun ist es zu riskant, das Schulgelände zu verlassen. Zwar kenne ich die meisten Leute vom Sicherheitsdienst, aber ich kann ihnen keinen plausiblen Grund dafür nennen, mich rauszulassen, ohne einen Lehrer zu benachrichtigen. Ich bin hin- und hergerissen zwischen der Erleichterung, dass es nicht mehr in meinen Händen liegt, und der Vorstellung von Freyas Reaktion, wenn sie das Magazin liest. Noch schlimmer macht es die Tatsache, dass ich hier bin mit ihr, ihre Hand halte, während sie sich übergibt und mir wegen jener Nacht zu vertrauen beginnt. Sie redet und weint. Ich sage nicht viel. Das Gespräch entwickelt sich aus dem Nichts heraus, und anfangs weiß ich gar nicht recht, worüber sie spricht. Sobald sie ihren Mund geöffnet hat, fängt sie an zu zittern. «Ich weiß nicht, was passiert ist», sagt sie. «Ich habe nur …» Ich lasse frisches heißes Wasser in die Wanne, drücke ihre Hand und sage ihr, sie solle still sein, sonst würde ihr wieder schlecht. Aber sie redet weiter, sagt Dinge, die höchstens für sie Sinn ergeben. In diesem Moment, wo wieder ein gewisses Vertrauen zwischen uns herrscht, möchte ich sie nach dem fragen, was Sally mir erzählt hat. Ob es wahr ist. Ich frage mich, ob ich es riskieren soll, darauf hoffend, dass sie sich morgen nicht mehr erinnert, aber ich kann nicht. Vor allem will ich wissen, warum sie das Gefühl hatte, es vor mir verbergen zu müssen. Warum sie hier nackt vor mir sitzt und meine Hand hält, aber mir ihr Geheimnis nicht anvertrauen kann und will.

Erst zwei Stunden später fühlt sie sich stark genug, um aus der Wanne zu steigen. Ich rubble sie trocken und hülle sie in ein altes, grünes Handtuch, das hinter der Tür hängt.

«Komm», sage ich, «lass uns runtergehen.» Wir gehen zusammen die Treppen hinunter. Im Schlafsaal stecke ich Freya ins Bett und reiche ihr ein Glas Wasser. «Hier. Trink das jetzt, und ich füll es noch mal auf.» Sie sieht mich an, während sie trinkt. «Trink aus. Morgen fühlst du dich besser.» Ich warte am Fußende, bis sie eingeschlafen ist, und gehe sicher, dass sie atmet. Als sie sich auf die Seite rollt, gehe ich rüber in meinen Schlafsaal und frage mich, was ich wegen der *Lupe* unternehmen soll. Wie ich diesen Fehler ungeschehen machen kann.

2014

Ich würde gern dahin gehen, in die Cedars-Klinik.»

Dr. McKinnie entgegnet nichts am Telefon. Ich höre sie schreiben, kratzende Striche auf dem Papier. Wünschte, sie würde etwas sagen. Zapple herum, will dringend auflegen und das Haus verlassen, für den Fall, dass Freya unangemeldet auftaucht. Nach Jahren der Angst, dass mich der Wahnsinn meiner Mutter heimsucht, ringt mir die Tatsache, dass ich mich nun willentlich in eine Klinik begebe, um Freya aus dem Weg zu gehen, fast ein Lächeln ab.

«Das möchten Sie?», fragt sie endlich.

«Ja, bitte. Ich … Ich glaube, es ist eine gute Idee. Nur ein paar Tage. Ich habe mich krank gemeldet, meinem Arbeitgeber erzählt, ich hätte Gürtelrose, damit sie keine Fragen stellen.» Die Unterhaltung kommt ins Stocken. Ich höre, wie sie leise einatmet, und überlege mir schon, wie ich rechtfertigen kann, dass ich meine Kollegen angelogen habe, als Dr. McKinnie das Wort ergreift.

«In Ordnung. Dann werde ich alles arrangieren, ja? Möchten Sie vorher noch einmal in meine Praxis kommen?»

«Ja, bitte. Ich könnte in zwanzig Minuten da sein.» Mein Gepäck steht schon an der Tür. Amy hat mir beim Packen geholfen, nachdem sie wissen wollte, warum ich so in Eile bin und meine Kleidung nicht ordentlich zusammenlege. «Lass mich das machen», hatte sie gesagt.

«Zwanzig Minuten?», erwidert Dr. McKinnie. «So bald hatte ich gar nicht gedacht. Ist es so dringend?»

«Ja. Schon.» Ich will nicht auf Freyas E-Mail eingehen und dass ich so schnell wie möglich aus dem Haus muss, deshalb gebe ich einen komischen Schluchzer von mir, der klingt wie ein Lachen.

«Gut, kommen Sie vorbei. Ich bereite alles vor.»

Dr. McKinnie hat nicht danach gefragt, wie ich bezahlen will. Ich will gar nicht darüber nachdenken, was es kostet. Wahrscheinlich wäre es billiger, ins Hotel zu gehen, aber in der Klinik bin ich zumindest sicher. Ich habe noch etwas Geld von meiner Mutter. *Wie stolz sie auf dich wäre*, flüstert eine böse kleine Stimme in meinem Kopf.

Ich schreibe meinem Vater einen Zettel – an meinen Computer will ich nicht, Freya könnte noch mal mailen – und gebe ihm eine kurze Zusammenfassung. *Komm erst mal nicht vorbei*, schreibe ich. *Danke. J.*

Als ich mit allem fertig bin und ein Taxi gerufen habe, verabschiede ich mich von Amy und erkläre ihr, dass ich weder über E-Mail noch per Telefon erreichbar sein werde. Dass es kein Netz gibt, wo ich hingehe.

«Ich verstehe.» Sie zwinkert mir zu und nimmt mich in den Arm. Offenbar hat sie meine Beweggründe fehlinterpretiert. «Es ist höchste Zeit, dass du so etwas machst.»

Die Cedars-Klink ist in einem großen, hellen Gebäude am Stadtrand von London untergebracht. Es sieht aus wie ein kleines Schloss, mit Türmchen und steinernen Taubenfiguren auf den Dachfirsten. Die Rasenflächen sind perfekt gepflegt und von unwahrscheinlich leuchtenden Blumenbeeten umrahmt. Auf der Bank neben dem Haupteingang sitzt ein Pärchen. Sie trägt einen schwarzweißen Minirock, und ihr Haar ist feuerwehrrot gefärbt – die Farbe war in Mode, als ich noch zur Schule ging, und für einen Moment fühle ich mich wieder wie ein Teenager. Ein Gefühl, dass alles eine Nummer zu groß für mich ist.

Das Mädchen starrt mich an, als ich aus dem Taxi steige. Schenkt mir die Sorte von furchtsamem Blick, die ich hasse. «Neu hier?», fragt sie.

Ich nicke und weise den Fahrer an, meine Taschen am Eingangsportal abzustellen. Ich werde von Shona begrüßt, die ein Dauergrinsen im Gesicht trägt und in einem Tonfall spricht, als würde sie ein sterbendes Tier streicheln. «Lass mich dir dein Zimmer zeigen, Liebes. Du schläfst allein», sagt sie. «Wenn du mir noch dein Telefon und alles Weitere geben könntest? Alle spitzen oder scharfen Gegenstände. Lieben Dank.»

Ich bin versucht, auf dem Absatz kehrtzumachen – es wirkt alles übertrieben ernst, und ich bekomme Panik, dass sie mich für verrückt halten und für immer hier einsperren –, aber die Alternative steht nicht zur Debatte.

«Hier.» Ich gebe ihr mein Telefon, und sie steckt es in die Vordertasche ihrer Uniform.

«Dann komm mit hoch. Lass mich dir mit deinen Sachen helfen.»

«Nein. Ich mein … nein, danke. Ich hab's schon.»

«Wenn du meinst, meine Liebe.» Ich nicke, und oben angekommen, packen wir gemeinsam meine Sachen aus. Währenddessen quasselt sie über das Wetter, ihre Kinder und Pflegeprodukte. «Und gleich, meine Liebe, begleite ich dich zum Abendessen. Brauchst du noch irgendetwas? Bist du zufrieden mit deinem Zimmer?»

«Ja.» Das bin ich wirklich. Es ist groß genug, um durchzuatmen, und klein genug, um sich nicht verloren zu fühlen. Die dunkelbraunen Möbel sind unförmig und hässlich, ein pinkfarbenes Metallbett, kränklich avocadogrünes Bettzeug und eine Chintztapete mit Blumenmuster an den Wänden, aber alles in allem fühlt es sich an wie ein typisches Hotelzimmer – das ist in meinem Sinn.

Shona bittet mich, in zehn Minuten unten zu sein für das Tischgebet und das Abendessen. Sie beugt sich vor, um die Tagesdecke auf dem Bett glattzuziehen. Ich rieche Zigaretten und Parfüm.

«Wenn du noch irgendetwas brauchst, ruf mich an. Morgen können wir über die Therapiestunden sprechen und alles andere. Oh, und Dr. Anthony wird dein Psychiater sein.»

«Psychiater? Oh … Ich bin nur hier wegen …»

«Ich weiß, Liebes, jeder kriegt ein bisschen Angst, wenn er das hört. Aber mach dir keine Sorgen. Das ist völlig normal. Es klingt schlimmer, als es ist.»

«Ich habe keine Angst.»

Shona lächelt mich an und zieht die Tür hinter sich zu.

Es braucht zehn Minuten, bis ich vom Bett aufstehen kann. Ich höre Gelächter auf dem Flur, das Gurren von Tauben vor dem Fenster, und ständig piept es irgendwo, oder es klingelt ein Telefon. Wieder muss ich an die Schulzeit denken, aber hier erwartet niemand von mir, dass ich mich in einer bestimmten Weise verhalte. Ich muss gar nichts tun, außer bei diesem ganzen Therapiekram mitzuspielen. Seit Jahren habe ich mich nicht mehr so entspannt gefühlt wie an diesem merkwürdigen Ort, wo alles strengen Abläufen unterliegt. Ich sage mir selbst, dass ich trotzdem noch alles unter Kontrolle habe. Ich werde hier nicht so schnell aufgeben.

Im Speisesaal ist es still, obwohl jeder Platz belegt ist. Niemand sieht auf, als ich eintrete und die Tür laut quietscht. Ich hole mir ein Tablett und das heutige Gericht: Hühnchen in Bratensoße mit erstaunlich knusprigen Bratkartoffeln.

Ich sitze neben einer kleinen Dame mit einer großen, goldgerahmten Brille. Sie sieht zwar nicht auf, aber ich spüre keine Feindseligkeit. Wir essen schweigend, und als ich später aufstehe, schenkt sie mir ein schüchternes Lächeln.

Ich bin als eine der Letzten fertig. Ich genieße es, die herzhaften Kartoffeln zu kauen, ihr pudriges Inneres. Nur keine Eile. Kein Grund, sich zu verstecken. Ich fange ein Gespräch mit einer Siebzehnjährigen an, deren Knochen hervorstehen wie kleine Messer. Eine Schwester achtet darauf, dass sie aufisst. Das Mädchen guckt so gequält, dass ich ihr sage, mir würden die Kartoffeln auch nicht schmecken. Sie lacht und schafft es, ein bisschen Hühnchen herunterzuschlucken. Man kann sehen, dass sie mal schön war. Ihr strohiges Haar war früher bestimmt voll und üppig, so wie Freyas, denke ich, und da wird mir klar, dass ich, seit ich diesen Ort betreten habe, weder an meine Mutter noch an Freya gedacht habe. Dr. McKinnie hat mir versichert, dass ich nicht verrückt werde, und Freya wird mich hier niemals finden. Ich lächle bei dem Gedanken, und das Mädchen lächelt zurück.

In dieser Nacht schlafe ich ein ohne Angst vor dem, was meine Träume für mich bereithalten könnten. Als ich erwache, bin ich groggy und träge von dem tiefen Schlaf. Obwohl die Sieben-Uhr-Glocke klingelt, schließe ich die Augen und schlafe noch mal ein. Das Telefon weckt mich. Es ist Shona, die mich fragt, wo ich bleibe. «Dr. Anthony wartet auf dich», sagt sie.

Dr. Anthonys Behandlungsraum sieht so aus, wie ich mir einen Herrensalon vorstelle: überall dunkelrotes Leder und schummrige Leselampen. Sein Haaransatz verläuft ungewöhnlich tief, dadurch sieht es so aus, als würde er permanent die Stirn runzeln.

«Josephine», sagt er, ohne von der blauen Akte auf seinem Schreibtisch aufzusehen. «Josephine Grey.» Ich kann nicht sagen, ob er dabei grinst oder nicht.

«Dr. Anthony.» Die nächsten Minuten verbringt er damit, durch verschiedene Papiere zu blättern, wobei er vor sich hin summt, ab und zu «Aha» macht und Kaffee aus einem Becher mit irgendeinem blauen Logo trinkt.

«Dr. McKinnie», sagt er. «Interessant.»

Nicht ein Gegenstand im Raum wirkt fehl am Platz. Die Bücher stehen perfekt aufgereiht, die gerahmten Zertifikate an der Wand hinter ihm hängen fein säuberlich nebeneinander. Selbst die Stifte liegen nach Farben sortiert auf der Tischplatte.

«Schön. Diana hat Sie also überwiesen. Sie meint, Sie könnten kurz vor einem Zusammenbruch stehen?»

«So genau hat sie das nicht zu mir gesagt», erwidere ich und stupse einen Stift an, der quer über den Tisch rollt. Mein Magen verkrampft sich bei dem Gedanken, dass alle hier wirklich glauben, dass etwas mit mir nicht stimmt. Er grinst kurz und lehnt sich in seinem Stuhl zurück. Dann legt er den Stift wieder in die Reihe und sieht mich herausfordernd an.

«Okay. Fangen wir mit etwas Einfachem an: Wie geht es Ihnen jetzt gerade?»

Plötzlich fühle ich mich müde, zu müde, um Spielchen zu spielen. Paradoxerweise hat mich der lange Schlaf geistig ausgelaugt.

«Mir geht's gut, sehr gut. Letzte Nacht habe ich seit Ewigkeiten wieder geschlafen.»

«Wirklich? Nun, wir versuchen es unseren Patienten so behaglich wie möglich zu machen. Und was denken Sie, warum Sie hier sind?»

«Na ja, aus unspektakulären Gründen. Meine Mutter ist gerade gestorben, und wissen Sie … Wahrscheinlich habe ich einen Burnout, zu viel gearbeitet, so was in der Art.»

«Verstehe. Gibt es sonst noch etwas?» Dr. Anthony starrt mich weiter ausdruckslos an, als ich – ich weiß nicht, was über mich kommt – plötzlich sage:

«Ich verstecke mich vor jemandem.»

«Ach?»

«Sie und ich, uns verbindet eine gemeinsame Geschichte. Also nicht so … Ich meine … es ist etwas passiert. Es gab eine Nacht, in der etwas passiert ist, und dann, danach sind noch mehr Sachen passiert. Schlimme Sachen.»

«Würden Sie mir mehr darüber erzählen? Nehmen Sie sich Zeit.»

Dr. Anthony nickt mir aufmunternd zu. Ich wünschte, er hätte es gelassen, denn ich fühle mich unter Druck, etwas zu sagen, und bringe am Ende überhaupt nichts heraus, wie immer.

«Es ist in Ordnung», sagt er dann. «Es besteht absolut kein Grund zur Eile.» Seine Augen wandern zu der weißen Uhr über der Tür. «Wir haben noch fast fünfundvierzig Minuten.» Es dauert etwa zehn, bis ich wieder sprechen kann. Aber wir gehen nicht mehr im Detail auf irgendetwas ein. Er fragt nach weiteren Schlüsselereignissen in meinem Leben: die Einweisung meiner Mutter, Schule, und meine Antworten bleiben kurz und unverbindlich. Er schreibt schnell und sieht mich dennoch aufmerksam an. Es bringt mich aus dem Konzept. Er beendet die Sitzung und sagt, er freue sich darauf, mich wiederzusehen.

In dieser Nacht schlafe ich wieder gut, auch wenn ich die Schreie der Frau aus dem Zimmer nebenan hören kann. Am nächsten Tag betrete ich zum ersten Mal den Aufenthaltsraum. Er hat hellblaue Vorhänge und Holzstühle. Zwei Sitzsäcke liegen eingesunken und einladend herum, ich ziehe einen zum Fenster, nehme mir ein Buch und lese, bis die Gruppentherapie beginnt.

Nach drei Kapiteln betritt eine Frau den Raum. Ich höre sie nicht kommen, eher spüre ich ihre Anwesenheit. Ein seltsamer Energieschub durchfährt mich, treibt mein Adrenalin hoch. Sie ist groß. Sie trägt braune Mokassins und hellblaue Jeans, die exakt dieselbe Farbe haben wie die Vorhänge. Ihr braunes Haar ist lang und gelockt, und feine rote Venen säumen ihre Wangen. Irgendetwas an ihr kommt mir bekannt vor, aber ich weiß nicht, was. Es ist die Art, wie sie den Kopf bewegt, die leicht schiefen Schneidezähne. Das Gefühl des Wiedererkennens blitzt nur kurz auf, aber es bringt mich durcheinander, und ich kann mich nicht mehr auf das Buch konzentrieren. Noch hat sie mich nicht gesehen. Sie setzt sich auf einen Holzstuhl und öffnet ein Buch mit einem schwarz-weißen Muster auf dem Cover. Ich weiß nicht, ob ich besser gehen sollte, aber ich schaue ständig zu ihr hin und versuche herauszufinden, wo ich sie schon mal gesehen habe. Ich spiele verschiedene Szenarien durch, aber nirgendwo passt sie hinein.

Ich stehe auf und verlasse den Raum. Ihr Bild lässt mich

den ganzen Tag nicht los. Während der Atemübungen in der Gruppentherapie denke ich die ganze Zeit an ihr Gesicht. Beim Abendessen sitzt sie in meiner Nähe. Ich versuche meinen Kopf unten zu halten, damit sie mich nicht bemerkt, bis ich herausgefunden habe, ob ich sie wirklich kenne, aber als sich meine Nackenhaare aufstellen, weiß ich, dass sie mich ansieht. Starrt. Nach dem Essen eile ich zur Geschirrrückgabe. Ich höre jemanden hinter mir. Ich gehe schneller, und die Schritte beschleunigen sich ebenso.

In meinem Zimmer angekommen, schließe ich die Tür, sinke an ihr herab und vergrabe meinen Kopf in den Händen. Ich bilde mir das nur ein, oder? Sie will wahrscheinlich einfach nur freundlich sein, und es steckt nichts Böses dahinter. Die Dämmerung setzt ein, und zum ersten Mal, seit ich denken kann, lasse ich zum Schlafen das Licht an.

Am nächsten Tag bleibe ich bis zur Gruppentherapie in meinem Zimmer. Ich will gar nicht hingehen, aber Shona erklärt mir, ich müsse drei Sitzungen absolvieren, bevor ich davon befreit werden kann. Als ich ankomme, ist sie da. Ich bin hin- und hergerissen: weglaufen oder ruhig hinsetzen. Rosemary, die Leiterin der Gruppe, deutet auf den einzigen freien Stuhl und lässt mir keine Wahl. Ich setze mich hin und bin ganz still, die Hände auf den Knien. Erst machen wir ein paar Übungen, dann sind alle aufgefordert, ein bisschen zu erzählen. Ich sage irgendwas, während die Frau mich immer noch anstarrt. Sie hat ein Lächeln auf den Lippen, als wäre sie kurz davor, mich anzusprechen.

Schließlich steht Rosemary auf, zieht ihre schlechtsitzende Jeans hoch und sucht einen Freiwilligen. Als keiner sich meldet, sagt sie: «Du, Josephine.» In dem Moment öffnet die

Frau leicht ihren Mund, als würde sie tonlos «Ah» sagen, und nickt.

«Schön, okay, Josephine, würdest du den anderen zeigen, wie sie bei der Atemübung stehen müssen, das wäre toll. Genau so.» Sie drückt mein Kreuz durch und korrigiert meine Kopfposition, aber ich winde mich unter ihrem Griff, ich kann nicht so atmen, wie sie es von mir will.

«Josephine? Ist alles okay?»

«Absolut», antworte ich.

«Du siehst ein bisschen blass aus. Vielleicht möchtest du dich lieber wieder hinsetzen.»

Ich gehe zu meinem Platz, da beugt sich die Frau vor, die Augen weit aufgerissen, die Hände leicht erhoben.

«Josephine?», flüstert sie. «Josephine!»

Halt die Klappe, halt einfach die Klappe. Ich will, dass sie aufhört. Ich konzentriere all meine Energie darauf, still zu sitzen. Als sie zum zweiten Mal meinen Namen sagt, löst es einen Flashback aus. Ein Nachklang von Panik verbindet sich mit ihrem Bild. Die Erinnerung dehnt sich aus, und dann weiß ich, wer sie ist. Sie ist es. Definitiv. Ihr Gesicht, einst so rein und frisch, ist schlaffer geworden und faltig, aber das hervorstechende Merkmal ist immer noch da: dieser herausfordernde, arrogante Blick, der mich so irritiert. Ich bin nicht fähig, mich zu bewegen. Sie kennt meine Vergangenheit, ist alles, was mir durch den Kopf geht. Sie weiß Bescheid.

1996

Als die Morgenglocke ertönt, ziehe ich mich an, ohne zu duschen. Mrs. Kitts sage ich, dass ich zur Druckerei müsse.

«So früh?» Sie schaut auf die große Uhr im Korridor.

«Ja, die Drucker wollen, dass ich alles noch ein letztes Mal durchsehe.» Sie glaubt mir, und keine zehn Minuten später bin ich da. Wieder klopfe ich an, und dieses Mal ist Pete da. Er öffnet die Tür in einem dunkelblauen Overall und schweren schwarzen Stiefeln.

«Josephine. Ich habe deine Nachricht bekommen. Hab gestern Abend versucht, dich anzurufen – über den Hausapparat. Ich glaub, das war gegen neun. Ist keiner rangegangen», sagt Pete. Ich lächle und öffne den Mund, um ihn zu unterbrechen.

«Ich …»

«Und dann haben wir es noch mal gegen zehn versucht. Keine Antwort. Meine Alte meinte, ich wecke noch die ganze Schule auf, wenn ich –»

«Pete. Stopp. Haben Sie gedruckt?», frage ich ihn.

«Na klar. Klar haben wir gedruckt. Wird schon ausgeliefert. Der Wagen kommt immer früh um sechs. Du wolltest ja, dass es flott geht. Haben uns extra besonders angestrengt, um schnell fertig zu sein.»

O Gott. «Danke.» Ich reibe mir übers Gesicht. «Wo ist der Lieferwagen jetzt?»

«Hmm. Um diese Zeit? Halb acht. Sollte in der Nähe sein. Ist es dringend? Ich kann anrufen und fragen, wo sie sind. Sie machen nur einen Halt, bevor sie zu euch kommen. Tesco-Supermarkt. Prospekte. Das sollte nicht lange dauern.»

«Und danach?»

«Und dann deine Lieferung, eure Hoheit.» Er grinst mich an, wartet darauf, dass ich meine Dankbarkeit ausdrücke, wozu ich mich gerade nicht wirklich überwinden kann.

«Fein.»

«Großartig. Ich habe dem Internat die Rechnung gestellt, und Mrs. Cape hat sie tatsächlich schon beglichen. Ganz schön straff organisiert da drüben.»

«Großartig. Ich wollte nur eine Kleinigkeit ändern», sage ich. Es passt gar nicht zu mir, so nachlässig zu sein, aber ich hoffe, Pete wird mir helfen.

«Ändern?»

«Ich weiß.» Ich presse ein Lachen hervor. «Dumm von mir. Ich habe etwas in den Druck gegeben, was ich nicht hätte tun dürfen. Ich muss überall eine Seite herausreißen.»

«In jedem Heft? Es sind eintausend Exemplare. Gehen direkt in den Postraum der Schule und werden von da an die Mädels verteilt. So, wie von dir gewünscht, meine Liebe.»

Niemand hat Zugang zum Postraum außer Mrs. Cape, deren Büro direkt davorliegt. Mrs. Cape arbeitet nur Teilzeit, vielleicht ist sie gar nicht da. Falls doch, muss ich ihr die Wahrheit sagen. Dass etwas entfernt werden muss. Es ist immer noch mein Magazin. Ich bin die Herausgeberin.

«Okay, Pete. Ich muss los.»

«Sicher?»

«Ja. Ich muss zusehen, dass ich das geregelt bekomme. Sagen Sie niemandem etwas, okay? Es ist mein Fehler. Das muss ich allein geradebiegen.»

«Klar. Ich hoffe, es regelt sich. Du hast mein Wort.» Ich verabschiede mich von der Empfangsdame, die gerade eingetroffen ist. Sie sieht mich neugierig an, in der Hoffnung, ich bringe etwas Aufregung in ihren Alltag.

«Nur Last-Minute-Kram», rufe ich ihr zu. Sie hält den gedrückten Daumen hoch und grinst mich an. Ich renne zurück zur Schule, zu Mrs. Capes Büro. Sie ist nicht da. Ich warte zehn Minuten vor der Tür, dann laufe ich zurück zum Schultor, um nach dem Lieferwagen Ausschau zu halten. Als er nicht kommt, gehe ich schließlich zu Mrs. Capes Büro zurück, und sie sitzt hinter ihrem Schreibtisch und nippt an ihrem Tee. Auf dem Becher steht *Per asperrimos ad parnassum*, das Motto der Schule.

«Josephine», begrüßt sie mich. «Bist du aufgeregt? Sie sind da!»

«Sie sind hier?»

«Ja! Vor einer Stunde gekommen. Haben irgendwas von Tesco gesagt und dass sie dir einen Gefallen täten. Du wolltest sie so früh wie möglich? Der Bote meinte, Pete wäre hocherfreut. Irgendwie so was.»

«Oh, wow. Danke, Mrs. Cape. Ich muss jetzt jedes einzelne Heft ansehen. Sie werden es nicht glauben, es ist total verrückt. Aber der Premierminister hat mich gebeten, etwas in seinem Interview zu tilgen. Er meinte, wir sollten bestimmte Dinge aus seinem neuen Wahlprogramm nicht veröffentlichen. Ich habe versprochen, es herauszunehmen.»

«Der Premierminister?»

«Genau. Wir haben ein Exklusivinterview mit dem Premier. Wussten Sie das nicht? Deshalb ist es so wichtig. Ich muss tun, was er sagt.»

«Oh. Oh, meine Liebe.» Mrs. Cape zerknüllt ihr weißes Stofftaschentuch in der Hand. «Oh, Liebes. Meine liebe Josephine. Das ist ja schrecklich. Was können wir tun?», sagt sie. «Sie wurden bereits auf die Häuser verteilt. Mittlerweile haben alle das Heft. Ich wusste doch, wie sehr ihr darauf gewartet habt. Genau wie die Lehrer. Ich habe auch schon ein Heft!» Sie deutet auf ihren Schreibtisch, und tatsächlich, da liegt das Magazin neben ihrem Teebecher.

«Ich habe noch nicht angefangen. Wollte erst noch Mrs. Allens Post fertig machen. Habe mir sogar Kekse aufgespart.» Ich nehme das Heft vom Tisch. Es ist wunderschön. Dickes Glanzpapier, auf dem Cover ein Bild des Premierministers. Darüber steht in goldener Schnörkelschrift: *Die Lupe*. Und unter dem Bild:

In dieser Ausgabe
Der Premierminister im Gespräch mit Josephine Grey
So sah die Schule vor 100 Jahren aus
Ein Interview mit AKA Letz, der Boygroup-Sensation
Wer ist es? Der neueste Klatsch aus Wendell Abbey!

Ich kann mich nicht durchringen, es aufzuschlagen. Für gefühlte Stunden halte ich das Heft in der Hand.

«Josephine?»

«Mrs. Cape.»

«Soll ich die Schulleiterin anrufen? Wir können den Mädchen sagen, dass sie die betreffende Seite selbst herausreißen sollen.»

«Nein. Nein, nicht nötig. Keine Sorge.» Ich schaffe es, einen Fuß vor den anderen zu setzen, bis ich in der Bibliothek bin.

Es gibt eine kleine Nische, in der zwei grüne Sitzsäcke stehen. Hier werde ich für eine Weile meine Ruhe haben. Ich schiebe einen Sitzsack an die Wand und setze mich mit dem Magazin hin. Ich schlage es nicht auf. Ich starre nur benommen die Bücher um mich herum an. Eine Stunde später halte ich das Heft immer noch in der Hand. Ich frage mich, was ich tun soll. Ich gehe zum Frühstück. Um einzuschätzen, wie die allgemeine Stimmung ist.

Im Speisesaal ist es still. Niemand sagt einen Ton. Jede Einzelne steckt den Kopf in ihre Ausgabe der *Lupe*. Ich halte es nicht aus. Ich verlasse den Saal. Gehe geradewegs in die Kapelle. Ich übernehme heute Mrs. Allens Part, die zu einer Schulleiterkonferenz nach London gefahren ist. Ich bin vorn am Pult und zwinge mich, aufrecht zu stehen. Mein Abzeichen ist schmutzig. Ich nehme es ab und reibe es sauber. Ich stecke es wieder an und drücke es gegen meine Brust, um zu verhindern, dass ich zusammensacke. In zehn Minuten wird Freya da sein und gemeinsam mit den anderen Vertrauensschülerinnen neben den Bänken Position beziehen, bevor die unteren Jahrgänge hereinströmen. Ich werde das durchstehen. So tun, als wäre nichts passiert. Als wüsste ich rein gar nichts. Ich trage keine Schuld an irgendwas. Verity. Das war alles Verity. Ich bereite mich innerlich vor, als die Vertrauensschülerinnen hereinkommen.

Sie sind alle ganz still. Blass. Margot Jones stupst Alice Montgomery an, und beide gucken in meine Richtung. Als ich ihren Blick erwidere, sehen sie schnell zu Boden. Blass. Alle sind blass. Steh gerade. Ich muss gerade stehen. Eine unsichtbare Kraft zieht mich herunter, lässt meine Beine einknicken, als wäre ich eine Marionette. Ich schaffe es, mich zu stabilisieren, indem ich mich am Pult abstütze. Ich höre sie Freyas Namen flüstern.

«Wo ist sie?», fragt Margot.

«Ich weiß es nicht», erwidert Alice. Niemand sieht mich an. Margot hat sich das Heft unter den Pulli gestopft. Die goldene Schrift und das kleine Logo – ein Vergrößerungsglas – gucken aus ihrem Kragen hervor. Nun kommt der Rest der Schule herein, und alle sehen mich schweigend an. Stechende Blicke, die meinen Brustkorb durchbohren. Unmöglich kann die ganze Schule so schnell herausgefunden haben, um wen es in dem Artikel geht, versichere ich mir selbst. Ich habe es zwar durchblicken lassen, aber nicht so deutlich.

«Bitte setzt euch.» Meine Stimme ist lauter als gedacht. «Wie ihr alle wisst, ist Mrs. Allen heute nicht hier. Deshalb übernehme ich die Andacht.» Alle setzen sich. An dieser Stelle ermahnen die Vertrauensschüler eigentlich die unteren Jahrgänge, still zu sein, aber heute nicht. Das Echo meiner Stimme wird von den Wänden der Kapelle zurückgeworfen. Ich höre Mrs. Chambers atmen. Laut, brüchig, mit offenem Mund. Ich nicke Mrs. Cavendish zu, die anfängt zu spielen, und alle singen «Alle Dinge dieser Welt». Freya habe ich noch immer nicht entdeckt. Als ich meinen Blick nach hinten wandern lasse, sehe ich Verity. Sie starrt mich an. Langsam bewegt sich ihr Kopf auf und ab, als wollte sie sagen: «Ich hab's gewusst.» Und dann fällt einem Mädchen in der ersten Reihe das Heft aus der Hand und bleibt aufgeschlagen vor mir liegen.

Wir singen die Zeile: «Alle Wesen groß und klein.» Alles, was ich lesen kann, sind die Worte: *Freyas schmutziges kleines*

Geheimnis. Ich habe vergessen, ihren Namen herauszustreichen. Ich habe es vergessen. So oft habe ich den Text gelesen, und das Wichtigste ist mir entgangen.

«Alle Dinge dieser Welt in ihrer ganzen Pracht …»

Ich habe es vergessen. Ich bin Schulsprecherin. *Gott, wie konnte mir so ein dämlicher Fehler unterlaufen?!* Nein, hör auf. Denk dran, es ist nicht deine Schuld. Verity Greenslade, sie hat es bei der Druckerei abgeliefert. Auch ihr Name steht drin. *O Gott, Freya, es tut mir so leid. Freya, bitte vergib mir.* Ich werfe erneut einen Blick auf das Heft, hebe es auf.

Freyas schmutziges kleines Geheimnis

Eine Lehrerin hat ein Techtelmechtel mit einer Oberstufenschülerin! Es kommt nicht oft vor, dass man einen Lehrkörper und eine Schülerin dabei beobachten kann, wie sie im Krankenzimmer heftig herummachen. Die Schülerin und die verheiratete Lehrerin befanden sich in einer Umarmung, die man nur als «erotisch» bezeichnen kann. Die Lehrerin wollte anscheinend «mehr», wurde aber abgewiesen. Später wurde zufällig aufgeschnappt, dass die beiden über ihre «Beziehung» sprachen, die bereits «fast achtzehn Monate» andauere, wie die atemlose Schülerin verlauten ließ, die nicht beim Namen genannt werden soll. Wer hätte das gedacht?

Was denkt ihr: **Wer ist es?**

Während ich lese, denke ich, wie reißerisch das Ganze ist. Wie gänzlich abscheulich. Diese Sache zwischen Freya und Mrs. Kitts kann so ernst nicht sein. Freya hat nie eine solche Neigung gezeigt. Ich wollte es ihr so dringend heimzahlen, dass ich alles geglaubt hätte. Aber Sally war auch so überzeugend …

Während meine eine Gehirnhälfte kollabiert, sagt mir die andere ganz pragmatisch mit der Stimme meines Vaters, dass es ein kluger Schachzug war. Mrs. Kitts muss diejenige sein, der Freya von jener Nacht erzählt hat. Verity kann es nicht gewesen sein, sie hätte es längst weitergetratscht. Wenn es jetzt herauskäme, würde ihnen also keiner glauben. Dann wäre ich aus dem Schneider. Meine Zukunft wäre nicht gefährdet. Oxford, meine Hochschulkarriere. Alles unversehrt. Während die beiden Seiten miteinander streiten, kann ich nicht verhindern, dass meine Beine zittern. Denn auch wenn ich mich herauswinden kann und Verity die Schuld zuschiebe, Freya kann ich niemals wieder in die Augen sehen.

Ich singe laut mit. «Alle Dinge dieser Welt.» Freya ist nicht da. Auch nicht ganz hinten. Mrs. Kitts ist auch nirgendwo zu sehen. Ich schaue wieder Verity an, die den letzten Vers des Liedes schmettert und dabei lächelnd gen Himmel schaut. Anschließend lese ich die heutige Bibelstelle, was zwei Minuten in Anspruch nimmt. Normalerweise folgt ein kurzes Gebet, aber ich beende die Andacht frühzeitig und wünsche allen einen schönen Tag. Die Schülerinnen erheben sich in aller Stille. Ein paar aus der Oberstufe werfen mir über die Schulter Blicke zu.

Freya, was habe ich getan?

Der Schmerz überkommt mich. Steckt in meinen Haaren, meinen Knochen. In mir drin. Überall. Meine Haut zerreißt vor Schmerz, aber ich mache weiter.

«Los, Mädels, beeilt euch.» Ich klatsche vor der Kapelle in die Hände und scheuche eine Gruppe Richtung Schule. Dann gehe ich – oder laufe eher – zum Englischunterricht. Noch eine Woche bis zu meinem Bewerbungsgespräch in Oxford. Eine Woche. Wie soll ich auch nur die nächste Sekunde überstehen?

Niemand ist auf den Gängen, was merkwürdig ist. Nach der Kapelle rennen sonst immer alle zum Unterricht und sind so laut dabei, dass ich kaum die Schulglocke hören kann. Die Tür zum Chemieraum steht offen, und ich kann eine Gruppe Neuntklässler sehen, die sich flüsternd um ein Heft drängen. Helen Graham steht aufgeblasen in ihrer weißen Schürze neben den Bunsenbrennern. «Eine *Lehrerin* und Freya?», ruft sie lachend in den Raum. «Was zum Teufel? Wer glaubt denn so was? Das ist ja wohl das Gerücht des Jahrhunderts.» Als sie mich sieht, verstummt sie und dreht sich weg. Das Flüstern der Mädchen schwirrt mir im Kopf herum, und ich kann nicht sagen, ob die Stimmen real sind oder nicht. Ob wirklich alle über mich reden oder die Krankheit meiner Mutter allmählich Besitz von mir ergreift. Ich will mir die Ohren zuhalten und mich in einer Ecke verkriechen, wo mich niemand finden kann, aber unter Aufbietung all meiner Kraft schaffe ich es bis zu meinem Klassenraum. Außer mir sind nur zwei weitere Mädchen da. Margot und Cressida.

«Morgen», sage ich. Keine von beiden antwortet. Sie gucken nur stur auf ihre Tische hinab. Cressida kritzelt auf ihrem Block herum, und Margot tut so, als würde sie lesen. «Guten Morgen», wiederhole ich etwas lauter. Keine Reaktion. Ich setze mich und nehme Englischheft und Mäppchen heraus. Freya müsste bald kommen; mir ist etwas schlecht, und innerlich wappne ich mich für ihre Reaktion. *Was wird sie mit mir machen? Ich habe es voll und ganz verdient.* Mrs. Bailey kommt herein, und wir stehen alle auf.

«Setzt euch», sagt sie und stellt ihre Tasche ab. «Na schön. Heute früh war einiges los. Ich weiß, ihr möchtet darüber sprechen. Aber bitte denkt daran: Ihr habt bald eure Bewerbungsgespräche. Manche von euch schon nächste Woche. Wir müssen uns also konzentrieren. In Ordnung? Sind alle da?» Keine von uns antwortet, aber wir gucken uns alle übertrieben um und zählen die Schüler im Raum.

«Eins, zwei, drei ... Ah, Freya ist nicht da.» Mrs. Bailey sieht zur Tür.

«Sie kommt nicht. Ich weiß es sicher», sagt Margot. «Wir können anfangen.» In diesem Moment habe ich das Bedürfnis, aus dem Raum zu rennen. Gleich darauf fühlt sich mein Körper auf einmal ganz schwerelos an. Ich habe den seltsamen Eindruck, als stünde ich total unter Drogen – das vertraute Prickeln auf der Kopfhaut, im Blut, dieser Rausch. Jene Nacht. Alles kommt zurück in einer gewaltigen Welle aus Panik und Schmerz.

«Stopp.» Ich merke, dass ich es laut gesagt habe. Mrs. Bailey sieht von ihrem Buch auf.

«Josephine? Geht es dir gut? Du schwitzt. Soll ich das Fenster öffnen?»

«Gern. Das wär gut. Ich fühle mich gut. Danke.»

«Na schön. Wenn du meinst.»

«Ganz sicher.» Der Rest der Stunde verläuft ohne weitere Zwischenfälle, und niemand sieht mich an. Ist mir nur recht. Ich will nicht angesehen werden. Als es klingelt und wir den Raum verlassen, liegt immer noch diese merkwürdige, entrückte Stimmung in der Luft. Postapokalyptisch. Als würde nichts mehr wirklich existieren. Als ich über den Korridor gehe, sehe ich Mrs. Allen. Sie steht vor dem Eingang auf dem

Rasen. Sie sollte gar nicht hier sein. Sie sollte auf der Schulleiterkonferenz sein. Was macht sie hier? Sie spricht mit einer grauhaarigen Dame. Ich erkenne sie, sie gehört dem Vorstand an. Und dann wird es mir schlagartig klar: Diese ganze Freya-Sache, ihre Beziehung zu Mrs. Kitts – sie ist schließlich noch minderjährig und … erst jetzt erkenne ich die ganze Abscheulichkeit dessen, was ich getan habe.

2014

Ich wollte es nicht, aber mein Vater kommt mich besuchen. Er fragt, ob wir nicht irgendwo draußen einen Kaffee trinken könnten. Es ist ein schöner Tag, also gehen wir mit unseren Pappbechern raus in den Garten der Klinik.

«Du wirkst angespannt», sagt er, als wir eine leere Bank gefunden haben.

«Mir geht's gut.»

«Wirklich? Wenn dem so wäre, wärst du nicht hier. Und gerade heute wirkst du sehr angespannt. Warum siehst du dich dauernd um, als würde dich gleich jemand anfallen?»

«Tu ich das?» Ich drehe mich zur Klinik um.

«Es tut mir leid», sagt er. «Dass du hier bist. Ich hätte mehr mit dir über deine Mutter reden sollen. Ehrlich, es tut mir leid.» Er drückt meine Hand. Meine Finger fühlen sich ganz heiß und weich an.

«Es ist nicht nur wegen ihr», erwidere ich. «Es ist einfach alles.» Ich sehe über die Mauer der Klinik hinweg. Ein Kind auf einer Schaukel schwingt immer wieder ins Bild. Hoch, runter. Hoch, runter.

«Was von Freya gehört?»

«Freya? Warum sollte ich von ihr gehört haben?» Ich klinge abwehrend, und mein Vater sieht besorgt aus.

«Ich weiß nicht. Es gibt keinen Grund. Hab mich nur gefragt. Nach der Beerdigung und allem. Rollo meinte, sie hätte versucht, dich zu kontaktieren. Ich habe ihm erklärt, dass du allein sein möchtest. So, wie du es wolltest.»

«Gut», sage ich unbeschwert, um das Thema abzuschließen.

Danach reden wir sicherheitshalber über Politik, das Weltgeschehen, seinen Job – und dann rückt er plötzlich damit heraus.

«Josephine, ich treffe mich mit jemandem.» Er räuspert sich und sieht mich an. Ich schaue weiter geradeaus. Mein erster Gedanke ist: Meine Mutter ist erst vor ein paar Wochen gestorben. Aber so einfach ist es nicht. Ich sollte ihn bestärken, so wie er mich unterstützt. «Wer?» Meine Stimme klingt matt.

«Bist du nicht sauer auf mich?»

«Nein.» Bin ich tatsächlich nicht. Ich bin selbst überrascht, aber ich schätze, ich habe gerade einfach nicht die Energie, um sauer zu sein. Ich habe nicht mal wirklich die Kraft, traurig über ihren Tod zu sein. Also bewusst zumindest. «Wer ist sie?»

«Ich kenne sie von der Arbeit.»

«Oh. Habt ihr euch schon vor ihrem Tod getroffen?»

«Ja. Schon. Deine Mutter war so oft im Krankenhaus, ich habe nur … wir sind ein paarmal essen gegangen. Ich brauchte jemanden zum Reden.»

Das Eingeständnis seiner Bedürftigkeit hebt merkwürdigerweise meine Stimmung. Die Erinnerungen an meine Mutter müssen gar nicht so angstbehaftet sein, denn ich war nicht die Einzige, für die es furchtbar war. Auch Dr. McKinnies Versicherung, dass ich nicht verrückt werde, hat meinen Blick auf die Dinge verändert. Ich versuche, mich an die glücklichen Zeiten mit meiner Mutter zu erinnern, aber mir fällt nichts ein. Ohne Vorwarnung fange ich an zu weinen. Mein Vater sitzt neben mir und hält meine Hand.

Als wir zurückgehen, taucht diese Frau wieder auf. Mein Vater geht ganz aufrecht, ich daneben wie ausgeleert.

Sie steuert auf uns zu. Was will sie? Als sie näher kommt, nehme ich wieder ihren Geruch wahr, und die Wucht der Erinnerung haut mich beinahe um, so klar und deutlich steht sie vor mir. Jetzt bin ich zu einhundert Prozent sicher, wer sie ist.

«Soll ich den für Sie in den Papierkorb werfen?», fragt sie und streckt die Hand nach dem Pappbecher meines Vaters aus.

«Sicher», antwortet er stirnrunzelnd. «Danke.»

Sie muss uns beobachtet haben, wie kann sie sonst wissen, dass er seinen Kaffee schon ausgetrunken hat. Ich will keine Szene machen, solange mein Vater dabei ist, aber ich nehme mir vor, sie aufzusuchen, sobald er fort ist.

Er verabschiedet sich eine halbe Stunde später, streicht mir über den Arm und reicht mir ein gerolltes Exemplar des *Economist* aus seiner Aktentasche. «Hier», sagt er. «Bleib auf Trab.» Er tippt sich an die Stirn.

«Tschüs. Danke.» Ich schiebe ihn geradezu aus der Tür, und dann laufe ich durch das Gebäude auf der Suche nach dieser Frau.

Ich kann sie nirgendwo finden, bis ich schließlich im Aufenthaltsraum nachsehe. Da liegt sie auf einem Sitzsack in der Sonne, die Beine auf einem Stuhl, den Kopf zurückgelegt. Ihr Mund ist leicht geöffnet. Und dann bin ich wieder in Wendell Abbey vor achtzehn Jahren. Ich lag die ganze Zeit über richtig.

Ich setze mich auf einen Stuhl und warte darauf, dass sie aufsieht. Als sie mir schließlich den Gefallen tut, breitet sich ein enormes Grinsen in ihrem Gesicht aus. «Josephine Grey. Ja, ja, ja. Ich dachte mir, dass du es bist. Als Rosemary dich angesprochen hat während der Sitzung, dachte ich: Hmmm, ist sie es? Oder doch nicht? Und dann habe ich dich heute mit deinem Vater gesehen, und ich meine, jeder weiß, wer er ist. Du siehst total verändert aus. Viel dünner.» Sie saugt ihre Wangen ein, lässt ihre Arme neben dem Sitzsack herunterbaumeln wie ein Skelett, und dann wirft sie ihren Kopf zurück und lacht und lacht und lacht.

1996

Josephine. Du musst mir alles sagen, was du weißt. Die Vorstandsvorsitzende wartet draußen und will mit dir reden. Du hast drei Minuten, um mir zu erklären, was hier los ist.» Mrs. Allen starrt mich an. Ihre Stimme ist ruhig, aber ich kann sehen, wie sich ihr Brustkorb hebt und senkt.

«Ich weiß gar nichts, Mrs. Allen. Ich habe Verity die Korrekturfahnen gegeben, ohne den ‹Wer ist es?›-Text über Freya. Und später war er drin.» Jetzt steht alles auf dem Spiel, mein ganzes Leben. Doch abgesehen von einem leichten Zucken in der Hand bleibe ich ganz gefasst: schockiert, aber unaufgeregt, so, wie es einer Schulsprecherin geziemt.

Mrs. Allen macht sich Notizen, und plötzlich kriege ich Angst, Mrs. Cape könnte ihr erzählen, dass ich in letzter Minute eine Seite herausreißen wollte. Ich muss gleich zu ihr und sie dazu bringen, den Mund zu halten. Dann fällt mir Pete ein, mit ihm muss ich auch reden.

«Na schön. Du sagst also, du hast Verity die Abzüge gegeben. Um wie viel Uhr war das?», fragt Mrs. Allen.

«Hmm, zehn vor neun?»

«Gestern früh?»

«Ja.»

«Und sie hat sie zur Druckerei gebracht. War sie allein?»

«Nein. Sally Aylsford ging mit ihr. Sie hat mich darum gebeten, mitkommen zu dürfen.»

«Sie hat darum gebeten?» Mrs. Allen richtet sich in ihrem Stuhl auf. Sie schaut auf mein Abzeichen.

«Ja», sage ich schnell. «Sie wollte etwas für ihren Lebenslauf. Ich meinte zu ihr, wenn sie ein paar Dinge für mich erledigte, würde ich sie im Impressum erwähnen.»

«Und das hast du getan? Ihren Namen aufgenommen?»

«Ja, das tat ich.»

«Na gut. Du sagst mir also, du hast absolut nichts, *gar nichts*, mit diesem ‹Outing› zu tun? Denn wir müssen wissen, wer dafür verantwortlich ist, und herausfinden, ob es sich bei diesem Gerücht nur um ein Gerücht handelt, oder ob es der Wahrheit entspricht.» Sie sieht mich direkt an. «Es geht in erster Linie um Freyas Wohl, aber wir müssen auch an den Ruf der Schule denken. Das nationale Schulranking. All das.» Mrs. Allen atmet tief ein. «Freya sagt zu alldem kein Wort. Wir bekommen nichts aus ihr heraus. Hat sie dir nichts erzählt? Ihrer besten Freundin? Du musst doch etwas wissen, oder nicht?»

«Na ja, wir haben nicht gerade viel gesprochen in letzter Zeit.» Ich beuge mich vor. «Der Stress, wissen Sie?»

Mrs. Allen nickt. «Sicher. Du hattest furchtbar viel um die Ohren mit der *Lupe* und allem. Oxford. Die Prüfungen.» Dann wird mir klar, dass man mich beschuldigen wird, sollte herauskommen, dass Freya und ich zerstritten sind.

«Ja, wir haben wirklich nicht viel miteinander gesprochen.» Dafür muss ich auch noch einen Ausweg finden. Mein Kopf schwirrt. *Gott, was für ein Dilemma.*

Mrs. Allen greift über den Tisch nach meiner Hand. Ich bin so überrascht, dass ich es zulasse.

«Ich glaube, meine Tochter wäre ganz wie du geworden», sagt sie. Ich weiß, dass sie eine Tochter gehabt hat. Sie starb mit acht. Ihre Worte setzen mich unter Druck. Ich fühle mich unwohl. Ich weiß nicht, was ich antworten soll. Ich habe stets nur versucht, ihren Erwartungen gerecht zu werden. *Ich habe das alles nur getan, damit ihr alle stolz auf mich seid.*

«Es tut mir leid», sagt sie, als sie meinen Gesichtsausdruck bemerkt. «Ich wollte dir keine Angst machen. Ich wollte dich nur wissen lassen, dass ich auf dich achtgebe.»

«Haben Sie vielen Dank, Mrs. Allen. Das weiß ich wirklich zu schätzen. Und ich tue mein Bestes, um Sie zufriedenzustellen.»

«Also gut. Ich denke, ich sollte jetzt die Vorstandsvorsitzende hereinbitten, Mrs. Pownall. In Ordnung? Sie wird die Angelegenheit weiterverfolgen. Ihre Fühler ausstrecken und herausfinden, was passiert ist. Ob es sich nur um ein dummes Gerücht handelt oder wir etwas unternehmen müssen. Wovon ich lieber absehen würde.»

«Gut, Mrs. Allen.»

Jetzt, da ich weiß, dass sie mich unterstützt, bin ich viel zuversichtlicher, mit Mrs. Pownall zu sprechen. *Noch ist nichts verloren. Nichts wird so heiß gegessen, wie es gekocht wird*, rede ich mir ein, doch es klingt selbst in meinen Ohren hohl.

«Mrs. Pownall, bitte kommen Sie herein», sagt Mrs. Allen und deutet auf einen Stuhl. Eine große Frau mit kurzgeschnittenem, blondiertem Haar betritt den Raum. Ihr karierter Rock wirkt unangemessen, als wollte sie eine Schuluniform imitieren, und sie inspiziert den Stuhl zweimal, bevor sie sich setzt, als könnte er schmutzig sein. Sie fragt mich immer wieder, was genau passiert ist.

«Ich habe es Ihnen bereits dreimal erzählt», sage ich und schaue zuerst Mrs. Allen an und dann Mrs. Pownall, die sich ständig mit ihren schrecklich langen, spitzen roten Fingernägeln am Kopf kratzt. «Ich habe die Korrekturabzüge ohne die

‹Wer ist es?›-Seite an Verity Greenslade und Sally Aylsford gegeben. Gemeinsam haben sie sie zur Druckerei gebracht. Mehr weiß ich nicht. Das ist alles.» Mrs. Pownall macht sich eifrig Notizen.

«Also, kann ich noch einmal zusammenfassen: Du weißt von nichts. Ich habe bereits mit ein paar anderen Schülerinnen gesprochen, und sie sind der Meinung, dass an dieser … Sache zwischen Freya und der Lehrerin wahrscheinlich etwas dran ist.»

«Ich habe keine Ahnung, ob da was war. Wie ich schon Mrs. Allen sagte, war ich wirklich sehr beschäftigt.»

«Verstehe. Ich wüsste gern Folgendes: Hatte irgendjemand sonst die Druckfahnen in der Hand, bevor du sie Verity und», sie checkt ihre Notizen, «Sally Aylsford gegeben hast?»

«Nicht dass ich wüsste.»

«Also, Josephine, falls es sich um eine Art Streich handeln sollte, musst du es uns jetzt sagen. Dann ist alles ganz schnell vorbei. Also frage ich dich noch einmal: Bist du sicher, dass du nichts damit zu tun hast?»

«Ich bin vollkommen sicher.»

Mrs. Allen sieht sie an. Sie wirkt zunehmend verärgert.

«Sie hat Ihre Frage beantwortet.»

«Ja, gut. Trotzdem bleibt noch einiges zu klären. Dies ist nur der Anfang, also halte dich bitte verfügbar, falls ich erneut mit dir sprechen muss.»

«Natürlich», antworte ich. Wenn das ihre Marschroute bleibt, muss ich mir keine Sorgen machen.

«Könntest du als Nächstes bitte Verity hereinrufen?»

Ich bin erleichtert. Ich habe Zeit, Sally zu suchen und ihr einzuschärfen, nichts zu verraten.

«Sicher.» Verity sitzt vor dem Büro und schluchzt. Sie sieht nicht zu mir auf.

«Ich war das nicht, das weißt du», sagt sie und starrt immer noch auf ihre Füße.

«Ach wirklich? Tja, du hattest die Abzüge als Letzte. Oder nicht? Denk einfach an das Stipendium, das du mir versaut hast. Die Leute würden dir nicht mehr glauben, wenn sie davon wüssten, nicht wahr?»

Ich pokere hoch, aber Verity entgegnet nichts, wischt sich nur mit dem Handrücken über die Nase. Ich gehe Sally suchen und kann es einfach nicht glauben, dass ich absolut jeden anlüge. Es gerät völlig außer Kontrolle, aber ich darf nicht daran denken, sonst gerate ich endgültig in Panik. Auf dem Weg wird mir klar, dass ich zuerst die Sache mit Mrs. Cape in Angriff nehmen sollte, und mache kehrt. Als ich ihr Büro betrete, liest sie heimlich eine Frauenzeitschrift unter dem Tisch und isst Kekse.

«Ach, Josephine.»

«Mrs. Cape. Ich hatte gerade eine Unterredung mit dem Premierminister», sage ich atemlos und halte mich nicht mit Höflichkeiten auf. Ich habe keine Zeit für so etwas. Sie legt ihren Keks hin und sieht zu mir auf.

«Er sagte, dass Sie – er nannte Sie beim Namen –», Mrs. Capes Augen werden ganz wässrig, «niemandem gegenüber jemals erwähnen dürften, dass versucht wurde, Teile des Interviews zu vertuschen. Es könnte Auswirkungen auf die Politik der Regierung und die nationale Sicherheit haben. Verstehen Sie?» Ich klinge völlig lächerlich, wie ich in diesem kleinen Büro über die Sicherheit des Landes rede, und weiß, dass ich die Klappe halten muss, bevor es völlig mit mir durchgeht. Aber Mrs. Cape ist vor Schreck wie gelähmt.

«Wirklich?», sagt sie. «Du meinst, der Premier weiß, wer ich bin?»

«So ist es. Er hat mich gebeten, dafür zu sorgen, dass alles unter Verschluss bleibt. Es ist wirklich sehr wichtig, dass niemand davon erfährt. Teile des Interviews sollten nicht veröffentlicht werden, aber nun ist es geschehen, und die Presse wird sich darauf stürzen. Das PR-Team des Premiers wird es schon richten; es wäre viel schlimmer, wenn herauskommt, dass sie versucht haben, die Veröffentlichung zu verhindern. Können Sie mir folgen?» Mrs. Cape nickt. Sie ist wirklich erschrocken.

«Selbstverständlich. Es geht schließlich um die nationale Sicherheit und all das. Sag dem Premier, ich tue alles.»

«Haben Sie vielen, vielen Dank.» Sie ist tatsächlich darauf hereingefallen. Bei ihrem ernsten Gesichtsausdruck ist mir fast nach Lachen zumute. «Und bitte, Mrs. Cape, noch einmal: Wahrscheinlich wird man Sie nicht befragen, aber bitte sagen Sie niemandem, dass ich Sie gebeten habe, zu schweigen. Das wäre eine Katastrophe. Aber ich sorge dafür, dass er Ihnen ein Autogramm schickt, wenn Sie möchten. Mit persönlichem Gruß? Oder gibt es sonst etwas, das ich tun kann?»

«Oh, das könntest du? Natürlich kannst du, danke. Und du hast mein Wort. Ich werde niemandem irgendwas sagen.» Ich verabschiede mich, um zu Pete zu laufen und ihm dieselbe Geschichte aufzutischen. Als ich gehe, steckt sie sich einen ganzen Keks in den Mund. Ich bete, dass sie dieses Kartenhaus aus Lügen nicht zum Einsturz bringt. Ich entscheide mich um und suche zuerst Sally. Sie steht merkwürdig entspannt vor dem Hauptgebäude.

«Sally», sage ich. «Sie sprechen gerade mit Verity. Sag ihnen nichts. Erzähl einfach, wie es war. Du bist mit Verity zur Druckerei gegangen, um die Korrekturabzüge abzuliefern. Antworte nur auf die Fragen. Mehr müssen sie nicht wissen, okay? Und wenn du unsicher bist, sag einfach, du kannst dich nicht mehr erinnern oder so. Alles klar?»

Sie wirkt immer noch entspannt. Fast zufrieden. Es nervt mich langsam. Hat sie überhaupt gehört, was ich gesagt habe?

«Sally?»

«Keine Sorge. Ich hab's kapiert», antwortet sie. Sicherheitshalber erinnere ich sie an Oxford.

«Hör zu, wir haben deine Bewerbung eingesandt, du wirst also recht bald Nachricht bekommen, falls sie dich einladen. Also spiel einfach mit, okay? Lass uns bald mit der Nachhilfe anfangen.»

«Okay, Josephine. Danke.»

«Gut. Du wirst als Nächste mit Mrs. Allen und Mrs. Pownall sprechen – sie gehört dem Vorstand an. Ich gehe jetzt zurück. Kannst du anschließend zu mir kommen und berichten, wie es gelaufen ist?» Sie nickt, lächelt kurz und geht ins Gebäude. Als ich in unserem Haus ankomme, ist es sehr still, obwohl viele Leute über den Flur wuseln. Um ihnen aus dem Weg zu gehen, setze ich mich in den Oberstufenraum, als würde ich mich auf das Bewerbungsgespräch nächste Woche vorbereiten. Doch tatsächlich brauche ich einfach etwas Ruhe und eine Minute Zeit zum Nachdenken. Ich sollte mir jetzt schon überlegen, welche Probleme auftreten könnten und wie zum Teufel ich sie lösen kann.

2014

Gracie Lovell will mich umarmen. Ich weiche zurück. Ihr anzügliches Grinsen, voll von falschem Mitgefühl und geheuchelter Sorge, erinnert mich daran, wie sie damals in der Schule versucht hat, herauszufinden, ob Freya und ich Streit hatten. Und an dieses eine Mädchen, mit dem sie immer abhing, Marge Soundso.

«Sorry», sagt sie, «ich hatte nicht vor, dich umzubringen.» Sie lacht. «Warum bist du hier drin?»

Ich setze mich wieder hin. Auch wenn sie eine Verbindung zu Freya darstellt, bin ich nicht besonders beunruhigt. Im Internat war sie mit keiner von uns eng befreundet. Sie hat sich sehr verändert, auf Anhieb hätte ich sie nicht wiedererkannt. Ihr Blick ist verschleiert, das Kinn steht hervor, der Last des Lebens trotzend. Sie hat eine zarte, gerade Nase, mit Sommersprossen übersät, um die ich sie immer beneidet habe, weil sie so jungenhaft wirkte.

«Meine Mutter», sage ich, «sie ist gestorben, und ich, na ja, du weißt schon …» Ich frage sie nicht, warum sie hier ist, doch sie ist ganz erpicht darauf, mir ihre Lebensgeschichte unter die Nase zu reiben.

«Das Internat. Ich glaube, es hat mich zugrunde gerichtet», erklärt sie, ohne darüber nachzudenken, was ich gerade gesagt habe oder was sie als Nächstes von sich gibt. «Der Erfolg, der Druck. Alles. Hat uns nicht besonders gutgetan, oder? Ich dachte, alles wäre schon festgelegt, und ich würde die Schule abschließen und Anwältin werden oder Ärztin. Und dann habe ich sie abgeschlossen und habe geheiratet, mein Mann hat mich betrogen, und mir wurde dann erst klar, was ich wirklich tun will: einen Laden für Kunsthandwerk eröffnen. Etwas in der Art. Aber da war es schon zu spät, ich hatte zwei Kinder, um die ich mich kümmern musste. Schulgebühren mussten bezahlt werden. Mein untreuer Ehemann hat seinen Job verloren. Das volle Programm. Und nun bin ich hier. Mein Arbeitgeber zahlt», ergänzt sie, als müsste sie sich verteidigen. Endlich macht sie eine kurze Pause, um zu atmen.

«Investmentbanking», erklärt sie, als hätte ich Interesse signalisiert. «Hast du noch mit jemandem Kontakt?», fragt sie dann. Sie trägt so eine weiße Tunika – die Sorte, auf die wir in der Schule abgefahren sind – mit centgroßen gelben Flecken auf den Ärmeln und Lederbändern, die sie sich die ganze Zeit um die Finger wickelt.

«Nein, nicht wirklich.» Ich zeige auf ihr Buch, um das Thema zu wechseln. «Ist es gut?»

«Geht so. Ich kann mich hier drin nicht gut konzentrieren. Dauernd gehen Leute ein und aus. Findest du nicht? Wahrscheinlich nicht. Du konntest dich immer und überall konzentrieren, oder? Wie auch immer. Du hat also keinen Kontakt mehr, hast du gesagt?»

«Nein, mit niemandem aus der Schule. Aber genug vom Internat. Es ist Vergangenheit.» Ich klinge ruppiger als beabsichtigt.

«Ist das so? Ich habe etwas anderes gehört», erwidert sie, sichtlich erfreut, mehr darüber zu wissen als ich. Ich mache mir keine Mühe, sie zu fragen, was sie «gehört» hat, auch wenn ich es brennend gern wissen würde.

«Freya?», sagt sie und sucht in meinen Augen nach einer

Reaktion. Ich stehe auf, um zu gehen. «Sie sucht dich. Fragt die Leute nach dir aus. Deshalb war ich so geschockt, dich hier zu sehen. Darum bin ich dir gefolgt, als dein Vater da war.» Gracie erhebt sich ebenfalls und kreuzt ihre Arme vor der knochigen Brust. «Hat sie dich gefunden?»

«Gefunden?»

«Was ist los? Warum zitterst du?» Gracie versucht, besorgt zu klingen, kann sich aber kaum das Lachen verkneifen. «Geht dir die ganze Schulsache auch so an die Nieren?»

«Nein, gar nicht. Es ist so lang her.» Ich versuche zu lachen, aber es klingt, als hätte ich mich verschluckt, und Gracie beugt sich vor, um mir auf den Rücken zu klopfen. Ich schlage ihre Hand weg.

«Josephine, geht es dir gut? Als du eben reingekommen bist, dachte ich, wir könnten Freunde werden und zusammen abhängen. In der Schule hatten wir nicht viel miteinander zu tun. Ich wollte mit dir und Freya befreundet sein, aber ihr wart immer so kühl zu uns anderen. Wie wär's? Wir könnten die Zeit hier gemeinsam durchstehen.»

«Ja, wieso nicht», sage ich und will, dass sie zur Sache kommt. «Also, was ist mit Freya?» Irgendwie schaffe ich es, dass meine Stimme nicht zittert.

«Ach, das ist eine lange Geschichte. Sie hat uns alle ausgequetscht.» Sie spielt mit mir. Vielleicht sollte ich darum bitten, verlegt zu werden. Ich kann das alles nicht.

«Sie hat eben so dies und das gefragt.» Gracie befingert den Faltenbesatz ihrer Bluse.

«Ha, so wie ich Freya kenne, kann ich mir genau vorstellen, was sie gefragt hat», sage ich heiter.

«Wirklich?», erwidert Gracie. «Und das wäre?»

«Ach, dies und das halt. Wie du gesagt hast.»

Keiner von uns rührt sich. Schließlich lenkt sie ein.

«Also, dann können wir nach all den Jahren endlich Freunde sein? Komm schon. Und ich erzähle dir, was war. Alles.»

Nach so vielen Jahren bietet mir Gracie Lovell ihren Arm an, als würden wir in den Unterricht gehen, und zum ersten Mal in meinem Leben tue ich ihr den Gefallen.

1996

Bis zum nächsten freien Wochenende gelingt es mir nicht, Pete ausfindig zu machen. Also verbringe ich zwei nervöse, schlaflose Tage zu Hause. Mrs. Allen ist auch nicht in der Schule, wird also nicht weiter nachforschen, aber wer weiß schon, was Mrs. Pownall macht?

Ich sitze in der British Library und denke an Freya. Seit *Die Lupe* erschienen ist, habe ich nichts mehr von ihr gehört. Ich habe mein Postfach im Auge behalten, für den Fall, dass sie mich kontaktieren will, aber es war nie etwas drin. Ich erinnere mich, dass ihre Familie eine Reise nach Rom geplant hatte; sie hatte sogar davon gesprochen, Rollo zu fragen, ob ich mitkommen könne. Ich frage mich, was sie wohl jetzt gerade tun. Ob Rollo schockiert war und ob sie ihn – mit schiefgelegtem Kopf – becircen konnte, nicht sauer auf sie zu sein. Mein Vater ist am Wochenende nicht da, so kann ich zumindest seinen Fragen aus dem Weg gehen. Als ich am Montag wieder in der Schule ankomme, fühle ich mich schon besser. Noch bevor ich auspacke, gehe ich zu Pete. Er sichert mir zu, nichts zu sagen. Ich erzähle ihm dieselbe Geschichte wie Mrs. Cape, und er ist völlig starr vor Schreck. «Wirklich, Josephine, ich würde nie mein Land im Stich lassen», gelobt er.

«Der Schulvorstand könnte Sie dennoch aufsuchen, um Sie zu befragen. Dabei geht es jedoch um etwas völlig anderes. Behalten Sie es einfach für sich.»

Pete weicht einen Schritt zurück und schlägt die Hände zusammen. «Der Vorstand?»

«Ja.» Er wirkt so erschrocken, dass ich ihm fast die Wahrheit sage. Er ist jemand, der nichts über mich weiß, meine Vergangenheit oder die Schule. Was würde er wohl sagen, wie reagieren? Aber das kann ich selbstverständlich nicht tun.

«Geht es dir gut?», fragt er. Ich strahle ihn an und versichere ihm, dass es mir großartig geht und ich nur an zu Hause gedacht habe. «Ach ja, das ist schwierig. Nicht bei den Eltern zu sein und so.» Er geht zu seinem Schreibtisch und holt einen Zehn-Pfund-Schein aus einem Umschlag. Er drückt ihn mir in die Hand und sagt, ich solle mir etwas Schönes kaufen, das mich aufheitert. Er meint es so aufrichtig, dass ich das Geld annehme. Als ich zurück in der Schule bin, lege ich den Schein in eine Schublade und nehme mir vor, ihm das Geld irgendwann zurückzugeben.

Als ich auf dem Weg zum Hauptgebäude um die Ecke biege, erblicke ich Mrs. Kitts. Sie wirkt, als würde sie dort bereits seit Stunden stehen. Meine erste Reaktion ist Schock: Ich verstehe nicht, warum sie sich noch auf dem Schulgelände aufhalten darf. Freya ist schließlich noch minderjährig. Die Schule weiß offenbar nicht, ob sie weiter nachforschen soll, bevor sie drastische Schritte in Erwägung zieht, oder ob sie die ganze hässliche Angelegenheit einfach auf sich beruhen lassen soll. Mrs. Kitts jedenfalls schaut sich um, als würde sie Gefahr wittern, und drückt mich schnell durch die Tür. Ich haue mit dem Ellenbogen dagegen.

«Josephine.» Sie hält ihre Aggressionen zurück. Lächelt knapp und sucht meinen Blick. «Warst du sehr beschäftigt?», fragt sie. Ich rieche einen Hauch von Alkohol und Pfefferminz.

«Ja», antworte ich. «Sie offensichtlich auch.» Ich will hinzufügen: «beschäftigt damit, Minderjährige zu verführen», aber kann mich noch zurückhalten. Es ist klar, dass sie fragen will, was ich über sie und Freya weiß, aber sie kann es nicht riskieren, es wäre praktisch ein Geständnis. Stattdessen fragt sie nach meinem Wochenende. «Hast du mit irgendwem gesprochen, als du zu Hause warst?»

«Meinen Sie Freya?», erwidere ich. Mrs. Kitts sagt nichts, aber für eine Sekunde kann ich sehen, dass sie Angst hat, zu weit gegangen zu sein. «Freya?», wiederhole ich.

«Freya? Oh, hast du mit ihr gesprochen?» Mrs. Kitts tut besorgt. «Wie geht es ihr? Diese ganze Geschichte mit der *Lupe* muss schlimm für sie gewesen sein. Übler, bösartiger Tratsch.»

«Hmm. In der Tat. Ich sollte Ihnen wohl dieselbe Frage stellen, Mrs. Kitts: Haben Sie mit ihr gesprochen?»

«Nein, das habe ich nicht.»

Während ich sie betrachte, ihre spitzen Gesichtszüge und ihre nachlässige Kleidung, frage ich mich, was um alles in der Welt Freya in ihr gesehen haben mag. Nie, wirklich niemals, hat sie Interesse an Frauen gezeigt, war sogar ganz besessen von diesem Guy. Aber vielleicht waren Freya und Mrs. Kitts ja verliebt, und Freya hat mir nie genug vertraut, um es mir zu erzählen. Und ich habe die Zeichen nicht erkannt.

Es ist zu schmerzhaft, darüber nachzudenken, dass unsere Freundschaft nur darauf gründete, was wir gemeinsam hatten – unsere Mütter, die Jungs, die wir geküsst haben. Das wäre unerträglich, weswegen ich mich gezwungen sehe, eine andere Möglichkeit in Betracht zu ziehen. Vielleicht hat Mrs. Kitts die Situation ausgenutzt, nachdem Freyas Mutter gestorben war. Nun, wenn das stimmt, wäre das, was ich getan habe, noch schlimmer. Ich habe Freya in ihrer Verletzlichkeit bloßgestellt, sie dafür gedemütigt vor Hunderten Leuten.

Mrs. Kitts setzt sich und streicht sich den schwarzen Faltenrock über den Schenkeln glatt. Mit flehendem Blick sieht sie zu mir auf. «Wie geht es ihr?»

«Ich weiß es nicht», antworte ich. «Wir haben nicht miteinander gesprochen. Warum haben Sie das getan?», frage ich sie geradeheraus. Ich will sehen, wie sie reagiert.

Mrs. Kitts sieht eingefallen aus. «Ich konnte nicht anders. Du kennst sie. Du musst wissen, warum. Wer war es überhaupt? Wer hat uns geoutet?»

«Keine Ahnung. Diejenige, die die Korrekturfahnen zur Druckerei gebracht hat.»

«Weiß irgendjemand, dass ich gemeint bin?» Ihre Stimme bricht beim letzten Wort.

Ich zucke mit den Schultern, meine Miene ist ausdruckslos wie eine Maske. «Ich bin nicht sicher.»

«Wirst du es weitererzählen?»

«Nein. Ich werde nichts sagen. Wenn Sie auch nichts sagen.» Es entsteht eine Pause. Ich kann mich nicht zurückhalten, will wissen, ob Freya ihr irgendetwas verraten hat. «Über Dinge, die Freya Ihnen erzählt haben könnte.»

«Die Liste ist lang.» Mrs. Kitts steht auf, wieder selbstsicher, weil sie mir eins auswischen kann. Sie zählt die Dinge an ihrer Hand ab. «Drogen, Zigaretten, Alkohol.» Sie singt fast in ihrem Spott. «Du hast nichts ausgelassen, oder? Schulsprecherin, das perfekte Leben …» Mit ihrem Zeigefinger wischt sie den Staub von einem Regalbrett. «Was wäre, wenn das rauskommt?»

«Das wird es nicht», entgegne ich. «Denn niemand wird

Ihnen jetzt noch glauben. Oder sich dafür interessieren. Sie denken, man wird Ihrem Wort mehr Glauben schenken als meinem, nachdem Sie eine Schülerin vernascht haben? Ernsthaft?»

Mrs. Kitts dreht sich zu mir um. Ich kann nicht sagen, ob Rachsucht in ihrem Blick liegt oder Reue, aber sie spießt mich geradezu auf mit ihren Augen. Ich starre geradewegs zurück.

«Tschüs dann», sage ich in demselben Singsang wie sie eben. Ich nehme meine Bücher aus dem Regal und verlasse den Raum.

Die nächste Woche zieht an mir vorüber. Es ist die fade Zeit vorm Weihnachtswahnsinn. In zwei Wochen beginnen die Ferien, und die Tage vergehen schmerzlich langsam. Jeden Tag aufs Neue versuche ich den anderen aus dem Weg zu gehen, und Freya habe ich noch immer nicht gesehen. Ich habe im Krankenzimmer nach ihr gesucht. Um mit ihr zu reden oder zumindest zu wissen, dass sie okay ist. Um herauszufinden, ob Mrs. Kitts diejenige ist, der sie von jener Nacht erzählt hat, und ob noch jemand davon weiß. Ich darf nicht in die Defensive geraten. Ich muss darauf vorbereitet sein, sowohl Freya als auch Mrs. Kitts diskreditieren zu können, falls etwas herauskommt. Dafür brauche ich alle Informationen. Aber Freya ist unauffindbar. Ich war mehrmals in ihrem Schlafsaal, aber ihr Bett ist abgezogen. Das Einzige, was von ihr geblieben ist, ist ein Zopfgummi mit ein paar blonden Haaren auf dem Nachttisch. Sie muss vorübergehend in ein anderes Haus gezogen sein. Da ich zu stolz bin, irgendwen zu fragen, belausche ich die anderen und versuche zwischen all dem Tratsch etwas aufzuschnappen. Die Gerüchte darüber, mit wem sie die Affäre hatte, werden immer abenteuerlicher und lächerlicher. Ein Teil von mir will sie ganz einfach wiedersehen. Um ihre Reaktion zu sehen. Jenseits der ganzen Taktiererei, den Lügen und der Angst, aufzufliegen, vermisse ich meine Freundin.

Verity versucht derweil mit frischem Eifer, den Lehrerinnen und den Schülerinnen zu beweisen, dass sie ein ehrbares Mitglied der Schule ist, trotz allem, was gerade passiert. Vor der Andacht weist sie die Vertrauensschüler an, wo sie zu stehen haben; auf dem Sportplatz schwingt sie den Lacrosseschläger wie ein Schwert; im Speisesaal trägt sie eine Trillerpfeife um den Hals, bereit, jeden Lautstärkeausbruch, der das normale Gesprächsniveau übersteigt, zu unterbinden. Dabei grinst sie die ganze Zeit mit leicht entblößten Zähnen. Sie macht mich wahnsinnig. Mrs. Pownall und andere Mitglieder des Vorstands gehen ein und aus, befragen die Schülerinnen, wer was gesehen hat. Dann machen sie mit dem Lehrkörper weiter. Jede wird befragt. Mrs. Artington, Mrs. Mayfield, Miss Berrymede, die Verheirateten, die Alleinstehenden, die Teilzeitkräfte. Niemand kann sich drücken. Es liegt noch immer diese Stimmung in der Luft, eine merkwürdig negative Atmosphäre, die in die Mauern der Schule eingesickert ist. Alle ziehen die Köpfe ein auf den Gängen und reden nur flüsternd miteinander. Mrs. Allen bittet mich in ihr Büro, um über anstehende Termine zu sprechen.

«Die Vorstandsmitglieder stellen immer noch Fragen», sagt sie und legt die Terminübersicht beiseite. «Und Freyas Vater hat angerufen. Er verlangt Antworten. Das darf die Schule nicht verlassen, verstehst du? Wenn irgendjemand Wind davon bekommt, wird es überall in den Zeitungen sein. Und nun … Josephine, du weißt, ich muss unseren guten Ruf schützen.»

«Ich weiß», antworte ich.

«Ich muss mir auch überlegen, was ich mit dir und Verity machen soll. Niemand weiß, was genau passiert ist, aber dir muss klar sein, dass die Verantwortung letztendlich bei dir liegt. Und bei Verity.»

«Ich habe damit überhaupt nichts zu tun.»

«Nun, ich habe mit deinem Vater gesprochen. Er kommt nächste Woche. Wir haben ein Treffen mit ihm und Veritys Eltern arrangiert. Wir müssen der Sache auf den Grund gehen. Herausfinden, wer diesen Text veröffentlicht hat und wer was wusste über Freya und dieses … *Gerücht.* Ich behaupte gar nicht, dass du irgendetwas damit zu tun hast, aber du wirst verstehen, dass du als Schulsprecherin die Verantwortung trägst. Die Lehrerschaft hat beschlossen abzuwarten, bis wir Nachricht aus Oxford bekommen, ob du eingeladen wirst oder nicht. Falls dem so ist und du angenommen wirst und wir entscheiden, eine Strafe zu verhängen, müssen wir dann schauen, wie wir vorgehen. Der Vorstand wird mit darüber abstimmen. Doch bis es so weit ist, bleiben dir alle Möglichkeiten offen. Verstanden?»

«Ja. Ja, ich habe verstanden.»

«Gut. Du kannst jetzt gehen.»

«Moment», sage ich. «Ich meine, verzeihen Sie, Mrs. Allen. Wissen Sie, ob Freya … ob sie zurückkommen wird?»

«Im Moment, Josephine, weiß ich nur, dass Freyas Vater mich ununterbrochen anruft, um mir vorzuwerfen, dass seine Tochter schikaniert wird. Er ist wütend auf die Schule, weil sie es nicht verhindert hat, und ich muss ihn besänftigen, während ich gleichzeitig versuche, diesen ganzen Schlamassel wieder in Ordnung zu bringen. Ich hoffe, dass sie zurückkehrt, wenn die Bewerbungen durch sind und sich die Dinge wieder etwas beruhigt haben. Mr. Seymour hat sich damit zumindest einverstanden erklärt. Und dann können wir versuchen, der Sache auf den Grund zu gehen, und zwar mit euch allen vier hier in der Schule.»

Mrs. Allens Stimme ist streng, aber gleichzeitig beruhigt es mich, dass sie mir vertraut. Es nimmt der Tatsache die Spitze, dass Rollo denkt, Freya würde schikaniert. Als ich Mrs. Allens Büro verlasse, sprechen mich drei Lehrerinnen auf Dinge an, um die ich mich schon vor Wochen hätte kümmern müssen. Es ist ein Segen, dass ich jetzt so super beschäftigt bin vor den Feiertagen. Die Weihnachtsmesse muss geplant und verschiedene Wohltätigkeitsveranstaltungen organisiert werden, und die ganze Zeit über warte ich darauf, ob ich zu diesem verdammten Bewerbungsgespräch eingeladen werde oder nicht. Etwas, um das sich Verity keine Gedanken machen muss. Der Druck hat mich schweigsam gemacht. Unscheinbar. Inzwischen trage ich nach der Schule nur noch Schwarz. Schwarze Leggins, schwarze T-Shirts und schwarze Sneaker. Damit fühle ich mich anonym. Auch wenn das Abzeichen noch immer da ist. Glänzt und funkelt. Es gibt mir Hoffnung. Kraft.

Die ganze Zeit über war ich durch die Gänge geschlichen und hatte Angst gehabt, Freya zu begegnen und ihr ins Gesicht sehen zu müssen, aber seit Mrs. Allen meinte, sie würde vorerst nicht zurückkommen, denke ich nicht mehr, sie könnte sich in der Dunkelheit an mich heranpirschen. Ich habe den Eindruck, das Magazin wäre längst vergessen, und dann erfahre ich auch schon von einer aufgelösten Sally, dass wir alle drei nach Oxford eingeladen werden. Ich, Sally und Freya. Ich frage mich, ob Freya es schon weiß und, falls nicht, wer es ihr sagen wird.

Auf die Antwort muss ich nicht lange warten. Sally erzählt mir, dass Verity meinte, Freyas Bewerbungsgespräch wäre schon gestern gewesen. Zu wissen, dass ich ihr in Oxford nicht über den Weg laufen werde, hilft mir, für den Rest des Tages nicht mehr an sie zu denken. Wenn ich all die Gedanken an sie zulasse, die Frage, ob sie mir jemals vergeben wird, dann werde ich mein eigenes Gespräch morgen vergeigen. Zugleich gibt mir die Aussicht auf ihre Rückkehr neue Energie. Während ihrer Abwesenheit muss ich die Gelegenheit nutzen, mich auf meine Prüfung zu konzentrieren, sobald sie zurück ist, kann ich ihr dann in der Gewissheit gegenübertreten, mein Bestes gegeben zu haben. Dann werde ich für all die anstehenden Befragungen in der richtigen seelischen Verfassung sein. Zufrieden mit meinem Plan, verbringe ich einen ergiebigen Nachmittag in meinem Zimmer. Ich lerne im Schein der Schreibtischlampe und bei geschlossenen Vorhängen, damit mich niemand stört. Freya könnte durchaus noch heute zurückkehren und mich aus der Spur bringen, daher halte ich mich versteckt, bis ich aufbreche. Am nächsten Morgen stehe ich früh auf. Um halb sechs sitze ich im Oberstufenraum, esse einen Apfel und trinke schwarzen Kaffee. Dann gehe ich rüber zum Hauptgebäude, hole meine Bücher und checke mein Fach. Es ist leer. Ich weiß auch nicht, was ich erwartet hatte.

Als ich in Oxford ankomme, brodelt mein Körper vor Nervosität, aber mein Kopf ist frei. Das muss an der Architektur liegen, der Symmetrie der Türme, den Gemäuern, golden im

Sonnenlicht. Es ist diese Stadt. Diese Stadt, die mich durchströmt. Dieser Ort, auf den ich so lange Zeit hingearbeitet habe. Der in meinem Leben über allem und jedem steht. Ich kann nicht anders, als mich schon jetzt als ein Teil davon zu fühlen. Überall Studenten, die mit Büchern unterm Arm herumschlendern, mit dem Fahrrad zur nächsten Vorlesung fahren, kleine Cafés voller Menschen, die lesen, diskutieren, lernen. Ich bin wie gemacht für diesen Ort. Die Energie dieses Ortes macht mich high.

Das Gespräch läuft gut. Ohne Freya und Verity in der Nähe bin ich besser. Sogar deutlich besser. Im Raum riecht es nach Büchern und Intellekt, die Stühle haben eine gerade Lehne, und auf dem Boden liegt ein dünner, blauer Läufer, der mich an Mrs. Allens Büro erinnert. Die beiden Prüfer haben ein Lächeln auf dem Gesicht, als ich gehe, und nicken sich gegenseitig zu. Während des Gesprächs prangt mein Abzeichen auf der Brust. Sie fragen mich, was es für mich bedeutet, Schulsprecherin zu sein. «Zu führen», antworte ich. «Verantwortung zu übernehmen. Ein moralisches Vorbild zu sein.» Ich erinnere mich an die Worte, die Mrs. Allen benutzte, als sie mir das Abzeichen angesteckt hat.

«Es ist eine große Ehre, Schulsprecherin des besten Mädcheninternats des Landes zu sein», sagt einer der Prüfer.

«Das ist es», stimme ich ihm zu. «In der Tat. Ich hoffe, es gibt mir Kraft und Zuversicht für die kommenden Jahre.»

Sie fahren fort mit der einstündigen Befragung, und die ganze Zeit über hängen sie an meinen Lippen. Als ich die Ansichten eines prominenten Historikers über den Zweiten Weltkrieg darlege, hebt einer der beiden die Augenbrauen und sagt: «Darüber habe ich noch nie nachgedacht. Beeindruckend.» Nach dem Interview gehe ich in ein kleines Café und komme wieder zur Ruhe. Ich lese ein Buch und die Zeitung und esse ein Stück Zimtkuchen. Um fünf Uhr nachmittags rufe ich meinen Vater aus einer Telefonzelle an. Als er nicht abhebt, hinterlasse ich ihm eine Nachricht, erzähle ihm, dass das Gespräch gut gelaufen ist. Anschließend treffe ich Melody Swaffham, die direkt nach mir an der Reihe war. Wir gehen zusammen essen und trinken ein Glas Wein, bevor wir mit dem Taxi zurück zur Schule fahren. Auf dem Rückweg fühle ich mich noch immer beschwingt und ich bin bereit, Freya gegenüberzutreten, die jederzeit auftauchen kann. Melody und ich plaudern den ganzen Rückweg, doch als wir vorm Schultor halten, parken vier Streifenwagen in der Auffahrt, und ihre Scheinwerfer zerschneiden die Dunkelheit.

«Was ist passiert?», fragt Melody.

«Ich weiß es nicht. Bestimmt gar nichts. Vielleicht wegen der Sache mit Fr–» Ihr Name bleibt mir im Hals stecken.

«Ja, bestimmt geht es darum», sagt sie. Ihre weitaufgerissenen Augen blicken ängstlich. Ich will die Mutterleibswärme des Taxis nicht verlassen. Als wir das Tor passieren, sehen wir im Augenwinkel einen Krankenwagen, der in Richtung der Unterkünfte fährt. Dann kommt er wieder zurück und biegt auf den Hauptweg ein. Die Scheibe beschlägt von unserem Atem. Immer wieder wischen wir mit unseren Ärmeln über das Glas.

«Josephine?», sagt sie.

«Ja?»

«Ich habe Angst.»

«Mach dich nicht lächerlich.» Mir ist ganz wacklig, und das Herz ist schwer und langsam in meiner Brust.

«Es ist alles gut. Es ist – es ist bestimmt gar nichts, ganz sicher. Vielleicht ein Feueralarm?» Fenster öffnen sich. Schülerinnen in Nachthemden lehnen sich aus den Fenstern der Schlafsäle, die Haare hängen offen herunter, während die Sirene des Krankenwagens heult.

«Nein. Das ist kein Feueralarm. Was ist hier los?»

«Pst.» Die Sanitäter öffnen das Heck des Wagens, schnappen sich eine Trage und Erste-Hilfe-Equipment und rennen ins Schulgebäude. Irgendjemand hält ihnen die Tür auf, wir können nicht erkennen, wer es ist.

«Sollen wir aussteigen?», fragt Melody.

«Nein. Lass uns noch warten. Wir stehen nur im Weg herum.»

In Wahrheit bin ich wie erstarrt. Ich kann mich nicht bewegen. Ich bin hin- und hergerissen, will um jeden Preis weg hier und gleichzeitig helfen, aber meine Gliedmaßen sind wie gelähmt. Ich bin still, während alles um mich herum summt. Wir sind noch keine fünf Minuten da, aber es fühlt sich an wie eine Ewigkeit. Wir halten den Atem an – kein Beschlag mehr auf der Scheibe. Die Tür öffnet sich erneut, und Mrs. Allen kommt hinausgelaufen, ganz grün im Gesicht. Sie trägt einen karierten Schlafanzug und Lockenwickler im Haar. Es ist ein komischer Anblick, die Schulleiterin im Nachtzeug. Ich hatte nie darüber nachgedacht, dass sie auch mal schlafen muss. Mrs. Kitts folgt ihr, schwer atmend, die Hand vor dem Mund. Direkt hinter ihnen kommen die Sanitäter in ihren grünen Uniformen mit der langen Trage. Da liegt jemand. Wird beatmet. Ich kann sein Gesicht nicht sehen. Die Sanitäter beugen sich über ihn. Ich sehe Schuhe. Schuhe, die über den Rand der Trage reichen. Sie sind grau. Graue Wildlederturnschuhe.

Und neu. Ich habe sie noch nie gesehen. Das ist ein merkwürdiges Phänomen in Mädchenschulen: Man erkennt jede an ihren Schuhen. Sie sind angesichts der Uniformen das einzige Identifizierungsmerkmal. Aber diese Schuhe kenne ich nicht.

Die Schnürsenkel wurden gegen fluoreszierende Bänder ausgetauscht. Die Knöchel sind schmal, zart. Mrs. Kitts schwenkt ein Blatt Papier durch die Luft und schreit: «Sie hat einen Brief hinterlassen! Sie hat einen Brief hinterlassen!» Sie ist hysterisch, die andere Hand presst sie an ihre Brust. Und hält etwas fest. Es sieht aus wie Haare, mit roten Stellen. Ich kann es nicht richtig erkennen, weil Mrs. Kitts es jetzt durch die Luft schwingt, als wäre sie beim Kugelstoßen. Sie kommt näher, und ich kann das Blatt sehen, das sie in der Hand hält. Darauf nur wenige Zeilen. Und auch wenn ich sie nicht lesen kann, habe ich ein ausgesprochen ungutes Gefühl. Ich fürchte, ich weiß, wer da unter der Sauerstoffmaske liegt.

2014

Ich muss behutsam mit Gracie umgehen. Gestern beim Abendessen habe ich Erinnerungen an unsere gemeinsame Schulzeit heraufbeschworen, um ihr Informationen über Freya zu entlocken und herauszufinden, was sie wissen wollte. Aber Gracie wollte nur über sich selbst reden, sich mit mir vergleichen und auf beste Freundinnen machen.

Heute Abend ist es das Gleiche. Wir sitzen wieder beim Abendessen, und es herrscht eine heitere Stimmung, denn gleich ist Kinoabend im Aufenthaltsraum. Es gibt Popcorn, und wir können abstimmen, was wir gucken wollen.

«Ist es nicht komisch? Wo es uns hingeführt hat im Leben. Ich mein, wer hätte gedacht, dass du mal hier drin landest? Ich habe immer nur gedacht, wie klug du bist, aber tief drinnen waren wir beide am Kämpfen, oder?»

«Hmm. Vermutlich», sage ich und bete innerlich, dass sie die Klappe hält. «Welche Erinnerungen hast du noch an die Schulzeit?»

«Ich erinnere mich eigentlich nur ans Lernen. Lernen und lernen und versuchen mitzuhalten. Es ist mir schwergefallen. Nicht wie bei dir.»

«Ja, ich und Freya – jeder dachte, wir hätten es leicht», entgegne ich und hoffe, sie öffnet sich ein wenig.

«War es denn nicht so?» Gracie rückt vom Esstisch ab, schiebt ihren Teller beiseite und schlägt die Beine übereinander.

«Oh nein. Weißt du, alle hatten große Erwartungen an uns.

Wir waren uns so nah, und die Leute wollten wissen, was dahintersteckte. Hinter unserer Freundschaft, meine ich. Wir sind … waren, besser gesagt, ziemlich verschieden.»

Ich sehe Gracie an, will, dass sie etwas dazu sagt, aber sie tut es nicht. Dann fängt sie an zu weinen. «Ihr hattet so ein Glück, euch zu haben, ist dir das klar?»

Mir ist es peinlich, dass sie vor allen heult. Ich frage sie, ob ich ihr einen Pudding holen kann.

«Ja, bitte», sagt sie. «Tut mir leid.»

«Schon okay.»

Als ich zurückkomme, schaufelt sie sich wieder Essen rein und spült es mit einem Plastikbecher Wasser herunter.

«Und, wie findest du die Ärzte hier?», fragt sie und wischt sich mit der Hand über den Mund.

«Gut», antworte ich. Ich will das Thema nicht vertiefen. «Sie sind gut. Helfen mir wegen meiner Mutter.»

«Deine Mutter. Ach ja, war sie damals nicht krank? Ich erinnere mich, dass die Lehrerinnen uns mal deswegen zusammengerufen haben. Sie sagten, wir sollten dich nicht darauf ansprechen, weil du nicht willst, dass es jemand weiß, aber dass wir uns um dich kümmern sollen. Was stimmte nicht mit ihr?»

«Die Lehrerinnen? Haben allen gesagt, dass meine Mutter krank ist?» Ich bin schockiert. Ich dachte, niemand hätte es gewusst.

«Jupp. Jeder wusste alles über jeden, oder? Ob man es wollte oder nicht.»

«Mit ihr war alles in Ordnung.» Ich balle wütend meine Hand zur Faust. «Und ja, genau so war's wohl.»

«Alles okay? Hab ich was Falsches gesagt?», fragt Gracie.

Ihre Stimme ist ganz matt, die Augen sind eingesunken. Ich merke, dass ich ihr Angst mache. Wenn ich will, dass sie über Freya redet, muss ich dafür sorgen, dass sie sich so wohl fühlt wie möglich.

«Nein, nein, tut mir leid, Gracie. Das sollte nicht gereizt klingen. Ich habe nur gerade an etwas vollkommen anderes gedacht. An was erinnerst du dich noch?»

«Nichts», sagt sie. «Ich weiß gar nichts. Ehrlich, ich weiß gar nicht, wieso du überhaupt mit mir sprichst. Ich bin einfach … ich bin nutzlos.»

Für heute habe ich sie verloren. Ich stehe auf und sage, dass ich müde bin und ins Bett muss.

«Übrigens», sage ich im Gehen. «Du bist wahrscheinlich nicht total, zu einhundert Prozent, nutzlos.»

Als sie mich anlächelt, verspüre ich zu meiner Überraschung leichte Freude.

1996

Melody und ich bleiben fünfzehn Minuten im Taxi sitzen. Keine von uns sagt ein Wort. Der Fahrer ist kreidebleich. Er sieht uns ständig durch den Rückspiegel an.

«Seid ihr so weit, Mädels?», fragt er dann. Melody klammert sich an meinen Mantel. Ich zittere immer noch.

«Willst du meinen Schal?», fragt sie.

«Danke, es geht schon.»

«Hier.» Sie nimmt ihren blauen Schulschal ab und wickelt ihn mir um den Hals. «Lass uns hochgehen. Ich bringe dich zu deinem Haus.» Melody weiß es auch. Sie hat meinen Gesichtsausdruck gesehen, als Freya vorbeigetragen wurde. Als wir schließlich einen Blick erhaschen konnten auf die Umrisse ihres schmächtigen Körpers, das Kinn unter der Maske. Und dann sahen wir ihr Haar. Es war kurz geschoren, und ich kann beim besten Willen nicht sagen, wieso. Ich will schreien.

«Sie ist okay. Sie wird schon wieder», flüstert Melody immer wieder.

«Sollen wir ins Krankenhaus fahren?», frage ich. Ich bin erstaunt, dass ich nicht in der Lage bin, irgendeine Entscheidung zu treffen.

«Nein. Man wird uns bestimmt nicht reinlassen. Lass uns zum Haus gehen und herausfinden, was passiert ist. In Ordnung?» Melody führt mich über den Rasen und den Pfad hinauf. Als wir am Haus ankommen, sind alle Lichter erloschen. Mrs. Sands, die Hausmutter, sitzt vor dem Eingang auf einem kleinen Plastikhocker.

«Mädchen. Euch geht es gut. Gott sei Dank. Ich wusste, dass ihr spät kommt, aber Mrs. Kitts hat gerade angerufen. Sie wurde … sie wurde aufgehalten, deshalb schließe ich für sie ab.»

«Schon gut, Mrs. Sands. Wir wissen Bescheid. Wir waren gerade vorne», sagt Melody.

«Und? Was ist passiert?», fragt sie zurück. Ihre Hände reiben über ihren Faltenrock. Das raschelnde Geräusch brodelt in meinem Kopf.

«Sie sah tot aus», sage ich ungläubig. «Tot.»

Erst sehe ich Mrs. Sands an, dann Melody, die ihre Schultern zurückzieht.

«Nein», sagt Melody. «Bestimmt ist sie bald wieder völlig gesund, Josephine. Du weißt nicht, was passiert ist. Niemand von uns weiß das, also lass uns nicht überdramatisieren.»

«Mach dir nichts vor, Melody.» Meine Stimme klingt gepresst. «Sie sah tot aus.» Melody sieht zu Boden. Mrs. Sands weint. Ich habe mich auf den Boden gesetzt. Die Hausmutter streicht mir übers Haar, und ich nestle an meinem Abzeichen herum. Reiße es von meinem Pullover.

Dann hält Melody mein Haar fest, während ich mich in einen kleinen grauen Eimer übergebe, in dem drei Lacrosseschläger stehen. In meinem Kopf kreisen diese komischen kleinen blinkenden Lichter: grün und weiß. Ich höre wieder die Musik aus jener Nacht, und der Beat schießt meine Wirbelsäule hinab. Nach fünf Minuten oder so klingelt das Haustelefon, das direkt hinter der Tür steht. Mrs. Sands nimmt den Hörer auf und nickt und bestätigt, was auch immer gerade gesagt wird. Melody und ich sehen sie an. Mrs. Sands hebt einen arthritischen Finger. Er ist glänzend braun, als hätte sie ihn mit Leinöl eingerieben.

«In Ordnung. Ich sage es ihr.» Sie legt auf und sieht mich an. Ich stehe auf. Habe mich wieder gesammelt. Ich fühle mich deutlich besser. Melody hat recht. Ich habe überreagiert.

«Josephine?», sagt Mrs. Sands.

«Ja?»

«Es tut mir leid. Du sollst eine kleine Tasche mit deinen Sachen packen und auf die Krankenstation gehen.»

«Mir geht es gut, Mrs. Sands. Ich stand nur unter Schock, das ist alles. Sie wissen, dass ich sonst nicht so bin.»

«Ja, das weiß ich. Und ich bin froh, dass es dir besser geht, aber darum geht es nicht. Ich fürchte, Mrs. Allen hat verfügt, dass du isoliert wirst. Warum genau, weiß ich nicht, aber du sollst sie in zehn Minuten vor der Krankenstation treffen.»

«Ich soll allein gehen?»

«Sie hat versucht, Mrs. Keats anzurufen, damit sie dich begleitet, und ihr eine Nachricht hinterlassen. Aber wenn sie nicht in fünf Minuten auftaucht, sollst du allein gehen.»

Ich sehe zu Melody. «Was ist mit ihr?»

«Es geht nicht darum, was ihr gerade gesehen habt. Geh jetzt bitte und hol deine Sachen. Beeil dich.»

Ich renne nach oben. Die Jüngeren in meinem Schlafsaal sind alle wach und wollen wissen, was los ist. Ich erzähle ihnen, meine Mutter sei krank. Mir fällt nichts Besseres ein.

«Macht das Licht aus, schnell. Ihr wisst, dass es nach zehn dunkel sein soll. Wenn Mrs. Kitts euch erwischt, lässt sie euch früher aufstehen und Müll sammeln. Sie steht zurzeit ziemlich unter Strom.» Die Lampen gehen aus, und ich bin erleichtert, dass niemand mein Gesicht sehen kann. *Es ist vorbei. Ich bin aufgeflogen.* Als ich wieder heruntergehe, fragt mich Mrs. Sands, warum ich so viel Zeug dabeihabe. Es ist keine zwei Minuten her, aber ich habe keine Ahnung, was ich eingepackt habe.

«Es … Ich weiß es nicht.»

«Na schön. Also da Mrs. Keats immer noch nicht hier ist, solltest du losgehen.»

«Natürlich.» *Reiß dich zusammen, Josephine. Leugne, leugne, leugne.* «Klar. In Ordnung. Wir sehen uns morgen, Melody.» Mrs. Sands öffnet die Tür und stößt mich quasi hinaus in die Finsternis. Als ich mich umdrehe, um sie nach einer Taschenlampe zu fragen, ist die Tür schon zu.

Wenn ich zu große Schritte mache, fürchte ich zu stolpern. Die Blätter rascheln, und ich denke an mich und Freya, als wir jünger waren, zehn oder elf. Wir haben uns bei ihr im Garten die Augen verbunden. Sie wollte, dass ich mich im Kreis drehe, bis ich mich beinahe übergeben musste. So haben wir stundenlang Fangen gespielt. Einmal habe ich ihr das schwarze Tuch um den Kopf gewickelt und sie im Kreis gedreht, wieder und wieder.

«Eins, zwei, drei, vier, fünf, los, immer weiter drehen», hatte ich gerufen. Sie tat es. Drehte sich weitere zwanzig Sekunden, bis ich einen dumpfen Schlag hörte und sie kichernd auf dem Boden lag. «Steh auf, weiter», sagte ich. Sie tat es.

«Mir wird schlecht», rief sie lachend.

«Okay. Jetzt darfst du mich fangen. Los, versuch, mich zu fangen.» Ich wartete zwei oder drei Sekunden und lief dann ins Haus. Ich ging in ihr Zimmer, machte den Fernseher an und vergaß sie völlig. Zwanzig Minuten später kam ihre Mutter herein und fragte, wo sie sei.

«Freya? Die ist auf Klo», sagte ich. Sobald sie weg war, lief ich herunter und fand Freya auf der weißen Holzbank im hinteren Teil des Gartens. Sie hatte geweint; ihr Kleid war dreckverschmiert und feucht.

«Freya», sagte ich. «Ich bin nur kurz hochgegangen.»

«Kannst du bitte die Augenbinde abnehmen? Ich krieg sie nicht ab.» Ich hatte sie vier- oder fünfmal geknotet, sodass sie fest gegen ihren Schädel drückte. Sie hinterließ rote Stellen an den Schläfen.

«Du hast Flecken im Gesicht», sagte ich. Sie schaute mich an.

«J, bitte tu das nie wieder. Du hast mir echt Angst gemacht.»

«Na komm. Lass uns Limonade trinken gehen», erwiderte ich. «Ach ja, deine Mutter hat gefragt, wo du bist, und ich hab gesagt, du wärst auf dem Klo. War das okay?»

«Ja.» Sie nahm meine Hand und drückte sie.

Ich war mittlerweile am Fuß des Hügels angekommen und begriff, dass ich mich nie bei Freya dafür entschuldigt hatte, ihr solche Angst gemacht zu haben. Wenn sie durchkommt, werde ich ihr sagen, dass es mir leidtut. Dass es mir leidtut, sie so allein gelassen zu haben. Ihre Mutter war dann hereingekommen, hatte einen Blick auf Freya und ihr nasses Kleid geworfen und ihr gesagt, sie solle sich waschen gehen. Freya hatte ihr natürlich geantwortet, sie sei auf dem Klo gewesen.

Wenn sie noch lebt, dann werde ich sie waschen. Ich werde sie waschen, wenn sie will, dass ich sie wasche. Ich werde ihr Haar waschen. Ihr Gesicht. Ich werde alles tun. Die Ereignisse der letzten Wochen wirbeln durch meinen Kopf, und egal, wie sehr ich versuche, mich abzulenken, es hört nicht auf. *Freyas schmutziges kleines Geheimnis*, wieder und wieder, wie eine kaputte Schallplatte, und die Reue, all die schrecklichen Gefühle verwandeln mein Herz in ein gähnendes schwarzes Loch. Ich frage mich, ob ich das jemals vergessen kann. Die Krankenstation liegt im Dunkeln. Keine Patienten. Mrs. Allen öffnet mir die Tür und deutet auf ein Bett am Fenster.

«Da ist eine Leselampe», sagt sie und zeigt auf einen kleinen Tisch. Ich verstaue meine Zahnbürste und die anderen Sachen im Nachttisch und setze mich aufs Bett. Ich warte darauf, dass sie etwas sagt. Sie schweigt. Klopft nur aufs Bettende. Sagt, ich solle mich für morgen ausruhen.

«Was ist morgen?», frage ich und versuche, entspannt zu klingen.

«Geh einfach schlafen», sagt sie.

2014

Am nächsten Morgen ist Gracie nicht da. Ich überlege, meinen Vater zu bitten, dass er Freya eine Mail schreibt und ihr mitteilt, dass ich sonst wohin umgezogen bin, damit sie mich endlich in Ruhe lässt. Ich verwerfe die Idee schnell wieder. Zu anstrengend. Zu aufwendig. Zu kompliziert. Gegen Mittag besucht mich Toby im Aufenthaltsraum. Er hat zwei Blumensträuße mitgebracht. Einen mit großen Sonnenblumen und einen kleinen, den er im Park gepflückt hat.

«Die Blumen bräuchten dringend Wasser. Sie sehen leicht tot aus», sagt er lachend, dann wirkt er nervös. «Du siehst wirklich toll aus. Dieser Ort tut dir gut.» Er kneift mir in die Wange. «Du hast sogar ein bisschen zugelegt.»

«Danke.» Es stimmt, meine Jeans werden allmählich enger. Ich hatte eine Menge Kuchen zum Tee.

«Aber es steht dir. Du siehst echt gut aus, so gut wie seit Jahren nicht.»

«Ich trage nicht mal Make-up», sage ich und lache. «Ich weiß nicht, wie du darauf kommst.»

«Ich habe dich schon oft ohne Make-up gesehen», sagt er, und wir schweigen, denken an unsere gemeinsame Zeit zurück. Die Tage, die wir im Bett verbracht haben, mit Fladenbrot und einem Kaffee nach dem anderen und … Ich kann ihm nicht mehr in die Augen sehen.

«Wie geht's deiner Freundin?»

«Gut. Morgenübelkeit.»

«Richtig.»

Und dann lässt er's raus:

«Sie will heiraten.» Toby hat mir hoch und heilig geschworen, nie, wirklich niemals, zu heiraten. Das war das Einzige, bei dem ich mir absolut sicher sein konnte.

«Wirklich», sage ich ruhig in der Gewissheit, dass er mir gleich versichert, wie lächerlich es ist.

«Ich habe Ja gesagt, Josephine. Ich habe Ja gesagt.»

Es geschieht nicht sofort, aber als dann die Tränen kommen, verkrampft sich mein ganzes Gesicht. Es ist das zweite Mal in dieser Woche, dass ich weine. Das zweite Mal in etwa fünfundzwanzig Jahren.

«Es tut mir leid. Wirklich. Ich wünschte, ich hätte es dir nicht hier erzählen müssen. Jetzt. Aber morgen steht unsere Verlobungsanzeige in der *Times*. Ich wollte nicht, dass du sie liest, bevor wir miteinander gesprochen haben.» Für die nächsten zehn Minuten sage ich keinen Ton. Ich sitze einfach da und weine.

«Glückwunsch», sage ich, als das Schluchzen endlich nachlässt.

«Danke.»

«Ich danke *dir*, wo wir gerade dabei sind.»

«Wofür?»

«Dafür, dass du mich gedrängt hast, zu Dr. McKinnie zu gehen. Hast du eigentlich mit ihr geschlafen?» Jetzt, da er unsere Beziehung abgehakt hat, habe ich kein Problem, ihn das zu fragen.

«Mit Dr. McKinnie? Machst du Witze? Sie ist meine *Ärztin*. Hast du das die ganze Zeit gedacht, während du bei ihr in Behandlung warst?»

«Nein, nicht die ganze Zeit.»

Toby lacht, das muss man ihm lassen.

«Toby, ich muss dich etwas fragen.»

«Dann los.»

«Wenn jemand … jemand aus deiner Vergangenheit, dich treffen will, obwohl du ihm gesagt hast, dass du nicht willst – was würdest du tun?»

Toby nimmt meine Hand.

«Wen meinst du? Ist es das, was dich die ganze Zeit beschäftigt?» Er guckt jetzt völlig ernst. «Was ist los? Soll ich die Polizei einschalten? Jemanden engagieren, der auf dich aufpasst? Ich kenn da Leute, weißt du –»

«Nein, nein.» Die Aussicht, jemandem von Freya zu erzählen, ist so ungeheuerlich, dass mir schwarz vor Augen wird. «Einen Moment.» Ich schließe sie, atme ruhig und zähle bis zehn. «Ich kann nicht weiter darauf eingehen. Ich will einfach, dass diese Person mich in Frieden lässt. Das ist alles. Es wühlt zu viele Erinnerungen auf.» Während ich das sage, schwillt die Geräuschkulisse in meinem Kopf an. Trance-Musik. Kurz denke ich, jemand hätte nebenan das Radio aufgedreht, bis ich kapiere, dass es in mir drin ist.

«Okay, also wenn du mir nicht sagen willst, was los ist, dann sag mir wenigstens, warum du plötzlich so stark schwitzt. Warte.» Er wischt mir mit einem Taschentuch über die Stirn. «Du zerfließt ja. Was zum Teufel, J?»

«Es ist nichts. Gar nichts. Ich wünschte, ich hätte nichts gesagt. Ich kann nicht darüber reden. Lass mich bitte allein. Geh einfach.»

Toby steht auf und deutet auf die Blumen. «Soll ich die ins Wasser stellen?»

«Geh einfach. Verpiss dich.»

Toby weicht einen Schritt zurück und hebt beschwichtigend die Hände. «J … Ich … Ist alles in Ordnung? Ich kann dir helfen, wie gesagt. Aber du klingst nicht sehr vernünftig. Lass es mich wissen, wenn du so weit bist. Okay? Sag einfach Bescheid. Dann bin ich für dich da.»

Ich antworte nicht. Ich habe solche Angst. Die Worte blähen sich in meiner Kehle auf. Mir ist ganz schlecht. *Fick dich, Freya, wegen dir fühle ich mich so.* Ich werde endlich aus Gracie herauskriegen, was Freya von mir will, und dann werde ich einen Plan ausarbeiten, damit Freya Seymour mich niemals wieder kontaktieren kann. Und dann kann ich in Ruhe und Frieden weiterleben. Ohne die finsteren Erinnerungen, unsere gemeinsamen Erinnerungen, die mich innerlich zerfressen.

1996

Ich wache auf, als die Vorhänge aufgezogen werden.

«Steh auf», sagt Mrs. Allen. Es ist sechs Uhr morgens. Samstag. Normalerweise dürfen wir an den Wochenenden bis halb neun im Bett bleiben. Es ist komisch, dass Mrs. Allen mich im Bett sieht. Meine Beziehung zu ihr beschränkte sich immer auf die vier Wände ihres Büros, und ich fühle mich unwohl, ziehe mir die Decke bis unters Kinn hoch, obwohl ich noch die Sachen von gestern trage.

«Wir treffen uns in fünf Minuten draußen.» Aus dem großen Haufen Klamotten, den ich gestern mitgenommen habe, nehme ich mir einen schwarzen Rock und eine locker sitzende Bluse. Dazu flache Pumps. Die übrigen Sachen lege ich wieder zusammen und stopfe sie zurück in meine Tasche. Als fünf Minuten um sind, nehme ich alles wieder raus und packe es erneut ein, um mich abzulenken und Zeit zu schinden. Ich kann hören, wie Mrs. Allen draußen auf und ab geht.

«Josephine?»

«Ich komme, Mrs. Allen.» In der Schule ist es eiskalt. Normalerweise läuft die Heizung auf Hochtouren, aber als ich einen der Heizkörper berühre, ist er kalt. Wir gehen in ihr Büro, und sie bietet mir einen Stuhl an, bevor sie sich selbst setzt. Die Regel, dass man sich erst nach dem Lehrer hinsetzt, gilt nicht mehr.

«Josephine. Ich kann mir denken, dass du wissen willst, warum du hier bist.»

«Freya», sage ich.

«Sie lebt. Gerade so. Sie wird wieder. Wir glauben, dass sie es schaffen wird.» Mrs. Allen sieht auf die Schreibtischplatte hinab. Tippt mit den Fingern auf die Kante. Dann entnimmt sie der obersten Schublade ein Blatt Papier, faltet es auseinander und reicht es mir. Ich nehme es. Lese es. Es ist der Brief, den Mrs. Kitts in der Hand hielt, als der Krankenwagen mit Freya weggefahren ist. Schweigend gebe ich ihn Mrs. Allen zurück.

«Was hast du dazu zu sagen?» Einzelne Worte kreisen unablässig vor meinem inneren Auge, bis sie sich vermischen und keinen Sinn mehr ergeben.

Kann nicht. Josephine. Schuld. Töten. Josephine. Hast mich geoutet. Meine Geliebte. Töten. Mich.

Ich muss lachen. Mrs. Allen sieht mich an.

«Nun, wir werden Mrs. Pownall hinzubitten müssen, und zwar sofort. Möglicherweise die Polizei. Aber du weißt, wie ich darüber denke. Und dein Vater. Er wird früher kommen müssen als geplant.»

«Was ist mit Verity?», frage ich.

«Was soll mit ihr sein?»

«Was ist mit ihrer Rolle in der ganzen Sache? Ich hatte keine Kenntnis von der verspäteten Ergänzung auf der ‹Wer ist es?›-Seite. Absolut keine.»

«Nun, das ist gut. Aber wir müssen der Sache auf den Grund gehen. Herausfinden, was passiert ist. Ich will auch nicht, dass die Presse Wind davon bekommt. Verstehst du? Sonst riskieren wir unseren guten Ruf.»

«Ich weiß. Ich weiß. Ich will genauso wenig wie Sie, dass das passiert, Mrs. Allen.»

Sie lächelt. «Das weiß ich. Mach dir keine Sorgen.»

«Gibt man mir die Schuld daran?» Ich will sie wegen Oxford fragen, aber plötzlich fühle ich mich, als müsste ich mich übergeben. Meine beste Freundin ist beinahe gestorben, und zwar wegen mir. Ich hätte fast jemanden umgebracht. Diese ganze hässliche Sache ist so außer Kontrolle geraten, dass Freya beinahe ihr Leben verloren hätte.

«Nein. Noch nicht. Wir wissen nicht, was genau passiert ist. Freya hat eine schwere Anschuldigung vorgebracht. Wir müssen warten, bis es ihr besser geht.»

«Wird es ihr wieder gutgehen?»

«Ich hoffe es. Sie ist noch immer bewusstlos, aber die Ärzte scheinen zu glauben, dass sie stabil ist.»

Bewusstlos? Ich dachte, sie wäre schon wieder auf den Beinen. Ich bin kurz davor, aufzuspringen und aus dem Raum zu flüchten.

«Wie?», gelingt es mir zu fragen.

«Tabletten. Außerdem hat sie ein paar ziemlich tiefe Schnitte an den Handgelenken. Wir denken, sie könnte eine Art … Episode gehabt haben. Sie hat sich auch das Haar abgeschnitten.» Ich muss an ihren langen blonden Pferdeschwanz denken und die glänzenden rosa Narben auf ihrem Becken.

«Wer hat sie gefunden?», frage ich.

Ich wünschte, ich wäre dort gewesen. Um mich um sie zu kümmern. Um ihr zu sagen, dass alles gut wird. Ich will sie in die Arme schließen und ihr sagen, dass jene Nacht – sie hätte uns nicht beide derart kaputt machen dürfen. Will ihr sagen, dass es mir leidtut, sie verletzt zu haben. Es tut mir leid. Aber die Schuld ist zu entsetzlich, zu gewaltig. Sie hat ein Eigenleben entwickelt, sich in ein grauenvolles Wesen verwandelt, und ich werde die Konsequenzen tragen müssen. Ich werde alles tun, was ich kann, um das wieder geradezubiegen. Und die einzige Lösung, die mir einfällt, ist, so weiterzumachen wie bisher. Freya wird sich erholen, Verity wird die Schuld bekommen, aber bestimmt trotzdem nach Oxford gehen, und dann können Freya und ich so erfolgreich sein, wie wir sein sollten. Sie wird ihren Vater – und ihre Mutter – stolz machen. Und ich werde meine Karriere gestalten, mein Leben, ohne fürchten zu müssen, wie meine Mutter zu werden. Nachdem ich diese Entscheidung für mich getroffen habe, sehe ich zu Mrs. Allen auf.

«Wer sie gefunden hat?», flüstert sie. «Es war Mrs. Kitts.» In ihren Augen blitzt etwas auf. «Mrs. Kitts», wiederholt sie. Ganz langsam nickt sie und öffnet den Mund. «Mrs. Kitts. Wer hätte das gedacht … Sie ist diejenige, nicht wahr? Jetzt ergibt alles einen Sinn. Sie hat mich gedrängt, Freya für das Stipendium zu nominieren. Ich hatte Bedenken, aber sie war unnachgiebig. Redete auf mich ein, bis ich zustimmte. Sie fand Freya, nachdem sie … Gott. Mrs. Kitts. Die ganze Zeit.» Sie stellt mir keine Frage. Und für einen kurzen Moment nimmt die Vorstellung in meinem Kopf Gestalt an, und ich lasse es zu. Dass Freya es vor mir geheim gehalten hat. Dass es natürlich wahr war. In jener Nacht, bevor wir in den Club gegangen sind, hat sie so sehr darauf bestanden, dass sie nichts mehr von diesem Guy wollte. Sie hatte damals schon ihr Geheimnis, ich weiß es. Dieser komische Ausdruck in ihren Augen, als ich sie fragte, ob sie aufgeregt wäre, ihn wiederzusehen. Ich frage mich, was ich sonst noch alles nicht wusste über meine Freundin Freya. Was hat sie mir noch vorenthalten? «Werden Sie Verity befragen wegen der *Lupe*?» Ich muss von nun an so normal wirken wie möglich. Das heißt: mich auf die Arbeit konzentrieren, darauf, nach Oxford zu kommen.

«Ja. Irgendwann. Wir müssen zunächst Freyas Genesung abwarten.» Mrs. Allen nimmt den Hörer ab.

«Mrs. Pownall, könnten Sie bitte herkommen, möglichst schnell. Es hat neue Entwicklungen gegeben ... Nein, nichts Konkretes, Sie müssen die Polizei nicht einschalten ... In Ordnung, vielen Dank. Bis später.»

Ich öffne meinen Mund, um ihn direkt wieder zu schließen.

Komischerweise bin ich mir so sicher, dass Freya durchkommt, dass ich keinen Gedanken mehr daran verschwende. Die Vorstellung, ihr könnte irgendwas zustoßen, ist so ... so falsch, dass ich sie einfach nicht zulassen kann. Mrs. Allen legt den Hörer auf die Gabel und löst den Blick nicht vom Apparat.

Mein Vater kommt am Nachmittag an. Er ist selbst gefahren. Das war noch nie da. Seine Miene wirkt verkniffen, sein Hemd ist zerknittert.

«Josephine», sagt er. «Wo ist Freya?»

«Sie ist im Krankenhaus.»

«Ich habe gerade mit Rollo gesprochen. Er ist heute Morgen aus Südafrika zurückgekommen. Er ist auf dem Weg hierher. Was ist passiert?»

«Sie hat versucht, sich umzubringen.» Irgendwie schaffe ich es, dass meine Stimme völlig normal klingt. «Was ist mit Leon?», frage ich und bereue sofort, wie unsensibel das wirken muss. Meinen Vater scheint es nicht zu kümmern – oder er merkt es gar nicht.

«Bin nicht sicher. Das Letzte, was ich gehört habe, ist, dass er bei einem Freund ist. Du liebe Güte. Was machen wir jetzt?» Mein Vater setzt sich auf die Bank vor Mrs. Allens Büro und legt seinen roten Kaschmirpullover neben sich. Ich setze mich zu ihm, nehme den Pulli und lege ihn auf meinen Schoß, als wäre er ein kleines Baby. Meine Finger umklammern ihn so fest, dass ich spüre, wie mir das Blut in die Fingerspitzen fließt.

«Warum hat mich Mrs. Allen herbestellt?»

«Weil sie denken, dass sie … dass sie sich wegen mir umbringen wollte.» Ich beobachte sein Gesicht, während ich das sage. Beim Wort «umbringen» schießt ihm das Blut kurz ins Gesicht. Es laut auszusprechen, macht es mir leichter, damit umzugehen. Die Worte klingen so absurd aus meinem Mund, dass es mir vorkommt wie ein großer Witz. Aber dann spüre ich eine komische unsichtbare Kraft um meinen Hals, als würde ich erdrosselt, und ich brauche einen Moment, bis ich kapiere, dass ich aufgehört habe zu atmen und dann erstickt nach Luft schnappe.

«Bist du okay?», fragt er. «Willst du Wasser?»

«Nein, danke. Habe mich nur verschluckt, das ist alles.»

«Warum hat sie es getan?» Er nimmt seine Uhr ab und legt sie gleich wieder an. «Wird sie wieder gesund?»

«Ich weiß es nicht. Ihr geht es sehr schlecht.»

«Was soll ich nur Rollo sagen? Dass seine Tochter versucht hat, sich umzubringen? Mein Gott. Er ist bald hier. Er meinte, er wüsste nichts Genaues. Mrs. Allen hätte ihn angerufen und ihn gebeten, sofort herzukommen. Selbstmord, Josephine. Sie ist nicht mal achtzehn. Josephine?»

«Ja.»

«Hörst du mir zu?»

«Ja.»

«Kannst du mir sagen, was passiert ist? Und zwar gleich, bevor Mrs. Allen so weit ist.»

«Es sieht so aus, als hätte Freya eine Affäre mit Mrs. Kitts gehabt», sage ich und hoffe, es lenkt ab von ihrem Abschiedsbrief.

«Mrs. Kitts? Eure Hausvorsteherin?»

«Ja. Aber es steht noch nicht definitiv fest, also behalt es für dich.»

«Und weiter?» Bizarrerweise wirkt er von dieser Neuigkeit vollkommen unbeeindruckt.

«Und dann wurde etwas in der *Lupe* veröffentlicht.» Ich schaue meinen Vater an, um zu sehen, ob er sich an meine Herausgeberschaft erinnert. Ich will ihn testen.

«*Die Lupe*. Die Sache, wofür du den Premier wolltest?»

«Ja. Den Premier.»

«Erzähl weiter.»

«Also, ich habe die Korrekturabzüge zur Druckerei geschickt, und als die Ausgabe gedruckt war, stand ein Text über Freya drin. Über ihre Affäre mit Mrs. Kitts.»

«Geschrieben von?»

«Ich habe Vermutungen. Aber der Text erschien wie aus dem Nichts. Wirklich schräg. Und dann versucht Freya Selbstmord zu begehen. Hinterlässt einen Brief, in dem sie mir die Schuld gibt. Gott weiß, warum», sage ich schnell, in der Hoffnung, dass er zur nächsten Frage übergeht.

«Sie gibt *dir* die Schuld? Was? Das ist ja völlig absurd. Das verstehe ich nicht. Was ist los? Du bist ihre beste Freundin.»

Ich weiß nicht, wo ich anfangen soll, also halte ich den Mund. Ich höre, wie der Verschluss seines Uhrarmbands klickt, immer wieder.

«Sie gibt dir die Schuld?», sagt er wieder und starrt mich an. Ich ertrage es nicht, ihm in die Augen zu sehen.

«Ja. Ich weiß nicht, warum. Ich hatte sie schon ewig nicht mehr gesehen. Vielleicht war sie verwirrt wegen der ganzen Sache? Nicht bei klarem Verstand», sage ich.

«So klingt es. Wir werden es herausfinden. Mach dir keine Sorgen. Wo wir gerade dabei sind: Wer wusste sonst noch von der Affäre?»

«Ich weiß nicht.» Ich kann mich nicht dazu durchringen zuzugeben, dass Freya es mir nicht erzählt hat, also wechsle ich schnell das Thema. «Aber ich bin mir ziemlich sicher, wer an alldem schuld ist.» Ich wende mich ihm zu, fühle mich sicherer bei meiner kleinen Rede.

«Wer?»

«Verity.»

«Wer ist Verity?»

«Meine Stellvertreterin.»

«Und warum denkst du, dass sie es war?»

Oxford. Oxford. Es muss Oxford sein. Perfekt. Ich bin perfekt und überhaupt nicht wie meine Mutter.

«Weil ich ihr die Korrekturabzüge gegeben habe, um sie zur Druckerei zu bringen, und der Text über Freya war da noch nicht drin. Sie ist schuld. Niemand sonst hätte es tun können.»

«Verstehe. Okay. Also, mach dir keine Sorgen. Wir regeln das. Klingt, als wäre alles völlig aus dem Ruder gelaufen.» Ich will ihn umarmen, weil er nicht weiter nachfragt. Mir glaubt.

«*Die Lupe* war übrigens gut in diesem Jahr. Das Interview mit dem Premier war großartig», sage ich.

«Wirklich?»

«Ja.» Er ist schon wieder abgelenkt und guckt auf seine Uhr.

«Wie spät ist es?», frage ich, obwohl es mich kein bisschen interessiert.

«Zwanzig nach zwölf. Ich habe um vier ein Meeting.» Mir wird ganz übel. Es geht gar nicht darum, ob er mir glaubt oder auch nicht. Er will einfach schnell zurück zur Arbeit.

«Wie geht es Ma?», starte ich einen weiteren Versuch.

«Gut. Ihr geht's gut.»

«Schön. Ist sie zu Hause?»

«Ja.» Ende der Unterhaltung. So sitzen wir zwanzig Minuten, in denen ich auf die Uhr schaue und mein Vater auf der Lehne herumtrommelt. Schließlich erscheint Mrs. Pownall, und Mrs. Allen ruft uns herein.

«Mrs. Pownall.» Sie macht eine Handbewegung in Richtung meines Vaters. «Das ist Mr. Grey, Josephines Vater. Er hat sich freundlicherweise bereit erklärt, herzukommen und mit uns zu sprechen.»

«Mr. Grey», sagt Mrs. Pownall in einem Ton, als wäre sie auf einer Cocktailparty. Heute ist ihre Garderobe noch lächerlicher: ein ziemlich kurzes Rüschenkleid, das mehr zu einer Cheerleaderin passen würde als zu einer Mittfünfzigerin. «Danke, dass Sie kommen konnten. Ich weiß, Sie sind ein vielbeschäftigter Mann.»

«Das ist schon in Ordnung. Keine Ursache.» Die Nervosität ist verschwunden. Mein Vater ist ganz in seinem Element. Er knöpft das Jackett auf, aber als er die Falten in seinem Hemd bemerkt, schließt er es wieder und setzt sich aufrecht hin.

«Also, Mr. Grey. Josephine hat Sie sicherlich schon ins Bild gesetzt. Es herrscht eine gewisse Aufregung.»

«Ja. Josephine hat mich in der Tat ins Bild gesetzt, nicht wahr, J?»

Mrs. Allen macht ein komisches Geräusch – eine Mischung aus Wiehern und Schnauben. Sie fährt sich mit den Fingern durchs Haar und sieht meinen Vater an.

«Schön. Mrs. Pownall ist hier, um ein paar Fragen zu stellen. Wir möchten die Angelegenheit vorerst schulintern behandeln, solange die Untersuchung läuft. Das verstehen Sie sicherlich. Offenkundig handelt es sich um reichlich geschmacklose Gerüchte, dazu kommen die schrecklichen Ereignisse der vergangenen Nacht. Soweit ich es sehe, stehen Sie und Freyas Vater sich sehr nahe.»

«Das ist wahr.»

«Prima. Nun, er ist auf dem Weg hierher, wir erwarten ihn in Kürze. Sein Flieger ist wohl bereits gelandet.» Mrs. Allen schenkt meinem Vater ein strahlendes Lächeln. Als er ihr Lächeln erwidert, legt sie eine Hand aufs Schlüsselbein.

«Fahren Sie bitte fort», sagt mein Vater. Sein Blick fällt kurz auf sein Handgelenk. Mrs. Pownall fragt mich, was Freya meiner Meinung nach dazu veranlasst hat, so etwas zu schreiben. Ich sage ihr, dass ich es nicht weiß. Dass Freya aufgebracht wirkte wegen der *Lupe* und bestimmt meinen Namen nannte, weil ich die Herausgeberin war und sie einen Sündenbock brauchte oder von ihrer Affäre ablenken wollte.

«Und ich habe keine Ahnung, wie der Text in die Zeitschrift kam», sage ich.

«Verstehe. Nun, hast du denn irgendeine Vermutung, wer das getan haben könnte? Wir müssen dieser Sache schnell auf den Grund gehen. War Freya jemand, der … wie soll ich sagen … leicht fixe Ideen entwickelte?»

«Nein, so war sie nicht», sage ich, selbst überrascht über meine Loyalität.

«Und was ist dann mit dem Abschiedsbrief? Warum sollte sie dich beschuldigen? Erklär mir bitte noch einmal, was mit den Korrekturabzügen passiert ist. Du sagtest, du hast sie Verity Greenslade gegeben?»

«Genau. Ich habe die Abzüge durchgesehen – in denen der Text über Freya nicht enthalten war –, und dann gab ich sie Verity, damit sie sie zur Druckerei bringt.»

«Gut. Und Sally Aylsford kann das bestätigen?»

«Ja. Das kann sie.»

«Und warum war Sally dabei?»

«Ich wollte ihr einen Gefallen tun. Ich habe ihr ein paar Aufgaben zugeteilt, damit ihr Name ins Impressum kommt.»

«Verstehe.» Mrs. Pownall kaut auf einem Stift herum. Schaut mich an, als würde sie mich zu einem Mord befragen. Was auf eine gewisse Art ja auch zutrifft.

«Sally ist in Ordnung. Ich glaube, sie hat die Abzüge nicht mal berührt, als die beiden losgingen.»

«Du glaubst es? Wie kannst du das wissen?»

«Weil Verity sie mir abgenommen hat und meinte, sie würde sie der Druckerei übergeben.» Ich sehe Mrs. Pownall an. Starre sie intensiv an, und sie starrt zurück, bis sie einknickt und auf ihre Notizen guckt.

Mein Vater hat begonnen, mit dem Fuß auf den Boden zu klopfen.

Mrs. Allen bemerkt es. «Gut. Mrs. Pownall, wollen wir das etwas beschleunigen?», sagt sie entschuldigend. Sie sieht meinen Vater an und tippt auf ihre Armbanduhr – ein verschwörerisches Geheimzeichen zwischen zwei vielbeschäftigten Menschen.

Doch Mrs. Pownall ist noch nicht fertig. «Jill, ich habe mich mit den anderen Vorstandsmitgliedern unterhalten, und wir denken, es wäre angemessen, einen Schulpsychologen einzuschalten, für den Fall, dass eines der Mädchen reden möchte.»

Mrs. Allen sieht entsetzt aus, aber erklärt sich bereit, das zu tun. «Josephine, Mr. Grey, Sie waren wirklich eine große Hilfe. Haben Sie vielen Dank, dass Sie gekommen sind, Mr. Grey.» Als wir alle gemeinsam Mrs. Allens Büro verlassen und vor das Schulgebäude treten, steigt Rollo gerade aus einer silbrig glänzenden Limousine. Er ist braun gebrannt und dick. Seine Bewegungen sind brüsk, aber ich sehe, dass seine Hände zittern, als er nach seinem weichen Lederkoffer greift. Dann sieht er uns. Sieht meinen Vater, der gerade Mrs. Allen die Hand schüttelt, und hält inne. Seine Schuhspitzen graben sich in den Kies. Mein Vater schreitet mit ausgestreckten Armen auf ihn zu, doch Rollo holt aus, als wollte er ihn ins Gesicht schlagen. Wir weichen beide zurück, und Rollo lässt den Arm sinken. Müde. Senkt den Kopf und reibt sich die Augen. Ich sage nichts, warte darauf, dass mein Vater den Mund aufmacht.

Rollo flüstert mir zu: «Was hast du meiner Tochter angetan?»

Mein Vater hebt die Hände. «Lass Josephine da raus. Sie hat nichts damit zu tun.»

«Ich habe etwas anderes gehört. Mrs. Kitts hat mich eben angerufen. Sie hat mir von dem Brief erzählt, den Freya hinterlassen hat.» Rollo zieht Luft durch die Nase ein. Mehr ein Ausdruck seiner Wut als ein Atmen. Dann feuert er den nächsten Satz ab: «Sie sagte, du hast etwas über Freya verbreitet?»

«Das war ich nicht», erwidere ich.

«Wer dann? Wie kann es sein, dass Freya sich geirrt hat?»

«Ich weiß nicht, wer es war. Sie befragen Verity Greenslade dazu.»

«Verity?»

«Sie ist meine Stellvertreterin.»

«Warum sollten sie sie befragen?»

«Weil sie die Fahnen zur Druckerei gebracht hat.»

Rollo nickt. «Gibt es irgendeinen Grund, warum sie meiner Tochter das hätte antun sollen?»

«Ich denke, es ging um mich. Sie hat es auf mich abgesehen.» Es fällt mir so leicht zu lügen, dass ich mittlerweile selbst glaube, dass Verity die Schuldige ist. Der Betrug fühlt sich auf eine erschreckende, wahnsinnige Art aufregend an. *Versucht doch, mich dranzukriegen*, denke ich.

«Sie war irgendwie besessen von mir. Mir und Freya. Wollte mit Freya befreundet sein. Und mich ausbooten.» Dann erzähle ich ihm vom Anne-Dunne-Stipendium – nicht alles, aber gerade genug, um die gute Verity zu belasten –, und er öffnet den Mund, richtet sich auf und marschiert mit neuem Elan ins Schulgebäude.

«Rollo!», ruft mein Vater ihm nach.

«Ja?»

«Sie wird es schaffen.»

Er antwortet nichts, nickt nur. Wir sehen ihm nach, als er in der Schule verschwindet, und dann blickt mein Vater ein letztes Mal auf seine Uhr.

«Prima. War toll, dich zu sehen. Lass dich von dieser Verity nicht übers Ohr hauen.»

Mehr hat er mir nicht zu sagen?

«Werd ich nicht.»

«Und wann weißt du Bescheid wegen Oxford?»

Oxford. Oxford.

«Die Bewerbungsgespräche laufen noch. Nach Weihnachten, denke ich. Ich weiß nicht, was jetzt passiert. Ich hoffe nur, dass Mrs. Allen ihnen nicht erzählen muss, was hier los ist.»

«Das wird nicht passieren. Ich werde es nicht zulassen. Du stehst das durch. Hörst du mich? Du hast dein Schicksal selbst in der Hand. Alles klar? Lass dich nicht unterkriegen.» Mein Vater legt mir die Hände auf die Schultern und sieht mich an. «Okay? Nichts kann dich aufhalten.»

«Nichts», wiederhole ich.

2014

Ich habe Gracie seit Tagen nicht gesehen. Als ich mich umhöre, erfahre ich, dass sie noch in der Klinik ist, aber niemand weiß, warum sie sich so zurückzieht. Ich verbringe die Zeit mit Briefeschreiben, Therapiesitzungen und Fernsehdokus. In dieser stillen Umgebung, ohne die Angst, dass Freya mich aufspürt, beginne ich über meine Mutter nachzudenken. Über ihre Art, mir ihre Liebe zu zeigen. Langsam wünsche ich mir, ich hätte nicht solche Angst vor ihr gehabt. Dass ihr paranoides Verhalten sich nicht so bedrohlich angefühlt hätte. Dass ich etwas mehr Verständnis für ihre Krankheit aufgebracht hätte. Mein Vater hatte mir einmal erzählt, dass es während der schlimmsten Phasen Momente gab, in denen sie ganz klar war, fast schon brillant. Ich wünschte, mehr als alles andere, ich wäre in diesen Momenten nicht von ihr ferngehalten worden.

Dr. Anthony verwendet viel Zeit darauf, mit mir über meine Mutter zu sprechen, ihre Symptome, ihre Gefühlslagen. Es hilft mir, und die Erinnerungen an sie werden in ein anderes Licht gerückt. Er ist deutlich aufgeschlossener als zu Beginn. In der heutigen Sitzung fragt er mich, was es war, das ich ihm in unserer ersten Stunde erzählen wollte.

«Nichts», antworte ich. Beim Gedanken daran, dass Gracie auch mit ihm gesprochen hat, vergeht mir die Lust zu reden. Für ein paar Sekunden starrt er mich unverwandt an, aber seine Augen blicken ganz sanft. Ich spüre, dass sich mein Hals entspannt.

«Es war einfach so, dass jemand nach mir gesucht hat. Es

hängt alles mit der Vergangenheit zusammen und … das ist eigentlich schon alles. Und ehrlich gesagt kennt eine Ihrer Patientinnen diejenige, die versucht hat, mich zu kontaktieren. Gracie Lovell. Sie ist noch hier, oder?»

Dr. Anthony dreht seinen Stift zwischen den Fingern und legt ihn dann im rechten Winkel zu seinem Notizblock ab. Korrigiert die Position und platziert einen weiteren Stift daneben.

«Leider darf ich nicht über andere Patienten sprechen. Aber wenn Sie sich wegen jemandem nicht wohlfühlen, dann lassen Sie es mich bitte wissen. Ich kann eine Regelung treffen. Entweder Sie oder die andere Person in einen anderen Flügel verlegen lassen.»

«Nein, nein, es ist nicht wegen ihr. Es ist nur einfach komisch. Sie ist eine ständige Erinnerung an meine Vergangenheit.»

«Und was wird ausgelöst, wenn Sie sie sehen?»

«Nichts. Gar nichts.» Ich will nicht, dass er denkt, sie hätte eine nachteilige Wirkung auf meinen Gemütszustand, deshalb frage ich ihn, wann ich wohl wieder nach Hause kann.

«Fühlen Sie sich denn besser?», fragt er.

«Das tue ich tatsächlich. Es ist schön hier.» Ich senke den Kopf und merke, dass meine Garderobe ein wenig ungewöhnlich ist. Ich trage Jeans und dazu ein T-Shirt, das ich sonst nur zu einem Rock anziehen würde. Irgendwas geschieht mit mir. Dann stelle ich ihm die Frage, die mich seit dem ersten Tag hier verfolgt.

«Denken Sie, ich fühle mich besser, weil ich erleichtert bin über den Tod meiner Mutter? Und wäre es nicht seltsam, wenn dem so wäre?»

«Nein. Ich denke, Sie haben so lange in Angst vor der Krankheit Ihrer Mutter gelebt, dass Sie insofern erleichtert sind, dass sie weg ist, weil mit ihr auch die Bedrohung verschwunden ist. Auf der anderen Seite trauern Sie um die Mutter, die Sie nie wirklich hatten. Trauer ist komplex, und jeder reagiert anders, weswegen es kein Richtig oder Falsch gibt – nur das Richtige für einen selbst. Manche Menschen verschließen sich, und andere brechen zusammen.»

«Hmm. Zu welcher Gruppe gehöre ich?» Ich lache und muss sofort an Freya denken, die sich immer darüber beklagte, dass ich keine Gefühle hätte. Wie eine Maschine, sagte sie. In diesem Moment scheint mir nichts dringender, als herauszufinden, was Freya von mir will, und bevor ich mich selbst entlarve, erkläre ich Dr. Anthony, dass ich einen Yogakurs gebucht hätte und gehen müsse und wir uns bald wiedersehen würden.

«Gut», sagt er. «Sehen Sie nur zu, dass Sie alles ruhig angehen lassen. Und machen Sie die Meditationsübungen, die ich Ihnen gezeigt habe. In Ordnung?»

«Ja. Natürlich. Danke.»

Ich trete hinaus auf den Korridor und gehe zu Gracies Zimmer. Ihre Tür ist abgeschlossen, genau wie die ihrer Zimmernachbarn. Ich drehe eine Runde durch den Garten, aber dort ist sie auch nicht. Eine junge Frau sitzt auf einer Bank vor der Hecke und liest ein Buch. Sie trägt Hotpants und ein Holzfällerhemd, das sie über dem Bauchnabel zusammengeknotet hat.

Als sie bemerkt, dass ich auf ihren Bauch schaue, zieht sie den Knoten herunter. «Ich häng hier nur ab», sagt sie.

«Keine Sorge. Von mir aus könntest du auch nackt sein.

Weißt du, wo Gracie Lovell ist? Mit der ich neulich beim Abendessen gesprochen habe?»

«Ach ja, ich weiß genau, wen du meinst», erwidert sie. «Sie war bei den Atemübungen gestern. Sie sah schlimm aus. Total verstört und gehetzt. Als hätte sie was gesehen, das sie mordsmäßig erschreckt hat.»

«Wirklich? Was könnte das gewesen sein?»

«Sie hatte einfach so einen komischen Ausdruck in den Augen. So als ob … ich weiß auch nicht.»

«Weißt du, wo sie jetzt sein könnte?»

«Keinen Schimmer. Oh, warte, gerade ist die Spezialtherapie – wo man diese neuen Techniken lernt? Ich weiß nicht mehr, wie das heißt. Wie auch immer, da ist sie bestimmt. Sie geht immer zu so was hin. Der Stundenplan hängt vorn am Haupteingang.»

«Danke. Tausend Dank.»

«Kein Ding.» Sie streckt sich auf der Bank aus, schiebt das karierte Hemd bis zu den Brüsten hoch, obwohl es eiskalt ist, und liest weiter in ihrem Buch.

Der Stundenplan ist eine ewig lange Liste voller unverständlicher Kürzel und Markierungen. Heute steht eine Veranstaltung namens «Leben, Körper und Geist. Besser zu sich selbst atmen» auf dem Programm.

Sie findet im Clareville-Flügel statt. Auf den Fluren des Hauptgebäudes riecht es erst nach Jungsumkleide, dann antiseptisch, und als ich den Therapieraum erreiche, begrüßen mich schließlich Duftkerzen.

Ich kann Gracie durch die Scheibe in der Tür sehen, und das Mädchen hatte recht: Sie sieht schrecklich aus. Alle anderen stehen ordentlich in einer Reihe, nur sie liegt auf dem

Rücken. Ihre Augen sind geschlossen, aber ich sehe die roten Ränder. Ihre Haut ist wächsern, als wäre sie tot, und da ich nicht sehen kann, dass sie noch atmet, will ich schon hereingehen, als sie sich auf die Seite dreht und mich direkt anstarrt. Sie hebt ihre Hand ein paar Zentimeter vom Boden und schließt dann wieder ihre Augen.

Als die Stunde vorbei ist, kommt sie heraus, drückt sich mit einem weißen Handtuch in der Hand an mir vorbei und rennt zu ihrem Zimmer. Ich bin so perplex, nachdem sie neulich so vertraulich mit mir gesprochen hat, dass ich gar nicht auf den Gedanken komme, ihr hinterherzulaufen.

«Kann ich dir helfen?», spricht mich eine der Kursteilnehmerinnen an.

«Nein, danke. Ich wollte nur mit ihr reden.» Ich deute den Gang hinunter, aber Gracie ist schon verschwunden.

«Ach, Gracie? Sie hat die ganze Stunde nur geweint. Hat überhaupt nicht mitgemacht. Armes Ding.»

«Oh.» Etwas Besseres fällt mir nicht ein. Ich bedanke mich und gehe zu Gracies Zimmer, bevor mich noch jemand anderes anspricht.

Als ich mein Ohr an ihre Tür lege, höre ich ein seltsames Geräusch – sie heult. Ich klopfe an, und sie öffnet sofort, als hätte sie mich erwartet.

«Komm rein.» Sie deutet auf ihr Bett. Die Decke liegt am Fußende auf dem Boden. Überall auf dem Laken sind orangefarbene Make-up-Flecken, was wirklich seltsam ist, wenn man bedenkt, dass ich sie hier drin nie geschminkt gesehen habe.

«Sorry, es ist ein bisschen unordentlich.» Das ist untertrieben. Überall liegen leere Wasserflaschen voller Bonbonpapier herum, dazwischen herausgerissene Seiten aus Illustrierten und ihre Schuhe und Klamotten. Es wirkt, als hätte sie alles wild durch den Raum geschmissen. Eine offenstehende Schublade ist sogar mit vertrockneten Blumen vollgestopft.

«Kein Ding.» Ich setze mich auf einen mit rotem Leder bezogenen Stuhl und warte darauf, dass sie etwas sagt. Doch sie steht einfach vor mir und starrt mich an.

«Mein Mann hat mich verlassen», sagt sie und fängt an zu lachen. Sie kratzt sich wie irre an der Nase, wirft ihren Kopf zurück und lacht noch eine Spur wahnsinniger. Dann fängt sie an zu weinen und hört nicht mehr auf. Ich bleibe sitzen, gucke aus dem Fenster, bis sie fertig ist. Es gibt nicht viel zu sehen, nur eine Betonwand und einen langen Gartenschlauch, der mit Kabelbinder zusammengehalten wird, wahrscheinlich, damit niemand sich damit erhängt. Der Gedanke lässt mich schwach lächeln. Gracie fährt mich an: «Worüber lachst du? Mich? Lachst du über mich? Du hast dich immer über Leute lustig gemacht, nicht wahr? Du und Freya.»

«Ich lache nicht über dich, wirklich», erwidere ich, ohne den Blick vom Schlauch abzuwenden. «Ich habe an etwas ganz anderes gedacht.»

«Oh. Ich dachte, du lachst über mich.»

«Hab ich nicht. Versprochen.» Gracie legt sich auf ihr Bett und weint wieder für eine gefühlte Stunde. Als das Schluchzen abklingt, frage ich sie, ob ich ihr einen Tee bringen kann oder ein Glas Wasser. Sie dreht sich zu mir um. Ihre Augen sind ganz geschwollen.

«Du bist nett», sagt sie und hebt den Kopf. «Du bist wirklich nett zu mir. Danke, dass du hier bei mir sitzt.» Gracie wirkt ernstlich zerrüttet. Es ist schön, sie wieder lächeln zu sehen, also setze ich mich zu ihr aufs Bett und sage, dass es mir leidtut, dass es ihr so schlechtgeht.

«Warum bist du so nett zu mir?», fragt sie lachend. «Du musst dich verändert haben seit der Schule.» Die Spitze trifft mich mehr, als ich gedacht hätte.

«Ich schätze, auf der Schule war alles anders», antworte ich.

«Das war es, oder?» Gracie setzt sich auf, und ich lehne mich vor, um ihr ein Kissen in den Rücken zu legen. Die Nähe fühlt sich zugleich seltsam und tröstlich an.

«Gracie, ich weiß, es geht dir gerade schlecht, aber ich habe mich gefragt, ob du mir erzählen könntest, was Freya wollte. Als sie alle von der Schule angerufen hat. Als sie nach mir gefragt hat, meine ich. Es ist nur … es geht mir nicht aus dem Kopf, und ich dachte, du könntest mir helfen.»

Gracie freut sich offenbar, gefragt zu werden. Sie tätschelt mir den Arm und lässt sich zurück ins Kissen fallen.

«Sie hat jede aus unserem Jahrgang kontaktiert. Die ganzen letzten zwei Monate hat sie herumtelefoniert. Das hat jedenfalls Sarah Masterton erzählt. Sie macht richtig Jagd auf dich. Hat jeden ausgefragt, wann er dich das letzte Mal gesehen hat.»

«Jeden aus unserem Jahrgang? Das sind über fünfzig Leute», sage ich schockiert.

«Genau. Na ja, ich weiß nicht, ob es wirklich *alle* waren. Aber die meisten. Ich war in der Zeit gar nicht zu Hause, hab bei Felix' Sommercamp als freiwillige Betreuerin geholfen.» Gracie fängt wieder an zu weinen, dann schüttelt sie den Kopf und murmelt, dass sie sich zusammenreißen soll. «Also.» Sie atmet tief ein. «Am letzten Tag des Camps ruft Neil mich an, mein Mann – besser gesagt, Exmann. Sagt, es gäbe wohl einen Notfall, weil eine gewisse Freya so oft angerufen hätte.»

Gracie hält inne und beugt sich zum Nachttisch, um ein Taschentuch aus der Box zu ziehen.

«Soll ich weitererzählen?», fragt sie.

«Ja, bitte.»

«Okay. Also ich fand das ziemlich seltsam, aber was sollte ich machen, schließlich musste ich mich gerade mit fast vierzig Jungs in diesem Camp herumschlagen, also habe ich beschlossen, mit dem Rückruf zu warten, bis ich wieder zu Hause war.»

«Erzähl weiter, Gracie. Ich weiß das wirklich sehr zu schätzen.»

«Also bin ich zurückgefahren und habe sie angerufen, und sie war wirklich sehr, sehr komisch. Ich mein, wir waren nie gut befreundet, aber sie meinte, sie müsse dich finden, und ich wäre ihre letzte Hoffnung, weil sie schon alle anderen abgeklappert hätte.»

Der Raum beginnt sich zu drehen, aber ich muss Gracie gegenüber vollkommen gelassen wirken.

«Und weiter?»

Gracie steht auf und nimmt eine Blume aus der Schublade. Sie riecht daran, streicht sich über die Nase.

«Na ja, und dann kam das Allerschrägste. Ich hatte das schon vergessen wegen der Sache mit meinem Mann und alldem. Aber sie hat etwas ganz Merkwürdiges gesagt. Sie sagte, ich hätte auch meinen Teil dazu beigetragen. Ich hätte geholfen, sie beinahe … unter die Erde zu bringen. Weil ich ihr das falsche Zeug gegeben hätte, oder so? Irgendwas wäre zu viel für sie gewesen. Ich konnte mir nicht wirklich einen Reim darauf machen.»

Als Gracie das sagt, kann ich sehen, dass sie sich daran erinnert, wie Freya nach ihrem Selbstmordversuch aussah, ihre tiefliegenden Augen, und die Ahnung einer Erinnerung erschüttert den Raum. Gracie sieht mich mit großen, fragenden, flehenden Augen an.

«Was du ihr *gegeben* hast?», sage ich. «Was hast du ihr denn gegeben?»

«O mein Gott», entfährt es ihr. «Freya wollte auf etwas ganz Bestimmtes hinaus, oder? Sie hat mich dafür verantwortlich gemacht, dass sie beinahe gestorben wäre. Am Telefon hatte ich ganz ehrlich keine Ahnung, worüber sie sprach. Ich fand nur, sie klang ein bisschen verrückt, redete unsinniges Zeug. Ich war nicht mal wirklich mit ihr befreundet. Ich wollte gern, aber ich bin immer eher für mich geblieben, stimmt's? Jetzt verstehe ich, was sie gemeint hat … Klar. Sie gibt *mir* die Schuld. Sie gibt mir die Schuld an ihrem Selbstmordversuch.»

«Wie kann sie dich für etwas verantwortlich machen, das sie getan hat, Gracie? Sei nicht albern, du reimst dir da etwas zusammen.»

«Nein, nein, jetzt kann ich mich erinnern. Ich erinnere mich an alles. Ich hatte nie darüber nachgedacht, aber sie hat recht, Josephine. Sie hat recht. Was soll ich tun? Weiß sie, dass du hier bist?»

«Nein. Das weiß niemand. Ich hatte Angst, du könntest es ihr erzählt haben.»

«Nein, ich wollte keinen Kontakt mehr mit ihr. Und jetzt sowieso nicht mehr. O Gott, Josephine, ist es wirklich meine Schuld?» Gracie wischt sich die Nase an ihrem Top ab. Ihre Fingernägel sind ganz grau.

«Nun, du hast mir noch nicht gesagt, woran du deiner

Meinung nach die Schuld tragen solltest. Ich habe keine Ahnung, wovon du redest. Freya hat versucht, sich umzubringen, und sie hat behauptet, ich hätte sie dazu getrieben. Damit musste ich viele Jahre leben. Ich verstehe nicht, was du damit zu tun hast.»

«Also, ich bin nicht sicher, aber wahrscheinlich meinte sie die Tabletten. *Ich* habe sie ihr gegeben. Wir waren aus irgendeinem Grund zusammen auf der Krankenstation, ich kann mich nicht mehr genau erinnern. Aber daher wusste sie, dass ich welche habe. Sie wollte richtig viel, verstehst du? Sagte, sie hätte Regelschmerzen und dass ich ihr alle Schmerztabletten geben soll, die ich habe. Ich hatte noch welche von meiner Blinddarmoperation. Und hab sie ihr alle gegeben. Sie waren superstark. Codein. Über die Dosierung haben wir gar nicht geredet. Ich weiß noch, dass sie mir die Packung aus der Hand gerissen hat. Und ich war so erbärmlich dankbar, dass ich ihr helfen konnte, dass ich nicht weiter darüber nachgedacht habe. Ich weiß noch, dass sie mit Verbänden an den Handgelenken zurückkam, deshalb habe ich keine Verbindung hergestellt. Dachte, sie hätte …» Gracie macht eine Schneidebewegung an ihren Handgelenken. «Und jetzt gibt sie mir die Schuld, ihr die falschen Tabletten gegeben zu haben. Ich glaube, sie hat gesagt, sie hätten sie beinahe umgebracht. Aber wenn sie vorgehabt hatte … Ich verstehe das nicht. Wenn sie nicht versucht hat, sich umzubringen, warum …» Gracie hält inne und sieht mich an. Ihre Augen glühen, und ihre Hände zittern, als sie versucht, sich die Nase zu putzen. Die Wucht der Erkenntnis scheint Gracie härter zu treffen als mich.

«Freya hat beides getan. Tabletten und die Pulsadern», antworte ich und denke an den Moment, als sie auf der Trage herausgerollt wurde, ihre fluoreszierenden Schnürsenkel leuchteten in der Dunkelheit. Und dann, später, im Krankenhaus, mit geschorenem Haar und blutverschmiert. Freya. Was hast du dir nur angetan? Ich beginne alles noch einmal zu hinterfragen und sehe dabei Gracie an. Sie erwidert meinen Blick und will etwas sagen, aber wagt es nicht, die Stille zu unterbrechen. In den vergangenen zehn Minuten hat die Erinnerung an Freya eine neue Dynamik bekommen, und ich kann meine Gedanken noch nicht einordnen, diese neuen Informationen noch nicht verarbeiten, aber eine Idee nimmt allmählich Gestalt an. Ich öffne meinen Mund, aber es kommt nur Gestammel heraus. Als ich endlich wieder sprechen kann, bitte ich Gracie, mir ein Glas Wasser zu holen.

1996

Ich verabschiede meinen Vater und setze mich auf die Bank beim Tor. Mrs. Allen hat mich gebeten, das Schulgelände nicht zu verlassen. Verity kommt zwei Stunden später aus dem Hauptgebäude. Rollo ist schon wieder weg. Er hatte ganz langsam in der großen, silbernen Limousine das Tor passiert, als könnte er sich noch nicht überwinden, ins Krankenhaus zu fahren. Er hatte mich hier sitzen gesehen. Mir zugewinkt.

Verity winkt mir nicht zu, als sie mich sieht. Sie marschiert nur geradewegs auf mich zu und verpasst mir eine Ohrfeige. Ich starre sie mit erhobenem Kopf an und versuche nicht zu blinzeln. Dann geht sie wieder und dreht sich nicht um. Ich frage mich, ob uns jemand beobachtet hat, aber keine Menschenseele ist zu sehen. Meine Wange brennt. Der Schmerz fühlt sich gut an. Es ist nichts im Vergleich zu jener Nacht. Nichts. Vielleicht hat Freya sich deshalb geritzt. Und dann kommt die Wut. *Wie konnte sie es wagen?*, denke ich. *Ich bin Schulsprecherin – sie ist meine Stellvertreterin.* Ich überlege, ob ich es jemandem erzählen soll, aber dann stehe ich auf und gehe in Mrs. Allens Büro.

«Was ist passiert?», fragt sie, als sie mein Gesicht sieht.

«Nichts. Ich habe nur Verity getroffen», sage ich heiter.

Sie besieht wieder meine Wange.

«Ich verstehe. Nun, wir hatten ein langes Gespräch mit ihr. Sie denkt, du bist es gewesen. Du hättest sie hereinlegen wollen oder etwas Lächerliches in der Art. Wir verlieren allmählich das eigentliche Problem aus den Augen, und das sind Freya und die Tatsache, dass sie vielleicht missbraucht wurde.»

Ich bin erschrocken. Das Wort trifft mich wie ein Stromschlag. «Missbraucht?»

«Von einer Lehrkraft.»

Missbrauch war mir bislang nie in den Sinn gekommen.

«Vielleicht haben sie sich geliebt?», sage ich. Mrs. Allen wirft mir einen spöttischen Blick zu.

«Mrs. Kitts wird in diesem Moment befragt», antwortet sie.

«Und Freya?»

«Sie wird wieder. Sie schien sich zu fangen, als sie erfuhr, dass ihr Vater kommt. Sie verliert immer noch ab und zu das Bewusstsein, aber kann sich offenbar mittlerweile aufsetzen.»

Mrs. Allen sieht mich an, reibt mit dem Daumen über ihre Handfläche.

«Josephine. Du weißt, ich vertraue dir. Deshalb habe ich dich zur Schulsprecherin ernannt. Ich vertraue auf deine Entscheidungen. Verlasse mich auf dein Wort.»

Ich warte darauf, dass das Schuldgefühl einsetzt, aber es kommt nicht. Ich sehe nur Veritys Hand, die auf mich zu schießt.

«Ich muss von dir hören, dass du hinter mir stehst.»

«Natürlich, Mrs. Allen. Selbstverständlich. Ich will nur, dass es Freya besser geht, das ist alles», sage ich. Und meine es auch so. Ich fühle mich schlecht, dass sie all das durchmachen musste. Aber jetzt, da ich weiß, dass sie es schafft, muss ich mich auf die Dinge konzentrieren, die vor mir liegen.

Und Oxford. Und ich muss mein Abzeichen behalten. Das Stipendium ist mir durch die Lappen gegangen, aber jetzt kann und darf mir nichts mehr entgleiten.

«Schön. Früher oder später werden wir herausfinden müssen, wie die Sache mit der *Lupe* passieren konnte. Denn wer immer das getan hat, wird der Schule verwiesen.»

«Verwiesen?» Ich hätte nie gedacht, dass die Strafe so hart ausfallen würde.

«Selbstverständlich. Und dann werden wir die entsprechenden Universitäten informieren, ganz gleich, ob diejenige bereits einen Platz hatte oder nicht.»

«Na... natürlich, Mrs. Allen.»

«Geht es dir gut, Josephine? Du siehst blass aus.»

«Nein, nein.» Ich spanne meine Bauchmuskeln an. «Ich denke nur an Freya, das ist alles.»

«Verstehe. Nun, ich werde dich auf dem Laufenden halten.» Mrs. Allen streckt den Arm aus und drückt meine Schulter. Mein Nacken spannt sich an, und sie nimmt die Hand wieder weg.

«Mach dir keine Sorgen, in Ordnung? Freya wird erkennen, dass du nichts damit zu tun hast. Dafür sorge ich.»

«Danke», erwidere ich. «Haben Sie vielen Dank.» Das ist wohl Mrs. Allens Art zu sagen, dass sie mir glaubt. Mir und nicht Verity Greenslade. Ich mache mir trotzdem Sorgen. Dass es irgendwie herauskommen könnte. Ich habe alle Möglichkeiten bedacht. Mrs. Cape und Pete. Habe jedem erzählt, dass Verity die ganze Zeit die Korrekturfahnen hatte, von der Schule bis zur Druckerei. Nur Sally Aylsford könnte mir in die Suppe spucken. Der einzige Grund, warum sie das tun sollte, wäre, wenn sie nicht nach Oxford käme. Dieser Gedanke trifft mich unvermittelter als Veritys Ohrfeige. Sally könnte sich betrogen fühlen. Ich muss ihr das Gefühl geben, alles für sie getan zu haben.

Ich gehe gleich zu ihr, um sie für die Prüfungssituation zu coachen. Sage ihr, dass sie brillant sein wird beim Bewerbungsgespräch und nach Oxford geht. Dass ich alles so lange mit ihr durchgehe, bis sie es aus dem Effeff kann. Ihr Gespräch ist in zwei Tagen, und wir setzen uns für drei Stunden zusammen, sprechen darüber, welche Themen bei ihr drankommen könnten und was sie mich gefragt haben.

«Du darfst nicht nervös sein», schärfe ich ihr ein. «Sonst verlierst du den Faden.»

«Aber ich bin nervös», sagt sie. «Ich habe Todesangst.» Sie fummelt an ihrem Haar herum und steckt sich das Ende ihres Zopfs in den Mund. «Ich darf meinen Vater nicht enttäuschen. Und diese ganze Sache mit Freya … Es bringt mich total durcheinander.»

Ich ignoriere den letzten Teil. «Na schön. Also, worin bist du richtig gut? Was kannst du am besten?»

«Lacrosse?», sagt sie zweifelnd. Ich bemühe mich, geduldig zu bleiben.

«Nein», sage ich langsam. «Ich meine deine persönlichen Stärken. Im Gespräch. Was kannst du gut?»

Sie sieht zu Boden und nuckelt immer noch an ihrem Zopf. «Nichts.»

Mein Gott. «Du hast mich dazu gebracht, mit Mrs. Allen zu sprechen. Da warst du ziemlich gut. Erst wollte ich es nicht tun, aber du hast mich überredet. Das war sehr überzeugend.»

Sie lässt den Kopf hängen und kratzt sich an der Wange.

«Nein, jetzt guck nicht so. Das ist doch etwas», sage ich. «Wir müssen das zu deinem Vorteil nutzen. Wenn sie dich im Gespräch versuchen auszutricksen, kannst du diese Fähigkeit anwenden. Verstehst du?»

«Ja. Ja, schon.»

«Gut. Und lutsch nicht an deinen Haaren herum. Sitz aufrecht. Leg die Hände in den Schoß. So.» Ich lege meine Hände flach auf den Oberschenkeln ab. Sally macht es mir nach. Schon sieht sie besser aus. «Aufrechter. Sitz aufrechter. Ganz gerade. So ist es gut. Also, wenn sie dir eine Frage stellen, schaust du ihnen geradewegs in die Augen. Und antworte. Denk nicht zu viel darüber nach, wie es ankommt. Antworte einfach.»

Sie atmet ein. «Woher weißt du das alles?»

«Ich beobachte die Leute», erwidere ich. «Und jetzt konzentrier dich.» Ich stelle ihr ein paar Fragen. Schwierige Fragen. Je aufrechter sie sitzt, desto besser sind ihre Antworten. Sie sieht mich nicken und das Lächeln auf meinen Lippen und fühlt sich bestärkt. Setzt sich noch gerader hin, streckt ihre Finger aus. Langsam hat sie wirklich den Bogen raus.

«Was ist mit dem kosmologischen Gottesbeweis? Was würde ein Atheist dazu sagen?», frage ich sie. Sie schaut verwirrt. Fasst sich an den Zopf.

Ich rutsche auf dem Stuhl nach vorn und schlage ihre Hand runter.

«Stopp.»

«Sorry, tut mir leid», murmelt sie.

«Entschuldige dich nicht. Tu einfach, was ich sage. Wenn du eine Frage nicht beantworten kannst, überleg dir, wie du sie umschiffen kannst. Darin bist du gut. Sieh es als Herausforderung. Stell dir vor, du versuchst mich davon zu überzeugen, dich nach Oxford zu bringen. Du bist nicht die Sally Aylsford, die versucht, die Leute zu beeindrucken. Du bist Sally Aylsford, die Oxfordkandidatin, schlau wie ein Fuchs.» Sie lacht, und ich stimme mit ein. Es klingt albern, was da aus meinem Mund herausströmt. Selbst Sally wirkt verblüfft. Verlegen halte ich mir den Handrücken vor den Mund. «Jetzt machst *du* es falsch», sagt sie, und wir müssen wieder lachen.

«Okay. Versuchen wir's noch mal. Bereit?»

«Bereit.» Stunden später, Sallys Mund ist ganz trocken vom Reden, hören wir auf.

«Ich denke, du schaffst es», sage ich.

«Wirklich?»

«Ja. Aber nur wenn du dich daran hältst, was ich dir gesagt habe.»

«Danke, danke. Du bist die Einzige, die an mich glaubt.» Sie soll das Gefühl haben, in meiner Schuld zu stehen, damit sie keinem die Wahrheit erzählt. Aber ich merke auch, dass ich seit Ewigkeiten mal wieder Spaß hatte – und vielleicht, nur vielleicht, bin ich diejenige, die in ihrer Schuld steht.

2014

Eine halbe Stunde später sitzen Gracie und ich immer noch in ihrem Zimmer. Der Gedanke, dass Freya nie vorhatte, sich umzubringen, kreist in meinem Kopf. Die schöne, goldene Freya – sie war so verzweifelt nach allem, was geschehen war, dass es so aussehen sollte, als ob sie sterben wollte, und aus Versehen wäre das beinahe passiert. Ich sehe Gracie an, die meinen Arm reibt und mir sagt, ich solle aufhören zu zittern, und dass alles okay sei. Sie flößt mir schlückchenweise Wasser aus einem weißen Plastikbecher ein, und ich bin dankbar, dass sie da ist.

Und dann denke ich wieder an Freya. Für sie war niemand da, als sie es so dringend gebraucht hätte. Niemand. Als sie unter all dem Schmerz zusammenbrach, war ich der einzige Mensch, der etwas hätte tun können, aber ich war nicht da. Stattdessen habe ich sie abgewiesen, immer und immer wieder, bis sie keinen Ausweg mehr gesehen hat. Freya, die alles dafür gegeben hätte, um mich glücklich zu machen. Die kaum einer Fliege etwas zuleide tun konnte. Der Gedanke, dass ich sie dazu getrieben habe …

«Josephine? Soll ich jemanden rufen?» Ich höre Gracies Stimme, aber ich kann nicht antworten. Jetzt noch nicht.

Freya braucht mich noch immer. Wieder will sie mit mir reden, und wieder mache ich das Gleiche: Ich weise sie ab. Selbst wenn sie mir weh tun will, wäre das in Ordnung, denn wenn ich mich jetzt zurückziehe, wird die Vergangenheit mich wieder heimsuchen. Indem ich mit allen Mitteln versuche, den Schatten meiner Mutter zu vertreiben, lasse ich zu, dass alles wieder in mein Leben einsickert, achtzehn Jahre später. Während ich das denke, verblasst die Erinnerung an Freyas wunderschönes Lächeln, und es bleibt nur das Bild, wie sie mich mit geröteten Augen anbrüllt. Mir vor Mrs. Kitts Bürotür sagt, ich sei eine Schlampe. Diese roten Augen verfolgen mich, wollen, dass ich zu ihr gehe, damit sie mich wieder angreifen kann.

Freyas Abschiedsbrief, den Mrs. Allen mir gezeigt hat, kommt mir nach all den Jahren wieder in den Sinn.

Je mehr ich darüber nachdenke, desto weniger passen die Worte zu Freya. Sie nähern sich ihr nur an. Sie waren nie die Wahrheit. Ein Hilfeschrei, klar. Ein Aufschrei, damit ich öffentlich dazu stehe, was in jener Nacht geschehen ist. Ich beschwöre die Erinnerung an ihre Handschrift herauf, auf diesem weißen Blatt Papier. Das elegante Briefpapier, das sie benutzt hat, um ihre Spur zu hinterlassen.

Ein Bekenntnis: Es tut mir leid, dass ich das tun muss, aber ich kann nicht mehr. Ich kann so nicht weitermachen. Josephine Grey, du hast mich und meine Geliebte geoutet, und ich muss das nun tun, um all das hinter mir zu lassen … Ich werde mich selbst töten. Ich entschuldige mich bei allen, denen ich weh getan habe, aber ich muss es tun. Freya Seymour.

Wenn Freya wirklich die Absicht gehabt hätte, zu sterben, hätte sie Mrs. Kitts niemals ihre «Geliebte» genannt. Wenn es hochkommt, war sie für Freya eine Ablenkung. Eine Ablenkung vom Tod ihrer Mutter, von der Tatsache, dass sie nicht versessen darauf war, Leistung zu erbringen, und das in einer

Schule, die stolz darauf war, elitär zu sein. Eine Ablenkung vom Leben. Mrs. Kitts bot ihr den Zauber des Gefühls, erwachsen zu sein. Auch wenn mit Mrs. Kitts eindeutig etwas nicht stimmte, sonst hätte sie keine Affäre mit einer Schülerin gehabt. Ich sehe Freya nun vor mir, wie sie mit ihr spielt, ihren jugendlichen Körper anbietet und die Verheißung von Abenteuer, nachdem sie mit der Schule fertig gewesen wäre. In Wirklichkeit war Freya jedoch versessen darauf, nach Oxford zu gehen, einen gutaussehenden Karrieretypen namens Guy zu heiraten und ein schickes Bohemeleben zu führen, das nur aus Arbeit und Reisen besteht. In diesem Brief ging es nicht darum, dass Freya sterben, sich in Asche auflösen wollte. Nein. Sie hat verzweifelt versucht, sich ans Leben zu klammern.

Der Gedanke ist jetzt glasklar in meinem Bewusstsein. Wenn ich Freya helfen will – und mir selbst –, muss ich sie treffen. Wenn ich es nicht tue, wird sie niemals Ruhe geben, und dazu hat sie jedes Recht. Und dann werde auch ich keine Ruhe finden.

1996

Ich verabschiede Sally Aylsford am Schultor. Als sie in den Bus steigt, um zu ihrem Bewerbungsgespräch zu fahren, strecke ich den Rücken gerade und hebe das Kinn. «Aufrecht», forme ich mit den Lippen.

Sie streckt den Daumen hoch, und ich wünsche ihr viel Glück. In dem Moment kommt Mrs. Kitts durch das Tor, neben ihr Mrs. Pownall und Mrs. Allen. Sie trägt zwei Koffer, und hinter ihr geht ihr Mann. Sie hält den Kopf gesenkt, und Mr. Kitts fährt sich mit den Händen übers Gesicht. Er sagt irgendwas, das ich nicht verstehen kann, aber Mrs. Kitts antwortet: «Sag nichts. Nichts.»

«Ein Kind», erwidert er. «Noch ein Kind.» Tränen laufen über sein Gesicht. O Gott, reiß dich zusammen.

Nach Mrs. Kitts Abgang bittet Mrs. Allen die Vertrauensschülerinnen des Abschlussjahrgangs zu einem Treffen.

«Also.» Sie blättert durch eine Ausgabe der *Lupe.* Allein vom Zusehen schnürt sich mir die Kehle zusammen.

«Also. Wie ihr sicherlich mittlerweile wisst, hat Mrs. Kitts die Schule verlassen. Sie hat nichts zugegeben, und von Freya wissen wir nur, was sie in ihrem Abschiedsbrief geschrieben hat. Wir haben also nichts in der Hand, aber sie ist freiwillig gegangen. Sie wird nicht zurückkommen, und damit ist die Sache hoffentlich erledigt. Inzwischen sieht es so aus, als würde Freya sich wieder vollständig erholen, und bis es so weit ist, schlage ich vor, dass ihr weitermacht wie bisher. Wenn sie wieder da ist, werden wir versuchen herauszufinden, was geschehen ist. Falls ihr irgendwelche Informationen haben solltet, die ihr mir mitteilen möchtet – meine Tür steht jederzeit offen.»

«Mrs. Allen.» Verity streckt ihren Arm in die Luft und erhebt sich leicht von ihrem Stuhl, als säße sie im Unterricht und würde darum betteln, eine Frage der Lehrerin zu beantworten. «Dürfen wir sie besuchen? Freya, meine ich.»

«Ich bin mir nicht sicher, ob das im Moment klug wäre, Verity, in Anbetracht der Umstände. Ich sage ihr, dass du nach ihr gefragt hast. Mal sehen, was sie dazu sagt.»

In diesem Moment treffe ich eine Entscheidung. Ich werde Freya besuchen. Ich muss ihr Gesicht sehen. Um mich zu vergewissern, dass sie sich erholt, dass Leben in ihr steckt. Sonst wäre das letzte Bild von ihr, wie sie auf einer Trage weggerollt wird, schlaff und für alle Zeiten verloren. Die anderen strömen langsam aus dem Raum. Ich bleibe zurück. Verity bleibt stehen, sie will unbedingt wissen, was ich vorhabe, aber ich gehe zu ihr, schicke sie aus dem Büro und mache die Tür hinter ihr zu.

«Mrs. Allen, wäre es in Ordnung, wenn ich in die Bibliothek gehe?»

«Ja, natürlich.»

«Verzeihen Sie, ich meine die Stadtbibliothek.»

«Verstehe. Na schön. Aber trag dich aus und sei spätestens … jetzt ist es vier, also sei zum Abendessen zurück.» Ich passiere das Schultor und gehe zum Krankenhaus. Die Schwester am Empfang erklärt mir den Weg, und ich frage sie, ob Freyas Vater noch da ist. «Das musst du schon selbst herausfinden», sagt sie und starrt wieder auf ihre Illustrierte.

Im Aufzug stinkt es süßlich nach Körpergeruch und Desinfektionsmittel. Die meisten Menschen hassen Krankenhäuser. Ich liebe sie. Sie vermitteln mir ein gewisses Gefühl von Sicherheit. Vielleicht liegt es daran, dass ich wegen meiner Mutter so oft in Kliniken war. Und wusste, dass sie dort sicherer war als zu Hause. Der sterile Geruch, die Geräusche der Wischmopps, der Gestank der Menschen. Anonymität. Ich betrete die Station. Eine alte Frau schreit in ihrem Zimmer, das direkt neben der Schwesternstation liegt. Sie jault, und ein Stück Brokkoli klebt ihr am Kinn, und ihre Beine gucken unter der Decke hervor. Rote, blaue, gelbe Flecken. Ihr Katheter füllt sich mit gelber Flüssigkeit.

Das Schwesternzimmer ist verwaist. Freyas Name steht in grünem Filzstift auf einem großen Whiteboard. *Freya Seymour, nüchtern. Bett sechs.*

Ich gehe durch einen langen Korridor. Abgesehen von flüsternden Stimmen, dem Piepen von Geräten und dem Rascheln von Zeitungen, ist es still. Da liegt jemand in Bett sechs. Zum Glück ist niemand sonst da. Diese Person hat einen geschorenen Kopf. Wo ist Freya? Dann erinnere ich mich daran, wie Mrs. Kitts die Haare in der Hand hielt. *Freya, was hast du getan?* Was hat sie nur mit ihren Haaren gemacht? Ich trete näher und sehe geronnenes Blut auf ihrer Kopfhaut. Rote Linien ziehen sich über den Schädel.

Ich setze mich ans Bett. Ihre Augen sind geschlossen. Obwohl das Bett schmal ist, wirkt sie irgendwie verloren darin. Sie sieht friedlich aus. Ich habe sie schon eine Million mal schlafen sehen, und kurz fühlt es sich an, als würden wir zusammen abhängen nach einer Partynacht. Freya ist immer eingenickt, während wir sprachen, hat immer versucht, wach zu bleiben, um mich nicht zu verärgern. Ihre Augäpfel zucken ganz sanft hinter den geschlossenen Lidern. Ich sitze und warte. Eine dünne Krankenschwester weht herein und zeigt auf ihre Uhr.

«Die Besuchszeit endet um acht, denk dran», sagt sie. Freya dreht ganz leicht den Kopf. Ihr Augen hören auf, sich zu bewegen, sie zucken nicht mehr. Sie sieht jetzt friedlich aus. *Wovon hast du geträumt, Freya?* War es ein guter Traum? Oder war er voller Schrecken? Der schrecklichen Dinge, wegen denen du jetzt hier bist, dein Arm verwachsen mit Schläuchen und Verbänden, der Kopf blutverkrustet. Hast du das wirklich wegen mir getan? Wie konnte ich dir das antun? Ich berühre ihre Hand. Die Haut ist weich wie die Nase eines Welpen.

Ihre Augen öffnen sich ganz leicht, dann schließen sie sich wieder. Ich schrecke aus meinen Gedanken hoch und komme zu mir. Was *tue* ich hier eigentlich? Wenn Freya aufwacht und mich sieht, bekommt sie bestimmt einen Schreikrampf. Oder ruft die Polizei. Anscheinend habe ich ganz vergessen, dass ich der Grund bin, warum sie hier ist. Rückwärts verlasse ich den Raum, beobachte sie, will, dass sie mich nur eine Sekunde lang anschaut, damit ich ihre Reaktion sehen kann. Abschätzen kann, wie groß ihr Hass ist. Sie tut mir den Gefallen nicht, sondern schläft friedlich weiter. Ich laufe zurück zur Schule und tue so, als wäre alles wie immer, als wäre ich nicht gerade aus dem Fegefeuer zurück.

Zum Abendessen gibt es wahlweise Spaghetti bolognese, Hühnchenschnitzel oder Backkartoffeln mit Bohnen. Ich entscheide mich für das Hühnchen. Niemand spricht mich im Speisesaal an, und dann sehe ich Sally. Sie isst an einem Tisch mit einer Gruppe aus dem Jahrgang unter uns, und ich setze mich dazu. Mir fällt ein, dass ich noch gar nicht weiß, wie ihr Gespräch in Oxford gelaufen ist. Alle sehen von ihren Tellern auf, verwundert, warum ich bei ihnen, den Jüngeren, am Tisch sitze. Ich sage nichts.

Sally lehnt sich vor und sieht mich mit gerunzelter Stirn an. *Bist du okay?*, sagt sie tonlos. Ich nicke ihr kurz zu und esse mein Hühnchen.

Sie sieht besorgt aus. «Sally, ich wette, dein Gespräch ist phantastisch gelaufen», sage ich aufmunternd. «Erzählst du mir nach dem Essen davon?»

Sie bedeutet mir aufzustehen, und ich nehme mein Tablett und folge ihr.

«Ist wirklich alles gut?» Sie hakt sich bei mir ein.

«Klar. Sicher. Ich wollte nur hören, wie es gelaufen ist.»

«Großartig. Ich denke, es ist super gelaufen. Ich bin nicht sicher, aber ich denke, sie werden mich nehmen. Es sei denn, ich habe sie total falsch eingeschätzt.»

«Bestimmt nicht.»

«Glaubst du wirklich?»

«Ich bin mir sicher. Hast du alles so gemacht wie besprochen?»

«Ja. Absolut. Es hat mir sehr geholfen. Ich will mir nicht zu große Hoffnungen machen, aber danke, Josephine. Für alles.»

«Keine Ursache.» Merkwürdigerweise habe ich das Bedürfnis, mich Sally anzuvertrauen. Ich will ihr sagen, dass ich wünschte, wir hätten das alles hinter uns. Dass ich bei Freya war und ihre Augen mich für immer verfolgen werden. Stattdessen erkundige ich mich, welche Fragen ihr gestellt wurden.

«Und was ist mit dir?», fragt sie mich anschließend. «Denkst du, du hast einen Platz sicher? Ich meine, wir reden von dir, also hast du natürlich einen, aber fandest du dein Gespräch denn gut?»

«Ja, das Interview war super. Aber natürlich muss ich abwarten, wie sich die ganze Freya-Sache entwickelt.»

«Wieso?», fragt sie.

«Weil jeder, der wegen der *Lupe* für schuldig befunden wird, von der Schule geworfen wird. Und das bedeutet, dass auch die Uni-Zulassung aufgehoben wird. Falls wir zugelassen werden.» Ich sehe sie an, aber sie hält den Blick leicht gesenkt und zeigt sonst keine Reaktion.

«Sally?» Ich hätte nie gedacht, jemals in so eine Lage zu kommen, und ausgerechnet mit Sally Aylsford.

«Ja?», antwortet sie.

«Was denkst du?»

«Ich denke, es wird alles gut. Wir machen einfach weiter wie bisher, leugnen alles, und dann passiert uns nichts.» Sie wendet sich mir zu. Ihre Wangen sind gerötet. «Ich darf meinen Vater nicht enttäuschen. Auf keinen Fall», sagt sie bestimmt.

Sie ist auf meiner Seite. Sie denkt genau wie ich, deshalb gibt es kein Zurück. Ich kann nicht auch noch Sallys Zukunft ruinieren.

2014

Die Ärzte und Schwestern machen sich Sorgen um mich. Sie sagen, ich würde wieder nicht genug essen. Tatsächlich denke ich nur noch daran, Freya zu treffen. Bei der Vorstellung fühle ich mich ganz schwerelos. Zugleich will ich die Annehmlichkeiten dieses Ortes nicht missen. Der Gedanke, nicht mehr gesagt zu bekommen, was ich tun und wie ich meine Tage verbringen soll, macht mir große Angst. Ich habe mich daran gewöhnt, nicht darüber nachzudenken, wohin ich als Nächstes gehe, was ich als Nächstes tue. Kein Leistungsdruck und keine Verantwortung. Doch irgendwann muss ich so oder so hier weg, und ich kann nur noch daran denken, was Gracie und ich herausgefunden haben und dass Freya niemals aufhören wird, mich zu verfolgen. Ich beschließe, eine zweite Meinung einzuholen.

«Sie wirken unbeschwerter», sagt Dr. Anthony, als er mir ein Glas Wasser reicht.

«Ich versuche nur gerade, ein paar Dinge zu ordnen. Ich … dieses Mädchen … aus der Vergangenheit. Sie heißt Freya. Ich überlege sie zu treffen. Die Dinge haben sich verändert. Das Bild, das ich von ihr habe, hat sich geändert, und gerade versuche ich herauszufinden, wie ich am besten damit umgehe.»

«Möchten Sie mir ein bisschen mehr über sie erzählen?» Meine Vernunft sagt mir, dass ich mit jemandem darüber reden sollte, über jene Nacht und die Ereignisse danach, *Die Lupe*, den Selbstmordversuch. Doch mein Gefühl sagt mir, dass ich nicht weiß, ob ich dazu in der Lage bin.

«Was hält Sie zurück?» Dr. Anthony lehnt sich vor und tippt mit der Hand auf die Tischplatte, eine Geste, die ihn ungeduldig wirken lässt, auch wenn ich weiß, dass er nur will, dass ich rede.

«Es ist einfach so viel. Das ist alles. Ich weiß nicht mal, ob ich alles im Detail zusammenbekomme. Mich korrekt erinnere. Es ist so lange her.» Ich lache nervös.

«Das ist in Ordnung. Warum fangen Sie nicht damit an, wie Sie sich kennengelernt haben? Welche Erinnerungen Sie daran haben. Die ersten Eindrücke. Von da gehen wir dann weiter. Hören Sie jederzeit auf, wenn Sie sich nicht wohlfühlen.»

Ich spreche über die Freya von früher. Vor all dem schrecklichen Zeug. Ihre Arglosigkeit, selbst wenn schlimme Dinge passierten. Ihre Augen, die hoffnungsvoll und froh leuchteten. Und ihre Zuversicht, dass, selbst als ihre Mutter unter diesen scheußlichen Umständen starb, alles gut werden würde. Ihr Körper war wie ein goldener Käfig, den kein Schmerz durchdringen konnte. Ihre geschmeidige Haut. Die gerade Nase. Die vollen, geschwungenen Lippen, die immer kurz davor waren zu lächeln. Meine Freundin Freya.

«Sie sehen traurig aus», sagt Dr. Anthony. «Sie sehen aus, als wollten Sie noch mehr erzählen.»

Eigentlich will ich nicht, aber seine Stimme wirkt hypnotisierend auf mich. Außerdem bin ich schrecklich müde. Zu müde, um mich zu wehren.

«Na ja, sie war eben Freya. Alle auf der Schule wollten so sein wie sie. Wenn sie hereinkam und ein Paar neue Schuhe anhatte, trugen bald alle diese Schuhe. Einmal habe ich sie überredet, aus Spaß die alten Plateauschuhe von meiner Mutter zu tragen, und natürlich waren sie im Monat darauf wieder in Mode. Sie war einfach so ein Typ. Alle mochten sie. Aber dann hat sie sich verändert. Ihr Charakter.»

«Was, denken Sie, war der Grund dafür?»

«Ich weiß es nicht.» Ich fordere Dr. Anthony heraus, soll er doch sagen, dass ich lüge. Und ganz genau weiß, warum.

«Können Sie sich an irgendeinen Umstand erinnern, der die Veränderung bewirkt haben könnte? Oder hat sich vielleicht einfach Ihre Freundschaft verändert?»

«Beides. Vermutlich. Es ist einfach so ... wir haben uns voneinander entfernt, und dann war da diese Sache, dass ich etwas in der Schulzeitung veröffentlicht habe, was ich nicht hätte tun sollen und ...»

Dr. Anthony malt Linien auf dem Notizblock. Lange Linien mit einem schwarzen Stift. «Und?»

«Und dann hat sie versucht, sich umzubringen, und die ganze Zeit über habe ich es nicht kapiert, aber jetzt denke ich, sie wollte es gar nicht tun. Ich dachte, sie hätte noch mal Glück gehabt. Dass sie gerade noch rechtzeitig gefunden wurde, aber –»

«Aha.» Dr. Anthony führt seinen Stift nun in kleinen, zackigen Bewegungen. Ich weiß gar nicht, wo ich anfangen sollte mit Gracie und wie wir darauf gekommen sind, also lasse ich es bleiben.

«Ich glaube ... Also, ich denke ...» Ich halte einen Moment inne. Dr. Anthony sagt, ich soll mir Zeit lassen. «Ich denke, sie hat manche Dinge, die ich getan habe, als Verrat empfunden. Hat das Gefühl gehabt, ihr Selbstmordversuch wäre die einzige Möglichkeit, zu mir durchzudringen. Sie wollte gar nicht so weit gehen, sondern nur meine oder irgendjemandes Aufmerksamkeit. Es ist so ...»

Dr. Anthony nickt und sieht mich an. Sein Gesichtsausdruck ist schwer zu interpretieren. Sorge? Versucht er zu verstehen, was ich ihm gerade erzählt habe?

Ich warte darauf, dass er etwas sagt, aber er schweigt. Malt nur einen Punkt auf seinen Block und hält den Stift dann in der Schwebe.

Und plötzlich kommt es aus dem Nichts. Eine Erinnerung blitzt auf. Es passiert so schnell, dass ich es nicht festhalten kann. Eine Szene aus jener Nacht. Abgesehen von verschwommenen Lichtern, Geräuschen, tropfendem Blut und dem Lärm der Tanzfläche, ist es die erste Erinnerung an diesen Abend. Freya steht vor mir und lächelt, als ich ihr den Drink abnehme, den sie mir geholt hat. Ihre Hüften schwingen im Takt der Musik, auf diese langsame, sexy Art, als wüsste sie, dass absolut jeder im Raum sie ansieht. Ich erinnere mich, wie sehr ich sie bewundert habe. Und das tue ich noch immer.

Ich erinnere mich, dass ich mich neben ihr klein gefühlt habe, als wäre sie die größte Göttin der Welt, und ich dachte, es läge an der halben Pille, die ich genommen hatte. Aber sie war wirklich so. Sie war die Allergrößte. Dann verblasst die Erinnerung und wird verdrängt von einer Schwärze, die mich durchströmt. «Hier.» Dr. Anthony reicht mir ein Taschentuch. Ich winke ab, doch dann begreife ich, dass ich weine. Schon wieder? Was zum Teufel stimmt nicht mit mir?

«Keine Sorge. Erzählen Sie einfach weiter.»

«Es gibt nichts mehr zu sagen.» Ich bin abgelenkt. Habe plötzlich das Gefühl, mich dringend um reale Probleme kümmern zu müssen. Diese Sitzung schnell hinter mich bringen, mich den Dingen stellen, die vor mir liegen, und beten, dass

Freya mich nicht fertigmacht, damit ich meinen Kopf endlich aus der Schlinge ziehen kann.

«Josephine? Wie wäre es, wenn Sie mir dann noch mehr von Ihrer Mutter erzählen?»

«Oh, meine Mutter? Na ja, ich habe sie nicht oft gesehen. Ich wollte nicht … oder eher gesagt, will nicht so krank werden wie sie. So kann man das sagen.»

«Und haben Sie je gedacht, das könnte passieren?»

Ich denke an die Schulzeit zurück, an Momente voller Angst, in denen ich überzeugt war, dass mein Verstand umkippt, geglaubt habe, dass meine Mitschüler es auf mich abgesehen haben, bis ich erkannte, dass mir meine Vorstellung einen Streich gespielt hatte. Aber woher sollte ich es wissen? Woher sollte ich unterscheiden, ob ich krank war oder einfach …

«Das habe ich. Ja. Während meiner gesamten Schulzeit. Ich hatte dieses Bild von meiner Mutter im Kopf, die schrie, dass sie den Teufel in sich habe. Und in der Schule hatte ich immer Angst, ich könnte dasselbe tun, mitten im Unterricht. Ich habe mit dieser Angst gelebt, mit jedem Atemzug. Sie war in allem, was ich tat und was ich anfasste.»

«Das muss sehr anstrengend für Sie gewesen sein», sagt Dr. Anthony. «Und nichtsdestotrotz haben Sie es geschafft, in der Schule zu glänzen?»

«So ist es. Obwohl ich diese Angst hatte, gab mir die Routine an der Schule, weit weg von zu Hause, Stabilität. Aber ich denke, es hat mich ausgelaugt. Und dann passierte die Sache mit Freya. Und das ist eigentlich alles.»

Ich kann nicht mehr. Meine Stimme versagt. Es ist, als würden all die Worte wieder in mich hineingesaugt. All der

Ekel. Ich muss über so viel nachdenken, und obwohl das Licht gedimmt ist, fühlt es sich grell an. Ich schüttle den Kopf, und Dr. Anthony signalisiert mir, dass ich gehen kann. Er sieht zur Uhr an der Wand und sagt: «Es sind eh nur noch fünf Minuten. Das haben Sie gut gemacht heute.»

Nichts ist gut. Als ich die Tür hinter mir schließe, ruft Dr. Anthony mir hinterher: «Denken Sie darüber nach, was sich verändert hat. Ich meine, wie sich Ihre Beziehung zu Freya verändert hat. Für nächste Woche, ja?»

«Gut», flüstere ich. So schnell ich kann, verlasse ich den Korridor. Ich werde sogar noch mehr tun als das.

1996

Wir wurden nach Hause geschickt – Verity, Sally und ich. Mrs. Allen hatte uns zusammengerufen und uns mitgeteilt, dass der Schulvorstand es für das Beste hielte, wenn wir fortblieben, bis Freya aus dem Krankenhaus zurück und Gras über die Sache gewachsen sei.

«Es ist keine Suspendierung als solche», hatte sie gesagt und der Reihe nach jede von uns angeschaut. «Betrachtet es als eine Zwangspause, bis … nun, bis sich die Dinge beruhigt haben.» Dann war sie mit uns die praktischen Fragen durchgegangen: wie wir an den Prüfungen teilnahmen, wen wir kontaktieren konnten, wenn wir inhaltliche Fragen hatten. «Und es wird immer jemand da sein, der euch die Dinge bringt, die ihr braucht.»

Sally und ich hatten einen Blick getauscht. «Der sie uns bringt?» Und dann wurde mir klar, dass wir nicht mal mehr das Schulgelände betreten durften.

Zu Hause ist für mich zugleich der beste und der schlimmste Ort, an dem ich hätte sein können. Amy kommt erst nach Weihnachten wieder, und ohne sie ist das Haus eine Müllhalde. Die Hemden meines Vaters wurden nicht gewaschen, also packe ich sie ein und bringe sie zur Reinigung. Überall stehen halbleere Whisky-Gläser herum, die ich einsammle und in die Küche stelle. Der Abwasch wurde so lange nicht mehr gemacht, dass die Steakreste auf einem Teller gelb angelaufen sind.

Aber zugleich ist niemand da, der mich an Freya erinnert, und da ich außerhalb der Schule nicht ständig irgendwelchen Erwartungen gerecht werden muss, verblasst auch das Schreckbild meiner Mutter. Stattdessen kann ich mich aufs Lernen konzentrieren. Aber immer wenn es Abend wird und draußen der Wind pfeift, fühle ich mich einsam. Mein Vater kommt oft erst nach Mitternacht zurück, und ich verbringe die Zeit damit, auf das Klicken der Haustür zu warten, auf seine Stimme und das klirrende Geräusch, wenn er seine Schlüssel auf dem Kaminsims ablegt.

Ich habe ein permanentes Rauschen im Kopf, aber die heftigen Erinnerungsschübe an jene Nacht, das dauernde Bedrohungsgefühl und die Angst wegen Freya klingen allmählich ab, wo ich nicht mehr in der Schule bin. Trotzdem gibt es immer noch Momente, in denen mich Panik ergreift – ausgelöst durch Umstände, die ich oft nicht durchschaue –, und manchmal weckt mich entweder die Vorstellung von Freya, die sich mit verzerrtem Gesicht auf mich stürzt, oder ein Bild aus dem Club, kurz bevor alles schwarz wurde.

Drei Tage vergehen, bis mir auffällt, dass ich mein Zimmer nicht mehr verlassen habe. Ein- oder zweimal bin ich in die Küche gegangen, um etwas zu essen zu holen – ein paar Äpfel und die Reste des Currys, das mein Vater mitgebracht hatte –, aber ansonsten fühle ich mich gut aufgehoben innerhalb dieser vier Wände, die mich vom Rest des Hauses trennen. Einen Tag vor Weihnachten steht mein Vater vor der Tür und ruft: «J, deine Mutter kommt morgen zurück.» Einfach so. Ich erinnere mich nicht, wann wir das letzte Mal alle zusammen zu Hause waren.

Als sie ankommt, kann ich hören, wie sie unten ihren Koffer abstellt, und dann sagt mein Vater mit lauter, aufgesetzt fröhlicher Stimme: «Josephine ist oben, sie freut sich so, dich zu sehen.»

Ich höre nicht, ob sie etwas antwortet, nur ein Schlurfen, und dann zerbricht Porzellan, und mein Vater sagt: «Bitte, bitte mach dir nichts draus, es ist nur eine Vase.» Ich brauche fast zwei Stunden, bis ich heruntergehen kann. Als ich ins Wohnzimmer komme, liegt sie mit angewinkelten Beinen auf dem Sofa. Sie sieht gut aus. Sie hat etwas zugenommen, man kann fast ein leichtes Doppelkinn erahnen, das sie früher nie hatte. Ihre Wangen sind weicher und voller, und sie hat großflächig Rouge aufgetragen. Das Haar fällt über eine Schulter, sie trägt ein korallenrotes Top und eine lange Perlenkette, die aussieht wie aus einem Kunsthandwerkskurs, und liest eine Illustrierte. Als sie mich sieht, beugt sie sich vor, um sie auf den Tisch zu legen. Es ist die Fernsehzeitung. Sie hat auf mehreren Seiten die Ecken umgeknickt.

«Liebling.» Sie öffnet die Arme, kaum weit genug für eine Dreijährige, aber ich lasse es zu, dass sie mich umarmt. Mein Vater kommt mit einem Teetablett herein. Es ist das erste Mal seit Jahren, dass er welchen gemacht hat. «Deine Mutter hat gerade gesagt, wie aufgeregt sie war, dich wiederzusehen.» Er sieht sie an. Sie hat ihre Füße wieder aufs Sofa gelegt. Sie trägt klobige Sneaker, in denen sie aussieht wie ein Teenager. «Bitte», sagt er und schiebt ihre Füße runter. «Nicht auf das Polster.»

«Soll ich den Fernseher anmachen?», fragt meine Mutter.

«Warum nicht», antwortet mein Vater und gibt ihr die Fernbedienung. «Ich bin nicht sicher, wie es funktioniert, aber nur zu.» Die nächste Stunde verbringt meine Mutter damit, herumzuzappen, bis sie schließlich bei einem Programm hängenbleibt. «Ich liebe diesen Film», sagt sie und seufzt laut. Als der Abspann läuft, ist sie eingeschlafen.

Am nächsten Tag sitzen wir auf dem Sofa und packen unsere Geschenke aus. Unsere Familie war nie besonders gut darin, Geschenke zu machen, aber dieses Mal hat sich mein Vater wirklich Mühe gegeben. Er hat mir die Erstausgaben einer Geschichtsbuchreihe besorgt, die ich liebe. Von meiner Mutter bekomme ich ein kleines Adressbuch. Als ich es aufschlage, sind einige Seiten vollgekritzelt.

Es gibt wenige Momente, in denen meine Mutter sich aus ihrer Erstarrung löst, aber für gewöhnlich sitzen wir einfach schweigend beieinander. Und auch wenn ich versuche, wach zu bleiben, spüre ich, wie meine Energie versiegt und die Angst einsetzt beim Gedanken daran, wie wenig ich arbeite, seit meine Mutter da ist.

Seit Tagen habe ich nicht mehr anständig gelernt und werde zunehmend gereizt. Ich verspüre überhaupt kein Bedürfnis zu lesen oder mir Notizen zu machen, und selbst mein Vater sagt mir, dass ich lernen soll. Halbherzig unterstreiche ich Passagen in meinen Büchern, aber das ist nichts im Vergleich zu meinen üblichen Karteikarten, Mindmaps, Heften voller Notizen und Zitaten, alles abgelegt in neuen Ordnern fürs nächste Trimester. Ich habe nicht einmal die Kraft, mich zu fragen, wann ich zum Alltag zurückkehre.

Kurz nach den Feiertagen sagt mein Vater mir, dass ich nicht nach Oxford komme, wenn ich weiterhin Löcher in die Luft starre. Ich sitze neben meiner Mutter und schaue das seit

Tagen gleiche Nachmittagsprogramm. «Josephine, was stimmt nicht mit dir?» Mein Vater zieht mich aus dem Wohnzimmer und deutet zurück Richtung Sofa. «Du wirst noch wie sie. Sie ist krank, Josephine. Du bist es nicht. Geh wieder an die Arbeit. Geh nach Oxford. Komm wieder in die Spur. Du musst dein Bestes geben, damit du nicht … damit dir möglichst viele Optionen offenstehen.»

Als ich durch den Türrahmen zum Sofa schaue, wo meine Mutter liegt, überkommt mich eine derart gewaltige Angst, dass ich drauf und dran bin, eine drastische Maßnahme zu ergreifen. Etwas, das gar nicht zu mir passt. Ich muss es tun und über meinen Schatten springen, bevor ich mich dem ganzen Mist in der Schule stelle und wir erfahren, was mit uns geschieht. Ich gehe zurück ins Wohnzimmer, sage meiner Mutter, dass es schön mit ihr war, und dann gehe ich hoch, setze mich hin mit dem Telefon auf meinem Schoß und bereite mich darauf vor, den Anruf zu machen.

2014

Ich bleibe nicht bis zur nächsten Sitzung mit Dr. Anthony. Die Entscheidung, Freya zu treffen, ist wie ein Magnet, der mich fast gewaltsam Richtung Ausgang zieht. Ich habe genug Yogastunden und Atemübungen hinter mir, in denen ich mich gefühlt habe, als könnte ich gleich in Flammen aufgehen. Zwei Tage später verlasse ich die Klinik. Gracie ist unauffindbar, aber ich hinterlasse ihr eine Nachricht:

Ich hoffe, es renkt sich wieder ein mit deinem Mann. Es war sehr freundlich von dir, mir von Freya zu erzählen. Ich werde sie selbst aufsuchen. Bitte sag ihr nicht, dass wir miteinander gesprochen haben, falls sie dich noch mal kontaktiert. Ich will versuchen, noch mal ganz von vorn mit ihr anzufangen.
Mach es dir schön.

Als ich mich selbst entlasse, sage ich, dass ich weiterhin zu ein paar Sitzungen kommen werde, auch wenn ich mir sicher bin, dass ich schon bald nach Jordanien zurückfliege. Der Gedanke, Freya zu treffen, gibt mir jetzt Kraft und erfüllt mich nicht mehr mit Panik. Die Welt hat aufgehört, mir Angst zu machen. Ich registriere die grauen, nackten Bäume, die am Himmel kratzen, und den See neben der Klinik, der trotz des schlammigen Ufers schön aussieht. Ich frage mich immer noch, wie Freya an meine neue Mailadresse gekommen ist, aber statt weiter darüber nachzugrübeln, beschließe ich, sie einfach zu fragen.

Als ich nach Hause komme, ist mein Vater da. Er sitzt auf dem Sofa und schaut fern. Dasselbe Sofa, auf dem meine Mutter vor all den Jahren gesessen hat. Derselbe Raum, den er sich zu betreten weigerte, wenn sie nicht zu Hause war. Selbst wenn er einen Film gucken wollte, ging er nicht hinein; stattdessen hatte er einen kleinen Fernseher für sein Schlafzimmer gekauft.

«Was machst du?», frage ich.

«J, du bist zu Hause?» Er winkt mich zu sich aufs Sofa. «Ich wusste nicht, dass du kommst. Schön, dich zu sehen. Wie fühlst du dich?»

Der Fernseher ist ganz eingestaubt. Ich hole ein Taschentuch und wische ihn ab. «Du siehst fern?»

«Ich weiß. Mir war etwas nach, na ja, Entspannung. Willst du mitgucken?»

Ich druckse herum, weiß nicht, wo ich mich hinsetzen soll. Schließlich sage ich ihm, dass ich lieber hochgehe.

«Warte.» Er klopft aufs Sofa. Ich gehe auf ihn zu und setze mich auf einen kleinen Hocker neben dem Couchtisch. «Wie kommt es, dass du schon wieder da bist? Ich dachte, du würdest etwas länger bleiben. Was haben sie gesagt? Die Ärzte, meine ich.»

«Das ist eine lange Geschichte. Aber es ist alles in Ordnung. Mir geht es sogar richtig gut.» Mein Vater guckt verunsichert, also erzähle ich ihm kurz von meinem Durchbruch mit Dr. Anthony und den Entscheidungen, die ich getroffen habe. Ich gehe nicht ins Detail, aber die Vorstellung, nicht mehr vor Freya weglaufen zu müssen, macht mich meinem Vater gegenüber so gesprächig und offen wie noch nie. Er wiederum sitzt vorgebeugt, lächelt mich an und hört aufmerksam zu. Irgendwann höre ich auf, und mir ist es leicht peinlich, als ich realisiere, wie viel ich preisgegeben habe, aber ihm scheint es nichts auszumachen. Er sagt nur, ich solle zu ihm kommen, falls ich mich wieder instabil fühle, und er würde tun, was er kann.

«Ich gehe mal meine Sachen auspacken und mich ausruhen», sage ich und verlasse das Wohnzimmer.

Wir winken uns scheu zu. Als ich mich noch einmal umdrehe, lächelt er immer noch und legt seine Füße auf ein dickes, cremefarbenes Kissen.

Langsam gehe ich die Treppen hoch in mein Zimmer und klappe den Laptop auf. Nichts. Keine einzige E-Mail von niemandem. Es macht mich überraschenderweise traurig. Und dann fange ich wirklich an zu weinen, weil ich an meine Mutter denken muss und dass sie keine Freunde hatte.

Bevor ich es mir anders überlegen kann, fange ich an zu tippen:

> Freya, ich weiß nicht, woher du diese Mailadresse hast, aber da es nun mal so ist, antworte ich dir: Ich habe darüber nachgedacht, dich zu treffen. Darüber, wie es sein würde. Ich weiß, seit unserer letzten Begegnung ist viel passiert, und ich bin mir mittlerweile über ein paar Dinge klar geworden. Lass uns treffen. Ich bin momentan in London und werde bald nach Jordanien zurückfliegen, in ein paar Tagen oder so, also sag mir wo und wann. Liebe Grüße, Josephine.

Bevor ich einen Rückzieher machen kann, drücke ich auf *Senden*.

Den ganzen Tag über warte ich auf ihre Antwort. Immer

wieder gehe ich an den Laptop und checke mein Smartphone. Nichts. Die ganze Zeit will sie mich treffen, und jetzt antwortet sie nicht mal. Worauf wartet sie? Was will sie noch von mir? Um mich abzulenken, verbringe ich die Zeit damit, zu lesen, ziellos im Haus herumzugehen und den Arbeitskollegen zu schreiben, um mich auf den neuesten Stand zu bringen. *Ich bin in drei Tagen zurück*, schreibe ich Jeremy entschieden. Wenn Freya sich bis dahin nicht meldet, hat sie ihre Chance vertan.

Großartig. Alle vermissen dich, schreibt er zurück.

Ich bleibe die ganze Nacht auf, lese wieder und wieder dieselbe Seite in meinem Buch. So unkonzentriert war ich schon seit Jahren nicht mehr. Es macht mich rasend, die Kontrolle verloren zu haben, zugelassen zu haben, dass ich mich wieder so fühle wegen Freya, vor allem, weil es mir in den letzten Tagen so viel besser gegangen war.

Um vier Uhr früh gehe ich runter. Bis auf die blauen Blinklichter des Routers ist es vollkommen dunkel in der Küche. Ich kann mich nicht dazu überwinden, das Licht einzuschalten, also taste ich mich am Tresen entlang. Ich koche Kaffee, was eine ziemlich blöde Idee ist, aber andererseits bin ich sowieso zu aufgedreht, um zu schlafen, und gleichzeitig nicht wach genug, um irgendetwas Sinnvolles zu tun. Ich habe einen alten Seidenmorgenmantel meiner Mutter angezogen, der ein paar Mottenlöcher hat und nach Make-up riecht, aber ich bin froh, dass ich ihn tragen kann, ohne auszuflippen. Ich frage mich, wie alt er ist, ob sie ihn schon hatte, bevor sie krank wurde, und dann denke ich daran, dass es meine Schuld ist – meine Geburt hat ihre Schizophrenie ausgelöst. Würde mir das auch widerfahren, wenn ich ein Kind bekäme? Ich erinnere mich an ein Gespräch mit Freya, eines Nachts draußen im Wald bei der Schule.

«Ich will vier Kinder», hatte sie gesagt und ihre Hand auf den Bauch gedrückt. «Zwei Mädchen und zwei Jungs.» Sie sagte es so klar und überzeugt, wie es nur Teenager können. Sie hatte so gestrahlt in der Dunkelheit, während ihre Hand um ihren Bauch kreiste.

«Und du?»

«Ich weiß nicht, ob ich eine besonders gute Mutter wäre», erwiderte ich.

«Quatsch», hatte sie abschätzig gesagt. «Du bist die beste Freundin, die man sich wünschen kann. Auf der ganzen Welt. Also wärst du auch eine unglaubliche Mutter.»

Um sechs Uhr morgens antwortet sie. Ich gucke gerade eine Geschichtsdoku auf dem Computer, als es *Ping* macht. Fünf Minuten lang bin ich nicht in der Lage, sie zu öffnen, dann beruhige ich mich mit Hilfe der Atemtechniken, die Dr. Anthony mir beigebracht hat.

> Josephine, vielen Dank für deine Antwort. Ich war nicht sicher, ob du es dir noch mal überlegen würdest. Ich bin froh, dass du es getan hast. Es gibt so viel, über das ich mit dir reden muss. Lass uns spazieren gehen und dann, je nachdem, wie es läuft, noch Mittag essen?

Je nachdem, wie es läuft? Was zum Teufel glaubt sie, wird passieren? Meine Eingeweide ziehen sich zusammen. Ich lese weiter:

Lass uns am Dienstag treffen. Um zwölf im Hyde Park? Ich arbeite ganz in der Nähe und kann eine lange Mittagspause machen. Wir treffen uns am Ausgang Kensington Gardens – da, wo wir uns früher in den Ferien immer getroffen haben. Freya.

Ich bleibe im Bett bis nachmittags um eins. Dann gehe ich zum Friseur. Die letzten sechzehn Jahre habe ich mein Haar mit einer Nagelschere gestutzt, weshalb ich schockiert bin, als mir für den Spaß fünfundfünfzig Pfund berechnet werden. Vor einem Monat noch hätte ich die ganze Angelegenheit als aufdringlich und abstoßend empfunden – ich habe nicht ohne Grund damit aufgehört, zum Friseur zu gehen. Doch jetzt lasse ich den jungen Mann mit den engen schwarzen Jeans und dem wilden schwarzen Haar seine Arbeit machen. Er wäscht meine Haare, massiert das Shampoo ein und geht dann ans Werk, hält meine braunen Locken hoch, bevor er entschieden große Stücke abschneidet, die auf meinem Oberkörper landen. Ich muss immer wieder niesen, und er lacht und fragt, wann ich das letzte Mal beim Friseur gewesen sei. Als ich es ihm verrate, legt er seine Schere beiseite und bringt mir ein Glas Champagner. «Hier. Das brauchst du jetzt.» Ich trinke und lache mit ihm über meinen altmodischen Schnitt. «Du bist so aus der Mode, dass es schon wieder angesagt ist», lacht er.

Als ich aufstehe, fühlt sich mein Kopf ganz leicht an. Ein Lüftchen weht mir um die Ohren, und zum ersten Mal seit Jahren kann ich meine Stirn wieder richtig sehen, weil mein Pony mir nicht mehr ins Gesicht hängt.

«Du kannst ja gar nicht aufhören, dich anzuschauen», sagt

der Friseur. Es stimmt. Unverwandt starre ich mein Spiegelbild an. Mein Gesicht sieht ganz anders aus, und meine Haare hängen nicht mehr wie dicke Schnüre zu beiden Seiten herunter. Damit ist es noch nicht genug. Als Nächstes kaufe ich mir neues Make-up. Ich will nicht, dass Freya denkt, ich hätte mich all die Zeit über in meinem Elend gesuhlt. Eine Stunde verbringe ich am Tresen von Chanel und gebe meinen letzten Gehaltsscheck aus Jordanien aus. Da ich in den letzten paar Jahren nur zwei oder drei Make-up-Artikel gekauft habe, scheint es mir angebracht. Die Verkäuferin schlägt mir vor, meine Augen zu schminken. Ich erlaube es ihr. «Dieses Grün. Wow», sagt sie. «Dieser Farbton steht Ihnen phantastisch. Betont Ihre Augen noch. Hat Ihnen das noch nie jemand gesagt?»

«Nicht in letzter Zeit», erwidere ich lächelnd.

Ich bin versucht, Toby zu treffen, um seine Reaktion zu sehen, aber als ich mich in ein Café setze, wird mir klar, wie verdammt blöd ich bin. Ich tue fast so, als hätte ich ein Date. Gott weiß, was Freya mir sagen will, und ich benehme mich wie ein verknallter Teenager. Der Gedanke an das, was mir bevorsteht, trifft mich mit voller Wucht, begleitet von dem seltsamen Gefühl, dass sich etwas Unheilvolles anbahnt. Ich versuche es abzuschütteln, schiebe es auf eine Überdosis Kaffee, aber das Gefühl bleibt, und plötzlich finde ich mein Make-up zu grell und die Frisur lächerlich. Freyas Mail geht mir durch den Kopf: *und dann, je nachdem, wie es läuft, noch Mittag essen?* Rational betrachtet, will Freya sich einfach absichern, falls uns nicht danach ist, Zeit miteinander zu verbringen. Das weiß ich. Aber was ist, wenn etwas anderes dahintersteckt?

Freya, ich wünschte, ich könnte dich immer noch durchschauen.

1996

Ich rufe bei Freya an. Warum, weiß ich auch nicht so recht. Einfach um ihre Stimme zu hören? Ich weiß nicht mal, ob sie überhaupt zu Hause ist. Ich erinnere mich, dass Mrs. Allen meinte, sie würde eine Zeit in der Psychiatrie verbringen, also habe ich bestimmt sowieso kein Glück. Schnell tippe ich die Nummer ein, meine Finger wählen, ohne dass ich groß darüber nachdenken müsste. Ich kenne Freyas Nummer besser als meine eigene. Leon geht ran, und ich bin kurz davor aufzulegen.

«Hi», sage ich.

«Hi.»

«Hier ist Josephine.»

«Ich weiß.»

«Wie geht es ihr?»

«Gut. Ihr geht's ganz gut.»

«Hör zu, ich –»

«Josephine, es wäre besser, wenn wir nicht miteinander sprechen. Denkst du nicht auch?»

«Leon, ich …»

«Mach's gut.» Das Telefon tutet an meinem Ohr. Ich denke darüber nach, noch einmal anzurufen. Sollte ich? Und dann klingelt es, und ich weiß, dass er es ist.

«Hallo?», sage ich kühl.

«Ich bin's.»

«Oh. Hi.»

«Ja, tut mir leid. Es ist nur gerade alles ziemlich verrückt hier.»

«Schon okay. Ich wollte dir nur etwas sagen. Ich wollte mit dir sprechen.» Auch wenn ich eigentlich Freya sprechen wollte, fällt mir jetzt auf, wie sehr ich Leon brauche.

«Ich kann nicht. Du hast beinahe meine Schwester umgebracht.»

Seine Worte fühlen sich an wie Messerstiche.

«Leon, ich muss es dir erklären.» Ich brauche dringend seine Unterstützung. Dass er mich in den Arm nimmt und mir sagt, alles wird gut. Dass alles wieder normal wird.

«Was willst du erklären? Meine Schwester hat sich beinahe umgebracht. Dir dafür die Schuld gegeben. Was soll ich von dir denken? Josephine, du hast zur Familie gehört. Du warst Teil unserer Familie, ist dir das klar? Wie konntest du das nur tun?»

«Bitte, *bitte*, lass es mich erklären.» Meine Stimme bricht. Ich will Leon nicht anflehen müssen, aber ich brauche seinen Rückhalt. Muss seine Ruhe spüren. «Bitte. Gib mir fünf Minuten. Ich werde niemandem sagen, dass wir uns getroffen haben. Du musst es tun. Für Freya. Hör mir einfach nur zu.» Ich hasse es zu betteln, aber ich darf es mir mit Leon nicht verscherzen.

Eine halbe Stunde später treffen wir uns im Hyde Park, bei der Bank, wo Leon mir und Freya das Rauchen beigebracht hat. Als ich ankomme, ist er schon da. Sein Fahrrad liegt neben ihm im Gras. Er trägt abgewetzte Biker-Stiefel aus weichem Leder, und seine Haare sind länger geworden. Obwohl es eiskalt ist, hat er die Lederjacke um die Hüften geschlungen. Seine Arme, diese Arme.

«Du hast drei Minuten», sagt er. «Dann gehe ich. Ich tue das für meine Schwester. Um zu sehen, ob du ihr helfen kannst. Falls nicht, werden wir uns nie wiedersehen. Verstehst du das, Josephine?» Ein Brennen schießt von meinem Herzen hinauf zu meiner Kehle, in meine Nase, und ich fange an zu weinen.

«Leon …» Ich bin überwältigt von dem dringenden Bedürfnis, ihn zu küssen. Ich weiß nicht, ob ich einfach eine Art körperliche Bestätigung brauche, dass alles in Ordnung ist, aber er betrachtet mich mit solch glühendem Hass, dass ich zurückweiche.

«Es tut mir leid», sage ich. «Wirklich. Aber du kennst nicht die ganze Geschichte. Ich kann sie dir nicht erzählen, aber eines musst du wissen: Es ging nicht nur um mich.»

Ich weine wieder und strecke die Arme nach ihm aus. «Bitte. Bitte hilf mir.» Leon blickt sich nach allen Seiten um und geht einen Schritt auf mich zu.

«Ist ja gut», sagt er. «Ich weiß, dass es weh tut.» Er lenkt ein, genau wie Freya es tun würde, aber dann verhärtet sich seine Miene.

«Aber du weißt, ich muss zu meiner Schwester halten.» Zum ersten Mal fühle ich mehr als nur oberflächlichen Neid Freya gegenüber.

«Kannst du nicht auch ein bisschen zu mir halten?», erwidere ich. Er steckt seine Hände in die Taschen seiner Jeans und sieht mich an, unsicher, was er antworten soll. «Geht es ihr gut?», frage ich.

«Sie bekommt gerade ziemlich heftige Medikamente. Toll geht es ihr nicht. Aber sie wird schon wieder. Dad und ich wollen, dass sie wieder zur Schule geht. Um wieder etwas Normalität zu haben, und dann sehen wir, was passiert.» Ich frage mich, ob sie ihren Ärzten alles erzählt hat.

«Und wie geht es deinem Dad?»

«Geht so. Ganz gut. Er weiß nicht wirklich, wie er damit umgehen soll. Das ist nicht seine Schuld. Aber ich bin derjenige, der ziemlich oft nach ihr sieht.»

Wieder spüre ich den Neid, und ich fürchte, dass mir eine boshafte Bemerkung herausrutscht. Schnell sehe ich zu einem Hund hinüber, der einem strahlend gelben Ball hinterherjagt.

Kurz darauf sagt Leon, dass er gehen müsse. Dass er nicht mit mir gesehen werden dürfe. Sonst würde seine Familie nie wieder ein Wort mit ihm reden. «Ist gut», sage ich. «Ist gut.»

Dann dreht er sich um, nimmt sein Fahrrad und fährt davon. Ich bleibe zurück und frage mich, ob ich ihn jemals wiedersehen werde.

Der Brief aus Oxford kommt am nächsten Tag. Am frühen Nachmittag betritt mein Vater mein Zimmer, wo ich seit sechs Uhr früh am Schreibtisch sitze und lerne.

«Was machst du zu Hause?», frage ich.

«Ich dachte, du würdest schlafen. Ich freue mich, dass du arbeitest. Wie auch immer. In erster Linie wollte ich dich natürlich einfach sehen. Außerdem habe ich das hier.» Ich richte mich auf und nehme den Briefumschlag mit dem Stempel der Oxford-Universität entgegen. Er ist dick. Ich weiß, was das bedeutet. Ich lasse ihn durch meine Finger gleiten.

«Na los», sagt er.

«Warum bist du wirklich zu Hause?», frage ich.

«Ich muss mich umziehen. Hab mich beim Essen bekleckert.» Sein weißes Hemd ist voller Spritzer. Sieht aus wie Bratensoße und Rotwein. «Jetzt mach schon. Soll ich?»

«Ja.» Ich gebe ihm den Brief. Er öffnet ihn. Liest. Sieht besorgt aus. Führt die Hand an den Mund, um auszudrücken, wie leid es ihm tut. Mein Herz setzt kurz aus. Dann beugt er sich herunter, umarmt mich und sagt: «Hab nur Spaß gemacht. Du hast es mir nicht wirklich abgenommen, oder?» Tief in mir drin eigentlich nicht, aber mein Vater hat nie den Clown gespielt. Das wirft mich dermaßen aus der Bahn, dass ich den Brief ganz vergesse.

«Hier. Lies selbst.»

Liebe Miss Grey,
bezugnehmend auf Ihr Bewerbungsgespräch, freue ich mich, Ihnen im Namen des Somerville Colleges ab Oktober 1997 für drei Jahre einen Studienplatz in Geschichte anzubieten. Dieses Angebot steht unter dem Vorbehalt, dass Sie in den anstehenden Prüfungen die folgenden Zensuren erreichen:

Ich lese nicht weiter. Ich muss meinen Vater ansehen, seine strahlenden Augen, denn wenn ich das nicht tue und daran denke, was ich getan habe und wie schlimm meine Situation ist, dann durchströmt mich diese schreckliche, schale Enttäuschung, als hätte man mir alle Lebensenergie entzogen, und immer wieder taucht Freyas Gesicht auf. Ich sehe uns beide, wie wir über etwas lachen, das sonst keiner versteht, und fühle mich noch schlechter, weil ich diesen Moment nicht mit ihr teilen kann. Und ich frage mich, ob der Stolz meines Vaters, mein Bemühen, die Angst vor meiner Mutter hinter mir zu lassen, und die Freude, die ich jetzt fühlen sollte, weil mein Traum in Erfüllung geht – ich frage mich, ob all das genug ist, damit der Schmerz nachlässt.

Am nächsten Morgen ruft mich Mrs. Allen an, um mir zu gratulieren.

«Josephine, der Dekan hat mir bestätigt, dass dein Essay der beste ist, den sie seit Jahren bekommen haben. Gut gemacht. Wirklich.»

Doch es hat keine Bedeutung angesichts meiner Suspendierung. «Gibt es Neuigkeiten, wann ich zurückkommen kann?», frage ich und merke, dass ich aufgebracht klinge.

«Josephine, wir sollten uns jetzt lieber auf die guten Neuigkeiten konzentrieren. Ich bin mir sicher, dass du und dein Vater … und deine Mutter gerade überaus glücklich seid. Josephine?»

«Ich bin noch da. Was ist mit den anderen? Ist Sally zugelassen worden? Und was ist mit Freya?»

«Josephine, ich bin nicht befugt, darüber zu sprechen. Tut mir leid. Wenn du es wissen willst, musst du sie selbst fragen.»

Kurz darauf lege ich auf und rufe Sally an. Sie nimmt beim ersten Klingeln ab.

«Hallo, Aylsford», flötet sie.

«Sally.»

«Jo! Ich hab's! Ich brauche natürlich drei Einser, aber ich hab's geschafft! Ich hab schon versucht, dich zu erreichen. Hab den Brief gestern bekommen. Und du? Hast du Bescheid bekommen?»

«Hab ich, ja.» Sie fragt nicht nach, geht davon aus, dass ich angenommen wurde.

«Hast du von irgendjemand sonst gehört?», frage ich.

«Nein, ich hab mit niemandem gesprochen. Mein Dad und ich haben gestern den ganzen Tag gefeiert. Er ist mit mir Pizza essen gegangen, und dann sind wir ins Kino. War das erste Mal seit Ewigkeiten, dass wir Zeit miteinander verbracht haben.»

«Schön für dich», sage ich und meine es auch so.

«Was?», fragt sie. «Ich hör dich nicht, du bist ganz weit weg.»

«Oh, sorry. Egal, ich muss schon wieder. Sag Bescheid, wenn du etwas hörst von den anderen. Wegen Oxford, mein ich.»

«Mach ich. Tausend Dank, Jo. Ich sage meinem Vater immer wieder, dass du der Grund bist, warum ich dabei bin. Denkst du, sie könnten es verhindern? Verhindern, dass wir gehen, falls alles rauskommt?»

«Ich hoffe nicht», sage ich.

«Gut. Und ruf du mich auch an, wenn du irgendwas hörst. Nicht vergessen.»

«Werd ich nicht.»

«Hab dich lieb», sagt sie und legt auf.

Später am Abend ruft Sally noch mal an.

«Freya hat's geschafft.»

«Oh, großartig», sage ich. «Von wem weißt du das?»

«Ich hab's von Marge gehört. Keine Ahnung, woher sie es hat.»

«Danke fürs Bescheidgeben.»

«Kein Ding. Und ich denke, morgen dürfen wir wieder in die Schule.»

«Wie kommst du darauf?»

«Mein Vater. Seine Anwälte.»

«Und Freya? Hat Marge noch was erzählt?»

«Sie wusste auch nicht mehr, aber mein Vater hat mit Mrs. Allen gesprochen. Offenbar ist Freya wieder völlig gesund. Läuft herum und so. Sie muss noch ein paar psychologische Tests machen, aber morgen werden sie sie zu allem befragen, bevor wir zurückkommen. Ich weiß nicht, ob das alles ist, aber wahrscheinlich durfte sie ihm nicht mehr sagen.»

«Verstehe.» Ich will Sally fragen, ob sie denkt, dass alles gutgeht, aber sie kommt mir zuvor.

«Sie wird nichts sagen, oder? Ich mein, es geht doch eigentlich vor allem um sie und Mrs. Kitts, oder?»

«Das denke ich auch. Hör zu, Sally. Denk einfach an Oxford. Wenn du versucht bist, irgendwas zu erzählen, denk dran, was ich dir gesagt habe: Oxford. Ich helfe dir bei den Probeklausuren, und die Abschlussprüfung muss ich ja auch machen. Okay? Ich habe dafür gesorgt, dass sie dich zum Gespräch einladen, also vertrau mir auch diesmal.»

Ich kann fast hören, wie Sally am Hörer nickt. «Keine Sorge. Ich bin so weit gekommen, ich werd's jetzt nicht sausen lassen.» Ich glaube ihr und lege erleichtert auf.

Ich stelle mir Freya bei ihren psychologischen Tests vor. Ist sie fit genug, um befragt zu werden? Ich frage mich, ob sie überhaupt einen Gedanken an mich verschwendet. Am nächsten Tag bestellt mir mein Vater ein Taxi und verabschiedet sich. Er hat ein Meeting. Während er mit großen Schritten davongeht, sieht er zum Himmel, als würde er Regen erwarten.

Aber der Regen bleibt aus, auch an den folgenden Tagen. Nur Sonnenschein, heller blauer Himmel und Grashalme, die sich im Wind biegen. Alle Mädchen haben ein Lächeln auf dem Gesicht. Picknicks im Freien. Lacrosse, Schwimmturniere. Alles ist wunderbar. Niemand redet mehr über die *Lupe*. Die Gerüchte über Mrs. Kitts und Freya scheinen verstummt zu sein. Bald ist alles vorbei. Freya wird sich erholen, und ich bin ziemlich sicher, dass ich nach Oxford gehe.

2014

Ich komme zwanzig Minuten zu früh zu meinem Treffen mit Freya, also schlendere ich noch etwas im Park herum. Da es nieselt und ich keinen Schirm dabeihabe, halte ich mich unter den Bäumen, abseits der Radfahrer und Jogger. Um kurz vor zwölf gehe ich zum Eingang zu den Kensington Gardens.

Und da steht sie, ans niedrige Geländer gelehnt.

Sie sieht perfekt aus. Absolut perfekt. Sie steht mit dem Rücken zu mir, aber ich weiß, dass sie es ist. Die ganze Zeit habe ich ihr Gesicht in der Menge gesucht, dabei wäre das gar nicht nötig gewesen – wenn sie da gewesen wäre, wäre sie sofort herausgestochen. Sie trägt enge Jeans, Kroko-Slipper und einen weitsitzenden Blazer über einem pinkfarbenen Kaschmirpullover. Und dann ihr wunderschönes Haar. Sie hat es zu einem üppigen Chignon frisiert, der von einer Schildpattspange gehalten wird und sie noch größer wirken lässt.

Sie trägt eine Sonnenbrille im Haar, was trotz des Regens nicht albern aussieht, einen durchsichtigen Regenschirm und eine schwarze Lederhandtasche mit einer goldenen Schnalle. Jeder starrt sie an, genau wie ich. Aber sie achtet gar nicht darauf. Selbst als ein Typ pfeift und sie von oben bis unten taxiert, lächelt sie nur, und ihre Lippen formen ein «Hi», als hätte er angeboten, ihr Gepäck zu tragen.

Als hätte sie gespürt, dass ich sie anstarre, dreht sie sich in meine Richtung. Sie lässt ihren Blick über den Park gleiten. Aber sie scheint mich nicht zu sehen. Lächelt nur einem Passanten zu. Ihre Zähne leuchten. Ihr ganzes Wesen leuchtet. Sie strahlt im grauen Nieselregen. Ich bleibe einfach ein paar Minuten stehen und nehme sie begierig in mich auf. Ich fühle mich schäbig in meinen schwarzen Stiefeln und den schwarzen Jeans. Der dicke Wollpulli sieht ein bisschen so aus, als hätte ich mir Mühe gegeben, aber wiederum nicht so viel, dass es auffallen würde. Am Ende habe ich nur wenig Make-up aufgetragen. Ein Hauch Mascara, etwas Rouge und der farblose Lipgloss, den ich in meinem Badezimmer gefunden habe und der bestimmt mindestens zehn Jahre alt ist. Es ist die gleiche Sorte, die ich früher im Internat benutzt habe. Ich fühle mich selbstsicherer damit. Hoffe, dass Freya mich dadurch wiedererkennt. Mein altes Ich.

Sie sieht auf ihre Uhr. Dann zieht sie den Ärmel ihres Pullis wieder herunter, und ich frage mich, ob die Narben auf ihren Handgelenken noch immer zu sehen sind. Sie schaut sich nach mir um, aber ich kann mich noch nicht dazu überwinden, zu ihr hinüberzugehen. Nach ein paar Minuten setze ich mich schließlich in Bewegung. Und stoße mit zwei Typen zusammen, die stehen bleiben und mich beschimpfen. «Sorry», stottere ich, «tut mir leid.»

Während ich mich noch entschuldige, erblickt sie mich. Verdammt, sie hat gesehen, wie ich in jemanden hineingelaufen bin. Ich schwitze und versuche so zu gucken, als wären die anderen in mich hineingerannt. «Macht nichts», sage ich lächelnd und hebe beschwichtigend meine Hände.

Ich sehe zu Freya hinüber und winke ihr zu. Sie winkt zurück. Lächelt. Ihr Lächeln ist so breit, dass ich ihre Backenzähne sehen kann. Weiß und perfekt.

Dann kommt die Sonne raus, und es hört auf zu regnen.

Ich höre das Piepen eines LKWs im Rückwärtsgang, Kinder, die Fußball spielen, und dann meinen Namen.

«Josephine», ruft sie. «Josephine!»

Ich gehe zu ihr, und sie will mich umarmen, doch sie merkt, dass ich innehalte. Als sie ihre Arme sinken lässt, überlege ich es mir doch anders, und wir stoßen beinahe zusammen. Freya macht ein Geräusch, das mich an einen Vogel erinnert. Wir treten beide einen Schritt zurück.

«Freya», flüstere ich.

«Josephine. Ich kann nicht glauben, dass du es wirklich bist, nach all der Zeit.» Ihre Art zu reden klingt irgendwie falsch. Das Lächeln wirkt bemüht, mit einer Hand streicht sie unablässig eine Locke aus dem Gesicht, die sich aus ihrem Knoten gelöst hat.

«Geht mir auch so.»

Wir starren einander an, bis mich jemand zur Seite stößt.

«Gehen Sie mal aus dem Weg, ja?», ruft er mürrisch. Als er Freya bemerkt, bemüht er sich zurückzurudern. «Oh, tut mir leid, es ist nur ...»

Sie sieht ihn wütend an, und er lässt seinen Blick über ihren Körper wandern, bevor er weggeht. «Arsch», sagt sie. Wir lachen.

Dann wird sie wieder ernst. «Es tut mir leid wegen deiner Mutter.»

«Danke.»

«Zu unserer Bank?», fragt sie. «Ich hab dir einen Kaffee mitgebracht. Ich habe mich daran erinnert, dass du ihn immer schwarz getrunken hast. Ich hoffe, das stimmt noch.» Sie dreht sich um und hebt einen Papphalter mit zwei Bechern auf. «Hier», sagt sie und reicht mir einen.

«Danke.» Der Becher verbrennt mir die Finger, weshalb ich ihn zwischen den Handflächen halte.

Schweigend gehen wir ein Stück. Ich halte etwas Abstand zu ihr. Immer wieder kommt sie näher heran, aber ihre Gegenwart überfordert mich.

«Es ist so lange her, nicht wahr?», sagt sie. Ein Skater rast auf uns zu, und Freya springt zur Seite.

Wir kommen zu unserer alten Bank, die unter einem großen Baum steht. Leon saß immer in der Mitte und gab uns abwechselnd die brennende Zigarette. «So müsst ihr ziehen», sagte er und sog den Rauch in seine Lungen.

«Sieh doch», ruft Freya aus. «Es ist immer noch da!»

Sie zeigt mit ihrem wunderschön manikürten Finger auf die Armlehne. «Ich kann nicht glauben, dass es immer noch da ist. Du, ich und Leon haben doch damals dieses komische Zeichen ins Holz geritzt.»

Jetzt sehe ich es auch. Einen kleinen Kreis, durchzogen von zwei geschwungenen Linien. An jenem Tag haben wir feierlich gelobt, dass dies unser Erkennungszeichen sein sollte, unsere Visitenkarte. Immer wenn einer von uns im Leben Hilfe bräuchte, sollten wir dieses Symbol benutzen, und die anderen würden zu seiner Rettung eilen.

«Wow. Das hatte ich total vergessen», sage ich und fahre mit dem Finger darüber. Leon hatte es mit seinem Schweizer Armeemesser hineingeritzt. Ich sehe seine langen gebräunten Finger vor mir, die das Holz bearbeiten. Leon.

«Ich habe es immer vermieden, in diesen Teil des Parks zu gehen», sagt sie. «Seit, na ja, seit wir uns das letzte Mal gesehen haben.»

Wir sitzen auf der Bank. Freya nimmt die Haarspange ab

und steckt sie in ihre Tasche. Sie scheint mir etwas geben zu wollen, aber entscheidet sich dann dagegen.

«Ich weiß nicht, wo ich anfangen soll», sagt sie und sieht mich direkt an.

«Ich auch nicht. Ich weiß nicht, warum du mich so dringend treffen wolltest», gebe ich zurück. Die Sonne lässt mich blinzeln. Freya reicht mir ihre Sonnenbrille.

«Nein. Geht schon, danke.»

«Du willst keine Schwäche zeigen», sagt sie und lacht. Ich kapiere erst nach ein paar Sekunden, was sie gesagt hat, denn sie guckt plötzlich, als würde sie gleich anfangen zu weinen.

«Was willst du von mir?», frage ich sie.

«Es ist eine lange Geschichte. Ich wollte mit dir reden. Dir ein paar Dinge erzählen. Und über jene Nacht sprechen.»

«Wieso? Wieso jetzt? Was sollte das bringen?»

Sie entgegnet nichts, starrt nur auf ihre Füße. Nach all den E-Mails, der ganzen Hetzjagd, bin ich nun endlich hier, und schon die erste Frage kann sie mir nicht beantworten.

«Warum?», frage ich noch einmal. Ich brülle beinahe, und Freya runzelt die Stirn.

«Es ist noch immer in meinem Kopf. Ich musste einfach … Ich habe ein Kind …»

Freya hat ein Kind? «Und?»

«Und ich will meinen Frieden machen mit meinen Dämonen.» Sie wickelt sich eine Locke um den Finger und lässt sie dann auf die Schulter fallen.

«Was meinst du damit?»

Dann fängt Freya an zu weinen. Erst sind es nur vereinzelte Tränen, aber dann laufen sie ihr nur so übers Gesicht und tropfen auf ihren Becher.

«Ich habe einfach über uns nachgedacht. Wir waren nicht mal achtzehn», sagt sie mit leiser Stimme. «Wir waren jung. Und dann habe ich an meine Tochter gedacht. Und wie allein ich mich damals gefühlt habe und was ich tun würde, wenn … Wie ich sagte, es geht mir einfach durch den Kopf zurzeit. Das ist der Hauptgrund, warum ich das unbedingt abschließen will. Damit ich weitermachen kann. Mich um mein Kind kümmern, ohne dass *es* immer hier ist.» Freya tippt erst auf ihre Brust, dann auf ihren Kopf. «Ist es dir nie so gegangen? Bist du es nicht auch leid, es mit dir herumzutragen?»

Und alle meine Befürchtungen, die Ängste, Freya könnte sich an mir rächen wollen, lösen sich einfach so in Luft auf. Ihre E-Mails, die so unheilvoll geklungen hatten, bekommen nun eine andere Färbung: sind nicht bedrohlich, sondern verzweifelt – eine Bitte.

«Wir waren wirklich jung, oder?», sage ich. «Ich habe mich so alt gefühlt damals, als hätte ich schon zehn Leben gelebt. Jetzt erscheint es mir so lächerlich. Wir waren noch Babys.»

«Ja, genau so war's.» Ihre Zustimmung lässt fast unsere alte Freundschaft wieder aufleben, und Freya nutzt diesen Moment. «Hast du dich jemals schlecht gefühlt? Wegen dem, was du mir angetan hast, mein ich? Mit Mrs. Kitts und alldem? Hast du es jemals bereut? Irgendwas davon, von jenem Morgen danach bis … zum Ende? Ich habe es nie verstanden. Ich dachte, wir wären uns so nah.»

Ich kann sie nicht ansehen, während sie spricht. So vieles brodelt unter der Oberfläche, und ich weiß, dass dieses Treffen ein schreckliches Ende nimmt, wenn ich jetzt nicht ruhig bleibe oder ihr eine patzige Antwort gebe. Also versuche ich ehrlich zu sein und sie trotzdem zu schonen.

«Ich habe mich furchtbar gefühlt. Wenn ich noch einmal zurückgehen könnte, würde ich einige Dinge anders machen», sage ich vorsichtig. «An nichts davon denke ich gern zurück. Ehrlich gesagt, ertrage ich es nicht, überhaupt daran zu denken.»

«Wirklich?» Sie wirkt überrascht, fast hoffnungsvoll. «Was würdest du anders machen?» Die Frage erwischt mich auf dem falschen Fuß. Ich bin kurz davor aufzubrausen, aber dann merke ich, dass es nicht anklagend gemeint war.

«Ich hätte … Ich denke, ich hätte es jemandem erzählt. Ich glaube, du hattest recht. Aber zu der Zeit … Jetzt denke ich, dass es irgendwie gut ausgegangen wäre. Ich war nur so damit beschäftigt …»

Freya runzelt die Stirn und nickt. Ich beginne zu flüstern. «… nicht wie meine Mutter zu sein.»

«Was hast du gesagt?» Freya hält sich die Hand ans Ohr, aber ich kann nicht lauter sprechen.

«Meine Mutter.» Am liebsten hätte ich Freya meinen ganzen Text aufgesagt. Ich hatte ihn die ganze Woche über in meinem Kopf geübt. Eigentlich schon seit ihrer ersten Mail. Aber nichts kommt heraus.

Dann denke ich daran, wie wir früher waren. Freya und ich. Ich schaue in ihr Gesicht. Sie ist wirklich kaum gealtert. Ihre Haut ist immer noch ganz glatt, da sind dasselbe Strahlen in ihren Augen und dieses Lächeln, selbst wenn sie angespannt ist. Als ich an die alten Zeiten denke, überkommt mich Nostalgie, und ich will es wieder in Ordnung bringen. Diese aufregenden, lustigen Zeiten unserer Freundschaft zurückholen. Nach ihr habe ich nie wieder so eine Freundin gehabt. Meine Mutter. Es war nie meine Absicht, sie Freya gegenüber zu erwähnen. Aber da ich schon mal damit angefangen habe, ist es vielleicht der beste Weg, um mich von der Angst vor ihr zu befreien. Diese Traurigkeit hinter mir zu lassen, die das Leben meiner Mutter bestimmt und auch mich befallen hat vor so langer Zeit.

«Es hat weh getan, weißt du?», fahre ich fort. Ich kann jetzt nicht mehr aufhören. «Ich war sogar neidisch auf dich, dass deine Mutter gestorben ist, während ich damit zu kämpfen hatte, dass meine eigene Mutter so krank war. Es tut mir leid, dass ich das so sage. Ich war natürlich erschüttert, habe gelitten mit dir und deiner Familie, aber durch ihren Tod hattest du eine Freiheit, die ich nie haben konnte. Na ja, bis jetzt.» Freya sieht entsetzt aus, dann entspannen sich ihre Augenbrauen, und ihre Mundwinkel streben nach oben.

«Das ist ein ganz schönes Eingeständnis», sagt sie atemlos und fängt wieder an zu weinen.

Ich will an sie heranrücken und sie trösten, aber ich traue mich nicht. «Ich weiß. Ich hätte selbst nicht gedacht, dass ich so ehrlich sein würde. Ich schätze, die ganzen Lügen machen keinen Sinn mehr.»

«Du meinst, deine Lügen? Wegen der *Lupe* und alldem?», fragt Freya geradeheraus.

«Die Sache mit der *Lupe* tut mir leid», gebe ich zurück. Ich weine auch, und jetzt, da sie vor mir sitzt, merke ich, wie sehr ich sie vermisst habe. Sosehr ich mich in den letzten achtzehn Jahren auch bemüht habe, nicht an sie zu denken, ich habe genau das getan. «Ich wollte nicht, dass es so aus dem Ruder läuft. Ich meine, erst ging es um jene Nacht. Dann war ich auch sauer wegen dir und Verity. Eifersüchtig. Und schließlich war ich so besessen davon, erfolgreich zu sein, anders zu sein als meine Mutter, dass ich sonst überhaupt nichts mehr sehen konnte. Ich dachte, es gäbe keinen anderen Weg. Obwohl es den natürlich gab. Wir waren ein Team, Freya, und dann ist all das passiert, und plötzlich waren wir Feinde, und ich schätze, ich war eine Gefangene meiner eigenen Gefühle. Ich habe so viele Fehler gemacht, und das Dümmste war, dass ich wirklich geglaubt oder mir zumindest eingeredet habe, dass ich das alles aus den richtigen Gründen tat. Aber das stimmte nicht. Es tut mir so leid.»

Auch wenn die Tränen nicht aufhören zu fließen, spüre ich, wie sich mein ganzer Körper und mein Geist öffnen. Zum ersten Mal seit Jahren.

Wir schweigen. Es ist schräg, nach allem so offen mit Freya zu sprechen. Nachdem ich sie achtzehn Jahre nicht gesehen habe, nachdem ich mich so lange vor der Wahrheit versteckt habe … eigentlich mein ganzes Leben lang.

«Du hast keine Ahnung, wie lange ich darauf gewartet habe, dass du das sagst.» Freya nimmt meine Hand, und ich halte den Atem an. «Mir tut es auch leid. Dass ich dich so gedrängt habe. Ich hätte es anders angehen sollen. Ich war egoistisch. Habe nur daran gedacht, wie es mir damit ging. Ich weiß … Ich wusste, wie du tickst. Ich hätte bedenken müssen, dass du anders damit umgehst und dementsprechend reagieren müssen. Aber was passiert ist, hat mich einfach völlig erschüttert.» Sie verstummt. Ihre Miene verhärtet sich, dann lässt sie den Atem ausströmen. «Und es tut mir leid», fährt sie fort, «dass ich Verity gegen dich ausgespielt habe. Sie hat mir nichts bedeutet. War dir das klar? Ich habe mich so schlecht gefühlt nach der Schule. Sie meldet sich ziemlich oft, und inzwischen spreche ich eigentlich nur aus Schuldgefühl mit ihr.

Ich habe sie benutzt, damit du dich schlecht fühlst. Allein das auszusprechen hört sich so gemein an. Ich sollte mich auch bei ihr entschuldigen.»

«Mach dir keinen Kopf», erwidere ich. «Du warst verletzt. Darum hast du es getan.»

«Glaubst du? Glaubst du, wir haben deshalb diese Dinge getan? Und nicht weil ... du weißt schon ...»

«Vielleicht», antworte ich. «Ich denke, wenn du knapp achtzehn bist, ist das ein ziemlich guter Grund, findest du nicht?»

«Doch ja. Finde ich auch.»

«Freya?», frage ich und lehne mich auf der Parkbank zurück. Sie wendet sich mir zu und bietet mir einen Kaugummi an. Das erinnert mich daran, wie wir früher nach dem Rauchen aus dem Wald kamen.

«Ja?» Sie zerknüllt das Papier in der Hand.

«Als du ...» Ich bringe die Worte nicht über die Lippen, aber ich muss, wenn unser Gespräch irgendwohin führen soll. Sie sieht mich besorgt an.

«Als du versucht hast ... du weißt schon ... dich umzubringen?»

Ich lasse die Worte zwischen uns stehen. Freya streicht mit der Hand über die Bank und nimmt einen Marienkäfer auf den Finger. Dann pustet sie ihn herunter, und als ich schon denke, dass sie nicht darauf eingehen will, fängt sie an zu sprechen.

«Das. Das war so dumm», sagt sie schließlich. «Ich mein, ich weiß gar nicht, wie ich das halbwegs vernünftig erklären soll.» Sie sieht mich an und nimmt meine Hand. «Es tut mir leid. Es tut mir wirklich sehr leid. Das ist auch aus dem Ruder gelaufen. Ich brauchte irgendwie … Ich weiß eigentlich gar nicht genau, was. Bestätigung? Wie dumm.»

Sie lacht traurig, zieht die Ärmel hoch und hält mir ihre Handgelenke hin. Die Narben sind noch immer sichtbar, weiß und verblasst.

«Das hattest du nicht verdient, Josephine, und weißt du was? Ich war diejenige, die wahrscheinlich am meisten Leid verursacht hat. Was ich meinem Vater angetan habe. Und Leon. Darüber bin ich nie hinweggekommen. Wir haben uns so schreckliche Dinge angetan.»

«Und alles, um zu überleben», ergänze ich. Freya lächelt mich an und lässt dann den Kopf sinken. Ich nehme ihre Hand und drücke sie. Sie beobachtet diesen körperlichen Ausdruck der Zuneigung mit Misstrauen, bevor sie anfängt zu lachen. «Gott, die Dinge haben sich wirklich verändert, oder?»

«Scheint so. Mussten sie wohl. Oder?»

«Danke. Dank dir, Josephine, dass du hergekommen und so offen gewesen bist. Und nett.»

«Darin bin ich eigentlich nicht besonders gut», gebe ich zurück.

«Doch, J. Doch. Du weißt gar nicht, wie gütig du tief drinnen bist. Du hast nur manchmal eine komische Art, es zu zeigen. Oder hattest es zumindest.» Wir lachen beide. Und plötzlich, wie eine eingerostete Quetschkommode, kommt die Dynamik unserer früheren Freundschaft wieder knirschend in Gang. Es ist ein erstaunliches Gefühl. Fast schon euphorisierend. Und dann schweigen wir beide. Es ist ein gutes, friedliches Schweigen. Die Anspannung weicht aus meinem Körper. Ich schwebe fast und habe das Bedürfnis, sie zu umarmen. Sie sieht mich an und sieht so glücklich aus wie die Freya von früher, doch dann reibt sie sich über die Arme, als wäre sie völlig durchgefroren, und hat einen seltsamen Ausdruck im Gesicht. Ich habe ihn nur ein- oder zweimal vorher gesehen. Es ist so ähnlich wie Scham. Und dann rutscht sie weg von mir, um sich ganz zu mir umdrehen und mir direkt ins Gesicht sehen zu können.

«Josephine», sagt sie dann. «Ich muss dir noch etwas sagen über jene Nacht. Dinge, die ich dir nie erzählt habe. Ich konnte nicht.»

Ich wende meinen Blick ab und fahre mit meinem Finger durch eine Kaffeepfütze auf dem Deckel meines Bechers.

«Zum Beispiel?»

«Ich muss dich das fragen: Erinnerst du dich überhaupt an irgendetwas?»

«Ich glaube, ich ...» Wie kann ich das erklären? Es taumelte manchmal am Rand meiner Gedanken entlang, bis ich es wegschob, immer weiter, und es begrub. Ich wollte nicht sehen, was da war, wollte es nicht glauben.

«Die ganze Zeit über dachte ich, du würdest nur so tun, als ob du nicht wüsstest, um was es ging, dich abschotten, aber du kannst dich wirklich nicht erinnern, oder? Oder hast du es nur verdrängt?»

Sie sieht mich so komisch an, und auf einmal erinnere ich mich an diesen Moment, als wir damals nach der Morgenandacht in dem verlassenen Klassenraum zusammensaßen, diesen Ausdruck in ihrem Gesicht, den ich nicht entschlüsseln konnte.

«Du musst mir jetzt zuhören, Josephine. Ich will, dass du deine Augen schließt und versuchst, dich gemeinsam mit mir zu erinnern.»

«Vergiss es, ich kann mich eben nicht erinnern.» Mich überkommt Panik, und meine Stimme wird laut. «Und ehrlich gesagt will ich das auch nicht. Was soll das bringen?»

Sie schüttelt den Kopf. «Nein. Nein. Ich erinnere mich an alles, verstehst du? Und ich habe deutlich mehr genommen als du. Ich weiß, dass du dich auch erinnerst, und es ist Zeit, dass du aufhörst, es zu verdrängen. Ich will, dass du es versuchst. Schließ einfach deine Augen. Tu es für mich. Bitte. Nur für eine Sekunde.»

Ich fühle mich zu angreifbar, um mitten am Tag die Augen zu schließen, also setze ich mich aufrecht hin und schaue in die Sonne, als Freya plötzlich meine Hand nimmt.

«Na los, mach sie zu. Ich bin bei dir.»

Ich bin versucht, ihr meine Hand zu entziehen, aber der Druck ihrer Finger fühlt sich gut an. Ich schließe die Augen.

Und dann, nach all der Zeit, meine Hand in ihrer, lasse ich zu, dass ich dahin zurückgehe, wo alles angefangen hat. Vor all diesen Jahren. Freya und ich.

1996: JENE NACHT

«Ich liebe dich.» Freya ergreift meine Hand.

«Das ist schön», erwidere ich.

«Komm schon, sag es auch. Los. Du traust dich nicht.»

«Nein, jetzt nerv nicht.»

«Willst du was?» Freya tätschelt ihren BH und formt ein Wort mit den Lippen.

«Was?» Ich halte mir die Hand ans Ohr.

«WAHNSINN», sagt sie und reibt sich mit den Händen über den Bauch. «Die sind der Wahnsinn.»

«Nein. Ich trinke heute nur. Das weißt du.»

Der Club füllt sich, und wir rauchen auf einem Sitzsack oberhalb der Tanzfläche.

«Komm schon, sei nicht so langweilig», ruft sie und zeigt auf die riesigen schwarzen Lautsprecher. «Komm schon. Die Musik ist der Wahnsinn. Du wirst dich wahnsinnig fühlen. Die Pillen sind …» Sie lehnt ihren Kopf gegen die Wand und reibt sich die Schläfen.

«Nein.»

«Du bist so öde.» Sie lacht. «Wir sind heute nicht auf der gleichen Wellenlänge, deshalb musst du dich richtig betrinken. Geile Musik.» Freya klopft glückselig mit dem Fuß auf den Boden, und ich fühle mich allmählich ausgeschlossen von ihrer euphorischen Stimmung.

«Ach, verdammte Scheiße», sage ich. «Ich bin immer noch Schulsprecherin.»

«Jetzt werd nicht hochnäsig.» Sie beugt sich lachend vor

und fummelt in der Dunkelheit mit irgendwas herum. Dann nimmt sie meine Hand und lässt Pillenkrümel hineinrieseln. «Hier. Das ist eine halbe. Das gilt fast nicht. Keiner wird es erfahren, und du kannst immer noch Schulsprecherin sein.»

In Ordnung. Eine halbe. Das ist im Grunde gar nichts. Ich kann immer noch morgen aufwachen und mir einreden, ich wäre völlig nüchtern gewesen, oder?

Mein Mund zieht sich bei dem bitteren Geschmack zusammen, und ich stürze ein Glas Wasser hinunter. Noch eins. Ich lasse mich wieder auf den Sitzsack fallen und schließe die Augen. Eine Stunde später hat Freya noch eine halbe genommen, und mittlerweile haben sich meine Gedanken aus meinem Bewusstsein verabschiedet. Sie sind losgelöst von mir selbst, und als ich versuche, diesen Einfall festzuhalten, fällt er in einen dunklen Abgrund. Ich will ihn zurückholen, aber er ist weg. Ich fange an zu lachen.

«Was?» Freya sieht aus wie eine mampfende Kuh. Ihr Mund bewegt sich von links nach rechts, vor und zurück.

«Nichts. Kann nicht reden. Ich liebe dich, Frey.» Ich *liebe* sie, denke ich.

«Hab dich auch lieb.»

«Wollen wir tanzen?» Mein Fuß tippt auf den klebrigen Boden.

«Merkst du irgendeine Wirkung?», fragt Freya. Ich habe kein Zeitgefühl mehr, aber es kann nicht länger als eine halbe Stunde her sein, dass ich die Pille genommen habe.

«Ja, es ist schön. Nicht zu stark. Ich fühl mich immer noch ziemlich normal. Nur ein winziges bisschen anders.»

Freya steht auf.

«Dann hole ich dir noch mal einen Drink», sagt sie und zieht einen Geldschein aus ihrem Strumpf. «Warte hier. Damit du ein bisschen aufholst.» Sie legt ihren Kopf zurück und wischt sich die Haare aus dem Gesicht. «Puh», sagt sie und wirft ihre Hüften hin und her im Takt der Musik. Ich denke nur, wie lässig und schön sie doch ist. «Wow. Warte hier, dauert nur eine Sekunde. Okay?»

«Na gut.» Ich warte gefühlte zwanzig Minuten, und dann steht Freya wieder vor mir mit zwei Drinks in der Hand.

«Hier. Sorry», sagt sie und deutet auf meinen Drink. Wir stehen neben dem Sitzsack, bewegen uns zur Musik und leeren unsere Gläser.

«Was ist das überhaupt? Schmeckt widerlich.» Ich halte mein Glas hoch.

«Ach, irgendein komisches Cocktailding. Ich weiß gar nicht mehr, was ich bestellt hab. Mit Rum, Wodka, keine Ahnung, was noch.» Freya will noch chillen, und es dauert eine Stunde, bis wir runtergehen. Ich fühle mich wie in einer gigantischen Hüpfburg. Grüne Laserstrahlen und Stroboskoplicht brennen sich in meine Augen, und ich fange an, rhythmisch zu zucken. Das ist schräg, denke ich. «Was zum Teufel war das für eine Pille?», rufe ich. «Ich hatte nur eine halbe … Du musst ja total fertig sein.»

«Ha», sagt sie. «Hab dir doch gesagt, die sind der Wahnsinn.» Sie hält die Hände vor den Mund und kichert wie ein kleines Mädchen, und als sie sie wieder sinken lässt, kann ich nicht erkennen, wo ihr Gesicht anfängt und wo es aufhört. Wenn ich darüber lache, ist es nicht mehr so beängstigend, also kichere ich vor mich hin, was sich anfühlt, als würde ich mir in die Hose pissen. Schnell fasse ich mir an den Schritt, aber da ist nichts.

«Freya, können wir gleich mal Luft schnappen gehen, bitte?» Ich schreie fast, aber sie kann mich nicht hören, weil die Musik gerade noch einen Tick lauter geworden ist. Die Vibration der Lautsprecher fährt mir direkt in die Beckengegend.

Bumm. Duff. Bumm. Duff. Bumm. Die Menge tobt und pfeift.

«Freya?» Ich suche nach ihr und entdecke sie vier Reihen vor mir. Sie tanzt und lacht mit irgendeinem Typen mit Dreadlocks. Sie flüstert ihm etwas ins Ohr. Plötzlich fangen alle Gesichter an zu schmelzen und tropfen auf den Boden. Ich schüttle meinen Kopf, um das Bild auszulöschen, und trinke mehr Wasser.

Bumm. Duff. Bumm. Duff. Reiß dich zusammen, denke ich, während mir das Herz gegen das Brustbein hämmert. Und dann fühle ich eine Hand unter meinem Top. Freya, denke ich, aber als ich mich umdrehe, ist sie nicht da. Ich habe keine Ahnung, wie viel Zeit vergangen ist, seit wir auf die Tanzfläche gegangen sind.

«Freya», sage ich, und dann sehe ich sie kurz, sie steht vor dem Typen mit den Dreads, fährt sich durchs Haar und wickelt sich eine Strähne um den Finger. Sie erwidert seinen Blick mit halbgeschlossenen Augen, lässt ihre Hand über ihren Bauch gleiten.

«Ich bin es. Ich bin hier.» Ich höre eine tiefe Stimme und fühle Hände, die mir unter den Rock gehen. Ich bekomme keinen Ton heraus.

«Freya», sage ich noch einmal.

Als ich mich umdrehe, sehe ich niemanden. Ein Vorhang aus Laserstrahlen nimmt mir die Sicht. Und dann sehe ich ihn. Kurz blitzt das Bild eines großen Typen mit kahlrasiertem Schädel auf. Er hat ein Lippenpiercing und ein riesiges Drachentattoo prangt auf seiner Brust. Durch das blendende Licht wirkt er wie ein Geist. Er ist da und dann wieder weg. Da und weg. Dann fühle ich wieder seine Hände. Ich versuche sie wegzuschieben, aber es fühlt sich auch irgendwie gut an. Entspann dich, denke ich.

«Freya», sage ich wieder. Nun sind seine Hände regelrecht in meinem Bauch, er reißt meine Haut auf, schaufelt meinen Darm heraus und den Inhalt meines Magens. Er macht eine wegwerfende Bewegung, und meine Eingeweide klatschen in die Menge. Als ich aufsehe, grinst er mich an, aber da sind keine Eingeweide, kein Essen, keine Fleischklumpen. Nur Leute, die tanzen, lächeln, ihre Arme in die Luft werfen und sich amüsieren.

«Freya», sage ich. Ich fühle etwas Hartes, einen Stein, der sich gegen meinen Rücken presst. Ich will weggehen, und da ist der Stein in mir drin – oder doch nicht? Und jetzt sehe ich Freya, fast direkt neben mir. Der schwitzige Dreadlockmann mit gelber Schminke auf den Wangen küsst sie und reckt den Daumen hoch zu dem Typ mit dem Drachentattoo. Seine andere Hand kann ich nicht sehen, aber ich glaube, sie ist irgendwo auf der Höhe von Freyas Rock. Als die Musik immer lauter wird, fange ich an zu weinen. Seit bestimmt zehn Jahren habe ich nicht mehr geweint, aber als ich mir über die Augen wische, sind sie trocken.

Wir stehen dort, der Drachenmann und ich, und wiegen uns hin und her. Für jeden Beobachter müssen wir wie ein

Paar wirken. Er flüstert mir etwas zu, aber ich verstehe nicht, was er sagt. Mein Herz pocht wie wild, und ich habe Angst, mich zu bewegen. Nach gefühlten zwei Stunden zerrt Freya an meinem Arm.

«Komm, lass uns gehen. Ich ticke noch total aus. Lass uns irgendwohin, wo es ruhig ist, und eine rauchen. Die Musik. Ist mir zu krass. Diese Typen. Er ist nett, aber er geht mir auf die Nerven. Ich denk, ich bin ein bisschen …» Sie macht eine Bewegung, als würde sie sich die Kehle aufschlitzen. Blut spritzt aus ihrem Hals. Ich blinzle, und dann ist es weg.

Ich will sagen: «Ich auch», aber ich kann nicht sprechen. Also nicke ich einfach und gehe ihr hinterher. Wir verlassen die Tanzfläche, indem wir einem grünen Notausgang-Pfeil folgen. Er glitzert.

«Hier lang. Komm. Ich glaub, hier geht's wieder hoch. Dahin, wo wir früher Joints auf dieser Treppe geraucht haben.» Ich folge ihr, mein Körper schießt hoch zur Decke und dann wieder zum Boden hinab. Ich schlingere. Ich glaube, ich muss mich gleich übergeben, also ziehe ich Freya in eine Nische vor einem Notausgang. Der schwere rote Samtvorhang davor stinkt nach Schimmel.

Ich schlucke schwer und versuche, ruhig zu atmen. Freya signalisiert mir, tief einzuatmen, wovon mir wieder schlecht wird. Wir setzen uns direkt hinter den Vorhang. Sie reibt mir über den Rücken. Der Vorhang wird aufgerissen. Zwei Männer. Beide mit nacktem Oberkörper. Der eine mit dem Tattoo, starrem Blick, Lippenpiercing und kaputten schwarzen Armeestiefeln. Der andere mit Dreadlocks. Attraktiv. Muskulöse Körper. Sie können nur Freya sehen. Sie schließen den Vorhang, und einer der beiden stellt einen Fuß auf den Saum. Ich versuche aufzustehen, weil ich spüre, dass etwas nicht stimmt, aber wenn ich mich bewege, würden mein Kopf, mein Herz, meine Lungen und meine Eingeweide explodieren, also bleibe ich, wo ich bin. Und dann kann ich es nicht mehr zurückhalten.

Freya steht auf, um mir zu helfen. Die Bewegung lenkt die Aufmerksamkeit des Dreadlocktypen auf mich. Ich fühle eine Stahlkappe im Unterleib. Ich kann nicht sehen, was passiert, nur dass Freya hinfällt.

Dann wird Freyas Rock runtergezogen. Jeansstoff. Glitzernde Totenschädel und gekreuzte Knochen. Funkelnd. Wunderschön. Glänzend. Mein Rock verschwindet auch. Wird runtergerissen. Schmerz. Dann wird meine Wange rhythmisch gegen die Wand gequetscht. Vor und zurück. Ich denke nur, dass sich mein Hals anfühlt, als würde er gleich ausgerenkt. Mein Kopf wird immer weiter in die Wand gehämmert, und dann sehe ich Freya, sie steht hinter dem Drachentyp, sie tritt ihn. Ich höre Musik. Die tobende Menge. Pfiffe. Stimmen, oben auf der Treppe, gedämpft durch die Entfernung.

«Du dreckige kleine Schlampe», höre ich jemanden sagen. Irgendetwas trifft meinen Kopf. Blut. Das Gefühl, wie es über mein Gesicht rinnt, verstärkt die Wirkung der Droge, und in meinem Kopf überschlägt sich alles.

Ich schaue zur Seite und sehe Freya, die jetzt auch auf allen vieren ist. Der Mann hinter ihr. Eine Hand liegt fest über ihrem Mund, die andere umklammert ihren Nacken. Ich sehe den Hals zwischen beiden Händen hervorquellen. Ihre Augen zittern in ihren Höhlen. Sie bewegt sich, vor und zurück, vor und zurück. Blut tropft aus ihrer Nase. Rot – wie mein Abzeichen, denke ich. Schmerz. Lust. Schmerz.

Freyas Wange berührt nun den Boden, die Arme streckt sie aus wie eine Katze. Ihre Augen bewegen sich nicht mehr, aber die Pupillen sind schwarz. Undurchdringlich. Das Geräusch eines Reißverschlusses. Noch mal. Dann klatscht jemand. *Bumm. Duff. Bumm. Duff.* Der dicke Vorhang wird aufgezogen, und wir sind allein. Ich wische mir über den Mund.

«Sollen wir gehen?», flüstert Freya. Sie weint, und ein unheimlicher grüner Schein umgibt sie. Ich kann ihre Tränen in der Dunkelheit sehen. Ich strecke die Hand aus, um sie zu berühren, sie sind nass, und als ich meine Finger ansehe, sehe ich das Blut und wische meine Hand an der Wand ab. Wir umarmen uns, und sie führt mich aus dem Club hinaus. Die kühle Luft schlägt uns entgegen, und wir merken, dass unsere Mäntel noch an der Garderobe hängen.

«Ich kann nicht.» Sie schüttelt den Kopf.

«Dann lass uns gehen.» Mit blutender Nase rennt Freya in einen McDonald's und holt uns Papiertaschentücher. Sie macht uns sauber, und dann nehmen wir ein Taxi nach Hause. Am nächsten Morgen liegt Freya zusammengerollt am Fußende meines Bettes. Mein Vater ist noch immer fort und Amy noch nicht zurück. Freya hält meinen Fuß in ihrer Hand, und neben ihrem Kopf steht ein Aschenbecher mit einer ausgedrückten, halbgerauchten Zigarette. Ich richte mich auf und streiche ihr übers Haar.

Sie sieht mich an, lächelt kurz und runzelt dann die Stirn.

«Was ist passiert?», fragt sie.

«Es ist alles gut», erwidere ich und gleite vom Bett. «Soll ich uns Eier und Speck machen?», sage ich und klopfe auf meinen Bauch.

«Nein, danke. Jo, ich muss mit dir reden ...» Und dann weint sie so heftig, dass sie kein Wort mehr herausbekommt.

«Na komm. Ich gehe runter. Wir sehen uns in der Küche.» Die Eier und der Speck brutzeln in der Pfanne, als Freya herunterkommt und zum CD-Player geht. Sie legt *Nevermind* von Nirvana ein, und während der Bass durch die Küche dröhnt, weint sie. Und sie sieht so hübsch aus, trotz des verschmierten Make-ups, der Dreckschlieren, der schwarzen Stellen am Hals und der Schrammen. Sie ist immer noch so hübsch.

2014

Freya drückt meinen Kopf nach unten zwischen die Knie. «Bleib so sitzen», sagt sie. «Du siehst aus, als würdest du gleich umkippen.»

Mindestens zehn Minuten verharre ich so, keine von uns sagt ein Wort, und dann übergebe ich mich auf den Boden. Ich zittere, meine Beine zucken – genau wie bei Freya nach jener Nacht –, und ich habe völlig die Kontrolle über meinen Körper verloren.

«Was passiert mit mir?», frage ich Freya. Sie reibt mir über den Rücken und drückt meinen Kopf wieder runter. So sitzen wir eine halbe Stunde. Ich zittere, schwitze und bin völlig außer Atem.

«Ich glaube, ich muss zum Arzt», sage ich.

«Nein, nein. Du bist okay. Es ist nur eine körperliche Reaktion. Das hatte ich auch. Am Tag danach. Erinnerst du dich?»

Das tue ich, aber ich schäme mich zu sehr, um es zuzugeben. Schäme mich, dass ich ihr nicht geholfen habe. Dass ich mir eingeredet habe, die Stellen an ihrem Hals wären Dreck, dabei waren es Blutergüsse. Diese Hände um Freyas Hals. Die zudrücken. Fleisch, das hervorquillt. Mir wird wieder schlecht. Freya reicht mir ein Taschentuch. Ich wische mir den Mund ab und wünsche mir nichts sehnlicher, als mich hinzulegen.

«Fühlst du dich jetzt besser?»

«Mir geht's gut», antworte ich.

«Ich dachte mir, dass du das sagst.»

Freya holt etwas aus ihrer Tasche. Ich hebe meinen Kopf, muss ihn aber gleich wieder hängenlassen. «Wirklich alles gut?», fragt sie wieder.

«Alles gut. Gib mir nur einen Moment. Danke.»

Ich höre Freya ganz sanft summen. Das tut sie immer, wenn sie versucht, die Stille zu überbrücken. Ich weiß sogar genau, welche Melodie sie singen wird. Es beruhigt mich, dass selbst das sich nicht geändert hat.

«Das hast du früher immer gesummt», sage ich, als ich wieder zu Atem komme.

«Ich summe?»

Was als liebevolle Erinnerung gedacht war, kam anscheinend wie ein Vorwurf an. Wieder herrscht Stille, und sie dehnt sich aus. Achtzehn Jahre sind vergangen, und an der Oberfläche hat sich nichts verändert: ihre Art zu sprechen, ihre ganze Erscheinung. Wie ihre Hände zart auf ihren Oberschenkeln ruhen. Wahrscheinlich denkt sie das auch über mich: wie angespannt meine Arme sind, meine aufrechte Haltung und das undurchdringliche Kraftfeld, das mich umgibt, über das Freya immer Scherze gemacht hat und das Leute davon abhält, mir zu nahe zu kommen. Ich gebe mir Mühe, mich entspannter hinzusetzen, aber es fühlt sich albern an, und Freya schenkt mir einen amüsierten Blick. Sie weiß genau, was gerade in mir vorgeht.

Wir schweigen für etwa fünf Minuten, beobachten die Leute, die an unserer Bank vorbeispazieren. Eine dicke Frau müht sich damit ab, einen großen Koffer hinter sich herzuziehen. Ein Kleinkind wirft seinen Teddybär ins Gras. Ein paar Jugendliche pfeifen, als sie Freya sehen, und klatschen sich gegenseitig ab. Meine Beine haben zwar aufgehört zu zittern, und mein Magen hat sich beruhigt, aber ich würde garantiert umkippen, wenn ich jetzt aufstünde. Wir lassen weitere zwanzig Minuten verstreichen, und dann deutet Freya auf eine andere Bank – ohne mein Erbrochenes. Ich schaffe es aufzustehen und gehe schwankend hinüber. Als ich mich wieder in der Lage fühle zu sprechen, habe ich keine Ahnung, was ich sagen soll. Die Jungs haben Freya erneut ins Visier genommen und pfeifen wieder.

«Männer haben mich nie beachtet, wenn du in der Nähe warst», sage ich lachend.

«Das denkst du. Aber das stimmt nicht. Dafür haben mich die Lehrerinnen nicht beachtet, wenn du in der Nähe warst», sagt Freya und lächelt schmal.

Der alte Witz zwischen uns gärt und bekommt etwas Feindseliges, trotz unserer Versöhnung. Es ist alles immer noch so fragil.

«Hier», sagt sie, als wir sitzen, und holt etwas aus ihrer Handtasche. «Das ist meine Tochter.» Sie hält mir das Foto hin wie ein Friedensangebot, und ich lächle und nehme es.

Das kleine Wesen sieht exakt so aus wie Freya in dem Alter, abgesehen davon, dass sie übersät ist mit Sommersprossen. Der Sonnenschein ergießt sich auf ihre kleinen Arme und das blonde Haar, und sie sieht aus wie eines dieser Kinder von den Plakaten einer coolen Modekette. Die in gestreiften Latzhosen, die nicht perfekter sein könnten.

«Evie», sagt sie.

«Sie ist süß.»

«Hast du Kinder?» Sie streicht über das Foto, bevor sie es zurück in ihre Handtasche legt.

«Nein.»

«Sie ist genau wie ich», sagt Freya.

«Wirklich?» Ich weiß nicht, was ich sonst sagen soll.

«Ja. Sie wird so wie ich als Teenager. Darum wollte ich dich auch treffen und über diese Sache sprechen. Und reinen Tisch machen. Was jene Nacht angeht. Ich muss irgendwie damit abschließen. Geht es dir nicht so?»

«Wahrscheinlich schon.» Innerlich muss ich lachen. Wenn sie wüsste, wo ich kürzlich noch gewesen bin.

«Bis jetzt hat es ganz gut geklappt, oder?», sagt sie. Ich nicke, auch wenn ich mich frage, was sie mit «bis jetzt» meint. Dann erinnere ich mich, dass sie meinte, sie müsste mir etwas sagen.

«Es gibt da noch etwas. Über das ich mit dir sprechen muss. Von dem ich dir erzählen muss.»

Ehrlich gesagt habe ich Angst vor meiner Reaktion, egal, was sie mir sagen wird. Ich hatte nicht damit gerechnet, dass es mir bei der Erinnerung an jene Nacht körperlich so schlecht gehen würde. Ich hatte nicht mit diesem bleischweren Gewicht auf der Brust gerechnet, das mir das Gefühl gab, gleich zu sterben.

«Dann los. Was ist es?» Meine Stimme ist ganz angespannt.

Sie sieht erst zu Boden und dann hinauf in den Himmel. Ihr Mund verzieht sich, und ich weiß, sie fürchtet sich davor, es auszusprechen, was immer es auch ist.

«Es tut mir so leid», sagt sie und schließt die Augen.

«Mir auch. Wegen allem.» Ich bin selbst überrascht über meine Worte. Sie nimmt wieder meine Hand.

«Es ist einfach passiert, oder? Ich meine, keiner von uns konnte etwas dafür. Ist es nicht so? Auch wenn wir beide high waren?»

Ich nicke.

«Du weißt, wie viel du mir bedeutet hast, J.» Selbst nach so vielen Jahren schmerzt es mich, dass sie die Vergangenheitsform benutzt. «Ich habe dir so sehr gewünscht, dass du glücklich bist. Spaß hast. Zufrieden bist, trotz all des Drucks, den du dir auferlegt hattest.»

Ich weiß nicht, worauf sie hinauswill, aber ich höre zu.

«Du weißt schon: Schulsprecherin, deine Mutter. All das. Ich wollte einfach, dass du ab und zu ein bisschen lockerer bist, verstehst du?»

Ich verstehe nicht, aber ich drehe mich zu ihr um, und sie sieht komisch aus. Ein hellgrüner Hauch hat sich auf ihrem Gesicht ausgebreitet.

«In jener Nacht. Da …»

«Erzähl weiter.»

Sie öffnet den Mund, aber die Worte sind irgendwo zwischen ihrer Kehle und der Luft erstarrt.

Ihre Augen flackern, und die schwarzen Pupillen sind übergroß. Was um alles in der Welt könnte so schlimm sein?

1996

Verity, Sally und ich sitzen in Mrs. Allens Büro. Draußen, direkt vor dem großen Fenster, findet gerade ein Lacrossespiel gegen St. Margaret's statt, unserem gefährlichsten Gegner.

«Es ist gut, euch wieder hierzuhaben. Damit etwas Normalität einkehrt», sagt Mrs. Allen. «Ich habe euch einbestellt, um über Freya zu sprechen.»

«Ich habe mit ihr geredet», sagt Verity und sieht sich selbstzufrieden um. «Gestern. Ihr geht es deutlich besser. Sie hat den Tag mit ihrem Vater und ihrem Bruder verbracht. Und da ihr Vater, wie ihr sicher alle wisst, bald wieder verreist, denkt sie darüber nach, zurückzukommen. Ich denke, sie wird sich in eine Art Behandlung begeben müssen oder so was, aber hoffentlich können wir sie vorher alle noch sehen.»

«Verity, danke für die Informationen», sagt Mrs. Allen. «Da Verity uns schon alle aufgeklärt hat, möchte ich mich nicht wiederholen. Aber wir werden sehen müssen, wie es läuft.» Gedämpfte Jubelrufe kommen vom Lacrossefeld. Mrs. Allen blickt aus dem Fenster, um zu sehen, wer den Punkt gemacht hat.

«Iris Delamere», flüstert sie und wendet sich wieder uns zu. Sie reibt sich die Augen unter der Brille. «Schön. Also, wie gesagt: Freya geht es besser. Ich habe mit dem Vorstand gesprochen. Sie sind zu einer Entscheidung gekommen. Wenn diese Sache herauskäme, wäre das eine Katastrophe. Wie ihr wisst, erscheint bald der Schulführer der *Times*, wir müssen daher unser Allerbestes geben. Unseren Spitzenplatz behaupten. Nun, es tut mir sehr leid, und es war eine sehr, sehr schwere Entscheidung, wenn man bedenkt, dass es unsere Platzierung gefährden könnte. Und unseren Ruf. Allerdings sind wir uns darüber klargeworden, dass es noch größeren Schaden anrichten würde, wenn es herauskäme und wir nichts unternommen hätten. Also, wie gesagt, es tut mir leid, aber wenn keine von euch die Verantwortung übernimmt, werdet ihr alle der Schule verwiesen. Es werden auch die Universitäten informiert, die dann entscheiden können, ob ihr immer noch willkommen seid.»

Verity springt auf. «Aber das ist nicht fair, Mrs. Allen. Ich hatte nichts damit zu tun. Es könnte jede gewesen sein.»

«Verity, setz dich hin. Das mag schon sein, aber da ihr drei die Einzigen seid, die tatsächlich in Betracht kommen, müssen wir etwas unternehmen, solange nicht etwas Entscheidendes passiert und jemand einen Beweis vorlegt.» Mein Gesicht fühlt sich an, als würde es brennen. Sie blufft. Ich bin mir sicher, sie blufft, in der Hoffnung, dass eine von uns vortritt und alles aufklärt.

«Nun?» Mrs. Allen sieht erst Sally an, dann mich.

«Und was ist mit Freya und Mrs. Kitts?», frage ich. Es ist das erste Mal seit langem, dass Mrs. Kitts Name ausgesprochen wurde.

«Wir führen eine abschließende Untersuchung durch, und solange sie läuft, darf Freya zurück an unsere Schule – sofern sie dazu in der Lage ist natürlich –, und alles geht seinen gewohnten Gang. Sobald der Vorstand seinen Bericht vorgelegt hat, überlegen wir den nächsten Schritt.» Wieder Jubel. Schon wieder Iris. Ich sehe sie in der Ferne, wie sie den Lacrosseschläger durch die Luft schwingt.

«Ihr vier. Ich kann es nicht glauben», sagt Mrs. Allen. «Vier von Wendell Abbeys Vorzeigeschülern, und dann passiert so was.»

«Es wird sich alles wieder einrenken, Mrs. Allen», sagt Sally und errötet.

«Ist das so?»

«Ja. Ich werde nach Oxford gehen, was auch passiert. Mein Vater wird dafür sorgen.»

«Wir wollen es hoffen», erwidert Mrs. Allen. Wir warten noch auf den Abpfiff. Nach der Geräuschkulisse zu urteilen, hat Wendell Abbey gewonnen, und Verity steht auf und jubelt schrill. Ich habe das Bedürfnis, ihr einen Tritt zu verpassen. Als sich Wolken vor die Sonne schieben, geht mir auf, dass wir überhaupt nicht wissen, wie wir uns verhalten sollen, wenn Freya zurückkommt. Wird sie mit mir reden? Wird sie mich überhaupt anschauen? Mrs. Allen beendet das Treffen und bittet mich, noch einen Moment zu bleiben.

«Josephine, ich muss allein mit dir sprechen. Schulsprecherin-Angelegenheiten. Verity, Sally, danke für euer Kommen. Und nun zurück an die Arbeit, ihr habt viel nachzuholen.»

Sie wartet, bis beide weg sind. «Ich habe mit Freyas Vater gesprochen. Er hat gestern Abend angerufen. Spät. Sie erholt sich, aber natürlich wird sie sich … eine Weile nicht gut fühlen. Mrs. Kitts … All das … wird seine Narben hinterlassen.»

Worauf will sie hinaus?

«Daher ist Mr. Seymour der Meinung, dass es das Beste wäre, wenn ihr keinen Kontakt zueinander habt, solange die Untersuchung läuft. Tatsächlich hat er darum gebeten, dass

Freya in ein anderes Haus zieht, falls sie sich dafür entscheidet zurückzukommen. Sie wird im Hauptgebäude unterkommen, näher an der Krankenstation.»

«Das heißt, ich soll nicht mit ihr sprechen, wenn ich sie sehe? Verstehe ich das richtig?»

Mrs. Allen putzt sich die Nase mit einem Spitzentaschentuch. «So ist es. Es tut mir leid, Josephine. Ich weiß, das muss ein ziemlicher Schlag für dich sein.»

Ist es nicht. Es ist eine Erleichterung. Die Angst vor einer peinlichen Situation wurde von mir genommen.

«Das ist in Ordnung. Ich halte mich fern von ihr. Was ist mit dem Unterricht? Den Vorbereitungsstunden für Oxford?»

«Das haben wir geregelt. Keine Sorge. Freya wird getrennt unterrichtet. Es gab die Überlegung, sie auf eine andere Schule zu schicken, sollte sie noch vorhaben zu studieren, aber ihr Vater war der Meinung, es würde sie noch mehr destabilisieren, wenn sie in ihrem Zustand von ihren Freunden getrennt würde.» Ich stelle mir vor, wie es andersherum gewesen wäre, wenn man bedenkt, dass Freya meine einzige richtige Freundin ist.

«Verstehe.»

«Josephine, gibt es etwas, das du mir sagen möchtest? Irgendetwas?» Mrs. Allen hat sich schon aus ihrem Stuhl erhoben, als würde sie gar nicht damit rechnen, dass ich etwas sage.

«Nein. Sie sollten Verity dasselbe fragen», entgegne ich. Gedanken wirbeln durch meinen Kopf, jeder einzelne kämpft um meine Aufmerksamkeit, und meine Kopfhaut beginnt zu prickeln.

«Josephine?»

«Ja. Verzeihung. Ich gehe dann mal, Mrs. Allen.» Meine Stimme ist angespannt.

«Tu das. Bitte komm zu mir, wenn du etwas brauchst.» Im Büro ist es warm, das Sonnenlicht knallt durch die Fenster. Mir bricht der kalte Schweiß aus.

Am nächsten Tag ist Freya wieder da. Ich sehe sie zwar nicht, merke es aber an dem aufgeregten Geplapper überall in der Schule. Die anderen Mädchen stupsen sich an, wenn sie mich sehen, und senken dann schnell die Köpfe, als würde ich das nicht mitbekommen. Ich gehe an ihnen vorbei, drücke den Rücken durch. Sally holt mich ein, als ich auf dem Weg zum Geschichtsunterricht bin.

«Hast du es schon gehört?», fragt sie.

«Nein», antworte ich und sehe aus dem Fenster, tue uninteressiert.

«Wegen Freya?»

«Nein», seufze ich, als wären ihre dummen Gerüchte völlig bedeutungslos, dabei habe ich eine Gänsehaut am ganzen Körper.

«Sie geht. War wohl für drei Sekunden hier. Sie packt ihre Sachen.»

«Wo geht sie denn hin?» Ich gucke immer noch aus dem Fenster.

«Ich weiß nicht. Nach Hause, denk ich mal. Oder zu diesem Psychoding, wo sie hin sollte? Keine Ahnung. Aber meinst du, das bedeutet, dass es vorbei ist?»

«Das hoffe ich. Oxford.» Sally hakt sich bei mir ein.

«Ich hoffe es auch. Willst du nächstes Wochenende mit zu mir kommen?»

«Okay.»

«Ja?», sagt sie ungläubig und löst ihren Arm.

«Ich habe doch okay gesagt.»

«Ist das dein Ernst?»

«Das ist mein Ernst.»

«Das … das ist der Hammer. Cool!» Sie grinst mich an.

Für einen Moment fühle ich mich, als würde ich Freya verraten. Doch der Gedanke macht der Erleichterung Platz, dass ich nicht durch die Schulflure schleichen muss, ständig auf der Hut, ihr zu begegnen. Mir nicht das Getratsche der anderen anhören muss. Ich bin so glücklich, dass sie lebt, dass all die Schuldgefühle, der Groll und der Schmerz wieder aufleben.

«Dann überlege ich mir was Lustiges, ja?», sagt Sally.

«Bitte? Oh, ja, das wäre toll. Aber lieber was Ruhiges. Kino oder so wäre schön.» Ich lächle sie an. Ich muss Sally bei der Stange halten, aber tatsächlich habe ich sie sogar lieb gewonnen. Sie kann Freya nicht ersetzen, aber ihre Gesellschaft ist tröstlich. Sie ist wie ein Labrador. Ich denke an Freya und was sie wohl dazu sagen würde.

2014

Du wolltest in jener Nacht nichts nehmen, erinnerst du dich? Ich meine, du wolltest keine Drogen.» Freya drückt meine Hand. «Ich denke, du wolltest als Schulsprecherin nichts falsch machen, und außerdem hattest du Angst wegen deiner Mutter. Damals hatte ich so getan, als würde ich nicht verstehen, warum du so ausgeflippt bist. Deswegen habe ich mich immer schlechtgefühlt. Dabei wusste ich ganz genau, dass du Angst hattest, die Drogen könnten dich so krank machen wie deine Mum. Ich habe den Bericht auch gesehen, den du erwähnt hattest. Dass Drogen psychische Probleme auslösen können. Wie auch immer …»

Ich frage mich, bei wie vielen anderen Gelegenheiten Freya sich noch dummgestellt hat.

«Ich hatte das Gefühl, alles würde sich ändern, als du Schulsprecherin wurdest. Als könnten wir keinen Spaß mehr miteinander haben. Ich hatte Angst. Angst, dass wir uns entfremden könnten.»

Freya holt das Foto ihrer Tochter hervor, sieht es kurz an und lässt es wieder in der Tasche verschwinden.

«Als du also in jener Nacht meintest, du würdest nichts nehmen. Oder nur die halbe Pille … da bin ich losgegangen, um dir einen Drink zu holen.»

Ich weiß, was jetzt kommt, aber ich muss es von Freya selbst hören.

«Ich …» Ihr kontrollierter, gleichmäßiger Atem gleitet ab in ein Schluchzen. «Ich habe was reingetan», sagt sie dann.

«Was?» Ich hab's schon verstanden, aber ich brauche Zeit, um die Feuersbrunst in mir unter Kontrolle zu bringen.

«An jenem Abend. Ich hatte einen Haufen Pillen genommen. Aber wie gesagt, ich war genervt, dass du nicht mitmachen wolltest. Also habe ich ein paar Pillen zerbröselt und in deinen Drink getan.»

«Wie viele?»

«Zwei. Vielleicht drei.»

Jetzt erinnere ich mich wieder – das süße Prickeln der Cola, gefolgt von einem bitteren, strengen Geschmack, der sich in der Kehle ausbreitete. Ich habe versucht, ihn wegzuhusten, und dann, kurz darauf, hat mein ganzer Kopf gekribbelt, das Blut ist warm durch meine Venen geschossen.

«Darum war ich also zu … um etwas zu unternehmen?» Sie dreht sich weg und nickt. Ihr blondes Haar reflektiert das Licht. Stille. Ein Vogel zwitschert, und die Sonne scheint.

Ich will sie fragen, warum sie so lange gewartet hat, mir das zu erzählen. Warum sie es mir nicht gleich zu Beginn unseres Treffens gesagt hat. Aber das drückende Gefühl in meiner Brust ist wieder da, und ich kriege kein Wort heraus. Es ist noch schmerzhafter nach unserem Gespräch von eben und dem Maß an Offenheit. Ich sitze gekrümmt und versuche den Schmerz wegzudrücken. Langsam ebbt er ab. Ich denke an jene Nacht zurück und bin nicht wirklich überrascht über das, was Freya mir gestanden hat. Tief in mir habe ich immer gewusst, dass sie es getan hat. Etwas hatte nicht gestimmt, ich war so paralysiert gewesen. Ich frage mich, wie es ausgegangen wäre, wenn ich nüchtern gewesen wäre. Ich erinnere mich daran, wie wenig Kontrolle ich über meinen Körper hatte. Dass ich nicht in der Lage war, mich gegen diese …

Sie sieht mich mit flehenden Augen an und greift wieder nach dem Foto ihrer Tochter.

«Tu es nicht», sage ich. «Schieb nicht deine Tochter vor.»

Freya beißt sich auf die Lippe und steckt das Foto weg. Sucht wieder meinen Blick.

«Ich weiß nicht, was ich sagen soll, Josephine. Ich habe mir das nie verzeihen können. Es quält mich immer noch, an jedem einzelnen Tag. Es fühlt sich an wie eine Fessel, es ist immer da. Bei jeder Bewegung. Diese Schuld. Wenn ich sehe, wie glücklich Evie ist, denke ich, dass ich es nicht verdiene. Sie nicht verdiene, weil ich ein so schlechter Mensch bin.»

Freya zerreißt ein Taschentuch, rollt die Stückchen zwischen den Fingern und legt sie neben sich auf die Bank.

«Ich habe ja versucht, es dir zu sagen. Das weißt du doch? Am Morgen danach. Aber du wolltest mir nicht zuhören. Ich wollte uns die Pille danach besorgen, aber du hast mich noch nicht mal nach einem Arzt suchen lassen. Das war übrigens ziemlich riskant. Ziemlich dumm. Ich will nicht von meiner Schuld ablenken. Oder entschuldigen, was ich getan habe. Wirklich nicht. Was ich getan habe, war abscheulich und grässlich, und ich trage es für den Rest meines Lebens mit mir herum. Aber wenn du mit mir an jenem Morgen geredet hättest, dich nicht so verschlossen hättest, dann hätten wir schon früher damit abgeschlossen. Verstehst du? Ich habe mich so einsam gefühlt. Mit dir konnte ich nicht sprechen, ganz zu schweigen von den anderen, und außerdem schien ich dir völlig egal zu sein.» Freya schluchzt. Ihre Augen glänzen, das Licht verfängt sich in ihren Tränen. «Weißt du, was ich gedacht habe?» Ich schüttle den Kopf. Ich weiß gar nichts mehr.

«Ich dachte, dass du ein Glückspilz bist. Ich dachte, du wärst der glücklichste Mensch auf der Welt. Weil du so tun konntest, als wäre gar nichts gewesen. Es war, als würde dich gar nicht betreffen, was uns zugestoßen ist. Ich hatte das Gefühl, nichts könnte dir etwas anhaben.»

Ich sage nichts. Ich will sagen, dass ich alles hätte verhindern können, wenn sie nicht so dumm gewesen wäre – ich wäre nüchtern geblieben und uns ginge es gut. Aber ich kann nicht, denn wie könnte ich dieses Eine gegen all das aufwiegen, was ich selbst getan habe? Wir sind in einem Netz gefangen, so verwickelt in gegenseitige Schuldzuweisungen, dass nicht mehr zu erkennen ist, wo alles angefangen hat.

«War es nicht so?»

«Nein.» Der Schmerz weicht einer pochenden Müdigkeit.

Sie atmet schwer aus. «Aber wie konntest du dann *nicht* darüber reden? Ich habe dich so sehr gebraucht. Ich weiß, es ist deine Art, mit Dingen umzugehen, aber war ich dir nicht wichtig genug? Hattest du nicht das Bedürfnis, mir zu helfen? Und auch dir selbst? Wir hätten es gemeinsam durchstehen können.»

«Ich hab's dir gesagt», erwidere ich. «Ich hab's dir eben gesagt. Es war alles wegen meiner Mutter. Diese ganze Sache.»

Sie lehnt sich zurück, wirkt zerknirscht. «Ich weiß. Es hat mir wirklich geholfen, dich zu sehen. Dass du es mir erklärt hast. Ich brauche Zeit, um mein Bild von jener Zeit zu überdenken. Deine Perspektive miteinzubeziehen. Zu bedenken, dass du auch viel durchgemacht hast. Und wie unterschiedlich wir diese Nacht wahrgenommen haben. Ich sehe das jetzt.»

«Ich denke nicht, dass es so war», sage ich. «Jenseits davon, Freya, jenseits der Dinge, die wir anschließend getan haben,

haben wir das Gleiche gefühlt.» Ich sehe sie an, und während ich es sage, dieses Zugeständnis mache, reagiert sie ganz wie die alte Freya. Ihr Blick ist zärtlich, ihre Nase ganz rot, und ich spüre einen Funken unserer alten Freundschaft.

«Es ist schön, dass du das sagst.» Freya putzt sich die Nase. «Wirklich schön. Es fühlt sich an, als hätte ich ein Stück von dir zurückbekommen. All diese guten Erinnerungen daran, wie wir gemeinsam aufgewachsen sind, wie Schwestern, sie wurden überschattet von dem, was wir getan haben. Aber zu wissen, dass du dich auch so schrecklich gefühlt hast, macht es so viel besser. Zu wissen, dass ich nicht verrückt war, nicht völlig allein.» Da ist etwas in der Art, wie sie darüber spricht, das Alleinsein – denn ich war für fast zwei Jahrzehnte allein –, auf das ich körperlich reagiere. Und dann sind meine Arme um sie geschlungen, und ich lasse zu, dass sie ihre Hand auf meinen Rücken legt, und sie sagt mir, dass alles gut ist. Es ist vorbei.

So sitzen wir für ein paar Minuten. Dann atmet sie tief ein und guckt auf ihre Uhr. Es ist fast zwei und ihre Mittagspause längst vorbei.

«Ich dachte, wir würden uns nur kurz treffen», sagt sie. «Ich konnte mir nicht vorstellen, dass wir über all das sprechen würden.»

«Ich auch nicht.»

Sie lehnt ihren Kopf an meine Schulter. «Wolltest du jemals jemanden wiedersehen? Von der Schule, meine ich?» Sie hebt den Kopf und lächelt. Das ist die alte Freya.

«Nein. Ich werde so bald zu keinem Ehemaligentreffen gehen. Aber ich habe nicht mehr solche Angst vor den alten Erinnerungen, jetzt, da wir uns getroffen haben. Was ist mit dir?»

«Nee. Nicht wirklich. Ich habe eigentlich nie mehr mit irgendjemandem gesprochen. Abgesehen von Verity. Mrs. Kitts hat mir ein paar Briefe geschrieben, um zu sagen, wie leid es ihr tut. Heute hätte man sie gehängt, gestreckt und gevierteilt, oder? Ich schätze, sie hatten nichts gegen sie in der Hand.»

«War es denn ernst? Zwischen dir und Mrs. Kitts? Ich kann nicht glauben, dass du es mir die ganze Zeit über verheimlicht hast.» Ich versuche vergeblich, nicht verbittert zu klingen – nach all den Jahren.

«Na ja. Nein. Für mich bedeutete es Trost. Und sie war so … vernünftig. Wie du, nur nicht so unnachgiebig. Sie hat das Richtige am falschen Ort gesucht.» Sie lächelt betrübt. «Ihr letzter Brief ist Jahre her. Vier Seiten voller Erinnerungen. An sie und mich. Sie hat größeren Schaden davongetragen als ich.» Freya beißt sich wieder auf die Lippe. «Ich habe es dir übrigens absichtlich nicht erzählt. Die ganze Schulsprecherin-Sache stand an. Ich wollte dich nicht in so etwas Ernstes reinziehen. Rauchen und so, das ist eine Sache, aber das … Du hättest echt Ärger bekommen können, wenn herausgekommen wäre, dass du davon wusstest.»

«Das ist der einzige Grund, warum du's mir nicht erzählt hast? Um mich zu schützen?» Ich denke daran, wie verletzt ich war, weil sie mich nicht eingeweiht hatte, dabei wollte sie die ganze Zeit …

«Ja», antwortet sie. «Ich wollte es dir schon vor Ewigkeiten erzählen. Ich dachte, ich hätte es durchblicken lassen, aber ich schätze, es war zu unwahrscheinlich, als dass du drauf kommen konntest.»

Jetzt fühle ich mich noch schlechter, weil ich Freya nicht

beschützt habe, als sie es am meisten gebraucht hätte. Ihre Zuneigung legt sich über mich wie eine Decke.

«Es war übrigens Sally, die es mir gesagt hat. Das mit dir und Mrs. Kitts.»

«Sally? Oh, jetzt macht es Sinn. Ihr beide. *Die Lupe.*» Wir quatschen, als lägen wir wieder auf dem Bett in ihrem Zimmer und würden über andere reden und nicht über uns. Aber vermutlich waren wir damals auch andere Menschen.

«Wie geht es eigentlich Leon?» Ich versuche ganz normal zu klingen.

«Gut. Er ist in den Staaten, arbeitet für ein Musiklabel. Hat einen Haufen Bands entdeckt. Diese Boygroup, du weißt schon, die diesen Weihnachtssong aufgenommen hat. *Bang bang di bang.*» Ich hebe die Augenbrauen und fange an zu lachen. Sie stimmt mit ein.

«Er ist geschieden. Hatte dieses Mädchen geheiratet, Rosie. Erinnerst du dich an sie? Sie konnte keine Kinder bekommen.» Mir bricht es beinahe das Herz, wenn ich daran denke, was hätte sein können.

«Ich kann den Kontakt herstellen, wenn du willst», sagt sie. «Er wüsste bestimmt gern, wie's dir geht. Er hatte schon immer eine Schwäche für dich.» Ich kann nicht sagen, ob sie einen Witz macht oder nicht.

«Tja, vielleicht.»

«Was ist mit dir?», fragt sie dann.

«Was meinst du?»

«Was hast du nach der Schule gemacht? Ich habe oft versucht, dich auf Facebook zu finden, und dann erzählte mir Verity, dass sie über deine Ausgrabung gelesen hat.»

«Wie hast du mich eigentlich gefunden?», frage ich zurück.

«Das hat mir ziemliche Angst gemacht. Ich habe dann unsere … meine alte E-Mail-Adresse gelöscht. Die wir zusammen eingerichtet hatten.»

«Ach so. Als ich gemerkt habe, dass sie nicht mehr aktuell ist, habe ich im Haus deiner Eltern angerufen und mit Amy gesprochen. Vorher hatte ich ein paarmal deinen Vater dran und habe aufgelegt. Ich wusste, dass Amy noch bei euch ist. Als ich meinen Namen sagte, hat sie geweint. Meinte, sie hätte mich sehr vermisst und dass ich wie eine Tochter für sie gewesen wäre und für dich wie eine Schwester. Sie hat mir versprechen müssen, nicht zu erzählen, dass ich angerufen habe. Sei nicht sauer auf sie, J.»

«Bin ich nicht. Ehrlich gesagt bin ich erleichtert, dass nichts anderes dahintersteckt. Ständig habe ich mich umgeschaut, weil ich dachte, du würdest mich irgendwie verfolgen.» Wir lachen beide.

«Jetzt erzähl», sagt sie. «Was hast du in den Jahren gemacht, in denen wir keinen Kontakt hatten? Bist du letztendlich nach Oxford gegangen? Was ist passiert?»

Ich erzähle ihr alles. Ich weiß nicht, ob wir jemals all das wiederbekommen, was uns einmal verband. Aber ich mache mir keine Sorgen. Wir haben heute etwas Gutes getan. Wir haben die guten Erinnerungen wieder eingefangen und mit den schlechten abgeschlossen. Und ein Teil von mir liebt sie immer noch. Wird es immer tun. Ihre Schönheit.

1996

Sobald ich zurück bin im Internat, mache ich mich ans Lernen. Schon die vergangenen zwei Tage habe ich Tag und Nacht den Stoff wiederholt. Vor den Probeklausuren kann man den Fleiß geradezu riechen, alle verhalten sich ruhig und wichtigtuerisch. Auf den Korridoren herrscht völlige Stille. Alles, was ich höre, ist das Rascheln der Bücher und Stifte, die auf Papier scharren. Jeder hat seinen eigenen Zeitplan, und der Lauf der Sonne hat keine Bedeutung mehr. Die Köpfe sind gesenkt, keine Zeit zum Essen. Alle sind nervös.

«Arbeitet hart, gebt alles», sagt Mrs. Allen bei der Morgenandacht. «Diese Schule brüstet sich mit den Leistungen ihrer Schülerinnen, und deshalb erwarte ich, dass jede einzelne von euch die Ziele erreicht, die sie sich gesteckt hat. Macht uns stolz. Macht euch selbst stolz.» Manche scharren mit den Füßen, wollen zurück zu ihren Büchern.

Meine erste Geschichtsklausur beginnt am Nachmittag. Ich habe das gesamte Lehrbuch auswendig gelernt und einen Haufen anderes Zeug gelesen, das mir hoffentlich gute Dienste leisten wird. Die Prüfung läuft prima. Ich merke einen Anflug von Panik, aber reiße mich zusammen. Mein Körper steht unter Strom, aber von außen wirke ich ruhig. Ich kann nicht aufhören, an Freya zu denken, und daran, dass sie eigentlich auch hier sein sollte.

Es dauert zwei Tage, bis wir alle wieder zusammengerufen werden: ich, Verity, Sally und unsere Eltern. Bei diesem Treffen wird über unser Schicksal entschieden.

Ich bin zu früh und warte zehn Minuten vor Mrs. Allens Büro. Ich atme ein, stelle mich aufrecht hin und löse das Abzeichen von meinem Pullover. Der Goldrand hat seinen Glanz behalten, und die Nadel ist immer noch spitz. Im Stoff bleiben zwei Löcher zurück.

Schulsprecherin.

Ich hauche das Abzeichen an, rubble es ab, bis alle Fingerabdrücke und Flecken beseitigt sind. Dann befestige ich es wieder, stecke es durch dieselben beiden kleinen Löcher.

Während ich warte, kommt Caroline Dawes, eine sommersprossige, kräftige Zehntklässlerin, und befestigt eine Notiz an Mrs. Allens Bürotür.

«Dein Treffen», sagt sie zu mir. «Es wurde in die Bibliothek verlegt. Es fängt gleich an.» Sie sieht auf ihre Uhr. «Na ja, in ein paar Minuten. Mrs. Allens Büro wird gerade renoviert, und die Klassenräume sind alle belegt», erklärt sie und sieht mich an.

«Danke», sage ich und mache mich auf den Weg zur Bibliothek.

Kurz darauf erscheinen Verity und dann Sally, jeweils mit ihren Eltern. Mein Vater kommt als Letzter, unrasiert und mit roten Augen. Ich habe ein schlechtes Gewissen, dass er den ganzen Weg auf sich nehmen musste. Bestimmt musste er einen Haufen Meetings absagen – die Wahlen stehen bald an. Er legt seine Schlüssel auf den Tisch. Er lächelt erst mich, dann Mrs. Allen an, und ich kann sehen, wie sich seine Brust hebt. Er fährt sich mit der Hand über das Hemd, richtet seine Krawatte und nimmt Platz.

«Ich möchte mich bei Ihnen allen bedanken, dass Sie die Mühe auf sich genommen haben, heute hier zu erscheinen», sagt Mrs. Allen und blickt in die Runde. Wir sitzen alle auf Holzstühlen, nur Mrs. Allen hat einen großen grünen Samtsessel.

«Drei Mitglieder des Vorstands sind heute bei uns.» Ich habe die Anwesenheit der anderen Frauen gar nicht bewusst wahrgenommen. Zum einen Mrs. Pownall, dann eine rundliche, kurzhaarige Dame mit einer großen roten Brille, die unentwegt Fussel von ihrem schwarzweißen Kleid zupft, und eine kleine Blondine Anfang vierzig, die aussieht, als könnte sie kaum die Freude darüber unterdrücken, wichtig genug zu sein, um an diesem Treffen teilzunehmen.

«Wie wäre es mit Tee? Kaffee?»

Alle nicken.

«Mr. Grey?

«Tee. Bitte.»

«Mrs. Balfour, würden Sie bitte jeden fragen, was er trinken möchte, und uns den Gefallen tun?» Die Blondine wirkt geknickt, dass sie bedienen soll.

«Na schön», sagt Mrs. Allen. «Wie Sie alle wissen, ist dieses Meeting gewissermaßen der letzte Strohhalm. Mr. Seymour hat uns gebeten, es abzuhalten; er ist davon überzeugt, dass eine von euch verantwortlich ist für den Beitrag in der *Lupe* und damit Freya zu ihrem Selbstmordversuch getrieben hat. Dies ist die letzte Chance für Ihre Töchter», Mrs. Allen klopft rhythmisch auf den Tisch, «uns zu erzählen, was sie wissen. Alles. Falls keine von euch sich zu irgendetwas schuldig bekennt, werden wir wohl gegen euch alle drei Strafmaßnahmen ergreifen müssen. Je nachdem, was heute hier gesagt wird.» Sie hebt herausfordernd den Blick, ob ihr jemand widerspricht. «Natürlich sind wir in einer schwierigen Lage, da wir niemandem eine Schuld nachweisen können. Sie alle hatten mit der Veröffentlichung der *Lupe* zu tun, aber abgesehen davon haben wir keine Beweise. Nur ihre Aussagen. Da es im Moment so aussieht, als wäre niemand sonst an der Sache beteiligt gewesen, werden sie die Schuld wohl gemeinsam auf sich nehmen müssen.»

Keiner der Eltern sagt oder tut irgendwas, nur mein Vater erhebt sich, ganz langsam.

«Mrs. Allen, entschuldigen Sie, dass ich Sie unterbreche, aber ich lasse nicht zu, dass meine Tochter als Sündenbock herhalten muss, damit diese ganze Affäre unter den Tisch gekehrt werden kann. Mr. Seymour wird unsere Kinder nicht gegen das Seelenheil seiner Tochter eintauschen, oder was immer es ist, das er anstrebt.»

«Mr. Grey, bitte …»

«Nein. Die Karriere unserer Töchter steht auf dem Spiel, Mrs. Allen. Ihre Zukunft. Ist es nicht das, womit sich Ihre Schule brüstet? Dass sie ihren Schülerinnen eine Zukunft eröffnet? Falls dem so ist, dann sollten Sie besser genau das tun, bevor ich meine Anwälte einschalte. Habe ich mich deutlich genug ausgedrückt?» Mein Vater sucht nicht die Zustimmung oder Bestätigung der anderen. Die braucht er nicht. Veritys Mutter wackelt mit dem Kopf auf und ab, und Sallys Vater rutscht auf seinem Stuhl herum, als wollte er auch etwas sagen und wäre verärgert, dass mein Vater ihm zuvorgekommen ist.

«Ich bin extrem stolz auf meine Tochter.» Mein Vater hebt die Stimme. «Schulsprecherin, eine Zusage von Oxford. Sie hat eine herausragende Ausbildung an Ihrer Schule genossen, und ich werde nicht zulassen, dass ihr die Affäre eines dummen, kleinen Mädchens mit einer doppelt so alten Frau schadet.» Mrs. Allen ist seiner Meinung, das kann ich sehen.

«Mr. Grey, vielen Dank für Ihren Beitrag. Wenn Sie sich bitte wieder hinsetzen würden», bittet sie ihn. «Wenn wir nun zur Sache zurückkommen könnten. Wir müssen die drei ein letztes Mal befragen, ob sie noch etwas zu sagen haben, bevor wir – und damit meine ich mich und die Mitglieder des Vorstands – eine Entscheidung treffen. Ich möchte, dass jede von euch sich nun etwas Zeit nimmt, darüber nachzudenken, was sie uns sagen möchte, falls es da etwas gibt. Wollen wir eine Pause machen? Lassen Sie uns in fünf Minuten wieder hier zusammenkommen.» Sallys Eltern verlassen die Bibliothek. Verity hat angefangen zu weinen. Ihre Mutter hat sich zu ihr gebeugt und sagt mit einer Babystimme, dass sie die beste Tochter auf der Welt sei und nichts etwas daran ändern könne. Ich versuche, mir zurechtzulegen, was ich sagen werde, und frage mich, ob ich mich damit selbst belasten könnte. Fass dich kurz, sage ich mir. Gerade als wir uns alle wieder hingesetzt haben, erscheint Mrs. Cape in der Bibliothek mit einem Packen Post.

«Mrs. Cape, verzeihen Sie, aber wir haben gerade ein Meeting», sagt Mrs. Allen.

«Oh, tut mir schrecklich leid, Mrs. Allen. Es ist wegen Ihrem Büro. Ich habe sonst keinen Platz, um die Post zu sortieren. Könnte ich den Personalraum benutzen?»

«Natürlich, das können Sie tun. Kennen Sie den Code? Aber, Mrs. Cape, mir fällt da etwas ein. Wir haben hier wie gesagt ein Meeting. Das vertraulich ist. Gerade wird mir bewusst, dass ich die Ergebnisse dem Rest des Vorstands präsentieren wollte. Könnten Sie sich nützlich machen und das Protokoll führen? Und kann ich mich darauf verlassen, dass es nicht den Raum verlässt?»

«Absolut, Mrs. Allen. Ich mache eine Steno-Mitschrift und tippe es nachher ab. Ich bin allerdings nicht mehr so schnell wie auf dem Sekretärinnen-Kolleg!» Mrs. Cape grinst. Langsam fühle ich mich unwohl.

«Großartig. Entschuldigen Sie bitte. Es sollte nicht lange dauern», sagt Mrs. Allen, während wir darauf warten, dass Mrs. Cape Papier und einen Stift holt.

«Wird es nicht. Schon bereit, sehen Sie?» Mrs. Cape schaut in die Runde, bis ihr Blick an meinem Vater haften bleibt. Offensichtlich erkennt sie ihn. Aus den Nachrichten. Ihre Augen leuchten auf wie bei den Passanten, die ihn auf der Straße erkennen und ihn ansprechen wollen, sich aber dann nicht trauen. Sie schaut weg und errötet.

«Gut», sagt Mrs. Allen. «Lassen Sie uns einen Schritt zulegen. Josephine, möchtest du den Anfang machen?»

Mein Herz pocht, denn irgendetwas stimmt hier nicht. Während ich rede, sehe ich nur Sally an, was mich auf eine Weise beruhigt. Ich erkläre, dass ich nichts zu tun hatte mit der «Wer ist es?»-Seite und schon dargelegt hätte, wo ich wann gewesen bin, was ich getan habe, nachdem die Korrekturfahnen bei der Druckerei angekommen sind, und dass ich gern alle Fragen beantworten würde, falls jemand noch welche hätte. Als ich aufsehe, starrt mich Mrs. Cape an, nickt mir aufmunternd zu und streckt mir dann peinlicherweise den Daumen entgegen.

«Ist alles in Ordnung, Mrs. Cape?», fragt Mrs. Allen.

«Ja, ja, alles gut. Ich schreibe mit, keine Sorge. Ich mache mir nur Gedanken wegen Josephine und dem Premier. Ich hoffe, du hattest nicht noch Schwierigkeiten!» Mrs. Cape ist ganz aufgeregt, eingeweiht zu sein, und strahlt meinen Vater an.

Meine Gedanken rasen. Ich überlege, wie ich das Meeting vorzeitig beenden könnte – vielleicht eine Ohnmacht vortäuschen? Wie albern. Sollte ich behaupten, dass ich noch mehr Informationen über Freya und Mrs. Kitts habe?

Nein. Schluss damit. Ich bin müde. Meine Gedanken rasen so schnell vorbei, ich kann gar nicht mehr geradeaus denken. Mein Sichtfeld wird von leuchtend grünen Lichtern verzerrt, und ich höre, wie mein Atem immer schneller geht.

«Josephine? Josephine?», ruft mir mein Vater zu.

«Es geht schon», schaffe ich zu sagen. Atmen. Und wie in weiter Ferne höre ich Mrs. Allen, die dieselbe Geschichte erzählt, die wir schon eine Million Mal gehört haben, aber für Mrs. Cape ist natürlich alles neu. Ich habe die Korrekturfahnen Sally und Verity gegeben, Sally hat sie nicht angerührt, aber sie sind zusammen zur Druckerei gegangen und bla, bla, bla. *Scheiß Blabla.* Und dann passiert es.

«Stellen Sie sich vor, der Premierminister höchstpersönlich!» Mrs. Capes Stimme überschlägt sich. «Josephine, da dein Dad hier ist, können wir doch sicher darüber sprechen, oder?» Mrs. Cape macht mir ein Zeichen und stupst ihren Ellbogen in meine Richtung. Das winzige Nadelöhr, durch das ich noch sehen kann, ist auf meinen Vater gerichtet, der die Stirn runzelt und Mrs. Cape ansieht. Sie grinst und hechelt wie ein Hund. «Ihre Tochter hat ganz heldenhaft versucht, die Nation zu retten!», gluckst sie.

«Meine Tochter? Entschuldigen Sie, ich komme nicht ganz mit, Mrs. … Cape.»

«Die Passage, die der Premier unbedingt herausnehmen wollte. Hätte das Land ins Verderben stürzen können, hat Ihre Tochter gesagt, als die ersten Exemplare aus der Druckerei eintrafen. Ins Verderben!»

Mrs. Allen erhebt sich und streicht über ihren Faltenrock. Er ist rosa. Fleischfarben. Völlig untypisch für sie. Sie ist eigentlich der Typ für Dunkelgrün, Grau oder Schwarz.

«Mrs. Cape, ich bitte Sie. Wir haben einiges zu besprechen, und verzeihen Sie mir, wenn ich das sage, aber ich muss Sie bitten, wirklich nur Protokoll zu führen.» Wenn ich mich nicht täusche, weiß Mrs. Allen Bescheid. Sie klingt panisch. «Würden Sie bitte still sein und sich auf Ihre Notizen konzentrieren.» Es kitzelt mich im Hals. Ich kann nicht husten, sonst sieht es so aus, als wollte ich ablenken. Ich unterdrücke den Reiz, und es fühlt sich an, als würde sich meine Luftröhre aufblähen.

«Ich würde gerne hören, was diese Dame zu sagen hat», geht mein Vater dazwischen, in dem Glauben, er täte mir damit einen Riesengefallen. Im Raum wird es still, aber ich kann hören, wie das Blut durch meine Venen rauscht. Ich werfe einen kurzen Blick durch den Raum. Jeder runzelt die Stirn.

«Also, als die ersten Exemplare der *Lupe* in der Schule eintrafen und an die Mädchen verteilt werden sollten», Mrs. Cape hält sich die Hand an die Brust und ist ganz atemlos vor Aufregung, «kommt plötzlich Josephine hereingelaufen und sagt, es gäbe einen großen Fehler im Magazin und ob wir die Verteilung stoppen könnten. Sie hätte an jenem Morgen mit dem Premierminister persönlich gesprochen! Er habe darum gebeten, sämtliche Exemplare des Magazins einzubehalten und die betreffende Seite zu entfernen. Dann bat sie mich, Stillschweigen zu bewahren, aber ich denke mal, da dein Vater jetzt hier ist, ist es in Ordnung. Deswegen sind Sie ja alle hier, nicht wahr?»

Alle erheben sich. Starren mich an. Mrs. Cape merkt es gar nicht und macht weiter.

«‹Aber Josephine›, sagte ich zu ihr. ‹Es tut mir furchtbar leid, sie sind schon alle verteilt.› Du warst weiß wie die Wand!» Sie sieht mich an. Dann blickt sie in die Runde und merkt, dass etwas nicht stimmt. Ich hebe den Kopf und sehe Mrs. Allen geradewegs in die Augen. Sie sagt nichts. Wirkt auch nicht verärgert. Oder aufgebracht oder enttäuscht. Sie geht nur auf mich zu. Ganz langsam. Sieht mich an und streckt ihre Hand aus.

Ich löse das Abzeichen von meinem Pullover. Gebe es ihr. Sie schließt die Hand um das Metall. Mein Vater kommt auf mich zu mit ausgestreckten Armen, aber ich habe nicht den Mut, seinem Blick zu begegnen.

«Es ist okay», sagt er. «Es ist okay.»

«Ich weiß», antworte ich. Und es fühlt sich wirklich so an, denn jetzt liegt die Wahrheit auf dem Tisch. Verity starrt mich an, und Sally hat die Hände vors Gesicht geschlagen. Sie lässt sie ein Stück sinken, und ich sehe das Flehen in ihren Augen. Ich nicke ihr leicht zu, und sie lässt sich dankbar zurück auf ihren Stuhl fallen. Jetzt ist alles egal.

Mein Vater steht vor meinem Stuhl und hält mir die Hand hin. Ich nehme sie – seine Finger fühlen sich geschwollen und heiß an –, und er zieht mich hoch, und wir verlassen die Bibliothek. Meine Schritte sind träge, als würde ich durch

Sirup gehen. Ich höre noch Mrs. Allens Stimme, sie löst das Treffen auf, als ich schon die Tür hinter mir schließe und aus dem Hauptgebäude an die frische, blaue Luft trete. Ich atme tief ein.

«Können wir bitte nach Hause gehen?», sage ich zu meinem Vater.

«Ja. Deine Mutter ist gerade nicht da, wir haben das Haus für uns.»

Ich atme die Kälte ein, sauge sie in meine Lungen. Ich bin bereit, denke ich. Hoffe ich.

Ich habe keine Zeit, zu packen; Mrs. Allen sagt, sie würde mir meine Sachen nach Hause schicken lassen. Niemand verabschiedet sich von mir. Als Mrs. Allen meinen Vater und mich nach draußen begleitet, hält sie das Abzeichen noch in der Hand.

«Das hier», sagt sie. Rot und golden funkelt es in ihrer Handfläche. «Das war dein Fluch. Vielleicht ist es meine Schuld. Vielleicht waren meine Erwartungen an dich zu hoch.» Ich öffne meinen Mund und schließe ihn wieder. Ich will sagen, dass es mir leidtut, aber ich kann nicht. Sie setzt eine verkniffene Miene auf. Als müsste sie aufs Klo oder so. Ihre Brille beschlägt, aber sie nimmt sie nicht ab.

«Danke», sage ich. Wofür, das weiß ich selbst nicht genau.

«Komm, Josephine.» Mein Vater öffnet die Beifahrertür. Die Fahrt verläuft schweigend. Im Radio läuft eine Sendung über Universitäten, und ich spüre, wie sich die Atmosphäre mit Gedanken an meine Zukunft auflädt. Schließlich schaltet mein Vater das Radio aus. Wir erreichen den Stadtrand von London. Die Straßenlaternen sind an, und Dunst legt sich über die Stadt.

«Warum?», fragt mein Vater und sieht weiter geradeaus.

«Warum *was*?», blaffe ich ihn an. Aber statt zu antworten, reibt er sich nur die rechte Schläfe. Wir sprechen nie wieder über den Vorfall, nur als Mrs. Allen anruft, um mir mitzuteilen, dass ich offiziell verwiesen wurde und sie Oxford darüber in Kenntnis setzen muss.

«Sie werden uns rechtzeitig Bescheid geben, ob das Studienplatzangebot zurückgenommen wird oder nicht», erklärt sie mir. «Wir haben veranlasst, dass du irgendwo in London deine Prüfungen ablegst. Du allein. Die Einzelheiten erfährst du zu gegebener Zeit.»

«Gut. Danke. Was denken Sie? Werden sie es tun? Ich meine, das Angebot zurückziehen?»

«Ich weiß es nicht. Wirklich, ich habe keine Ahnung.»

Ich lege auf, und aus dem Nichts steht mein Vater vor mir.

«Was hat sie gesagt?»

«Ich muss abwarten, was mit Oxford ist. Sie konnte mir nichts sagen. Kannst du mit jemandem sprechen?»

«Ich?» Ich weiß, dass er darüber nachgedacht hat. «Nach diesem ganzen Schlamassel? Ich glaube nicht, Josephine. Es wäre nicht richtig. Ich denke, es wäre einfach nicht richtig. Was wäre, wenn es herauskäme? Mein Job stünde auf dem Spiel.»

Die folgende Woche verbringe ich in der Kensington-Bibliothek. Ein paarmal komme ich an Freyas Haus vorbei, aber es ist nie Licht an, und die Jalousien sind heruntergelassen. Einmal glaube ich, Leon am Ende der Straße zu sehen, aber es ist nur irgendjemand mit dunklen Haaren. Es hat auch sein Gutes, nicht mehr in der Schule zu sein. Es erlaubt mir, mich zu konzentrieren. Allein zu sein ist befriedigend, in Wendell Abbey wäre das nie möglich gewesen. Ich sehe meinen Vater nicht oft, er ist die ganze Zeit unterwegs, und auch das ist mir recht. Denn wann immer er mal zu Hause ist, guckt er entweder mich oder das Telefon an.

Ein paar Tage lang höre ich nichts von Mrs. Allen. Dann bekomme ich ein Paket von ihr mit sorgfältig kopierten Notizen und Musterprüfungen. Sie hat alles ordentlich abgeheftet, und ich weiß, sie hat es selbst gemacht, denn sie hat Dinge unterstrichen, die sie für wichtig erachtet. Es liegt kein Brief bei, aber auf einer Seite ihrer Notizen steht ein Zitat, das sie doppelt rot unterstrichen hat. «Erfolg ist nicht von Dauer, und Scheitern bedeutet nicht das Ende. Es zählt der Mut, seinen Weg zu gehen.» Es steht in keinem Zusammenhang zum Rest, und ich lese es immer wieder, warte darauf, dass es mich aufbaut. Tut es nicht.

Erst am Ende der Woche ruft Mrs. Allen wieder an. Mein Vater nimmt ab, fragt sie, wie es ihr geht, aber gibt mir sofort den Hörer, ohne ihre Antwort abzuwarten. Aus Versehen trifft er mich damit am Kinn.

«Mrs. Allen.»

«Josephine. Ich hoffe, es geht dir gut?»

Mein Vater tut so, als würde er nicht mithören. Geht zum Barschrank und schenkt sich einen großen Whisky ein.

«Ja, danke. Ich lerne viel.»

«Gut. Ich habe dir noch mehr Unterlagen geschickt. Das sollte dir bei deiner Geschichtsprüfung helfen.»

«Haben Sie vielen Dank.» Ich frage mich, ob es einen Anlass für ihren Anruf gibt.

«Nun, wegen Oxford.» Mein Vater hat sich inzwischen hingesetzt und blättert durch die Fernsehzeitung. Von vorn bis hinten. Und wieder von vorn.

«Wir haben lange mit ihnen diskutiert, der Vorstand und ich.» Kommen Sie zum Punkt, denke ich, bevor mein Vater die verdammte Zeitschrift in der Luft zerreißt.

«Und wir sind zu einer Entscheidung gekommen. Es ist etwas kurios …» Mein Vater steht auf und reicht mir sein Whiskyglas. Ich winke ab.

«Sie haben es mir überlassen.»

«Ihnen?»

«So ist es. Sie haben mir und der Schule die Entscheidung überlassen. Über dich. Und deine Zukunft.» Wir schweigen.

«Was sagt sie?», fragt mein Vater lautlos. Ich halte einen Finger an meine Lippen.

«Und wie haben Sie sich entschieden?» Mein Lachen klingt zerbrechlich, hoffnungsvoll.

«Wir sind noch nicht so weit. Ich … Ich muss überlegen, was das Beste ist. Wendell Abbey steht an erster Stelle. Aber du weißt, dass ich … also, ich gebe dir morgen Bescheid.» Sie zögert kurz. «Auf Wiederhören, Josephine.»

Ich lege auf und setze mich neben meinen Vater. Er stellt seinen Whisky auf den Tisch, und zum ersten Mal in meinem Leben legt er den Arm um mich und drückt mich fest an sich.

Montreal, Kanada
22. Dezember 2014

Liebe Mrs. Cape,

anbei schicke ich Ihnen einen signierten und gerahmten Gruß vom Premierminister. Ich schreibe Ihnen, um mich bei Ihnen für mein schreckliches Verhalten vor all den Jahren in Wendell

Abbey zu entschuldigen. Ich hoffe inständig, dass Sie mir verzeihen können.

Herzliche Grüße
Josephine Grey

Montreal, Kanada
28. Januar 2015

Liebe Verity,

Ich hoffe, es geht dir gut. Freya und ich haben uns endlich getroffen, nach all der Zeit. Sie hat mir erzählt, dass ihr beide noch Kontakt habt. Ich wollte dir sagen, dass mir mein damaliges Verhalten sehr, sehr leidtut. Dass ich versucht habe, dir anzuhängen, was ich getan habe. Du musst mir glauben, dass ich mit großer Scham auf diese Zeit zurückblicke. Ich kann es nicht gänzlich auf die Dinge schieben, die mir im Leben zugestoßen sind, aber manches hat dazu geführt, dass ich Wege eingeschlagen habe, die ich normalerweise nicht gegangen wäre. Ich hoffe aufrichtig, dass du es nicht die ganze Zeit mit dir herumgetragen hast, so wie ich.
Ich wünsche dir alles Glück der Welt.

Mach's gut
Josephine Grey

Montreal, Kanada
28. Januar 2015

Lieber Pete,

vielleicht erinnern Sie sich gar nicht an mich. Wir sind uns vor etwa neunzehn Jahren das letzte Mal begegnet. Ich war die Schulsprecherin von Wendell Abbey. Ich weiß, das kommt spät, aber ich schreibe jedem einen Brief, der eine Entschuldigung von mir verdient. Jedem, den ich auf eine Weise verletzt oder getäuscht habe. Sie gehören auch zu diesen Menschen.
Sie haben mir beim Druck der Lupe *geholfen, unserer Schulzeitung. Ich bin Ihnen zu großem Dank verpflichtet. Ich hatte Sie darum gebeten, niemandem zu erzählen, dass ich bei Ihnen gewesen bin, um eine letzte Änderung vorzunehmen. Ich sagte, dass der Premierminister involviert sei, und das war eine Lüge. Ich habe etwas sehr Schlimmes getan, um jemandem weh zu tun, den ich mal sehr geliebt habe. Ich vermute, Sie haben geahnt, dass ich nicht ganz ehrlich gewesen bin, aber es mir nicht zugetraut. Es tut mir leid.*
Ich kann nur erahnen, was Sie von mir denken müssen. All die Jahre über habe ich mich so schlecht gefühlt und schuldig. Aber ich habe meine Lektion gelernt, und ich hoffe, Sie glauben mir, wenn ich sage, dass ich kein schlechter Mensch bin.
Ich wollte Ihnen schreiben, weil Sie an jenem Tag so freundlich zu mir waren und so hilfsbereit. Ich will Ihnen nicht nur sagen, dass es mir leidtut, sondern auch, dass ich meine wohlverdiente Strafe bekommen habe. Ich wurde der Schule verwiesen. Außerdem konnte ich nicht nach Oxford – worauf ich mein ganzes Leben hingearbeitet hatte.

Ich lebe jetzt in Kanada, betreibe Forschungen und lehre an einer guten Universität. Ich weiß auch nicht, warum ich Ihnen all das erzähle, aber ich bemühe mich wirklich, ein guter Mensch zu sein. Gütig zu sein, so wie Sie.
Außerdem haben Sie mir damals zehn Pfund gegeben. Hier sind sie zurück. Es ist derselbe Schein. Ich konnte mich nie dazu überwinden, ihn auszugeben.

Mit freundlichen Grüßen
Josephine Grey

Montreal, Kanada
28. Januar 2015

Liebe Freya,

ich weiß nicht, wo ich anfangen soll. All die Jahre wollte ich dir schreiben. Dir Dinge erzählen, über die du sicher gelacht hättest, meine Gedanken mit dir teilen, aber ich war nie dazu in der Lage. Ich weiß, wie viel wir beide durchgemacht haben, um an diesen Punkt zu gelangen, und ich will nur sagen, dass ich sehr, sehr froh bin, dass wir uns ausgesprochen haben letztes Jahr im Hyde Park.
Ich bin so nostalgisch geworden, habe mich nach den alten Zeiten gesehnt, bevor diese schlimmen Dinge passiert sind. Ging es dir nicht auch so? Auch hatte ich das Gefühl, dass wir erst zusammen wirklich begriffen haben, was in jener Nacht geschehen ist. Und was darauf folgte. Ich hoffe mit jeder Faser meines Wesens, dass wir nicht zulassen, dass es uns noch

einmal zerstört, so wie vor all diesen Jahren. Wir dürfen es nicht so groß werden lassen. Ich weiß, ich habe in der Vergangenheit Fehler gemacht, aber ich bin sicher, dass es uns gelingen wird. Indem wir uns getroffen haben, haben wir schon so gut wie gewonnen.
Ich weiß, dass wir nicht zurückholen können, was uns früher miteinander verband. Diese herrlichen, sorglosen Tage. Aber ich wäre wirklich sehr gern ein Teil deines Lebens. Möchte Evie kennenlernen, die dir so ähnlich sieht. So schön ist und eine solche Herzensgüte ausstrahlt. Vielleicht ist es zu spät dafür, vielleicht aber auch nicht. So lange Zeit habe ich nicht gesagt, was ich hätte sagen sollen. Damit soll jetzt Schluss sein.
Freya, du wirst immer ein Teil von mir sein, und ich werde dich in Liebe in meinem Herzen tragen.
Danke dafür, dass du mich siehst, wie ich wirklich bin, auch wenn ich wünschte, ich wäre anders.

In großer Liebe
Josephine

DANKSAGUNG

Mein Dank gilt:

meiner Agentin Nelle Andrew, deren unglaubliche Weisheit, redaktionelle Fähigkeiten und Freundlichkeit geholfen haben, dieses Buch zum Leben zu erwecken. Außerdem der fabelhaften Lizenzabteilung von Peters, Fraser & Dunlop: Rachel Mills, Rebecca Wearmouth, Marilia Savvides und Alexandra Cliff.

Joel Richardson, Mark Smith und Claire Creek von Bonnier und Twenty 7. Danke, dass ihr das Buch gemacht habt, und danke an Joel für dein Adleraugen-Lektorat und deine Unterstützung. Außerdem Becky Short und Fliss Denham bei Midas.

Kerry Hudson, die den Plan mit WoMentoring hatte. Ich bin sehr dankbar für die Betreuung durch Alison Hennessey, deren Zeit und Mühen mit nichts aufzuwiegen sind.

Meinen Faber-Academy-Lehrern, Esther Freud und Tim Lott, die das Buch angeschoben haben. Und meinen Schriftsteller-Kollegen Neil, Richard, Bernadette, Jo, Jude, Mike, Jill, Kate und Jackie. Und Ian Ellard.

Adrian Thornton, Jamie Evans, Hetty Cavanagh, Matthew Heath und Annabel Mullin für eure Begleitung und Inspiration, euer Wissen und eure Hilfe. Alle Fehler gehen auf mich. Danke an Emily Heath und Cyrus für die großartigen Fußreflexzonenmassagen.

Jo Bloom für die Beantwortung aller Fragen, die mit dem Schreiben zu tun hatten, und seinen Zuspruch.

Meiner Familie. Besonderer Dank geht, wie immer, an meine Eltern für ihre unendliche Liebe.

Meiner Schwägerin Karen, meinem Schwager Ellis und Zoe Spero.

Meiner Patentante, Anne Kriken Mann, für ihre Unterstützung, ihre Großzügigkeit und wunderbare Abendessen.

Isabel Benson, Elizabeth Day, Jasper Thornton, Elizabeth Thornton, Asia Trotter und Charlotte Wilkins. Ich kann euch nicht genug für eure Freundschaft danken, eure unzähligen Ratschläge und redaktionellen Vorschläge. Ich liebe euch. Ohne euren Input und eure Unterstützung hätte ich dieses Buch nicht schreiben können.

Außerdem: Emilie Bennetts, Daniel Cavanagh, Gemma Deighton, Maria Guven, Caroline Jones, Philip Taylor und Isobel Wield.

Zu guter Letzt: Olly, Walter und Dominic – für alles.

Lauren Beukes
Shining Girls

Chicago zur Zeit der Großen Depression. Harper Curtis lebt auf der Straße. Er ist kaltblütig, hochgefährlich, von Wahnvorstellungen getrieben. Seit er die strahlend schöne Tänzerin Jeanette sah, träumt er von seinen «Shining Girls». Er will nur eines: ihr Licht für immer auslöschen. Eines Tages fällt ihm der Schlüssel zu einem alten Haus in die Hände – ein Portal. Von nun an reist Harper durch die Zeit, um zu töten. Niemand kann ihn stoppen, keiner vermag die Spuren zu deuten, die er am Tatort hinterlässt. Dinge, die noch nicht oder nicht mehr existieren. Doch dann überlebt eines von Harpers Opfern. Der jungen Kirby gelingt es, die unmöglichen Puzzleteile zusammenzusetzen. Und sie beginnt, den Killer durch die Zeit zu jagen.

400 Seiten

«Ein herausragender Spannungsroman, eine großartige Zeitreise- und Serienkillergeschichte, die den Kopf schwirren, das Herz rasen lässt – und alles hält, was sie verspricht.»

Cory Doctorow

Ro 328/1

MIX
Papier aus verantwortungsvollen Quellen
FSC® C083411

Das für dieses Buch verwendete Papier ist FSC®-zertifiziert.